MÊME LES SCÉLÉRATS...

En appeler à la justice populaire est dangereux, Matt Scudder le comprend un soir en recevant un coup de fil d'un grand avocat de New York, Adrian Whitfield. Pour avoir évité la peine capitale à Richie Vollmer, un assassin d'enfants laissé en liberté faute de preuves, Whitfield vient en effet d'être « condamné à mort » par un certain Will, « la Volonté du Peuple », terrible justicier qui exécute ses victimes après leur avoir signifié leur sentence dans les colonnes du *Daily News*, journal à sensation où sévit le célèbre journaliste Marty McGraw. Will s'en est déjà pris à plusieurs personnes : Vollmer bien sûr, retrouvé pendu à un arbre, le gangster Patsy Salerno, étranglé avec des cordes de piano, Roswell Berry, un militant anti-avortement qu'il a poignardé. Il a en outre fait des émules dans la population : il y a ceux qui se réclament de lui et annoncent meurtres et attentats à venir, et ceux qui passent aux actes : un professeur aux thèses extrémistes, Julian Rachid, en a fait les frais – il a été décapité.

Sceptique au début, Scudder conseille à Whitfield d'engager des gardes du corps, et s'occupe d'une autre affaire : le meurtre, apparemment sans motif, de Byron Leopold, ancien junkie séropositif qu'il a croisé à plusieurs reprises chez une amie. Puis, intrigué par l'attitude de l'avocat et le comportement de Will, Matt finit par accepter le combat avec « la Volonté du Peuple ». Whitfield succombe à une dose mortelle de cyanure que Will avait versée dans sa bouteille de scotch : comment diable a-t-il pu pénétrer dans un appartement aussi bien surveillé ?

Lawrence Block est né à Buffalo (État de New York) le 24 juin 1930. Auteur entre autres de La Balade entre les tombes, Le Diable t'attend, Tous les hommes morts, *il est lauréat de l'Edgar, du Shamus, du Nero Wolf et du Faucon de Malte, soit les plus hautes distinctions du genre, et compte parmi les géants du policier américain.*

Lawrence Block

MÊME LES SCÉLÉRATS...

ROMAN

Traduit de l'américain
par Robert Pépin

Éditions du Seuil

TEXTE INTÉGRAL

TITRE ORIGINAL
Even the Wicked

ÉDITEUR ORIGINAL
Orion

ISBN original : 0-75280-437-5

ISBN 2-02-034963-9
(ISBN 2-02-030320-5, 1re publication)

Pour Bill Hoffman

Avec mes remerciements, divers, à Jean Acocella, Ron Brogan et Memphis Jim Evans

Même les scélérats ont droit à pire qu'ils ne méritent.

WILLA CATHER, *L'Un des nôtres.*

1

Un mardi soir du mois d'août, je m'assis dans ma salle de séjour avec TJ et regardai deux types se cogner la gueule sur une des chaînes câblées en espagnol. Bien vite, je goûtai plus la fraîcheur de l'air que le combat proprement dit. Après avoir sévi sur la ville quinze jours d'affilée, la vague de chaleur avait enfin lâché prise au début du week-end. Depuis, nous avions eu droit à trois jours absolument parfaits, avec des ciels d'un bleu lumineux, une humidité supportable et des températures avoisinant les vingt degrés. C'était ce que partout ailleurs on aurait appelé un temps idéal. A New York, au cœur même de l'été, on ne pouvait parler que de miracle.

J'avais passé ma journée à en profiter pour me promener çà et là. Puis j'étais rentré à la maison et avais eu juste le temps de me doucher avant de m'affaler dans un fauteuil et de laisser à Peter Jennings[1] le soin de m'expliquer le monde. Elaine m'avait tenu compagnie pendant le premier quart d'heure des infos, puis avait filé à la cuisine pour mettre le repas en route. TJ s'était pointé au moment même, ou presque, où elle plongeait les pâtes dans l'eau bouillante, avait juré ses grands dieux qu'il n'avait pas faim et ajouté que, de toute façon, il ne pourrait pas rester bien longtemps. Elaine, qui connaissait sa chanson, avait aussitôt doublé la quantité de pâtes, TJ se laissant vite convaincre d'en prendre une assiette – et de la nettoyer plusieurs fois.

1. Célèbre présentateur de la chaîne ABC. *(Toutes les notes sont du traducteur.)*

« L'ennui, c'est que tu fais trop bien à manger, lui avait-il déclaré. A partir de maintenant, j'attendrai que vous ayez fini de bouffer pour passer chez vous. Si je fais pas gaffe, je vais prendre du bide. » Il en était loin. Gamin des rues maigre autant qu'agile, TJ ne se distingue guère, à première vue, de tous les autres jeunes Noirs qu'on voit traîner partout autour de Times Square, faire le pet pour les joueurs de bonneteau, se livrer à divers petits trafics et chercher n'importe quel moyen sinon de s'enrichir, au moins de se débrouiller. Il est certainement bien plus que cela, mais, pour ce que j'en sais, il se pourrait que beaucoup de ces jeunes gens ne se résument pas à ce qu'on en découvre au premier abord. Cela dit, c'est lui que je connais. Des autres, je ne vois que la façade.

Côté façade, TJ est, lui, du genre caméléon qui change selon ce qui l'entoure. Je l'ai vu passer sans le moindre effort du baratin hip-hop à un accent Brooks Brothers qui ne déparerait pas dans une université de l'Ivy League[1]. Jusqu'à sa coiffure qui a beaucoup varié depuis que je le connais, passant de l'afro d'antan aux divers styles capillaires qui ont fait et continueront de faire le « jeune-à-baskets ». Il y a environ un an de cela, il a commencé à aider Elaine au magasin et, de son propre chef, a décidé que des tifs plus aimables et mieux peignés seraient plus appropriés. Depuis, il se les coupe relativement court, ses tenues oscillant, elles, entre le complet futur-étudiant-des-grandes-facs et le costard je-t'en-fous-plein-la-vue qu'on aime arborer dans le Deuce[2]. Ce soir-là, il s'était habillé en gagneur, avec un pantalon kaki et une chemise à col boutonné. Un ou deux jours plus tôt, la dernière fois que je l'avais vu, il en jetait assurément beaucoup dans ses pantalons bouffants type camouflage et sa veste à paillettes.

1. Soit la « Ligue du Lierre », nom donné à une dizaine d'universités prestigieuses de la côte Est.

2. Surnom donné à la portion de la 42e Rue située juste en dessous de Times Square.

– Si qu'y pouvaient causer anglais, ça serait pas mal, se plaignit-il. Pourquoi qu'y causent espagnol ?

– C'est mieux comme ça, lui répondis-je.

– Quoi ? Tu vas pas me dire que tu comprends ce qu'ils racontent ?

– Un mot par-ci par-là. Mais c'est vrai que pour l'essentiel, c'est plutôt du bruit.

– Et c'est comme ça que t'aimes ?

– Les présentateurs anglophones parlent trop, lui expliquai-je. Ils ont peur que les téléspectateurs ne comprennent pas ce qui se passe s'ils ne blablatent pas sans arrêt. En plus, ils répètent toujours la même chose : « Il ne travaille pas assez pour installer son jab du gauche. » Je ne crois pas avoir vu cinq matchs en dix ans où le speaker ne m'ait pas fait remarquer que le boxeur devrait se servir davantage de son jab. Ça doit être le premier truc qu'on leur enseigne à l'école des présentateurs.

– Peut-être que c'est ça qu'il dit en espagnol.

– Peut-être en effet, mais comme je n'ai pas la moindre idée de ce qu'il raconte, ça ne me tape pas sur les nerfs.

– Et la sourdine, Ernestine, t'en as entendu causer ?

– Ce n'est pas pareil. J'ai besoin d'entendre la foule et les coups qui pleuvent.

– Ces deux-là font pas beaucoup pleuvoir.

– C'est de la faute au type en short bleu, lui renvoyai-je. Il ne travaille pas assez pour installer son jab du gauche.

Il en fit néanmoins assez pour remporter le match d'ouverture en quatre rounds – sur décision de l'arbitre et aux applaudissements bien superficiels de la foule. Au menu, il y avait ensuite une rencontre en dix rounds dans la catégorie welter, opposant fort classiquement un jeune qui frappait vite et léger à un cogneur plus puissant mais ayant dépassé de quelques années sa période de pleine maturité. Le vieux – il devait avoir trente-quatre ans au moins – était physiquement tout à fait capable d'assommer son adversaire, mais le poids des ans l'avait ralenti et il loupait plus de coups qu'il n'en réussissait. Le jeunot, lui, le soumettait à un véritable tir de barrage, mais n'avait pas grand-chose dans les gants.

– Il est plutôt vif, me lança TJ au bout de quelques rounds.

– Dommage qu'il n'ait rien dans les bras.

– Il fait qu'à lui sauter dessus pour l'épuiser. Ça lui donne des points. L'autre, il fait qu'à se fatiguer de round en round.

– Si nous comprenions l'espagnol, lui rétorquai-je, nous entendrions certainement le speaker nous dire en gros la même chose. Si je devais parier, je mettrais mon fric sur le vieux.

– Ça m'étonne pas. Vous autres, vieillards, devez vous soutenir. Tu crois qu'on a besoin de ces trucs-là ?

« Ces trucs-là » étaient des articles répertoriés dans le catalogue de la Gehlen. Cette société a son siège à Elyria, État de l'Ohio, et vend de l'équipement d'espionnage électronique : systèmes d'écoute à brancher sur les lignes de téléphone particulières ou de bureau, systèmes de détection à brancher sur sa ligne particulière ou sur celle de son bureau afin de se protéger de tout système d'écoute. La Gehlen Company a en effet quelque chose de curieusement bipolaire, qui promeut une moitié de ses articles pour se défendre de l'autre et, dans les pages de son catalogue, change de philosophie en plein milieu du gué. « Savoir, c'est pouvoir », affirme-t-elle ici, mais, deux pages plus loin, elle se fait la championne du « droit fondamental des individus comme des corporations à se protéger contre tout envahissement de la vie privée ». Un coup l'un, un coup l'autre, la discussion fait rage, du « Vous avez le droit de savoir ! » au « Pas question de laisser à quiconque le droit de mettre le nez dans vos affaires ! ».

Où donc, on peut se le demander, vont les sympathies de la Gehlen ? Étant donné qu'elle a pris le nom d'un très légendaire chef des services de renseignements allemands, j'en avais déduit qu'elle était on ne peut plus heureuse de vendre tout et le reste à n'importe qui, et ne pensait qu'à accroître ses ventes et à maximiser ses profits. Mais toute la question était de savoir si ces articles allaient accroître mes ventes et maximiser mes profits à moi.

– Je crois qu'on pourrait s'en passer, lui dis-je.

– Et comment qu'on va coincer Will sans ces techniques de pointe, hein ?

– On ne va pas le coincer.

– Parce que c'est pas notre problème ?

– Je ne vois pas comment ça le serait.

– Ce mec-là, c'est à tout New York qu'il pose problème. Où qu't'ailles, on parle que de lui. Will ceci, Will cela…

– C'est vrai qu'il a encore fait la une du *Post* aujourd'hui. Même qu'ils n'avaient rien de nouveau pour étayer leur article vu qu'il n'a rien fait depuis la semaine dernière. Mais ils veulent le garder en première page pour vendre leur canard, et donc ils ont déliré sur la nervosité de la ville et le fait que tout le monde s'attend à quelque chose.

– C'est tout ce qu'ils ont mis ?

– Ils ont essayé de replacer l'affaire dans un contexte historique, genre : tous les tueurs sans visage qui ont enflammé l'imagination du public. Le Fils de Sam, par exemple.

– Y a quand même une différence, me fit-il remarquer. Celui-là, personne l'a jamais encouragé.

D'une chiquenaude, il me montra un article dans le catalogue de la Gehlen et ajouta :

– Ça me plaît assez, moi, ce machin pour se changer la voix au téléphone. Mais comme on en voit partout… Ils en ont même à Radio Shack [1] ! Mais peut-être que c'est plus performant… C'est vrai qu'au prix où ils le vendent ! A Radio Shack, c'est moins cher.

– Ça ne m'étonne pas.

– Il pourrait se servir de ce machin-là, le Will, s'il se mettait à passer des coups de fil au lieu d'envoyer des lettres.

– La prochaine fois que je le vois, je le lui suggère.

– J'ai failli m'en acheter un l'autre jour.

– Pour quoi faire ? Tu n'as pas assez de voix à ton répertoire ?

– J'ai que des accents, me répondit-il. Ce truc-là, ça change la hauteur de la voix.

1. Chaîne de magasins spécialisés dans l'électronique à bon marché.

– Je sais ce que ça fait.

– On peut jouer la nana, ou le p'tit enfant. Ou alors, si on est une nana au départ, on fait le mec pour que les pervers arrêtent de te souffler des cochonneries à l'oreille. Ça serait chouette de s'amuser avec un truc comme ça. Mais ça serait comme un gamin avec un jouet, non ? Huit jours, quinze jours, ça va, mais après, fini la nouveauté, on fout tout ça au placard et on demande à Mama d'acheter aut' chose.

– En somme, on n'en a pas besoin.

Il referma le catalogue et le mit de côté.

– Pas besoin de ces machins-là, dit-il, enfin… pas qu'je voye. Tu veux savoir ce qu'il nous faudrait, Barnabé ? Mais j'te l'ai déjà dit.

– Plus d'une fois.

– Un ordinateur. Mais tu veux pas t'en acheter un.

– Un de ces jours…

– Ben tiens ! Tout ça parce que t'as la trouille de pas savoir t'en servir !

– C'est le même genre de peur qui retient les gens de sauter d'un avion sans parachute, lui renvoyai-je.

– Primo, tu pourrais apprendre. T'es pas si vieux qu'ça.

– Merci.

– Deuxio, j'pourrais te l'faire marcher.

– Se débrouiller dans les jeux vidéo et s'y connaître en ordinateurs, ça fait deux.

– Mais c'est pas forcément si éloigné. Tu te rappelles les Kong ? Ils ont commencé avec les jeux vidéo et où c'est qu'ils en sont maintenant, hein ?

– A Harvard, je le reconnais.

Les Kong, de leurs vrais noms David King et Jimmy Hong, étaient deux bidouilleurs qui s'étaient donné pour mission d'aller fouiller dans les entrailles de l'ordinateur central de la compagnie du téléphone de New York. Encore au lycée lorsque TJ me les avait présentés, ils vivaient maintenant à Cambridge[1], où Dieu seul savait ce qu'ils fabriquaient.

1. Petite ville du Massachusetts où se trouve l'université Harvard.

– Tu te rappelles comment ils nous ont aidés ?

– On ne peut plus clairement.

– Combien de fois tu m'as dit que t'aimerais les avoir encore sous la main ?

– Une ou deux.

– Bien plus qu'ça, Léa. Des tas et des tas de fois.

– Et donc ?

– Si on avait un ordinateur, dit-il, j'pourrais arriver aux mêmes trucs qu'eux. En plus j'pourrais faire les machins réglo et fouiller dans les poubelles de tout le monde alors que tu mets un jour entier à trouver tes renseignements à la bibliothèque.

– Tu saurais comment faire ?

– Y a des cours qu'on peut suivre. Pas pour apprendre les trucs des Kong, mais tout le reste. Ils t'assoient devant la bécane et y t'apprennent.

– Bon, un de ces jours, j'en prendrai peut-être un, lui dis-je.

– Non, c'est moi qui irai, me renvoya-t-il. Et après, quand j'saurai, je pourrai t'apprendre, si t'as envie. Ou alors, j'pourrais m'occuper de l'ordinateur. Comme tu voudras.

– C'est moi qui décide parce que c'est moi le patron ?

– Voilà.

J'allais ajouter quelque chose, mais le vieux boxeur choisit cet instant précis pour assener un direct du droit au menton du gamin, qui en perdit aussitôt l'usage de ses jambes. Le jeunot vacillait encore sur ses cannes lorsque l'arbitre le compta à huit, mais il ne restait plus que trente secondes dans la reprise. Le vétéran le poursuivit à travers tout le ring et le toucha encore une ou deux fois, néanmoins le gamin parvint à rester debout jusqu'à la fin du round.

Il n'y eut pas de publicité après la cloche, le cameraman préférant continuer à filmer le coin où, les secondes travaillant déjà contre lui, le jeune homme s'était affalé. Les reporters avaient des tas de choses à dire sur ce qu'ils montraient mais, tout cela se passant en espagnol, nous n'eûmes guère à nous en soucier.

– A propos de cet ordinateur…, reprit TJ.

– J'y réfléchirai.

– Et merde ! s'écria-t-il. Et dire que j'te l'avais presque vendu ! Il a fallu que ce vieux schnock ait juste assez d'bol pour taper droit et me casser la baraque ! Il pouvait pas attendre un round ?

– Ce n'était jamais qu'un vieillard qui voulait en aider un autre, lui remontrai-je. On est comme ça, nous autres vieux.

– Bon, et ce catalogue…, reprit-il en le brandissant en l'air. T'as vu la lunette de visée nocturne qu'ils ont dedans ? Un truc qui viendrait de Russie ou autre…

J'acquiesçai d'un signe de tête. Fabriqué, au dire de la Gehlen, par l'armée russe, cet instrument devait me rendre capable de lire un *nota bene* en petits caractères au fond d'une galerie de mine de charbon abandonnée.

– Je vois pas pourquoi on en aurait besoin, dit-il, mais ça doit être marrant de s'amuser avec.

Il jeta le catalogue et ajouta :

– C'est comme le reste : marrant, mais c'est quand même que des jouets.

– Parce que ton ordinateur, lui, ne serait pas un jouet plus gros que les autres ?

Il secoua la tête.

– C'est un outil, Goupil. Mais pourquoi que j'gaspille ma salive à essayer de t'faire comprendre ?

– Pourquoi en effet ?

Je me disais que nous aurions peut-être droit à un KO au cours de la reprise suivante, mais on en était déjà à la moitié lorsqu'il fut clair que rien de tel ne se produirait. Le jeunot avait surmonté les effets du coup de poing qui l'avait expédié au tapis et mon bonhomme à moi avait un mal de chien à faire atterrir ses frappes aux endroits où il voulait. Je connaissais.

Le téléphone ayant sonné, Elaine décrocha dans l'autre pièce. Sur l'écran, mon bonhomme évita un coup et vacilla un rien.

Elaine entra dans la salle de séjour, une expression indéchiffrable sur son visage.

– C'est pour toi, dit-elle, Adrian Whitfield. Tu veux le rappeler plus tard ?

– Non, je le prends, lui répondis-je en me levant. Je me demande bien ce qu'il veut.

Étoile montante du barreau, Adrian Whitfield était avocat de la défense et depuis quelques années déjà avait des clients de plus en célèbres, ce qui, par contrecoup, lui valait de plus en plus d'attention de la part des médias. Rien que pendant l'été, je l'avais vu trois fois à la télévision. Roger Ailes de CNBC l'avait invité pour avoir son opinion sur l'idée selon laquelle le système du jury serait périmé et bon à remplacer sans tarder. (La position d'Adrian Whitfield ? Un oui timide pour les affaires au civil, un non catégorique pour le criminel.) Après quoi, il était passé deux fois chez Larry King, la première pour parler de la dernière affaire d'homicide qui avait défrayé la chronique à Los Angeles, la seconde pour débattre des mérites de la peine capitale (il était résolument contre). Plus récemment encore, je l'avais vu avec Raymond Gruliow à l'émission de Charlie Rose sur PBS, tous trois y analysant avec passion la question de l'avocat en tant que célébrité populaire. Gruliow le Coriace avait replacé le problème dans son contexte historique et raconté quelques anecdotes merveilleuses sur les avocats et écrivains Earl Rodgers, Bill Fallon et Clarence Darrow.

Sur la recommandation de Ray Gruliow, j'avais déjà travaillé pour Whitfield – des enquêtes sur des témoins et des jurés potentiels – et l'avais trouvé assez à mon goût pour espérer remettre ça. Il était un peu tard pour qu'il m'appelle pour affaires, mais dans mon travail on reçoit des coups de fil à toute heure. Cette interruption ne me gênait pas, surtout s'il y avait du boulot à la clé. Jusqu'à présent, l'été ne m'en avait pas fourni beaucoup. Ce n'était pas désagréable, Elaine et moi ayant eu la possibilité d'aller passer quelques longs week-ends à la campagne, mais je commençais à me rouiller. Tous les symptômes étaient là, jusqu'à la façon dont je dévorais les journaux du matin, me passionnais pour les crimes locaux et mourais d'envie d'aller y mettre mon nez.

J'emportai le téléphone à la cuisine.

– Matthew Scudder, annonçai-je à celui ou celle qui appelait au nom de Whitfield.

Mais non, il avait composé le numéro lui-même.

– Matt, dit-il, Adrian Whitfield à l'appareil. J'espère ne pas vous prendre au mauvais moment.

– Je regardais deux types se taper sur la gueule, lui répondis-je. Sans grand enthousiasme, et ça vaut autant pour eux que pour moi. Qu'est-ce que je peux faire pour vous ?

– Bonne question. Dites-moi… je vous fais quelle impression au téléphone ?

– Quelle impression ?

– Oui, ma voix. Elle ne tremble pas trop ?

– Non.

– C'est bien ce qu'il me semblait, dit-il, et pourtant elle devrait. Je viens de recevoir un appel.

– Ah !

– Du crétin qui écrit pour le *News*. Mais peut-être ne devrais-je pas l'appeler comme ça… d'après ce que je sais, ce serait un de vos amis.

Je connaissais en effet quelques personnes au *Daily News*.

– De qui parlez-vous ? lui demandai-je.

– De Marty McGraw.

– On ne peut pas dire que ce soit un de mes amis, lui renvoyai-je. Je l'ai rencontré une ou deux fois, mais ni l'un ni l'autre n'avons eu vraiment l'occasion de nous impressionner beaucoup. Je doute même qu'il se souvienne de moi, et si, moi, je me souviens de lui, c'est uniquement parce que ça fait une éternité que je lis régulièrement ses deux éditos par semaine.

– Il n'en écrit pas trois ?

– C'est-à-dire que… en général, je ne lis pas le *News* du dimanche.

– On a déjà les mains assez pleines avec le *New York Times*, c'est ça ?

– Pleines d'encre, oui !

– C'est pas quelque chose, ça ! Ils pourraient quand même imprimer leur journal de manière que ça ne tache pas les doigts.

– « Quand on est capable d'envoyer un bonhomme sur la Lune… »

– Vous l'avez dit. Vous me croyez si vous voulez, mais, au kiosque de Grand Central, ils vendent des gants jetables en plastique fin à porter pendant qu'on lit ce truc-là !

Il aspira un coup et se lança :

– Matt, dit-il, je tourne autour du pot et je pense que vous savez de quoi il s'agit.

J'avais effectivement ma petite idée sur la question.

– Il a reçu une autre lettre. De Will, dis-je.

– Oui. Et devinez sur qui ?

– Un de vos clients, forcément, lui répondis-je, mais je ne me risquerais pas à deviner lequel.

– Parce que ce sont tous des gens estimables ?

– Comment voulez-vous que je le sache ? En dehors des deux dossiers sur lesquels j'ai travaillé, je n'ai pas suivi vos affaires de très près. En plus, je sais comment fonctionne ce gaillard.

– C'est un esprit intéressant. Je dirais même qu'il fonctionne fort bien, assez en tout cas pour ce qui nous occupe.

Il marqua une pause, et je sus ce qu'il allait dire avant même qu'il ait ouvert la bouche.

– Ce n'est pas sur un de mes clients qu'il a écrit. C'est sur moi.

– Pour en dire ?

– Oh, des tas de choses. Je pourrais vous lire la lettre.

– Vous l'avez ?

– Seulement une copie. McGraw me l'a faxée. Il m'a d'abord appelé avant de téléphoner aux flics, puis il m'en a faxé une copie. En fait, c'était sacrément gentil à lui. Je n'aurais pas dû le traiter d'andouille.

– Vous ne l'avez pas fait.

– La première fois que j'ai parlé de lui, j'ai…

– Vous l'avez traité d'idiot.

– Vous avez raison. Bah, il faut croire qu'il n'est ni l'un

ni l'autre, ou, s'il l'est, qu'il appartient à la sous-espèce bien intentionnée. Vous me demandez ce que raconte Will… « Lettre ouverte à Adrian Whitfield. » Voyons voir… « Vous passez votre vie à éviter aux coupables d'aller en prison. » Ben non : là, il se trompe. Mes clients sont tous innocents avant d'être jugés coupables, et chaque fois que leur culpabilité a été prouvée à la satisfaction des jurés, ils ont fini en taule. Et y sont restés, sauf lorsque j'ai obtenu gain de cause en appel. Dans un autre sens cependant, il a bien sûr parfaitement raison. La plupart des hommes et des femmes que j'ai représentés avaient commis le crime dont on les accusait et il faut croire qu'aux yeux de Will c'est largement suffisant.

– Qu'est-ce qu'il vous veut, au juste ? Il pense qu'un accusé ne devrait pas avoir le droit d'être défendu ?

– Écoutez, je n'ai pas envie de vous lire toute la lettre, me répondit-il, et sa position est difficile à exposer avec précision, mais, oui, on pourrait dire qu'il n'apprécie pas beaucoup que je m'acquitte bien de ma tâche.

– C'est tout ?

– C'est drôle, reprit-il, mais il ne parle même pas de Richie Vollmer, alors que c'est cette histoire-là qui l'a fait démarrer.

– C'est vrai. Vous étiez son avocat.

– Et comment ! Et j'ai reçu mon comptant de lettres d'insultes quand il a réussi à éviter les rigueurs de la justice, mais Will ne dit rien du rôle que j'ai joué dans sa libération. Voyons ce qu'il dit… Il dit que j'ai mis la police en accusation, ce qui n'est pas vraiment original de ma part. Notre ami commun Ray Gruliow le fait tout le temps. C'est souvent la meilleure stratégie lorsque l'accusé appartient à une minorité. Il dit que je m'en suis aussi pris à la victime… il parle sans doute de Naomi Tarloff.

– Probablement.

– Ça vous surprendra peut-être d'apprendre que cette affaire m'a mis assez mal à l'aise. Mais ses remarques manquent leur cible. J'ai défendu Ellsworth du mieux que j'ai pu et je n'ai pas réussi à lui éviter la prison. Les jurés ont bel et bien condamné ce petit fumier. Il est en centrale dans le nord de l'État et va se taper entre quinze et vingt-cinq ans, mais ce n'est rien à côté de la condamnation qu'a prononcée notre ami Will. Il va me tuer.

– McGraw est donc allé voir les flics tout de suite, dis-je.

– Juste après m'avoir appelé et envoyé la lettre. De fait, c'est une photocopie qu'il m'a faxée. Il ne voulait pas bousiller une pièce à conviction en faisant passer l'original dans sa machine. Après, il a appelé les flics, qui m'ont téléphoné. J'ai eu droit à la visite de deux inspecteurs qui sont restés ici une bonne heure et que, eux, je peux vraiment traiter de crétins sans me soucier de savoir s'ils sont de vos amis ou pas. Avais-je des ennemis ? Certains de mes clients me reprochaient-ils les efforts que j'avais déployés pour les défendre ?... Pour l'amour du ciel ! Les seuls clients qui m'ont adressé des reproches sont ceux qui croupissent derrière des barreaux de prison et dont plus personne ne se soucie, moi le premier.

– Ça fait partie de leur boulot.

– Il faut croire, dit-il, mais il devrait sauter aux yeux que ce type-là n'agit pas pour des motifs personnels. Il a déjà tué quatre bonshommes et s'il a zigouillé le premier, c'est bien parce que Marty McGraw lui a donné le feu vert. Je ne sais pas ce qui me vaut de figurer sur sa foutue liste de types à abattre, mais ce n'est certainement pas qu'il pense que je lui ai demandé trop d'argent pour lui éviter la prison.

– Les flics vous ont-ils proposé de vous protéger ?

– Ils ont parlé de me coller quelqu'un dans l'antichambre de mon cabinet. J'avoue ne pas très bien voir à quoi ça pourrait servir.

– Ça ne peut pas faire de mal.

– Non, mais ça ne peut pas faire beaucoup de bien non plus. J'ai besoin de savoir comment procéder, Matt. Je n'ai aucune expérience dans ce domaine. Personne n'a jamais essayé de me tuer. A part peut-être quand, il y a cinq ou six ans, un certain Paul Masland a menacé de me flanquer son poing dans la figure.

– Un client mécontent ?

– Non, non. Un agent de change qui avait bu un coup de trop. Il m'accusait de baiser sa femme. Quand je pense que j'étais un des rares types de tout l'ouest du Connecticut à ne pas avoir tenté ma chance avec elle !

– Que s'est-il passé ?

– Il m'a balancé un coup de poing, m'a raté, et deux ou trois types l'ont ceinturé. J'ai dit : « Au diable, ce type ! », et je suis rentré chez moi. La fois suivante, lorsque nous nous sommes retrouvés, nous avons tous les deux fait comme si de rien n'était. Mais peut-être ne jouait-il pas la comédie, parce qu'il avait vraiment un peu trop bu ce soir-là. Il n'est pas impossible qu'il ne se soit souvenu de rien. Vous croyez que j'aurais dû parler de Paul à ces deux inspecteurs ?

– Si vous pensez qu'il a pu écrire cette lettre…

– Ça serait étonnant, me renvoya-t-il. Ce pauvre type est mort il y a un an et demi ! Une attaque ou une crise cardiaque, j'ai oublié, mais, cœur ou cerveau, il est cané en trente secondes. Cette andouille n'a même pas eu le temps de comprendre ce qui lui arrivait. Pas comme notre ami Will. Un vrai serpent à sonnettes, ce gars-là, vous ne trouvez pas ? Il commence par vous avertir de ce qui va vous arriver… Matt, dites-moi ce que je dois faire.

– Ce que vous devez faire ? Vous devriez quitter les États-Unis.

– Vous plaisantez ! Et même si vous ne rigolez pas, c'est hors de question.

Je n'en fus pas autrement surpris.

– Où êtes-vous ? lui demandai-je. A votre bureau ?

– Non, j'en suis parti dès que les flics ont débarrassé le plancher. Je suis chez moi, à l'appartement. Vous n'y êtes jamais venu, n'est-ce pas ? Nous nous rencontrions toujours en bas de Manhattan. J'habite au… Ah, mon Dieu ! Vous croyez que je peux le dire au téléphone ? Quoique, de toute façon, s'il a bidouillé mon poste pour me mettre sur écoute, il sait forcément où il a fait son branchement… non ?

Au début de la conversation, il m'avait demandé si sa voix tremblait. Ce n'était pas le cas et rien n'avait changé de ce côté-là, mais son angoisse se marquait de plus en plus à la façon dont il ne cessait de passer du coq à l'âne.

Il me donna son adresse, que je recopiai.

– Ne bougez pas de chez vous, lui dis-je. Appelez le portier et prévenez-le que vous attendez un visiteur du nom de Matthew Scudder. Et recommandez-lui bien de ne pas me laisser monter avant que je lui aie montré une pièce d'identité avec une photo. Dites-lui aussi que je suis la seule personne que vous attendez : il ne doit faire monter personne d'autre. Y compris les flics.

– Bon.

– Et filtrez les appels que vous pourriez recevoir : on ne décroche pas avant d'avoir identifié son correspondant. J'arrive tout de suite.

Lorsque je raccrochai, il y avait deux nouveaux boxeurs sur le ring, des poids lourds, et, mon Dieu, tout ça traînait beaucoup la patte. Je demandai à TJ comment s'était terminé le match précédent.

– Il a tenu la distance, me répondit-il. Non, mais hé, écoute un peu ça ! Pendant une minute ou deux, j'ai même cru que je savais l'espagnol !

– Comment ça ?

– Le type qui annonce le début des reprises... il blablate à n'en plus finir et moi je comprends tout c'qu'y dit ! Alors je m'dis que c'est un miracle et que l'prochain coup, c'est à l'émission « La solution du mystère » que tu m'vois.

– Le combat a lieu dans le Mississippi, lui fis-je remarquer, il parlait anglais.

– Oui, bon, ça, j'savais. Ça a dû m'échapper, quoi ! A force d'entendre les autres baratiner en espagnol ! Et après, quand j'ai entendu parler anglais, j'ai dû m'dire que c'était de l'espagnol et que j'comprenais tout.

Il haussa les épaules et ajouta :

– C'est le jeunot qu'a gagné.

– Normal.

– Et ces deux-là ont pas l'air très pressés. Pour prendre leur temps, ils prennent leur temps...

– Il faudra qu'ils se débrouillent sans moi, lui dis-je. Je dois m'absenter un moment.

– Pour affaires ?

– Disons.

– Tu veux que j'te file le train, enfin… que je surveille tes arrières ?

– Pas ce soir.

Il haussa encore une fois les épaules.

– Mais t'oublie pas d'penser à l'ordinateur.

– J'y penserai.

– Il reste plus des masses de temps si tu veux arriver au XXe siècle.

– Ça m'ennuierait beaucoup de rater ça.

– Même que c'est comme ça qu'ils vont l'coincer, le Will. Avec des ordinateurs.

– Tiens donc.

– Y vont mettre toutes les lettres qu'il écrit dans un ordinateur, y vont appuyer sur les touches qu'il faut et la machine va analyser tous les mots qu'il utilise et te dire que l'enfoiré est du type mâle blanc d'origine scandinave. Même qu'il y manquera deux orteils au pied droit, que ce s'ra un grand fan des Jets et des Rangers et que, quand c'était encore qu'un gamin, sa mama lui flanquait des tournées parce qu'il faisait pipi au lit.

– Et c'est l'ordinateur qui leur dira tout ça ?

– Tout ça et davantage, me renvoya-t-il en souriant. Comment tu crois qu'ils vont le coincer ?

– Médecine légale, lui dis-je. Labo, premières constatations et analyse des lettres qu'il écrit. Je suis sûr qu'ils se serviront d'un ordinateur pour étudier leurs renseignements. Ils s'en servent pour tout et rien, de nos jours.

– Comme tout le monde. Tout le monde sauf nous.

– Et ils se taperont des tonnes de fausses pistes, frapperont à des tas de mauvaises portes et poseront quantité de questions, la plupart totalement inutiles. Et à un moment donné, Will fera une erreur, ou alors les flics auront du bol, ou les deux. Et ils le serreront.

– Peut-être.

– Un truc quand même, lui dis-je enfin. J'espère qu'ils ne le laisseront pas faire trop longtemps. J'aimerais bien qu'ils se dépêchent de le coincer.

2

Tout avait commencé par un éditorial.

Celui de Marty McGraw, bien sûr, publié dans le *Daily News* un mardi du début juin. Intitulée « Puisque vous le demandez… », sa rubrique paraissait tous les mardis, jeudis et dimanches. Véritable institution du journalisme à sensation depuis plus d'une dizaine d'années, ses articles portaient toujours le même titre, mais ne sortaient pas toujours le même jour, ni dans les mêmes journaux. Marty McGraw avait déjà lâché le navire du *Daily News* à plusieurs reprises, pour passer au *Post*, avec un petit arrêt à *Newsday* entre les deux.

« Lettre ouverte à Richard Vollmer », tel était le titre qu'il avait choisi ce jour-là, et c'était bien de ça qu'il s'agissait en effet. Natif d'Albany, Vollmer avait un peu plus de quarante ans et s'était fait souvent arrêter pour des petits délits à caractère sexuel. Mais, quelques années plus tôt, on l'avait expédié en prison pour détournement de mineur. Il s'était bien comporté en thérapie et, son contrôleur ayant écrit une lettre de recommandation au bureau des libérations conditionnelles, il avait retrouvé la vie en société, juré de se conduire comme il fallait et consacré tous ses efforts à aider son prochain.

Pendant qu'il était en prison, il avait beaucoup écrit à une femme qui avait répondu à une de ses petites annonces. Je ne sais pas quel genre de femmes peut trouver astucieux d'échanger des lettres avec un criminel incarcéré, mais Dieu semble en avoir créé beaucoup. D'après Elaine, elles feraient dans le complexe du Messie mâtiné de manque de confiance en soi. Elle dit aussi que c'est là un moyen de se sentir sexy sans jamais avoir à se mettre en frais vu que le bonhomme est derrière des barreaux et qu'il ne peut pas toucher.

Le correspondant de Frances Neagley avait donc été élargi et, n'ayant rien qu'il tînt à retrouver à Albany, était descendu à New York afin de voir à quoi ressemblait la dame. Agée d'une trentaine d'années, Franny était aide-soignante et, depuis la mort de sa mère, vivait seule à Washington Heights, dans un appartement d'Haven Avenue. Elle travaillait à l'hôpital du Columbia Presbyterian, à deux pas de chez elle, offrait ses services à l'église, collectait des fonds pour une association de quartier, nourrissait et chouchoutait trois chats et écrivait des lettres d'amour à des citoyens honorables du type Richie Vollmer.

Elle cessa d'en écrire lorsque celui-ci décida d'emménager avec elle. Il tenait absolument à être la seule crapule de son cœur. Avant longtemps, elle n'eut plus beaucoup de temps à donner à l'église ou à son association de quartier. Elle s'occupait toujours bien de ses chats. Richie les trouvait à son goût et les trois félins étaient fous de lui. Franny l'avait même rapporté à une collègue de travail qui s'inquiétait de la voir vivre avec un ancien prisonnier : « Tu sais comment sont les chats ? avait-elle roucoulé. Y a pas mieux pour juger les gens, et lui, ils l'adorent. »

Étant aussi douée pour juger les gens que ses chats, elle aussi l'adorait. Fait qui vaut d'être noté, la thérapie carcérale n'avait pas modifié les penchants sexuels de son homme, qui, dans l'instant ou presque, s'était remis à séduire des petits innocents. Il commença par attirer des adolescents à l'appartement en leur promettant des parties de cul avec Franny et en leur montrant des Polaroïd de la dame à poil afin de les exciter. (Elle avait les épaules tombantes et les traits un rien bovins, mais en dehors de cela – seins opulents et hanches généreuses – n'était pas des plus laides.)

Avec enthousiasme ou en renâclant, elle donnait aux gamins ce que Richie leur avait promis. Il est vraisemblable que certains de leurs jeunes invités avaient eux-mêmes fait montre de pas mal d'enthousiasme lorsque Richie se joignait à la fête pour les sodomiser. Ce ne devait pas être le cas pour d'autres, mais quel recours auraient-ils pu avoir ? Du genre montagne, Richie était costaud et physiquement capable d'obtenir ce qu'il voulait, et, déjà compromis par leur joyeuse participation à la première phase de la soirée, les gamins ne pouvaient plus reculer.

Il y avait eu escalade. Franny avait vidé son compte à la caisse d'épargne pour acheter un van. Les voisins s'étaient habitués à voir Richie le laver et l'astiquer dans la rue, juste devant l'appartement : il était manifestement très fier de son nouveau jouet. Ils ne savaient pas comment il l'avait aménagé à l'intérieur – avec matelas par terre et lanières fixées aux parois du véhicule. Richie et Franny partaient avec le van et, arrivés dans un coin tranquille, Franny continuait à conduire pendant que Richie passait à l'arrière. Franny repérait un gamin ou une gamine (le sexe importait peu) et le ou la persuadait de monter.

Ils laissaient repartir l'enfant quand c'était terminé. Jusqu'au jour où ils étaient tombés sur une fillette qui n'avait pas arrêté de pleurer. Richie avait trouvé le moyen de la faire taire – et ils avaient abandonné son cadavre dans un coin très boisé du parc d'Inwood Hill.

« On n'a jamais eu mieux, avait-il déclaré à Franny. Sublime, comme un dessert après un bon repas. On aurait dû tous les zigouiller depuis le début.

– Ben, à partir de maintenant…

– Le regard qu'elle avait sur la fin ! Ah ! nom de Dieu !

– Pauvre gamine.

– Ouais, pauvre gamine. Tu sais ce que j'aimerais ? J'aimerais qu'elle soit encore vivante et qu'on puisse se la refaire depuis le début. »

Il suffit. C'étaient des bêtes – terme qu'assez curieusement nous donnons à ceux de notre espèce qui se conduisent comme jamais on ne le ferait au plus bas de la gent animale. Ils trouvèrent une deuxième victime, un garçon cette fois, jetèrent son corps à moins de huit cents mètres du premier, et se firent prendre.

Leur culpabilité ne faisant aucun doute, le dossier aurait

dû être en béton mais, un élément après l'autre, toute l'accusation s'était effondrée. Des tonnes de preuves n'avaient pas été montrées aux jurés, des tonnes de témoignages ne leur avaient pas été soumises parce que, pour une raison ou pour une autre, le juge les avait récusées. Cela ne devait d'ailleurs pas avoir beaucoup d'importance étant donné que Franny avait décidé d'avouer et de charger Richie – ils n'étaient pas mariés et, légalement, rien ne lui interdisait de le faire.

Cette certitude avait pris fin le jour où elle s'était suicidée.

L'affaire fut effectivement portée devant un tribunal, mais le dossier ne pesait pas lourd et son avocat, Adrian Whitfield, étant assez habilement parvenu à faire apparaître les faiblesses de l'accusation, Richie fut libéré. Le juge n'avait retenu que des charges équivalant à un non-lieu et les jurés ne mirent guère plus d'une petite heure et demie pour acquitter le coupable. « C'était horrible, déclara un membre du jury à la presse. Nous étions tous sûrs et certains qu'il avait fait ce qu'on lui reprochait, mais l'accusation ne parvenait pas à en administrer la preuve. Nous avons été obligés de le déclarer non coupable, mais il aurait dû y avoir un autre moyen de le coller en prison. Comment un type de cet acabit peut-il être relâché dans la société ? »

C'était ce que Marty McGraw voulait savoir.

> Vous n'êtes peut-être pas coupable aux yeux de la loi – tonnait-il –, mais, pour moi et pour tous les gens que je connais, vous l'êtes. Qu'une douzaine d'hommes et de femmes que le système oblige à être aussi aveugles que la justice elle-même vous aient libéré…
>
> Il y a trop de types dans votre genre qui passent entre les mailles du filet et font de ce monde un endroit où il ne fait pas bon vivre. Que je vous dise : Dieu de Dieu, j'aimerais beaucoup qu'il y ait un moyen de nous débarrasser de vous. La loi du lynchage était assez ignoble et seul un fou pourrait désirer revenir à pareille époque. Mais vous faites plus qu'il n'en faut pour justifier ce système. Nous ne pouvons pas vous toucher et sommes obligés de vous laisser vivre au

cœur même de notre société comme un virus qu'il serait impossible d'éradiquer. Changer, vous ? Trouver de l'aide, vous ? Comme si cela pouvait suffire de toute façon ! Hocher la tête, traîner ses savates et tromper les thérapeutes, conseillers et autres officiers du bureau de libération conditionnelle, vous savez faire, et avez retrouvé nos trottoirs pour y traquer nos enfants.

Je vous tuerais moi-même bien volontiers, mais ce n'est pas mon style. Peut-être aurons-nous la chance de vous voir dégringoler du trottoir et vous faire renverser par un bus. Si jamais cela devait se produire, je serais plus qu'heureux de verser mon obole au chauffeur pour qu'il puisse assurer sa défense – si le système est assez fou pour l'accuser, s'entend. On devrait plutôt lui donner une médaille – et là aussi, je serais plus qu'heureux de donner mon obole.

Ou bien alors, pour une fois dans cette ignoble vie que vous menez, vous vous conduirez comme un homme et ferez ce qu'il faut. Pourquoi ne pas vous inspirer de l'exemple de Franny et cesser d'empuantir notre atmosphère ? Je ne pense pas que vous ayez le courage de le faire. Peut-être y arriverez-vous un jour, ou alors quelqu'un vous donnera un coup de main. Parce que non, malgré tout ce que les sœurs m'ont enseigné à l'école Saint-Ignace, c'est plus fort que moi : je donnerais tout pour enfin vous voir la corde au cou, accroché à une branche au bout de laquelle vous vous tortilleriez lentement, très lentement dans le vent.

Du plus pur Marty McGraw, et tout à fait dans le genre de ce qui poussait les journaux à sensation à se l'arracher à prix d'or. Comme quelqu'un l'avait dit un jour, sans ses éditos, New York n'aurait pas été New York.

Il s'était essayé à d'autres tâches au fil des ans, pas tout à fait sans succès. Il avait publié plusieurs ouvrages documentaires, et si aucun n'avait été un best-seller, tous avaient été bien accueillis. Deux ans plus tôt, il avait lancé une émission de télévision sur une chaîne câblée locale, mais avait dû renoncer au bout de six mois après s'être disputé avec la direction des programmes. Quelque temps auparavant, il avait écrit une pièce et avait même réussi à la faire monter à Broadway.

Mais c'était grâce à ses éditos qu'il laissait son

empreinte sur la ville. Il avait une façon bien à lui d'articuler la colère et l'impatience de ses lecteurs et de leur souffler de bien meilleures paroles qu'ils n'auraient pu en trouver eux-mêmes, sans pour autant rien sacrifier de sa sainte fureur de petit ouvrier qui parle haut, fort et simplement. Je me souviens d'avoir lu celui qu'il avait consacré à Richie Vollmer et d'avoir, en gros, souscrit à ses opinions. La justice des marges ne me fascine guère, mais il y avait des moments où ça valait mieux que pas de justice du tout. J'aurais vu d'un très mauvais œil des lyncheurs défiler sur les trottoirs de New York, mais s'ils s'étaient arrêtés devant la porte de Richie Vollmer, je ne me serais pas rué pour les empêcher de passer à l'action.

Ce n'était pas que je portais un intérêt particulier aux articles de Marty McGraw. Comme tout le monde, j'étais d'accord avec lui de temps en temps et fronçais les sourcils lorsqu'il simplifiait un peu trop les choses ou se laissait aller à des expressions malheureuses. Cela étant, pour Richie, je m'étais dit qu'il n'aurait en effet pas été bien catastrophique de le retrouver accroché à une branche d'arbre ou à un réverbère. Et, encore une fois comme tout le monde, j'avais tourné la page.

Comme tout le monde, ou presque.

L'article était passé un jeudi, la première édition du journal arrivant dans les kiosques tard le mercredi soir. En plus de huit ou dix lettres de lecteurs – dont deux citées plus tard dans la rubrique « La Voix du Peuple » –, cinq autres étaient parvenues au journal les vendredi et samedi suivants, toutes adressées à McGraw en personne. Parmi elles, celle d'un catholique de Riverdale qui lui rappelait que le suicide est un péché mortel et qu'encourager quiconque à commettre un tel acte, c'était pécher tout autant. Dans les autres, on exprimait en gros son accord avec l'éditorialiste.

McGraw avait une pile de cartes postales préimprimées :

> Cher Monsieur [ou Chère Madame], merci d'avoir pris le temps de m'écrire. Que vous appréciiez ou n'appréciiez

> pas ce que j'ai cru de mon devoir d'écrire, je vous suis reconnaissant de m'avoir répondu et tiens à vous dire combien je suis heureux et fier de vous compter parmi mes lecteurs. J'espère que vous continuerez à lire mes articles dans le *Daily News* des mardi, jeudi et dimanche.

Ceux qui lui écrivaient ne pensaient pas tous à lui communiquer leur adresse – certains même oubliaient de signer –, mais ceux qui le faisaient recevaient une carte postale avec leur nom écrit après « Cher Monsieur » ou « Chère Madame » et un petit commentaire à la fin de la carte : « Merci ! », « A qui le dites-vous ! » ou « Bien vu ! ». Après quoi, McGraw signait ses cartes, les postait et passait à autre chose.

Une des cinq lettres qu'il reçut alors lui donna à réfléchir.

> Votre lettre ouverte à Richard Vollmer est fort provocante – y disait-on pour commencer. Que faire lorsque le système échoue ? Il ne suffit pas de se voiler la face en se félicitant de l'engagement qu'on a pris de respecter les voies du droit au moment même où on se lamente en constatant l'issue malheureuse de telle ou telle affaire. Notre justice criminelle a besoin d'un système de secours, d'un dispositif de sécurité qui corrige les erreurs inévitables d'une institution défectueuse.
>
> Lorsqu'on expédie une fusée dans l'espace, on la construit avec des pièces destinées à remplacer celles qui pourraient venir à lâcher. On pense au facteur imprévu susceptible de faire dévier l'engin de sa trajectoire et on aménage des systèmes propres à corriger de tels écarts au fur et à mesure qu'ils se produiraient. Si l'on prend communément de semblables précautions dans l'espace, pourquoi faire moins dans les rues de nos villes ?
>
> Je vous signale qu'un tel dispositif de secours à notre justice criminelle existe déjà dans les cœurs et les âmes de nos concitoyens et qu'il suffirait de vouloir l'activer. Et je crois que ce désir, nous l'avons. Vos éditoriaux sont la preuve que cette volonté collective existe. Et de cette volonté, la volonté du peuple, je suis, moi aussi, une autre preuve.

Richard Vollmer sera bientôt accroché à votre arbre, car telle est la *Volonté du Peuple.*

La lettre était nettement mieux écrite que la plupart des autres et son auteur l'avait tapée à la machine. McGraw n'avait pas que des clowns et des nuls pour lecteurs et on ne lui signifiait pas toujours son approbation en lui écrivant au crayon pastel sur du papier kraft. Il avait déjà reçu des lettres bien tournées et tapées à la machine, mais toutes étaient invariablement signées et portaient une adresse. Celle-là ne l'était pas et, pour ce qui est de l'adresse, il n'y en avait ni dans la lettre elle-même ni sur l'enveloppe. McGraw se donna la peine de vérifier, mais ne trouva rien en dehors de son nom à lui et de l'adresse du journal.

Il classa la lettre et oublia l'affaire.

Le week-end suivant, juchés sur leurs vélos de cross, deux gamins descendaient à fond de train un sentier en pente raide du parc d'Inwood Hill lorsque, le premier ayant crié quelque chose au second, ils freinèrent tous les deux et s'arrêtèrent dès qu'ils eurent trouvé un endroit assez plat pour le faire.

– T'as vu ça ? demanda le premier.

– Quoi, ça ?

– A l'arbre.

– Quel arbre ?

– Y avait un type accroché à un arbre derrière nous.

– T'es fou, mec ! T'as des hallus ! T'es complètement ravagé !

– Y faut qu'on retourne.

– Quoi, qu'on remonte ? Pour voir un mec au bout d'une corde ?

– Allez, quoi !

Ils remontèrent la pente et, non, le premier enfant n'avait pas eu d'hallucinations. Un homme était effectivement accroché à une grosse branche de pin palustre, à une dizaine de mètres du sentier cyclable. Ils descendirent de vélo et le regardèrent bien comme il faut, l'un des deux gamins se mettant aussitôt à vomir. Le pendu n'était pas beau à voir. Il avait la tête grosse comme un ballon de basket et, complètement étiré par son poids, son cou faisait déjà plus de trente centimètres de long. Si le cadavre ne se tortillait pas lentement, très lentement, dans le vent, c'était tout bêtement qu'il n'y avait pas de vent ce jour-là.

C'était Richard Vollmer, bien sûr – et retrouvé à quelques pas de l'endroit où il avait abandonné ses deux victimes. McGraw crut tout d'abord que ce fumier avait suivi le conseil qu'il lui avait prodigué. Il éprouva une curieuse impression de puissance – qu'il n'avait nullement recherchée –, tout à la fois excitante et dérangeante.

Mais Richie s'était fait aider. Il vivait encore lorsqu'on lui avait passé la corde autour du cou, même s'il était probablement déjà inconscient. L'autopsie fit en effet apparaître qu'on l'avait si sauvagement frappé à la tête qu'à elles seules ses blessures crâniennes auraient pu s'avérer fatales si quelqu'un ne s'était pas donné la peine de lui faire une cravate : l'asphyxie avait été la cause de sa mort.

McGraw ne savait trop qu'en penser. Il lui semblait clair qu'un de ses éditos avait poussé un crétin lambda à commettre ce crime. A tout le moins l'assassin l'avait-il assez écouté pour choisir sa méthode. Si dégoûté fût-il, McGraw ne pouvait pourtant se résoudre à pleurer la mort de Richie Vollmer. Il finit donc par faire ce qu'il faisait déjà depuis des années : il étala ses pensées et ses sentiments dans un nouvel article.

> Je ne peux pas dire que je regrette la disparition de Richie Vollmer – écrivit-il. Tout bien considéré, nous sommes encore des tas de New-Yorkais à continuer de marcher et suer – huit millions au moins, et le décompte n'est pas terminé –, et j'aurais bien du mal à affirmer que la qualité de nos vies sera nettement pire maintenant que Richie est couché dans la tombe. Cela étant, il ne me plairait pas de penser que moi ou l'un quelconque de mes lecteurs ayons contribué à le mettre là où il est.
>
> En un certain sens, oui, l'assassin de Richie Vollmer nous a rendu un service. Vollmer était effectivement un monstre.

> Qu'il aurait recommencé à tuer, personne ne peut en douter sérieusement. Comment donc pourrions-nous ne pas être justement soulagés de savoir qu'il ne le fera pas ?
> Et pourtant, cet assassin nous a aussi rendu un très mauvais service. Lorsque nous nous substituons à la justice, lorsque nous dérobons à la justice le pouvoir de donner la mort, nous ne sommes pas différents de Richie. Oh, bien sûr, nous sommes plus gentils et mieux élevés que lui. Nos victimes méritent ce qu'elles récoltent et nous pouvons nous dire que Dieu est de notre côté.
> Mais en quoi sommes-nous différents de Richie ?
> Parce que j'ai souhaité publiquement sa mort, je vous dois à tous des excuses. Ce n'est pas auprès de Richie que je m'excuse, non. Je ne regrette pas un seul instant qu'il ne soit plus parmi nous. Non, mes excuses, c'est à vous tous que je les adresse.
> Il est évidemment possible que le ou les individus qui ont assassiné Richie n'aient jamais lu mes éditoriaux, qu'ils aient fait ce qu'ils ont fait pour des raisons qui les regardent, qu'entre eux et Richie l'inimitié soit née en prison. C'est ce que j'aimerais croire. J'en dormirais mieux.

McGraw eut la visite des flics, ce qui était à prévoir. Il leur déclara avoir reçu un paquet de lettres où on lui disait son accord ou son désaccord avec son éditorial, mais leur précisa que personne ne s'était offert pour réaliser les désirs qu'il y exprimait. Les flics ne demandèrent pas à voir les lettres. L'article parut et dans le courrier du lendemain McGraw trouva une deuxième lettre de Will.

> Ne vous accusez pas de tout – y lut-il. Il serait intéressant d'analyser jusqu'à quel point votre éditorial m'a inspiré mon acte, mais chercher la cause essentielle de tel ou tel phénomène est toujours et essentiellement vain. Ne pourrions-nous pas plutôt dire avec plus d'assurance que c'est à cause de ses actes monstrueux que Richard Vollmer vous a poussé à écrire ce que vous avez écrit, comme il m'a poussé, moi, à faire ce que j'ai fait ? L'un et l'autre nous avons réagi promptement, directement et convenablement à une situation intolérable, à savoir le fait qu'un assassin d'enfants puisse continuer à se promener librement parmi nous.
> En d'autres termes, nous avons l'un et l'autre incarné pour

un temps la volonté collective du peuple de New York. Et c'est bien là, pour finir, dans cette capacité qu'a le peuple d'exécuter sa volonté que réside l'essence même de la démocratie. Celle-ci est en effet moins à trouver dans le droit de vote et les quelques libertés que nous garantit le *Bill of Rights*[1] que dans le fait d'être gouvernés, ou de nous gouverner nous-mêmes, en fonction de cette volonté collective. Or donc, ne vous considérez pas comptable de cette exécution à point nommé de Richard Vollmer. Accusez-le, lui, si vous le voulez. Ou alors accusez-moi, ou même félicitez-moi, mais sachez que, lorsque vous le ferez, vous ne ferez jamais qu'accuser ou féliciter

la Volonté du Peuple[2].

Un des flics lui ayant laissé sa carte, McGraw la sortit de sa poche et décrocha son téléphone. Il avait composé la moitié de son numéro lorsqu'il raccrocha et recommença l'opération.

Pour appeler d'abord la rédaction du journal et, seulement après, les flics.

« L'ASSASSIN DE RICHIE PREND LA PAROLE », hurlait la manchette du lendemain. Inséré dans la rubrique de McGraw, l'article proprement dit comprenait la copie complète de la lettre de Will, des extraits de la première qu'il lui avait écrite et un compte rendu de l'enquête policière en cours. On y avait ajouté des interviews de psychologues et de spécialistes en criminologie. La rubrique de McGraw proprement dite se trouvait, elle, en page 4 et portait le titre « Lettre ouverte à Will ». Le journaliste y disait en gros que Will avait peut-être eu raison de faire ce qu'il avait fait, mais qu'il fallait quand même qu'il se livre à la police.

Mais rien de tel ne se produisit. Will garda le silence pendant que la police continuait d'enquêter sans arriver à

1. Ou Déclaration des droits. Document incorporé à la Constitution américaine, sous la forme des amendements 1 à 10.

2. En anglais dans l'original : *the Will of the People*, d'où le surnom, Will (conservé dans notre traduction), dont les New-Yorkais ont affublé l'auteur des lettres.

rien. Puis, environ une semaine plus tard, McGraw trouva une nouvelle lettre de Will dans son courrier.

Il s'y attendait et ouvrait l'œil au cas où il y aurait eu une grande enveloppe avec son adresse et aucune mention de l'expéditeur, mais cette fois-ci l'enveloppe était de petite taille, la mention du destinataire écrite au stylo à bille, et il y avait une adresse où joindre Will. McGraw se dépêcha d'ouvrir l'enveloppe. Il déplia l'unique feuille de papier qui s'y trouvait, vit les caractères et la signature en majuscules d'imprimerie et laissa tomber la lettre comme un tison ardent.

« Lettre ouverte à Patrizzio Salerno », commençait-elle. McGraw se mit à lire et découvrit une quasi-parodie de sa propre lettre ouverte à Richie Vollmer. Gangster local, Patsy Salerno était le chef d'une des cinq grandes familles de la Mafia et, cible ô combien fuyante d'une enquête pour association de malfaiteurs, avait survécu à d'innombrables tentatives destinées à le mettre sous les verrous. Will détaillait ensuite les divers crimes que Salerno avait commis contre la société. « Vos propres cohortes ont plusieurs fois tenté de nous débarrasser de vous », écrivait-il en faisant allusion à divers attentats auxquels Patsy avait échappé au fil des années. Puis il lui suggérait de faire, pour une fois, du bien à la société en se suicidant, et précisait que, au cas où il échouerait, l'auteur de la lettre se verrait dans l'obligation d'agir.

> En un sens – concluait-il – je n'ai d'ailleurs guère le choix. Je ne suis, après tout, que
>
> *la Volonté du Peuple.*

L'histoire fit vendre beaucoup de journaux. Si personne ne réussit à interviewer Salerno, son avocat se défendit fort bien dans la presse en présentant son client sous les traits d'un innocent businessman que la justice persécutait depuis des éternités. Il voyait d'ailleurs dans ce dernier outrage le summum de la persécution : ou bien « Will » s'était lancé dans cette croisade de cinglé suite aux mensonges répandus par la justice sur le compte de Patrizzio

Salerno, ou bien alors il n'y avait pas de « Will » et il ne s'agissait là que d'une manœuvre subtile du gouvernement fédéral destinée à trouver, voire inventer, de nouvelles preuves contre Patsy. L'avocat penchait plutôt pour cette dernière hypothèse, mais avait décliné l'offre de protection rapprochée de son client que lui avait faite la police de New York.

« Vous voyez un peu les flics protéger Patsy ! s'écria dans le courrier des lecteurs du *Post* un petit malin qui avait tenu à garder l'anonymat. Il vaudrait mieux que ce soit l'inverse ! »

Toute l'histoire marcha du tonnerre dans la presse écrite et à la télé locale, mais commença à péricliter au bout de quelques jours parce qu'il n'y avait plus rien pour l'alimenter. Jusqu'au dimanche soir suivant, où Patsy alla dîner dans un restaurant d'Arthur Avenue, dans le Bronx. Je ne me souviens pas de ce qu'il mangea, bien que les journaux nous aient donné la liste de tous les plats qu'il avait choisis au menu, mais à un moment donné il gagna les toilettes… où quelqu'un le rejoignit un peu plus tard en se demandant ce qui pouvait bien lui prendre tant de temps.

Patsy était étalé de tout son long par terre, quelques longueurs de corde à piano serrées autour du cou. Sa langue, qui avait doublé de volume, lui sortait de la bouche, et il avait les yeux complètement exorbités.

Naturellement, la folie s'empara des médias. Les présentateurs de talk-shows des chaînes nationales firent venir leurs experts sur les plateaux pour débattre de la mentalité du lyncheur et de la psychologie toute spéciale de Will la Volonté du Peuple. Quelqu'un s'étant rappelé *J'ai une petite liste*, air tiré de la comédie musicale *Le Mikado*, il s'avéra que des petites listes de « criminels qui feraient mieux d'être sous terre », comme on dit dans cette œuvre de Gilbert et Sullivan, tout le monde en avait. Dans son émission du soir, David Letterman y alla de ses Dix Meilleures Personnalités à abattre, les trois quarts de celles-ci comptant parmi les plus grands noms du showbusiness. (D'après la rumeur, il y aurait eu pas mal de tractations en coulisse sur la question de savoir s'il convenait ou non d'y faire figurer le satiriste Jay Leno en première place, alors que Letterman, son grand rival pour cette tranche d'audimat, ne fut même pas mentionné.)

Ils furent naturellement très nombreux à se faire passer pour Will et à revendiquer ses actes. La police ouvrit un numéro vert pour les appels concernant l'affaire et, comme c'était à prévoir, fut inondée de coups de fil émanant de faux Will qui voulaient passer aux aveux. Des lettres ouvertes adressées à divers citoyens, et toutes prétendument écrites par Will, encombrèrent bientôt les bureaux du *News*. McGraw lui-même eut droit à deux ou trois menaces de mort : « Lettre ouverte à Marty McGraw... C'est toi qui as commencé ce bazar, espèce d'enfoiré, ton tour est venu... » Poussés, en public comme en privé, à deviner qui serait la prochaine cible du tueur, bon nombre de gens suggérèrent ceux qui leur paraissaient être les meilleurs candidats.

Mais tout le monde était sûr d'au moins une chose : il y aurait une troisième victime. S'arrêter à deux, personne ne le ferait. Un, d'accord, trois, peut-être, mais non : s'arrêter à deux, personne ferait ça.

Will ne déçut pas, même si beaucoup furent surpris par le choix auquel il s'arrêta. « Lettre ouverte à Roswell Berry » fut en effet le titre qu'il retint avant d'accuser le plus célèbre militant anti-avortement de New York d'être un vulgaire assassin en liberté.

> Vos discours ont amené vos partisans à commettre des violences à d'innombrables reprises – déclara-t-il, violences qui, par deux fois au moins, ont entraîné la mort. L'attaque de la clinique de la 137e Rue et le meurtre d'une infirmière et d'un médecin de Ralph Avenue ne sont rien de plus que des crimes gratuits. Chaque fois, vous avez soutenu le pour et le contre et vous êtes dissocié de ces actes tout en y saluant un moyen que justifierait la fin et un mal nettement moindre que l'avortement... Vous vous faites le champion de ce qui n'est pas encore né, mais l'intérêt que vous portez au fœtus cesse à la naissance

même de l'enfant. Vous vous élevez contre le contrôle des naissances, l'éducation sexuelle et tous les programmes d'aide sociale qui pourraient réduire la demande d'avortements. Vous êtes méprisable et, semblerait-il, intouchable. Sachez donc que personne n'échappe longtemps à

la Volonté du Peuple.

Berry n'était pas à New York lorsque la lettre atterrit sur le bureau de Marty McGraw. Il se trouvait à Omaha, où il avait décidé d'organiser une grande manifestation contre une clinique d'avortement de la ville. « Je fais le travail de Dieu, déclara-t-il devant les caméras de télévision. C'est Sa volonté que j'exécute et je suis prêt à l'opposer à toute prétendue Volonté du Peuple. » A un autre reporter il dit encore que, quelles que fussent les intentions de Will à son endroit, celui-ci devrait attendre son retour à New York, étant donné qu'il entendait bien rester à Omaha quelque temps encore.

La volonté de Dieu… Aux Alcooliques anonymes, c'est seulement pour la connaître et avoir la force de l'exécuter qu'on nous conseille de prier. Jim Faber, mon responsable, m'a toujours dit qu'il n'y avait rien de plus facile que de la connaître : il suffit d'attendre et de voir ce qui se passe, point à la ligne.

Roswell Berry était peut-être en train de faire le travail de Dieu, mais il fut vite clair que Celui-ci n'avait aucune envie de le voir continuer. Si, comme il l'avait promis, Berry resta effectivement quelque temps encore à Omaha, il revint à New York dans un cercueil.

C'est une femme de ménage de l'Omaha Hilton qui le trouva mort dans sa chambre. Le meurtrier, et cela ne manquait pas d'humour, lui avait passé un cintre autour du cou.

L'affaire était évidemment du ressort de la police d'Omaha, mais celle-ci accueillit à bras ouverts les deux inspecteurs qui arrivèrent de New York pour consultation et échange de renseignements. Rien ne prouvant qu'il fallût lier l'assassinat de Berry aux meurtres de Vollmer et de Salerno – rien, s'entend, en dehors du fait que Will l'avait épinglé dans sa lettre ouverte –, on se demanda si, reprenant son idée, quelque natif d'Omaha n'avait pas réglé le problème sur le plan local.

Dans la lettre qui suivit – comme les autres, elle fut envoyée à Marty McGraw –, Will étudia lui aussi la question.

> Me suis-je rendu à Omaha pour en finir avec M. Berry ? Ou bien alors est-ce un citoyen d'Omaha qui, ne supportant plus de devoir s'accommoder du désordre que Roswell Berry imposait à l'équilibre urbain de cette bonne cité, a décidé de prendre personnellement les choses en main ? La belle affaire que voilà, mes amis ! Quelle importance cela pourrait-il bien avoir ? De moi-même, je ne puis rien faire, comme quelqu'un l'aurait dit dans un contexte légèrement différent[1], et c'est seulement la volonté du peuple qui s'accomplit à travers moi. Si d'autres mains que les miennes ont effectivement porté le couteau dans le cœur impitoyable de Roswell Berry, il est tout aussi vain de chercher à connaître ma responsabilité dans cette affaire que d'essayer de déterminer jusqu'à quel point vos écrits ont influé sur mes actes. Car, seuls ou ensemble, tous nous ne faisons qu'exprimer
>
> *la Volonté du Peuple.*

Cela ne manquait pas d'astuce. Will ne disait pas s'il s'était rendu à Omaha ou non, prétendant que cela n'avait aucune importance. Dans le même temps, il répondait presque à la question en révélant que Berry avait été poignardé, ce que les autorités d'Omaha avaient caché à la presse. (Ces mêmes autorités auraient aussi beaucoup aimé taire l'histoire du cintre, mais il y avait eu une fuite et le détail était par trop symbolique pour que les journaux consentent à le passer sous silence. Il avait été plus facile de ne rien dire du coup de couteau dans la mesure où on ne l'avait découvert qu'en déposant le cadavre de Roswell Berry sur la table d'autopsie. Berry avait été tué d'un seul

1. Jésus-Christ (Évangile selon saint Jean, 5, 30).

coup au cœur, l'instrument étant une dague ou un couteau à lame étroite. La mort avait été quasi immédiate et, la victime n'ayant pratiquement pas saigné, la blessure n'avait pas été décelée tout de suite, ce qui expliquait le silence des journaux sur ce point.)

Roswell Berry était en apparence une cible difficile à atteindre. Alors au beau milieu du pays, il était descendu dans un hôtel où on ne plaisantait pas avec la sécurité et se faisait toujours accompagner par un groupe de gardes du corps dévoués, des jeunes hommes aux épaules larges, habillés de pantalons en popeline et de chemises blanches à manches courtes, et Dieu qu'on ne souriait guère et qu'on avait le cheveu au ras du crâne ! (Un commentateur n'avait pas hésité à les traiter de « Voyous de Jésus ».) On se perdit donc beaucoup en conjectures sur la manière dont Will s'y était pris pour se faufiler entre eux, pénétrer dans l'hôtel et en ressortir impunément.

« WILL, LE FEU FOLLET ? » s'était interrogé le *Post* en première page.

Si Berry était une cible difficile à atteindre, la suivante, elle, tenait de l'impossible.

« Lettre ouverte à Julian Rachid », tel fut le titre de la lettre que Will écrivit en effet à Marty McGraw et qu'il lui envoya une dizaine de jours après avoir répondu de manière ambiguë aux questions qu'on se posait sur la mort de Berry. Dans ce document, il accusait le suprématiste noir de fomenter la haine raciale dans le seul but de se mettre en avant.

> Vous avez fait une seigneurie du déplaisir de certains – écrivit-il ainsi. Votre pouvoir se nourrit de la haine et de l'amertume que vous créez. Vous en appelez à la violence ? La société que vous vilipendez est enfin prête à retourner cette violence contre vous.

La première fois qu'il avait défrayé la chronique, Rachid était titulaire de la chaire d'économie du Queens College. Julian Wilbur de son vrai nom, il avait laissé tomber Wilbur pour passer à Rachid lorsqu'il avait commencé à formuler ses thèses. Ce changement de patronyme n'avait rien à voir avec une quelconque conversion à l'islam et reflétait seulement l'admiration qu'il portait au légendaire Haroun al-Rachid.

D'après ses théories, qu'il exposait en cours bien qu'elles n'eussent qu'un lien assez peu démontrable avec l'économie, à l'origine de la race humaine il y aurait eu des Noirs qui, fondateurs des civilisations disparues de l'Atlantide et de la Lémurie, auraient été les Grands Ancêtres qu'à travers le monde entier on révérait dans la préhistoire des sociétés. Ils auraient ainsi érigé les alignements de Stonehenge et sculpté les statues de l'île de Pâques.

Les Blancs auraient ensuite surgi à la manière d'une plaisanterie génétique et n'auraient été que mutation de la pure race noire. Tout comme leur peau manquait de mélanine, les Blancs, côté âme, manquaient d'humanité véritable et leur corps en était tout rabougri : incapables de courir aussi loin ou aussi vite que les Noirs, ils ne pouvaient pas non plus sauter aussi haut qu'eux parce que le lien primal qui unit les hommes à la pulsation même de la terre leur faisait défaut. Bref, ils n'avaient pas le sens du rythme. Assez perversement cependant, c'était à cause même de cette inhumanité fondamentale qu'ils arrivaient à dominer les Noirs, trait qui les conduisait à subjuguer, trahir et subvertir ces derniers chaque fois que les deux races se trouvaient en présence. C'était en particulier à de tardifs rejetons de cette sous-race blanche qu'était échu le rôle de grands architectes de l'asservissement de la race noire. Ces chiens bâtards qui se trouvaient ainsi au cœur de tout l'édifice n'étaient autres, surprise, surprise, que les Juifs.

« Si jamais il y a des êtres vivants sur Saturne et qu'on y va un jour, m'avait dit Elaine, on découvrira sûrement qu'ils ont trois paires d'yeux, cinq sexes et quelque chose contre les Juifs. »

Toujours selon Rachid, chaque fois qu'on lui en donnait l'occasion le Noir montrait sa supériorité naturelle – à la course, au base-ball, au football et au basket-ball, voire jusque dans ce qu'il appelait les « sports juifs » tels le golf, le tennis et le bowling. (S'il y avait peu de grands champions d'équitation noirs, expliquait-il encore, c'était parce que monter à cheval impliquait que le cavalier asservisse sa monture.) Les échecs, pour lesquels Rachid semblait pris d'une véritable passion, prouvaient, eux aussi, la supériorité noire. Ce jeu d'intelligence était en effet l'objet d'études livresques chez les Juifs et leurs affidés alors que les enfants noirs le comprenaient d'instinct et y jouaient très bien sans même avoir à l'apprendre.

C'était maintenant le « fardeau de l'homme noir », je cite, que de se séparer entièrement de la société blanche et d'exercer sa suprématie naturelle dans tous les domaines de l'entreprise humaine, de dominer, voire, si le besoin s'en faisait sentir, de mettre les Blancs en esclavage afin d'introniser un troisième millénaire qui serait celui d'une civilisation dirigée par les Noirs si, point essentiel, on voulait que la planète entière en réchappe.

Chose assez prévisible, un fort mouvement s'était dessiné pour virer Rachid de sa sinécure au Queens College. (Ray Gruliow avait représenté le professeur dans le combat victorieux qu'il avait mené pour s'accrocher à son poste et avait déclaré avec insistance que, personnellement, il aimait beaucoup son client. « Je ne sais pas jusqu'où il croit à ses sornettes, m'avait-il confié un jour, mais ça ne l'a pas empêché d'engager un avocat juif. ») Rachid avait gagné son procès, puis, coup de théâtre, avait démissionné et annoncé qu'il allait fonder sa propre académie. Ses partisans ayant réussi à acquérir tout un pâté d'immeubles dans le quartier de Saint-Albans, on y avait vite fait construire un complexe entouré d'un mur d'enceinte pour accueillir la nouvelle université noire et la plupart de ses étudiants et professeurs.

Julian Rachid s'y installa, avec ses deux épouses et plusieurs enfants. (La rumeur l'accusa aussitôt, c'était inévitable, d'éprouver une véritable passion pour les Blanches, mais ses deux épouses avaient la peau noire et les traits africains. De fait, elles se ressemblaient si fort que la rumeur, cette fois, l'accusa de coucher avec deux sœurs

– qui peut-être même étaient jumelles.) Un garde fut chargé de surveiller les quartiers du professeur vingt-quatre heures sur vingt-quatre, une phalange de jeunes gens en armes et uniformes kaki accompagnant ce dernier chaque fois qu'il quittait sa demeure, qui, elle aussi, fut bientôt fortifiée et gardée vingt-quatre heures sur vingt-quatre.

Lors d'une conférence de presse donnée peu après que la dernière lettre de Will eut été publiée, Rachid annonça qu'il relevait avec plaisir le défi qu'on lui lançait. « Qu'il vienne donc un peu ! s'écria-t-il. C'est vrai qu'il incarne la volonté de son peuple. Celui-ci nous a toujours haïs, et maintenant qu'il ne peut plus nous dominer il aimerait bien nous annihiler. Or donc, qu'il vienne à moi et que la volonté de la race blanche se brise sur le roc de la volonté noire. Nous verrons bien quelle volonté l'emportera. »

Rien ne se passa pendant une semaine. Puis, un jour, la police fut convoquée à la forteresse de Saint-Albans, où elle n'avait jusqu'alors jamais osé pénétrer. Un groupe de partisans de Rachid, certains comptant parmi ses gardes du corps en uniforme, plus quelques autres jeunes gens et enfants qui pleuraient, conduisirent les flics jusqu'à la chambre du maître. Rachid était dans son lit. Enfin… son corps y était. Car sa tête, elle, reposait sur un petit autel qu'il avait fait élever à l'autre bout de la chambre et regardait fixement tout le monde au milieu d'une forêt de sculptures sur bois et autres colliers de perles pour le troc. Rachid avait été décapité – d'un seul coup d'un seul, l'autopsie le montra – à l'aide d'une hache de cérémonie, objet de grand prix ayant jadis appartenu à la tribu des Senufos, en Côte-d'Ivoire.

Comment Will y était-il arrivé ? Comment avait-il réussi à s'introduire dans une forteresse à la sécurité absolument hermétique et à en ressortir ainsi qu'un fantôme ? Les théories se multiplièrent. Will était noir, certains l'assurèrent, un docteur en linguistique comparée de l'université Columbia venant promptement étayer cette hypothèse à l'aide d'une analyse graphologique de ses lettres.

A l'entendre, tout démontrait l'origine africaine de celui qui les avait écrites. D'autres affirmèrent au contraire que Will s'était déguisé en Noir en s'enduisant la figure de cirage comme jadis les acteurs de vaudeville. Les deux positions furent dûment passées au crible du politiquement correct. Était-il raciste d'inférer que Will était blanc ? L'était-il plus encore de penser qu'il était noir ? La hache senufo n'étant pas la seule à déterrer à New York, tout un chacun brandit bientôt la sienne.

Le débat ne faisait que s'échauffer lorsque la police annonça qu'elle avait procédé à l'arrestation de Marlon Scipio, associé fidèle de Rachid et membre du premier cercle de ses confidents. Scipio (né Marlon Simmons – c'était Rachid qui lui avait suggéré ce changement de patronyme, en hommage à Scipion l'Africain) avait craqué lors d'un interrogatoire et reconnu qu'il avait profité de l'occasion que lui offrait la dernière lettre de Will pour se venger d'une injure qui ne datait pas de la veille. Sa libido ne trouvant apparemment pas à se rassasier de ses deux épouses officielles (sœurs, jumelles ou autres, la question était toujours pendante), Maître Rachid avait eu une aventure avec Mme Scipio. N'ayant, lui, jamais qu'une femme, M. Scipio n'avait guère apprécié. Lorsque l'occasion s'était enfin présentée, il avait donc décroché la hache senufo du mur et raccourci le professeur d'une tête.

Will s'en montra si heureux qu'on aurait pu croire qu'il avait fait le coup lui-même. Dans la lettre qu'il posta quelques heures après l'arrestation et les aveux de Scipio, il reprit le thème qu'il avait développé après la mort de Roswell Berry : la volonté du peuple avait trouvé un moyen de s'exprimer. Comme s'il était important de savoir qui avait brandi la hache !

Et puis Will avait laissé tomber pendant une bonne dizaine de jours. D'autres voix se firent entendre, d'autres coups de fil furent passés et d'autres lettres écrites, leurs auteurs se réclamant tous de « Will la Volonté du Peuple » alors que c'était manifestement faux. On eut même droit à deux alertes à la bombe, la première réussissant à vider entièrement un immeuble de bureaux du centre-ville. McGraw reçut un message manuscrit intitulé « Lettre ouverte au soi-disant Marty McGraw » dans lequel un inconnu à moitié illettré l'accusait de favoriser la terreur que Will faisait régner sur New York. « Tu paieras dans le sang, trou du cul », concluait-il, sa signature, un grand X en rouge, occupant tout le bas de la feuille. (Après analyse en laboratoire, on découvrit que ce X n'avait pas été écrit avec du sang, mais avec un gros Magic Marker de couleur rouge.)

Les flics ne mirent que deux jours à épingler M. X. Celui-ci, on eut tôt fait de l'apprendre, avait rédigé sa lettre suite à un pari et s'était empressé de s'en vanter dans un bar. « Il se prend pas pour une merde, celui-là », avait-il dit de Marty McGraw, mais, en dehors de cela, il n'avait rien contre lui et ne lui voulait certainement pas le moindre mal. Le pauvre mec fut accusé de menaces de mort et de coercition avec préméditation, ce dernier délit étant passible d'une peine de prison. Je me dis que le juge lui permettrait certainement de plaider le simple désordre sur la voie publique et qu'il s'en tirerait avec une condamnation assortie d'un sursis. En attendant, le petit rigolo était en liberté sous caution et pas très fier de ce qu'il avait fait.

Et la ville continua de supputer. Chaque jour qui passait donnait naissance à de nouvelles plaisanteries. (Un publiciste à son client : « J'ai une bonne et une mauvaise nouvelle à vous annoncer. La bonne est que vous allez passer à la une du *Daily News*. La mauvaise ? C'est Marty McGraw qui s'est chargé de rédiger l'article. ») Will ne cessait d'atterrir dans les conversations, comme cela s'était produit un peu plus tôt chez moi, lorsque TJ m'avait assuré que ce serait grâce à des ordinateurs que, tôt ou tard, on découvrirait l'identité véritable du tueur. Naturellement aussi, on se perdait en conjectures sur le genre d'individu qu'il était – et la vie qu'il devait mener. Un présentateur de radio qui n'avait pas froid aux yeux invita ainsi ses auditeurs à lui soumettre des noms de candidats à la mort.

« On verra bien qui récoltera le plus de suffrages, lança-t-il à son public invisible, et je vous promets de vous donner les résultats sur nos ondes. On ne sait jamais… Et si Will nous écoutait, hein ? Et si c'était un grand fan de notre station ?

– S'il est en train de nous écouter, ronronna sa comparse, il vaudrait mieux pour toi que ce soit un fan ! »

L'émission était passée un vendredi. Lorsqu'il reprit l'antenne le lundi matin suivant, le présentateur déclara qu'il avait changé d'idée.

« Nous avons reçu des tonnes de lettres, dit-il, mais vous savez quoi ? Je ne vais pas vous donner les résultats. En fait, je ne vais même pas faire les décomptes. Je trouve tout cela parfaitement cinglé, et pas seulement notre enquête, non : toute la fièvre qui s'est emparée de la ville. Côté instincts les plus bas, c'est plutôt réussi ! Vous ne croiriez pas le genre de blagues qu'on raconte un peu partout. C'est vraiment dingue et complètement dégueulasse ! »

Et pour le démontrer, il s'était empressé de lâcher quatre noms d'un seul coup.

Les flics subissaient, évidemment, d'énormes pressions pour retrouver l'assassin et clore le dossier. Mais l'urgence était bien différente de celle qui avait régné pendant qu'ils traquaient le Fils de Sam, voire pendant toutes les chasses à l'homme auxquelles ils s'étaient livrés au fil des ans afin de retrouver tel ou tel autre tueur en série. Personne n'avait peur de se balader dans les rues et de se faire suivre par un Will qui aurait brusquement ouvert le feu à la mitraillette. Si le citoyen lambda n'avait rien à craindre de Will la Volonté du Peuple, c'était bien que celui-ci ne s'en prenait pas au citoyen lambda. Tout au contraire, il prenait pour cibles des personnages importants, quand ce n'étaient pas des célébrités. Richie Vollmer, Patsy Salerno, Roswell Berry et, indirectement, Julian Rachid, il n'était que de penser à la liste de ses victimes. Quelque place qu'on occupât dans la société civile ou politique, on ne pouvait guère que se féliciter des exécutions auxquelles il procédait : côté victimes, on ne pouvait pas trouver mieux.

Et c'était maintenant Adrian Whitfield qu'il avait dans son collimateur.

3

– Que je vous dise, me lança-t-il, je ne sais absolument pas quoi en penser. Un coup, je rigole de sa dernière plaisanterie, et je n'ai pas le temps de dire ouf que, l'instant d'après, je me rappelle que c'est moi qui vais en faire les frais. Et vous savez quoi ? Brusquement, ça ne me fait plus rire du tout.

Nous nous trouvions dans son appartement, au vingt et unième étage d'un immeuble locatif d'avant guerre sis entre Park Avenue et la 84e Ouest. Adrian Whitfield était grand (environ un mètre quatre-vingt-dix) et maigre, mais solide et assez beau dans le genre patricien. Ses cheveux noirs avaient, pour l'essentiel, viré au gris, ce qui lui donnait encore plus de présence au prétoire. Il était toujours en costume de ville, mais avait ôté sa cravate et ouvert son col de chemise.

Debout à côté du bar, il tenait une pince à glace à la main et s'en servait pour remplir un grand verre de glaçons. Il y ajouta de l'eau gazeuse et le reposa sur le comptoir, puis laissa encore tomber quelques glaçons dans un verre plus petit, qu'il remplit ensuite de scotch malté – j'en reconnus l'odeur au moment même où il versait le liquide, c'était fort et ça sentait bon la fumée, comme du tweed mouillé qui sèche à côté d'un feu de bois.

Whitfield me tendit le grand verre et garda le petit.

– Vous ne buvez plus ? me dit-il. Moi non plus.

Mon visage avait dû trahir quelque chose.

– Ha ! s'exclama-t-il en regardant son verre. Non, ce que je veux dire par là, c'est que je ne bois plus autant qu'avant. Je buvais nettement plus quand je vivais dans le

Connecticut, mais, à mon avis, c'était parce que je fréquentais des gens qui avaient une sacrée descente. Un petit whisky avant le repas, je ne vais guère plus loin que ça aujourd'hui. Ce soir est une exception.

– On peut comprendre.

– En quittant le bureau, reprit-il, juste après m'être débarrassé des flics, je me suis arrêté à un bar au coin de la rue et m'en suis enfilé un avant de sortir appeler un taxi. Je ne me rappelle même pas la dernière fois où j'ai fait ça. Je n'ai rien senti. Je me le suis juste jeté dans le gosier avant de ressortir. Et j'en ai repris un autre en entrant ici – vite, vite, je traverse la pièce et je me le sers sans réfléchir.

Il regarda encore une fois le verre qu'il tenait dans sa main.

– Et je vous ai appelé, ajouta-t-il.

– Et me voici.

– Et vous voici, et c'est le dernier verre que j'avale avant d'aller me coucher, et je ne suis même pas sûr d'arriver à le finir. « Lettre ouverte à Adrian Whitfield » ! Vous voulez savoir ce qui me déprime le plus dans cette histoire ?

– Le sac dans lequel il vous met.

– Exactement ! Mais... comment diable avez-vous deviné que c'était ça que j'allais dire ? Si c'est pas la pensée claire du buveur d'eau gazeuse !...

– Si, si, ça l'est.

– Vollmer, Salerno, Berry et Rachid. Un assassin d'enfants, un tueur de la Mafia, un lanceur de bombes qui s'en prend aux cliniques d'avortement et un raciste noir ! Je suis diplômé de Williams College et de l'école de droit de Harvard. Je suis inscrit au barreau et officier de justice au tribunal. Voulez-vous me dire comment je peux me retrouver sur la même liste que ces quatre parias ?

– Le problème, lui répondis-je, c'est que cette liste, c'est Will qui la dresse. Il n'est pas tenu de se montrer logique.

– Vous avez raison, dit-il.

Il gagna un fauteuil, s'y affala, tint un instant son verre à la lumière, puis le reposa sans y avoir goûté.

– Tout à l'heure, vous m'avez suggéré de quitter le pays. Vous exagériez pour me faire comprendre des choses, n'est-ce pas ?

– Non, j'étais sérieux.

– C'est bien ce que je craignais.

– Si j'étais à votre place, repris-je, je filerais à l'étranger, et vite fait encore ! Vous avez un passeport, n'est-ce pas ? Où le rangez-vous ?

– Dans mon tiroir à chaussettes.

– Mettez-le dans votre poche, préparez des vêtements de rechange et tout ce que vous réussirez à fourrer dans un sac que vous pourrez prendre avec vous dans l'avion. Emportez tout le liquide que vous avez dans la maison et ne vous inquiétez pas si ça ne fait pas lourd. Vous n'êtes pas en cavale et vous pourrez donc rédiger des chèques et vous servir de vos cartes de crédit où que vous atterrissiez. Vous pourrez même tirer du liquide : il y a des distributeurs du réseau ATM dans le monde entier.

– Et je vais où ?

– C'est à vous de voir… et ne me le dites surtout pas. Je vous suggère une capitale européenne. Descendez dans un trois ou quatre étoiles et informez le directeur que vous tenez à vous y faire inscrire sous un faux nom.

– Et après ? Je m'enferme dans ma chambre ?

– Je ne pense pas que ce soit nécessaire. Will a suivi Roswell Berry jusqu'à Omaha, mais il n'a pas eu à le rechercher. Berry passait tous les soirs aux infos, où on le voyait balancer du sang de bœuf sur *x* médecins et infirmières. Et il n'y a pas besoin de passeport pour entrer au Nebraska. Je dirais que si vous quittez le pays sans laisser clairement entendre où vous vous rendez, Will trouvera sans doute nettement plus simple d'envoyer vite fait une petite lettre à quelqu'un d'autre que de se casser la nénette à vous retrouver. Sans compter qu'il pourra toujours déclarer qu'il a remporté la partie en vous terrorisant tellement que vous avez décidé de filer à l'étranger.

– Et il n'aurait pas tort.

– C'est vrai, mais vous, vous serez toujours en vie.

– Avec une image un peu ternie sur les bords, vous ne pensez pas ? L'intrépide avocat de la défense qui fuit son pays parce qu'une lettre anonyme lui fout la trouille ? Ce n'est pas la première fois qu'on m'envoie des menaces de mort, vous savez ?

– Je veux bien vous croire.

– L'affaire Ellsworth m'en a valu une tripotée : « Espèce d'enculé, si jamais ce mec ne va pas en taule, t'es mort ! » Sauf que, Jeremy n'ayant pas échappé à la prison, on ne saura jamais le fin mot de l'histoire.

– Qu'avez-vous fait de ces lettres ?

– Ce que j'en ai toujours fait : je les ai transmises à la police. Pas que j'aurais attendu beaucoup de sympathie de ce côté-là. Les flics n'étaient pas chauds pour m'aider à faire acquitter Jeremy Ellsworth. Ils ont enquêté, mais je ne pense pas qu'ils aient poussé très loin.

– Ils auraient creusé nettement plus si vous vous étiez fait descendre, lui fis-je remarquer.

Il me regarda d'un drôle d'air.

– Je ne quitterai pas New York, dit-il enfin. C'est hors de question.

– C'est vous qui décidez.

– Écoutez, Matt, les menaces de mort, ça court les rues. Tous les avocats au criminel en ont plein leurs tiroirs. Regardez Ray Gruliow, pour l'amour de Dieu ! Combien pensez-vous qu'il en ait reçu dans sa carrière ?

– Pas mal.

– Si je me souviens bien, on est allé jusqu'à tirer dans les fenêtres de sa maison de Commerce Street ! Même que, à l'entendre, ce seraient des flics qui auraient fait le coup.

– Il n'a jamais pu le prouver, lui répondis-je, mais ce serait assez logique. Où voulez-vous en venir ?

– A ce que j'ai ma vie à vivre et que je ne peux pas laisser un truc comme ça m'obliger à cavaler comme un lapin. Et vous, vous n'en avez pas eu, des menaces de mort ? Je parierais bien que si.

– Pas tant que ça. C'est vrai aussi que mon nom apparaît rarement dans les journaux.

– Mais vous en avez eu.

– Oui.

– Et vous avez aussitôt préparé un petit sac pour sauter à bord du premier avion qui décollait ?

J'avalai une gorgée d'eau gazeuse et me souvins.

– Il y a quelques années de ça, lui répondis-je, un type que j'avais expédié en prison en est ressorti bien décidé à me faire la peau. Il allait commencer par zigouiller toutes les femmes de ma vie. Je n'en avais pas à l'époque, mais il s'avéra que sa définition était plus large que la mienne.

– Qu'avez-vous fait ?

– J'ai appelé une ex-petite amie pour lui conseiller de faire ses valises et de quitter le pays. Et c'est très exactement ce qu'elle a fait.

– Et elle s'en est sortie. Mais… et vous ? Qu'est-ce que vous avez fait ?

– Moi ?

– Oui, vous. Moi, comme ça, je dirais que vous êtes resté.

– Je suis effectivement resté et me suis lancé aux trousses de mon bonhomme. Mais ce n'était pas la même chose. Je savais qui c'était. J'avais quelques chances de le coincer avant qu'il me descende.

Je fronçai les sourcils en y repensant, puis ajoutai :

– Mais, même comme ça, j'ai été à deux doigts d'y passer. Et Elaine en a réchappé encore plus de justesse. Elle a reçu un coup de couteau et a dû se faire ôter la rate. Elle a bien failli en mourir.

– Vous ne m'avez pas dit qu'elle avait quitté le pays ?

– Non, ça, c'était une autre, une ancienne amoureuse. Elaine est mon épouse.

– Pour quelqu'un qui n'avait pas de femmes dans sa vie à l'époque !…

– Nous n'étions pas mariés. Nous nous étions rencontrés bien des années auparavant et c'est ce Motley qui nous a réunis.

– Ce Motley étant aussi le type qui voulait vous descendre.

– Voilà.

– Et après qu'elle s'en est sortie... Elaine, c'est ça ?...

– Oui, Elaine.

– ... après, vous avez recommencé à vous voir, et maintenant vous êtes mari et femme. Et ça marche ?

– Très bien.

– Ah, mon Dieu ! s'écria-t-il. Il suffirait donc que je m'incruste et en voie le bout pour me retrouver avec Barbara dans le Connecticut ? Cela dit, je ne l'imagine pas trop sans rate. Le spleen[1] est l'élément clé de son caractère.

Il avala une gorgée de son scotch.

– En attendant, mon ami, reprit-il, j'ai un cabinet d'avocats à diriger et une affaire à préparer. Si tenté que je sois d'aller passer une semaine ou deux à Oslo ou à Bruxelles, je crois que je vais rester ici et affronter la situation. Cela ne signifie pas que j'aie envie de me faire tuer, mais je ne pense pas non plus qu'il y aurait grand sens à laisser à la police locale le soin d'assurer ma protection. Je suis en sécurité.

– Ici ?

– Oui, ici, dans cet appartement. La sécurité est sérieuse, dans cet immeuble.

– Je ne crois pas que Will aurait beaucoup de mal à y pénétrer.

– Le type à l'entrée ne vous a pas demandé de lui montrer une pièce d'identité avec une photo ? Je le lui avais pourtant dit.

– Je lui ai secoué une carte sous le nez, lui renvoyai-je. Je ne lui ai pas laissé le temps de la regarder de près, et il n'a pas insisté.

– Je vais lui en souffler deux mots.

– Ne vous donnez pas cette peine. Il n'y a pas grand-chose à attendre du personnel de l'immeuble. L'ascenseur

1. En anglais, le mot *spleen* désigne à la fois la rate et le spleen au sens où nous l'entendons en français.

n'exigeant pas la présence d'un liftier, il n'y a qu'à régler son compte au portier pour entrer.

– Régler son compte… vous voulez dire… le tuer ?

– Ou lui passer sous le nez, ce qui est très loin des prouesses qu'il faudrait accomplir pour pénétrer à l'intérieur de Fort Knox. Si vous voulez avoir une chance d'en sortir vivant en ne quittant pas New York, il vous faut des gardes du corps vingt-quatre heures sur vingt-quatre, c'est-à-dire des types qui font les trois huit et sont au minimum deux par équipe.

– Vous accepteriez d'en être ?

Je secouai la tête.

– Je n'aime pas ce genre de boulot et je n'ai pas les réflexes qu'il faut.

– Vous pourriez me trouver des gardes du corps ?

– Pas directement. Je travaille toujours seul. J'ai bien des gens que je peux appeler en renfort, mais pas en nombre suffisant pour vous. Ce que je peux faire, c'est vous recommander un certain nombre d'agences sur lesquelles on peut compter pour avoir des types à la hauteur.

Je sortis mon carnet et lui écrivis le nom de deux sociétés, avec numéros de téléphone et responsables à contacter. Puis j'arrachai la feuille et la lui tendis. Il la lut, la plia et la glissa dans la poche de sa veste.

– Inutile de les appeler maintenant, dit-il. Je leur téléphonerai dès demain matin… à condition que Will veuille bien me laisser vivre jusque-là.

– Vous avez sans doute encore quelques jours devant vous. Il va attendre que sa lettre passe dans le journal et que vous vous fassiez un peu de souci.

– Un vrai salaud, non ?

– Ben… je ne le vois pas très bien dans la dernière sélection du prix Nobel de la paix.

– Pas cette année, mais bon… il a de la concurrence. Ah, putain de Dieu ! On croit qu'on a tout bien réglé dans sa vie et il faut qu'il arrive un truc comme ça ! Vous vous faites toujours beaucoup de soucis, vous ?

– Je ne sais pas. Non, je ne pense pas.

– Moi si, enfin… il me semble. J'ai peur d'avoir une

attaque, une crise cardiaque ou un cancer de la prostate. Parfois, j'ai peur d'avoir un mauvais gène qui me flanquera une maladie rare. Il suffit que je n'arrive pas à trouver le mot que je cherche pour m'imaginer que j'ai attrapé la maladie d'Alzheimer. Et vous savez quoi ? Ça me fait perdre un temps pas possible.

– Quoi, de vous inquiéter ?

– Vous l'avez dit ! On ne s'inquiète jamais de ce qu'il faut. Je ne me suis jamais inquiété de cette espèce d'enfoiré, ça, je peux vous le dire, et voilà que je me retrouve sur sa liste ! Dites-moi donc ce que je pourrais faire d'autre que de m'inquiéter. En dehors d'embaucher des gardes du corps, s'entend. Vous avez sûrement des idées sur ce que je devrais faire et les précautions que je devrais prendre.

Lorsque j'eus fini de lui suggérer quelques moyens propres à augmenter ses chances de survie, il avait déjà préparé du café et nous en étions à notre deuxième tasse. Il me parla d'une des affaires sur lesquelles il travaillait, je lui racontai une enquête que j'avais bouclée un mois plus tôt.

– Je tiens à vous dire combien j'apprécie ce que vous faites en ce moment, reprit-il. Je vous dirais bien de m'envoyer la note, mais un type qui se trouve sur la liste de Will ferait sans doute mieux de régler ses dettes tout de suite. Combien vous dois-je ? Je vous signe un chèque.

– Vous ne me devez rien.

– Ne soyez pas idiot ! Je vous ai fait sortir de chez vous et venir ici en plein milieu de la soirée, et vous m'avez déjà donné deux bonnes heures de travail et de conseils professionnels. Je vous demande de me chiffrer tout ça.

– J'ai un intérêt personnel à ce que vous en réchappiez, lui fis-je remarquer. Si vous restez en vie, il y a des chances pour que vous me donniez du boulot.

– Ça, vous pouvez y compter ! Mais ça ne vous empêche pas de vous faire payer pour ce soir. (Il palpa la poche où il avait glissé le bout de papier que je lui avais passé.)

Ces types vous paieront-ils quelque chose pour m'avoir envoyé à eux ?

– Ça dépendra de qui vous appelez, lui répondis-je.

– Il n'y en a qu'un qui vous donnera une prime ?

– J'effectue des petits boulots à l'indemnité journalière pour le compte de la Reliable, et Wally Donn me verse une commission sur tous les contrats que je peux l'aider à décrocher.

– Alors pourquoi m'avez-vous donné le nom de l'autre agence en plus ?

– Parce que ce sont des gens sérieux.

– Bien, mais je m'adresserai à la Reliable, cela va sans dire. Et j'aimerais quand même vous payer pour le boulot de ce soir.

– C'est inutile.

– Dans ce cas, j'ai une meilleure idée. Je vous engage.

– Pour faire quoi ?

– Pour coincer Will.

Je lui énumérai toutes les raisons pour lesquelles sa proposition n'avait pas de sens. La moitié des flics de New York étaient déjà sur l'affaire et avaient accès à tous les renseignements, pièces à conviction et instruments scientifiques susceptibles de leur faire comprendre de quoi il retournait. Sans même parler du fait qu'ils avaient tout le personnel nécessaire pour aller frapper à toutes les portes, suivre toutes les pistes et vérifier tous les appels téléphoniques qu'on leur passerait. Alors que je ne pourrais, moi, que me mettre en travers de leur chemin.

– Tout ça, je le sais, me répondit-il.

– Mais... ?

– Mais je tiens toujours à vous embaucher.

– Pourquoi ? Pour pouvoir me payer ce que j'ai fait ce soir ?

Il secoua la tête.

– Non, j'ai envie que vous preniez l'affaire en main.

– Mais pourquoi ?

– Parce que j'ai dans l'idée qu'avec vous les choses pourraient changer. La première fois que je vous ai engagé, vous vous souvenez, c'était sur la recommandation de Ray Gruliow.

– Oui, je sais.

– Il m'a dit que vous aviez la tête bien faite et que vous pigiez vite. « Tu lui donnes la première phrase et il a toute la page dans la tête », voilà ce qu'il m'a dit.

– C'était généreux de sa part, lui renvoyai-je. Il y a des fois où c'est à peine si je remue les lèvres.

– Je ne crois pas. Il m'a aussi dit de très bonnes choses sur votre caractère et votre intégrité. Et il a ajouté un truc. Il m'a dit que vous étiez têtu comme un âne.

– Ça vaut mieux que d'avoir une tête de cochon.

Il leva les yeux au ciel.

– C'est pas facile de vous faire des compliments, vous savez ? Matt, la meilleure défense, c'est l'attaque, et ça, c'est tout aussi vrai au prétoire que dans la rue. Je ne sais pas ce que vous pouvez faire de plus que la police, mais s'il est une chose dont je n'ai pas à m'inquiéter aujourd'hui, c'est bien le fric. Que j'arrive seulement à vous en faire gagner un peu et je pourrai me dire que j'ai fait quelque chose pour coincer Will avant qu'il me flingue. Bon, et maintenant, si vous me disiez oui… juste pour que je puisse vous faire un chèque ?

– Je prends.

– Ben vous voyez ! Têtu, vous l'êtes, et ça fait quand même peut-être aussi partie du profil idéal dans votre profession. Mais moi, sachez que je sais persuader les gens et que ça, ça fait vraiment partie du profil idéal dans la mienne.

Il gagna son bureau, en sortit un carnet de chèques, en remplit un, le détacha et me le tendit.

– C'est juste un acompte, dit-il. Ça vous suffit ?

Le chèque se montait à 2 000 dollars.

– Oui, ça ira.

– Vous travaillez sur quelque chose ?

– Non, pas pour le moment, lui répondis-je. Je ne sais pas très bien ce que je vais faire, mais je m'y mets dès demain matin.

– Et moi, j'appelle Donn à la Reliable pour voir comment il peut faire garder mon corps. Non mais ! Être obligé d'en passer par des trucs pareils ! Je peux vous dire quelque chose ? Ne le répétez pas, mais, jusqu'à cet après-midi, il me plaisait assez, ce Will.

– Vraiment ?

– Disons que je ne pouvais pas m'empêcher de l'admirer un peu. J'y voyais une espèce de héros urbain adulé par les foules… vous ne trouvez pas ? Presque comme Batman.

– Batman n'a jamais tué personne.

– Pas dans les illustrés. Il le fait au cinéma, mais Hollywood fout toujours tout en l'air. Non, le vrai Batman n'a jamais tué personne. Non mais ! Vous m'avez entendu ? « Le vrai Batman » ! N'empêche que pour un type qui a grandi avec les illustrés, c'est l'impression que ça donne.

– Je sais.

– Pour l'amour du ciel ! s'écria-t-il. Je m'appelle Adrian Whitfield et je suis un putain d'avocat ! C'est tout ce que je suis. Je ne suis pas le Joker, je ne suis pas le Pingouin, je ne suis pas M. Question. Mais qu'est-ce qu'il me veut, Batman ?

4

Elaine était encore debout et regardait un documentaire sur la vie des animaux sur la chaîne Discovery lorsque j'arrivai chez moi. Je me joignis à elle pendant les dix dernières minutes de l'émission. Le générique de fin ayant commencé à passer, elle fit la grimace et éteignit le poste.

– J'aurais dû arrêter dès que tu es entré, me dit-elle.

– Pourquoi ? Ça ne m'a pas ennuyé de regarder.

– Il faut absolument que j'apprenne à laisser tomber les cinq dernières minutes de ce genre de trucs. C'est toujours la même chose : on passe cinquante-cinq minutes à regarder des animaux parfaitement adorables et puis ils vous bousillent tout le plaisir en vous assenant qu'ils appartiennent à l'espèce *x* ou *y* en voie de disparition et que d'ici la fin du siècle il n'y en aura plus un seul sur terre. Ils sont tellement décidés à vous casser le moral qu'on pourrait croire que c'est Prozac qui les sponsorise. Comment ça s'est passé avec Adrian Whitfield ?

Je lui résumai ma soirée.

– Bon, mais il n'est pas déprimé, me dit-elle. Un peu étonné plutôt, d'après ce que tu dis. « Pourquoi moi ? », c'est ça ?

– La question est assez naturelle.

– Ça ! Combien t'a-t-il laissé d'acompte ? 2 000 dollars ? Ça m'étonne que tu les aies pris.

– Réflexe de flic, faut croire.

– Quand on te file du fric, tu le prends ?

– En gros, oui. Il voulait me payer mes heures et, quand

j'ai refusé, il a décidé de m'engager. Ça pourra toujours servir.

– Et du boulot ne te fera pas de mal.

– C'est vrai. Qui sait même si je ne trouverai pas un angle d'attaque. Tout ce que j'espère, c'est que ça ne m'obligera pas à acheter un ordinateur.

– Hein ?

– TJ. Il n'a pas arrêté de me casser les pieds avec ça tout à l'heure. Quand est-il parti ?

– Une demi-heure après toi. Je lui ai proposé de dormir sur le canapé, mais il ne voulait pas rester.

– Il ne veut jamais.

– « Qu'est-ce tu crois ? Que j'ai pas d'endroit où pieuter, oh ! » Mais je me demande bien où il dort.

– C'est un mystère.

– Il doit bien habiter quelque part !

– Il y a des tas de gens qui habitent nulle part.

– Tu ne crois quand même pas que c'est un sans-abri, si ? Il change régulièrement d'habits et il est propre sur lui. Je suis sûre qu'il ne couche pas dans Central Park.

– Il y a des tas de façons d'être un sans-abri, lui renvoyai-je, et ça n'implique pas toujours de dormir dans le métro et de faire les poubelles pour bouffer. Je connais une femme qui buvait tellement qu'elle est arrivée à se faire virer de son appartement à loyer modéré. Elle a mis ses affaires en garde-meuble quelque part dans Chelsea. Elle doit payer dans les 80 dollars par mois pour quelque chose comme quatre mètres carrés. C'est là qu'elle a ses trucs et c'est là qu'elle dort.

– Parce qu'ils te laissent y dormir ?

– Non, mais comment veux-tu qu'ils t'en empêchent ? Elle y va pendant la journée et arrive à dormir quatre ou cinq heures.

– Mais ça doit être horrible !

– C'est plus sûr que l'asile de nuit, et nettement plus intime. Ça ne m'étonnerait pas que ce soit aussi plus propre et plus calme. C'est là qu'elle se change, et il y a une laverie automatique dans le quartier quand elle a besoin de faire sa lessive.

– Et comment se lave-t-elle ? Tu ne vas pas me dire qu'elle a aussi la douche ?

– Elle se lave du mieux qu'elle peut dans les toilettes publiques et a des amis qui la laissent prendre une douche chez eux de temps en temps. Un coup oui, un coup non. Se doucher n'est pas quelque chose qu'elle doit faire tous les jours.

– La pauvre !

– Si elle continue à ne pas boire, tôt ou tard elle finira par trouver un truc décent.

– Avec une douche rien que pour elle.

– Probablement. Mais les styles de vie sont loin d'être uniformes dans cette ville. Je connais un type qui a divorcé il y a six ou sept ans de ça et qui n'a toujours pas de chez-lui.

– Où dort-il ?

– Sur un canapé dans son bureau. Ça serait facile comme bonjour si c'était lui le patron, mais non : il est, disons, cadre moyen dans une société dont le siège se trouve au Flatiron Building. Il faut croire qu'il est assez haut placé dans la hiérarchie pour avoir droit à un canapé dans son bureau.

– Et quand on le surprend en train de dormir dessus ?

– Il bâille et raconte qu'il s'est allongé un instant et a dû s'endormir. Ou alors qu'il a travaillé tard et qu'il a raté le dernier train pour rejoindre sa lointaine banlieue du Connecticut. Qui sait ? Il est membre d'un club de gym plutôt chic à deux rues d'ici et c'est là qu'il se douche tous les matins, juste après sa séance de torture.

– Pourquoi ne prend-il pas tout bêtement un appartement ?

– Il prétend qu'il n'a pas les moyens, mais je crois plutôt que c'est sa névrose. Et je crois aussi qu'il aime assez l'idée de blouser tout le monde. Il s'imagine sans doute être une sorte de révolutionnaire urbain qui dort dans le ventre même de la bête.

– Sur un canapé en cuir de chez Henredon ?

– Je ne sais pas s'il est en cuir et qui l'a fabriqué, mais oui, c'est le genre. Partout ailleurs dans le pays, les gens qui n'ont pas d'endroit où vivre dorment dans leur bagnole. Les New-Yorkais, eux, n'ont pas de voiture : les places de parking coûtent aussi cher qu'un appartement à Sioux City. Nous, on est des gens de ressources. On se débrouille.

Le lendemain matin, je déposai le chèque d'Adrian Whitfield à la banque et cherchai quelque chose à faire pour commencer à gagner cet argent. Je passai deux ou trois heures à relire les articles parus dans la presse, puis j'appelai Wally Donn et vérifiai les mesures de sécurité qu'il avait décidé de prendre. Whitfield avait téléphoné sitôt levé, mais Wally avait déjà lu journal : le patron de la Reliable avait tout de suite compris de quoi il retournait lorsque l'avocat lui avait passé son coup de fil.

– Et si tu me disais un peu ce que tu en penses, vu que tu connais bien ce type et que c'est toi qui me l'as envoyé, ce dont je te remercie. Whitfield est quelqu'un qui passe la plupart du temps dans trois endroits différents : au tribunal, chez lui et à son bureau. Au tribunal, il y a beaucoup de monde et, en plus, il faut passer sous un détecteur de métal pour entrer.

– Ce qui ne veut pas dire qu'on ne pourrait pas y faire pénétrer un obusier.

– Je sais, dit-il, et notre Will est un vrai passe-muraille, c'est bien ça ? S'est-il déjà servi d'une arme à feu ? Il a pendu Vollmer et a garrotté Patsy S. Et c'est quoi, ce qu'il a récolté, le type de « Laissez-les vivre », un cintre autour du cou ?

– En plus d'un coup de poignard.

– Et l'autre, le Noir, comment qu'il s'appelle déjà ? Il s'est fait couper la tête. Sauf que là, ça ne compte pas étant donné que c'est un de ses propres mecs qui a fait le coup. Un certain Skippy, non ?

– Scipio.

– Bon, d'accord. En tout cas, pas d'arme à feu. Ce qui veut dire qu'il n'a pas peur de bosser au corps à corps et qu'il se débrouille toujours pour coincer sa victime en tête à tête. Bref, il va falloir que Whitfield ait des bonshommes avec lui vingt-quatre heures sur vingt-quatre et, surtout, qu'il n'aille pas vadrouiller tout seul à droite et à gauche. Genre les toilettes du Tribunal des affaires criminelles, par exemple. Parce que c'est bien là qu'il s'est fait Patsy, le Will, non ? Dans les toilettes ?

– C'est exact.

– Et donc son mode opératoire se voit comme le nez au milieu de la figure, et c'est ça qui fait mal aux seins. Et tu as raison pour le type des avortements : il s'est fait poignarder d'abord alors que Vollmer s'est fait tabasser sur la tête, si je me souviens bien. En bref, il est pas marié à une seule façon de procéder, ce qui veut dire qu'on peut pas exclure un coup de fusil tiré du trottoir d'en face.

– Ce dont il n'est pas facile de se protéger.

– Je dirais même que c'est quasi impossible, mais il y a quand même des précautions qu'on peut prendre. J'ai déjà réussi à lui faire porter un gilet en kevlar : ça n'arrête pas tout, mais ça le protégera quand même mieux que son T-shirt Fruit of the Loom. Question déplacements, on lui fournit une limousine blindée avec vitres à l'épreuve des balles de tous les côtés. Il aura deux types avec lui du matin jusqu'au soir, plus un chauffeur qui ne quittera jamais son véhicule.

Il me détailla le reste et, quand il en eut fini, je ne trouvai rien à redire à son plan.

– Et il ne sera, bien sûr, jamais le premier à franchir une porte, reprit-il. Même si c'est pour entrer dans une pièce où on a déjà tout vérifié dix minutes avant. S'il veut y aller, y a un type qui revérifie avant.

– Bien.

– Il me fiche les jetons, moi, ce Will. « La Volonté du Peuple » ! Non mais ! Il se prend pour Babe Ruth[1] ou quoi ? C'est lui qui suggère les coups et qui balance la balle dans les tribunes ? Et attention la moyenne à la frappe ! Du cent pour cent de réussite, ce fumier ! Sauf que là, c'est nous qu'allons le jeter.

– Espérons-le.

1. Célèbre joueur de base-ball.

– C'est ça, espérons-le. La protection rapprochée, c'est plutôt rasoir vu que, quand on fait bien son boulot, il se passe jamais rien. Et en général ça fait pas la une des journaux non plus. « WILL MET LE GÉNIE DU BARREAU DANS SA LIGNE DE MIRE. » Et où qu'on aille avec le type, il y a des reporters et des cameramen, des petits cons qui lui collent un micro sous le nez, quand ils font pas semblant de le descendre d'un coup de zoom.

– Tu sais donc ce que doivent se taper les bonshommes du Service secret[1].

– Ouais, dit-il, et grand bien leur fasse. Sans compter que j'ai jamais beaucoup aimé Washington. Les rues s'y tortillent dans tous les sens et, en été, la chaleur suffirait à tuer tout le monde.

Je trouvai des choses à faire pendant les quelques jours qui suivirent. J'allai voir Joe Durkin au commissariat de Midtown North. Il accepta de passer deux ou trois coups de fil et me confirma que la lettre ouverte à Adrian Whitfield avait bien été écrite par le même individu que les premiers travaux épistolaires de Will la Volonté du Peuple – elle se présentait, en tout cas, de la même façon et avait été tapée sur la même machine. Je le pensais – rien qu'à son style –, mais tenais à en avoir la confirmation.

Je n'en consacrai pas moins un peu de mon temps à chercher quelqu'un qui aurait pu en vouloir assez à Whitfield pour le descendre. Après deux divorces, Adrian était présentement marié, mais déjà légalement séparé de sa troisième femme, qui continuait à vivre dans le Connecticut. Il avait eu des enfants de chacune de ses épouses et je me souvins qu'un de ses fils – l'aîné, je l'appris par la suite – s'était fait arrêter deux ans plus tôt par un flic en civil auquel il avait vendu pour 200 dollars d'ecstasy. Le juge avait laissé tomber les charges après que le fiston était passé à table et avait donné le nom de son grossiste.

1. Nom du service chargé de la protection rapprochée du président des États-Unis.

Le début était prometteur, mais la piste ne semblait mener nulle part.

J'aimais beaucoup l'idée d'un type qui lui en aurait voulu personnellement. Ce n'aurait pas été la première fois qu'un assassin aurait masqué des motifs tout ce qu'il y a de plus privés sous les apparences d'un crime de série. Il arrivait souvent que des opportunistes essaient de faire passer leur seul et unique homicide pour un meurtre commis par un *serial killer* – j'avais connu le cas d'un tueur se servant d'un pic à glace qui avait été aussitôt imité par un autre. J'avais aussi vu des assassins tuer plusieurs fois au hasard dans le seul but d'établir une fausse continuité et de pouvoir ensuite abattre leur cible véritable en la faisant passer pour la énième de la série. Le meurtrier n'avait jamais cherché qu'à détourner les soupçons parce qu'il était bel et bien le premier suspect sur la liste. Mais cela ne marchait jamais parce que, tôt ou tard et par pur esprit de routine, les flics se mettaient à soupçonner tout le monde d'avoir un motif personnel et que, dès qu'ils commençaient à chercher dans cette voie, invariablement ils découvraient le pot aux roses.

Il n'empêche : si tout cela n'était effectivement que du vent, Will avait de sacrés poumons. Écrire des lettres aux journaux et zigouiller une pleine fournée de célébrités ne posaient pas tout à fait le même genre de problèmes que de tordre le cou à quatre ou cinq femmes au foyer afin de pouvoir étrangler sa propre épouse sans que ça soit trop évident.

Mais peut-être Will s'était-il tout simplement laissé emporter. Ce sont des choses qui arrivent. Le type qui s'était fait ces femmes au foyer en avait tué quatre avant d'étrangler son épouse avec sa propre paire de collants… et en avait ajouté quatre de mieux avant que les flics le coincent, et non, je ne peux pas croire qu'il ait ainsi continué sur sa lancée dans le seul but de parfaire sa série. Je serais assez prêt à dire qu'il y trouvait du plaisir.

Le beau temps dura jusqu'au milieu du week-end. Le dimanche, il devait pleuvoir, mais pas une goutte d'eau ne tomba, la chaleur restant encore forte et la brume importante en fin d'après-midi. Le lendemain, ce fut pire, la température montant jusqu'à trente et un degrés dans un air qui avait la consistance de la laine mouillée. Le mardi n'apporta pas de changement, mais, cet après-midi-là, je reçus un coup de téléphone qui, pendant quelques instants au moins, me fit penser à autre chose qu'à Will.

La dame, que je connaissais, s'appelait Ginnie.

– Ah, mon Dieu, s'écria-t-elle, tu peux pas savoir comme je suis bouleversée ! Tu as appris, pour Byron ?

– Je sais qu'il est malade.

– Il est mort, oui !

J'avais rencontré Ginnie aux Alcooliques anonymes. Elle habitait alors dans la Neuvième Avenue, à la hauteur de la 53e Ouest, et assistait aux séances de l'église Saint-Paul. Byron était un de ses amis et je l'avais lui aussi rencontré à certaines réunions, mais il habitait dans le Village et se rendait essentiellement à celles qui se tenaient dans ce coin-là. Il avait débarqué aux AA parce qu'il ne pouvait plus arrêter de boire, mais, héroïnomane quelques années auparavant, il avait surtout partagé des seringues avec d'autres et, peu après avoir renoncé à la boisson, avait passé un test et découvert qu'il était séropositif. Que face à ce genre de nouvelle on se dise : « Au diable la sobriété, allons nous saouler la gueule un bon coup », on pourrait le croire, et il doit bien y avoir des gens pour le faire, mais beaucoup s'en abstiennent.

Et Byron avait été de ceux-là. Il persista à ne pas boire et à aller aux réunions, continua à prendre les médicaments que son médecin lui prescrivait et suivit un régime destiné à renforcer son système immunitaire. Que ça lui ait fait du bien n'est pas impossible, mais ça ne l'empêcha pas de tomber malade.

– Je suis désolé de l'apprendre, dis-je à Ginnie. La dernière fois que je l'ai vu, c'était en mars ou avril. On s'était rencontrés à une réunion dans le Village. A Perry Street, je crois.

– C'est surtout là qu'il allait.

– Je me souviens qu'il n'avait pas l'air en bonne santé.

– Matt, le sida aurait sûrement fini par l'avoir, mais il n'en a pas eu le temps. Quelqu'un l'a tué.

– Quelqu'un l'a…

– … braqué avec une arme et a pressé sur la détente. Et pourquoi ? Je n'arrive pas à comprendre que quelqu'un ait pu faire un truc pareil.

– Ginnie, lui dis-je doucement, c'était lui qui avait les meilleures raisons de…

– Quoi ?

– Il n'est pas impossible qu'il se soit suicidé.

– Ah non ! s'écria-t-elle, exaspérée par mes propos. Ça s'est passé devant tout le monde, Matt. Tu connais le petit jardin public en face de son immeuble ?

– Je ne sais pas où il habitait.

– Dans Horatio Street. Pas au Van Gogh, mais dans l'immeuble d'avant guerre qui se trouve juste à côté. Il y a un petit jardin public de l'autre côté de la rue.

– Jackson Square.

– Peut-être bien. Il s'y était assis et buvait un gobelet de café en lisant le journal. Un type s'est avancé vers lui et l'a abattu.

– Ils ont attrapé l'assassin ?

– Il a réussi à s'enfuir.

– Mais il y a des témoins.

– Il y avait des gens dans le jardin public, oui. C'était tôt le matin et on pouvait encore respirer. C'est un vrai four là-bas, à l'heure qu'il est.

– Je sais.

– Remercions Dieu de nous avoir donné la climatisation ! Byron aurait mieux fait de rester chez lui, mais il aimait bien le soleil. Il disait qu'il avait passé toute sa vie à l'éviter, mais que maintenant ça semblait lui donner de l'énergie. L'énergie solaire. Il disait aussi qu'un des trucs bien avec le sida, c'est que, quand on l'a, on n'a plus vraiment d'inquiétude à se faire pour le cancer de la peau. Tu ne le connaissais pas très bien, dis ?

– A peine, en fait.

– Tu sais comment il a attrapé le virus ?

– En partageant des seringues, d'après ce que je sais.

– C'est ça. Il n'était pas homo.

– Je l'avais compris.

– A vivre au Village et attraper cette maladie, on pourrait le croire. Mais il était hétéro. Très, même.

– Ah ?

– J'étais un peu amoureuse de lui.

– Je vois.

– Et qu'est-ce qu'on peut faire quand on tombe amoureuse d'un séropositif, hein ?

Elle n'attendit pas ma réponse, ce qui était tout aussi bien parce que je n'en avais pas.

– Les homos doivent se taper ce problème-là tout le temps, tu crois pas ? reprit-elle. Ils pratiquent sans doute le *safe-sex*, ou alors ils ne sortent pas avec des types infectés. S'ils n'ont pas le virus, ils ne se permettent pas de tomber amoureux d'un bonhomme qui l'a.

Elle garda le silence un instant, puis ajouta :

– Ou alors ils y vont et s'en remettent à leur bonne étoile.

– Et c'est ce que tu as fait.

– Moi ? Oh, non. Qu'est-ce qui te fait dire ça ?

– Quelque chose dans ta voix.

– L'envie, sans doute. Tous ces moments où j'aimerais tant être capable d'agir sur un coup de tête ! Mais je ne l'ai jamais été, même pas du temps où j'étais pas très sage. J'aimais beaucoup Byron et j'avais vaguement envie de lui, mais son état nous a mis tout de suite hors de portée l'un de l'autre. Nous en avons parlé une fois, nous nous sommes dit que, si les choses avaient été différentes, nous aurions peut-être fait autrement, mais… Mais les choses n'étaient pas différentes. Elles étaient ce qu'elles étaient. Alors nous sommes restés amis. Amis et rien de plus, comme on dit, sauf que qu'est-ce que ça vient foutre là-dedans, ce « rien de plus » ? L'amitié, c'est quand même rare, tu crois pas ?

– Si.

– Tout ce qu'il a pu m'apprendre ! Il chérissait tous les jours que Dieu fait. Dis, tu crois qu'ils attraperont le type qui l'a tué ?

– C’est vraisemblable, lui répondis-je. Il a été tué dans un lieu public et il y avait des témoins autour. En plus, ça dépend du commissariat du sixième secteur. Il n’y a pas beaucoup de crimes dans ce quartier-là, les flics ne s’en débarrasseront pas en le mettant sur le compte d’une histoire de drogue. De fait, je ne serais pas étonné qu’ils aient mis quelqu’un sous les verrous avant la fin du week-end.

– Ils pourraient quand même croire que c’est lié à la drogue.

– Pourquoi ça ?

– Parce que avant Byron était un junkie. Ça sera dans son casier judiciaire, non ?

– Pas s’il ne s’est pas fait arrêter.

– Ça lui est arrivé. Il n’a jamais fait de prison, mais il m’a dit qu’il s’était fait coincer plusieurs fois.

– Alors ça sera effectivement porté à son casier.

– Et y a des types qui dealent, dans ce jardin public. Il n’y en a pas partout comme à Washington Square, mais Byron m’a raconté qu’il lui suffisait de rester assis à sa fenêtre et de regarder un peu dans la rue pour en voir.

Au bout d’un moment, je lui demandai :

– Il n’avait pas repiqué à la drogue, au moins ?

– Non.

– Alors ils ne penseront pas à une histoire de came. Si, à leurs yeux, l’assassin ne s’est pas trompé de cible… parce que c’est peut-être ça… Mais ça n’a pas d’importance. De toute façon, ils suivront la procédure habituelle et remonteront toutes les pistes qu’ils trouveront. Je suis à peu près sûr qu’ils coinceront le type qui a tiré et pourront refermer le dossier.

– Je l’espère. Matt, pourquoi faudrait-il que ça ait de l’importance à mes yeux ? Ce n’est pas ça qui va me le ramener.

– Non.

– Et c’est pas non plus que je brûlerais de me venger. Je ne hais pas le type qui l’a descendu. Pour ce que j’en sais, il lui a peut-être même rendu un fier service. Byron avait enfin trouvé la paix, Matt. Il chérissait tous les jours que Dieu fait et… je l’ai déjà dit, non ?

– Oui.

– Il arrivait encore à sortir de chez lui. Il assistait toujours aux réunions. Il était obligé de prendre une canne, mais il était encore capable d'aller jusqu'à Perry Street et il y avait toujours quelqu'un pour lui offrir une chaise. De ce côté-là aussi, le sida, c'était bien, disait-il. On n'avait pas de souci à se faire pour le cancer de la peau et y avait pas besoin d'arriver à Perry Street une heure en avance pour avoir une bonne place. Il n'avait pas peur d'en rire. C'est pire quand on peut pas.

– Faut croire.

– J'avais aussi un ami au boulot. Quand il a plus été capable de venir au bureau, j'ai commencé à aller le voir. Mais, un jour, j'ai pas pu supporter. Ça lui a bousillé la cervelle, mais pas tout d'un coup. Il arrêtait pas de sombrer dans la démence et d'en sortir. Je n'arrivais plus à rester à côté de lui. C'était pas comme si je l'abandonnais, vu qu'il avait des dizaines d'amis et un amant pour s'occuper de lui. Moi, je le connaissais comme ça, du bureau. Non mais, t'entends un peu ça ? Toujours à m'expliquer.

Elle s'arrêta pour reprendre son souffle.

– Avec Byron, je me suis retrouvée à chercher les signes extérieurs de la démence, mais ça lui a été épargné.

Je lus ce qu'en disaient les journaux et regardais New York One, la chaîne d'infos locale, lorsque Melissa Mikawa prit l'antenne en direct de Jackson Square, juste devant le banc où Byron Leopold avait été abattu. Le cameraman filma l'immeuble de l'autre côté de la rue, puis redescendit en panoramique pendant que Mikawa montrait du doigt le chemin par lequel l'assassin s'était enfui.

Puis elle passa à autre chose, et moi aussi. J'aurais eu bien du mal à me réclamer de liens étroits avec Byron – cinq minutes avant, je ne savais même pas son nom de famille –, c'était aux gars du sixième secteur que revenait la responsabilité d'appréhender son meurtrier, et ça, ils pouvaient s'en débrouiller parfaitement sans mon aide.

Sauf qu'il n'en alla pas ainsi, pas immédiatement en

tout cas, et que, sans raison qui tienne, je me retrouvai mêlé à l'affaire. Le mardi, soit deux jours après le meurtre, je m'aperçus en me promenant que je me trouvais à cinq minutes de marche du lieu du crime. Je m'y rendis et passai une demi-heure sur un banc du jardin public. Je parlai avec diverses personnes, puis échangeai quelques mots avec le portier de l'immeuble.

Le samedi après-midi suivant, il y eut un service religieux à l'église Saint-Luke, dans Hudson Street. Des gens qui l'avaient connu pendant toutes les années où il était resté sobre y évoquèrent leurs souvenirs. Je les écoutai en cherchant des indices dans ce qu'ils racontaient.

Après, je pris un café avec Ginnie.

– C'est drôle, dit-elle, mais je n'arrive pas à me débarrasser de l'impression que je devrais t'engager.

– Pourquoi ? Pour retrouver le type qui a abattu Byron ? lui demandai-je. Les flics le feront bien mieux que moi.

– Je sais, mais l'impression ne s'en va pas. Tu sais ce que c'est, à mon avis ? C'est que je ferais quelque chose pour lui. Et il n'y a rien d'autre que je puisse faire pour lui, maintenant.

Plus tard, ce jour-là, Adrian Whitfield me téléphona.

– Vous savez quoi ? me dit-il. J'ai enfin trouvé comment ce fumier va m'avoir. A l'ennui.

– Les gens qui meurent d'ennui, ça existe, lui renvoyai-je, mais l'ennui apparaît rarement comme la « cause du décès » dans les rapports d'autopsie.

– Simple question de maquillage, comme les catholiques avec le suicide. Les gens qui meurent d'ennui ne peuvent pas être enterrés en terre sacrée. Avez-vous jamais entendu parler d'un certain Benedetto Nappi ?

– Je crois avoir vu deux ou trois de ses toiles au musée Frick.

– Certainement pas, à moins qu'il ait eu des talents qu'on m'aurait cachés. Benny la Valise, qu'on l'appelait, mais je serais incapable de vous dire pourquoi. D'après la rumeur, il aurait eu comme boulot de faire démarrer la voiture de Tony Furillo. Il faisait chauffer le moteur et, s'il n'y avait pas d'explosion, cela voulait dire que Tony pouvait aller se balader en toute sécurité.

– Une sorte de goûteur ?

– Exactement. On tourne la clé de contact et quand rien ne se produit on rentre chez soi pour regarder les dessins animés à la télé. Benny a fait ce boulot-là pendant quelques mois, puis il a laissé tomber. Pas que la tension aurait été trop forte pour lui. De fait, je ne crois même pas qu'il ait éprouvé quoi que ce soit. Non, il se plaignait seulement qu'« il ne se passait jamais rien ». Bien sûr, s'il s'était jamais passé la moindre chose, il aurait fallu le ramasser à la petite cuillère, mais lui, tout ce qu'il savait, c'était que l'ennui le tuait.

– Et maintenant, c'est vous qui savez ce qu'il éprouvait.

– Oui. Même qu'en fait j'ai encore moins le droit de me plaindre que lui. Je pourrais râler que je suis obligé de porter une côte de maille en pleine vague de chaleur, mais en réalité, je ne fais que passer d'un appartement climatisé à une voiture climatisée pour gagner un bureau lui aussi climatisé. Il fait plus chaud qu'en enfer dans la rue, mais je ne suis jamais assez longtemps dehors pour que ça me concerne.

– Vous ne ratez pas grand-chose.

– Si vous le dites… Je ne sais pas si mon gilet en kevlar flatte ma silhouette et ce n'est évidemment pas ce qu'il y a de mieux côté confort, mais ça n'est quand même pas une haire. Ainsi je vis ma vie en attendant qu'une bombe me pète à la figure et quand rien n'explose, je commence à me sentir frustré. Et vous ? Vous avancez un peu ?

– Je songeais justement à vous renvoyer votre argent.

– Pourquoi ?

– Parce que je ne vois absolument aucun moyen de le gagner. J'ai fait quelques heures, mais je ne crois pas avoir rien appris que je ne savais déjà. Quant à faire mieux que les enquêteurs officiels…

– Et donc ?

– Je vous demande pardon ?

– Il y a autre chose, n'est-ce pas ?

– Oui, en effet, lui répondis-je.

Et je lui parlai de Byron Leopold.

– Qu'est-ce qu'il était pour vous ? L'ami d'une amie ?

– En gros, oui. Je le connaissais, mais juste comme ça.

– Pas assez pour ne pas pouvoir dormir tant qu'on n'aura pas retrouvé son meurtrier.

– Je suis surpris que les flics n'aient toujours arrêté personne, lui répondis-je, et je me disais que j'y consacrerais bien quelques jours. Mais comme j'ai déjà un client…

– Vous ne travaillez jamais sur deux affaires à la fois ?

– Ça m'arrive, mais…

– Mais vous vous dites que ce serait tricher avec moi. Je suis sous le coup d'une condamnation à mort et vous pensez que vous devriez mériter l'argent que je vous ai donné. Pas question de trafiquer dans l'ombre pendant que le soleil brille encore. Et cette amie voudrait vous engager.

– Elle en a parlé. Je ne me ferais pas payer.

– Vous travailleriez donc *pro bono*.

– Vous autres avocats, avec vos expressions latines !

– Un type s'assoit sur un banc dans un jardin public minuscule et boit un gobelet de café en lisant le *New York Times*. Un autre type s'approche de lui, le descend et s'enfuit. Rien d'autre, c'est bien ça ?

– Pour l'instant, oui.

– La victime avait le sida. Homophobie ?

– Byron était hétéro. Il se piquait à l'héro et c'est en partageant des seringues qu'il a attrapé le sida.

– Et si le tueur était un homophobe mal informé ? Ou alors, c'est le contraire, disons… un meurtre de pitié. C'est ça que vous pensez ?

– Ça fait partie des possibilités.

– Il y en a une autre. Vous vous dites : et s'il y avait un lien entre cette histoire et notre ami Will ?

– Nom de Dieu ! m'écriai-je. Ça ne m'avait jamais traversé l'esprit !

– Et maintenant que c'est fait ?

– Ça m'a traversé l'esprit, mais ça a continué tout droit, lui répondis-je. S'il y a effectivement un lien, ce n'est pas comme s'il me sautait à la figure. L'assassin n'a pas fait d'annonce et n'a pas revendiqué son crime après. Et la victime n'était pas exactement une célébrité. Alors, où est le lien ?

– C'est un meurtre au hasard. Un meurtre sans raison.

– Et donc ?

– Les frappes de Will sont, elles, toujours très ciblées. Il nomme sa victime et lui dit pourquoi elle va y passer.

– Juste.

– Enfin, je veux dire : ses frappes officielles.

– Vous croyez qu'il tue aussi en douce ?

– Allez savoir !

– Ça servirait à quoi ?

– Ça sert à quoi, de toute façon ? me renvoya-t-il. A quoi ça sert de me tuer, moi, pour l'amour du ciel ? Peut-être aime-t-il tuer pour tuer et n'en a-t-il jamais assez. Et s'il avait décidé de me tuer et de s'entraîner sur une cible facile, quelqu'un qui ne s'y attend pas et n'est pas entouré de gardes du corps ? Peut-être ce petit *pas de deux*[1] à Jackson Square n'était-il qu'une répétition générale.

L'idée ne manquait pas d'intérêt. Elle me semblait tirée par les cheveux, mais était assez provocante pour que je me retrouve à lui signaler d'autres possibilités. Nous cherchâmes encore quelques instants, puis il me dit :

– Je ne crois pas qu'il y ait un rapport quelconque avec notre affaire, et vous non plus. Cela dit, je ne vois pas pourquoi vous ne passeriez pas quelques jours à fouiller un peu. Ne me renvoyez pas mon argent. Vous trouverez sûrement un moyen de le gagner.

– Si vous le dites.

– Je le dis. Ce que je vous paie n'est rien comparé à ce que m'extorque la Reliable pour procéder à la garde de mon corps. Quarante-huit heures de travail par jour, plus la limousine et le chauffeur, sans parler des suppléments qui atterrissent sur la note. Ça monte vite.

– Si ça peut vous garder en vie…

– Alors oui, ça vaut le coup. Et si ça ne sert à rien, ce sera à quelqu'un d'autre de se démerder avec la facture.

1. En français dans le texte.

Sacré marché, non ? Je ne vois pas comment je pourrais y perdre.

– Je crois que vous vous en sortirez.

– Que je vous dise un truc, me renvoya-t-il. Moi aussi, je le crois.

5

Le lendemain était un dimanche et je n'eus pas à me forcer beaucoup pour me déclarer en congé. Je regardai une bonne heure de matchs de sélection de base-ball à la télé, mais le cœur n'y était pas, ce qui me rapprocha beaucoup des joueurs.

Tous les dimanches, je dîne avec Jim Faber, mon responsable des Alcooliques anonymes, mais il avait pris son mois d'août. Elaine et moi allâmes au ciné en face de Carnegie Hall, puis nous essayâmes un nouveau restaurant thaï. Et décidâmes que celui où nous mangions habituellement était meilleur.

Je me couchai assez tôt et, le lendemain matin après le petit déjeuner, je descendis au Village. Je commençai par m'arrêter au commissariat du sixième secteur, où je me présentai à un certain inspecteur Harris Conley. Nous finîmes par aller prendre un café et une pâtisserie danoise au coin de Bleecker Street et il me dit tout ce qu'il savait sur le meurtre de Byron Leopold.

De là, je gagnai l'immeuble de la victime, dans Horatio Street, et une fois encore m'entretins avec le portier. Il était de service lorsque la fusillade avait éclaté et fut donc en mesure de m'en dire plus que le type avec lequel j'avais échangé quelques mots auparavant. Il n'avait pas le droit de me laisser entrer, mais appela le concierge, un petit râblé avec un accent d'Europe de l'Est, les doigts tachés et l'odeur forte d'un grand fumeur. Le concierge écouta mon histoire, vérifia mon identité et me conduisit au quinzième étage, où il m'ouvrit la porte de Byron avec son passe.

L'appartement était un grand studio avec une petite salle de bains et une cuisine Pullman. Peu de meubles, et sans rien d'exceptionnel, comme si on les avait choisis dans un catalogue. Un poste de télévision, des livres sur une étagère, une affiche encadrée d'une exposition de Hopper qui avait eu lieu un an auparavant, au musée Whitney. Un livre grand format (un thriller d'espionnage genre guerre froide) posé sur une table basse de forme ronde, avec un morceau de papier qui dépassait du volume et indiquait l'endroit où il s'était arrêté. Il avait lu environ un tiers de l'ouvrage.

Je pris un petit éléphant, en bronze ou en cuivre, posé sur son socle sur la télé. Je le soupesai dans ma main. Le concierge se trouvait à l'autre bout de la pièce et m'observait.

– Si vous le voulez, me dit-il, vous le glissez dans votre poche.

Je remis le petit éléphant sur son socle.

– Je crois que c'était son chez-lui, lui répondis-je.

– Plus pour longtemps. Tout ça doit disparaître. Et à qui ça appartient, vous pouvez me le dire ?

Je ne le pouvais pas. Je lui répondis que quelqu'un entrerait sûrement en contact avec lui.

– L'association des copropriétaires va certainement mettre tout ça en vente. M. Leopold était locataire. Il n'a pas acheté quand il en avait l'occasion, ce qui fait que l'appartement ne lui appartenait pas. Les vêtements et les meubles reviennent à sa famille, s'il en a une. Quelqu'un va se pointer et me dire : « Tout ça est à moi maintenant. » Et si personne ne se pointe, tout filera à l'Armée du Salut.

– Je suis sûr qu'ils en feront bon usage.

– Dès qu'il y a quelque chose de bien, les chauffeurs ont des revendeurs qu'ils appellent pour les rencarder. Le revendeur fauche le truc et file un petit quelque chose en douce au chauffeur. Je vous ai vu regarder ce bouquin. Si vous le voulez, vous le prenez et vous l'emportez chez vous.

– Non, non, ça ira.

Je gagnai la fenêtre et contemplai le jardin public de l'autre côté de la rue.

– Les flics sont passés plusieurs fois, reprit-il. Y en a un qui a fauché des trucs. Il croyait que je voyais rien. C'est que j'en remarque, moi, des choses, vous savez !

– J'en suis bien sûr.

– Des pilules dans la pharmacie, une montre sur la table de chevet. Si c'était pas un flic, ça ferait un bon voleur. Y en avait un autre qui voulait toucher à rien. Il marchait comme ça.

Il se tint les bras croisés, confortablement serrés sur la poitrine.

– Il devait se dire qu'il allait attraper la maladie si jamais il touchait à quoi que ce soit. Rien qu'à respirer. Un vrai con. C'est pas comme ça qu'on attrape le sida.

Le dernier matin de sa vie, Byron Leopold avait mangé une moitié de melon et un toast au petit déjeuner. (Les flics avaient trouvé l'écorce dans la poubelle, l'autre moitié du melon enveloppée dans du film plastique au frigo et les assiettes dont il s'était servi empilées dans l'évier.) Il s'était fait du café filtre, en avait rempli un gobelet avec un couvercle, puis avait ramassé son numéro du *Times* sur son paillasson. Son journal sous le bras, son gobelet de café dans une main et sa canne à bout en caoutchouc dans l'autre, il avait pris l'ascenseur pour descendre au rez-de-chaussée et avait traversé l'entrée.

Bref, sa routine habituelle. Le matin, quand il faisait froid ou qu'il pleuvait, il restait chez lui et s'installait à la fenêtre pour boire son café en lisant le journal, mais dès qu'il faisait beau il descendait s'asseoir au soleil.

Il s'était assis et lisait son journal, son gobelet de café posé sur le banc à côté de lui. Puis un homme s'était approché. Un Blanc, et les témoins semblaient d'accord sur le fait qu'il n'était ni vieux ni jeune, ni grand ni petit, ni gros ni maigre. Il portait manifestement un pantalon en coton de couleur claire, quelqu'un affirmant pourtant l'avoir vu en jeans. T-shirt ou chemise de sport à manches courtes, selon celui-ci ou celui-là. A mon avis, personne ne lui avait vraiment prêté attention jusqu'au moment où il avait tiré. A ce moment-là, les rares personnes qui ne s'étaient pas ruées à couvert avaient essayé de voir ce qui se passait, mais le tueur avait déjà tourné les talons et ne leur montrait plus grand-chose d'autre.

Et l'homme avait parlé à Byron. Deux ou trois personnes l'avaient entendu, l'une d'elles précisant même qu'il l'avait appelé par son prénom. Le meurtre en perdait certes son côté gratuit, mais le flic du sixième secteur auquel j'avais rapporté ce renseignement doutait assez du témoin. Vagabond du quartier, il me l'avait laissé entendre, l'homme avait généralement la conscience obscurcie par quelque substance chimique ou autre, et tendance à voir et entendre des choses que vous et moi n'aurions jamais remarquées.

Deux coups de feu, simultanés ou presque. Personne n'avait vu l'arme. Un témoin se rappelait avoir vu le tueur tenir un sac en papier kraft dans sa main : c'était peut-être vrai et, dans ce cas, l'assassin pouvait très bien y avoir caché son flingue. Les deux balles s'étaient fichées dans la poitrine de Byron, les coups ayant de toute évidence été tirés d'une distance d'un à trois mètres. L'arme était un calibre 38, certes plus que suffisant pour le boulot à exécuter, mais incapable de trouer un blindage quelconque. A porter le gilet en kevlar qui faisait tant râler Adrian Whitfield, Byron en aurait réchappé.

Mais ce n'était pas le cas, et les deux projectiles lui étaient entrés côte à côte dans la poitrine, le premier trouvant vite le chemin de son cœur, le second le ratant de deux ou trois centimètres sur la droite. La douleur et le choc avaient dû être indescriptibles, mais n'avaient sûrement pas duré longtemps. La mort avait été pratiquement instantanée.

Deux coups de feu et le tireur s'enfuyait déjà à toutes jambes lorsque la lumière avait disparu dans les yeux de Byron. L'assassin avait eu de la chance. Il aurait pu trébucher et s'étaler par terre, il aurait pu tourner un coin de rue et se retrouver nez à nez avec un flic. Ou alors, sans même aller si loin, il aurait pu croiser quelqu'un qui l'aurait bien regardé.

Mais rien de tel ne s'était produit. Il l'avait emporté au paradis

Cet après-midi-là, je bipai TJ qui me retrouva dans une cafétéria deux rues plus loin.

– On est déjà v'nus ici, dit-il. Ils ont arrangé un peu. C'est mieux.

– Le cheeseburger est bon ?

Il étudia la question.

– Bouchant, dit-il enfin.

– Bouchant ?

– Ça bouche les trous, me renvoya-t-il en poussant son assiette de côté. Qu'est-ce que t'as comme boulot à me proposer ?

– Rien qui nécessiterait de recourir à un ordinateur.

Je lui racontai ce que je savais de Byron Leopold et de la façon dont il avait trouvé la mort.

– Va falloir encore marcher, c'est ça ? On cogne aux portes et on cause aux gens.

– En gros.

– On est à la pendule ?

– Toi, oui.

– Ce qui veut dire que c'est toi qui me payes. Mais… et toi, qui c'est qui te paye ?

– Pierre, lui répondis-je, pendant que j'essaie de savoir ce qui est arrivé à Paul.

– Tu m'as paumé en ch'min, Germain.

– J'ai un client, lui dis-je. Adrian Whitfield.

– Un avocat. Le dernier sur la liste à Will.

– C'est ça.

– Le rapport avec Byron ?

– Aucun, lui répondis-je.

Je lui expliquai la théorie de Whitfield.

– Il croit que Will se fait des p'tites séances d'échauffement, c'est ça ? Et toi, tu y crois ?

– Pas trop.

– Moi non plus, dit-il. Pourquoi qu'il aurait besoin de s'entraîner ? Il se démerde parfaitement sans ça.

Supposons que l'assassinat de Byron Leopold ait eu à voir avec la vie de nos rues. Peut-être Leopold avait-il été tué parce que quelqu'un lui en voulait d'avoir fait ou dit quelque chose. Qui sait s'il n'avait pas été témoin d'un crime, s'il n'avait pas vu ou entendu quelque chose de sa fenêtre ou de son banc ? Et si on l'avait pris pour quelqu'un d'autre, quelqu'un qui aurait refait l'assassin pendant une vente de drogue ou essayé de lui draguer son mec ou sa nana ?

Si ce n'était pas trop loin de la vérité, il y avait des chances pour qu'on en cause à droite et à gauche. Je demandai donc à TJ d'aller écouter ce qu'on racontait. Il récolterait bien plus de renseignements de ce genre que moi.

Je pourrais en profiter pour chercher un mobile dans la vie même de Byron.

Je décrochai pour appeler Ginnie.

– Parle-moi encore de Byron, lui dis-je.

– Qu'est-ce que tu veux savoir ?

– Il y a des trucs pas clairs. Il était locataire d'un appartement à loyer contrôlé dans un bon immeuble qui est passé en copropriété il y a un peu plus de douze ans. On ne menaçait pas de le vider, ce qui veut dire que les locataires pouvaient acheter l'appart' à un prix modéré ou continuer à payer leur loyer. C'est cette solution qu'il a choisie. Il a continué à payer son loyer.

– A l'époque, me dit-elle, il s'injectait une demi-douzaine de sachets d'héroïne et les junkies ne sont généralement pas des foudres de guerre en affaires. Il regrettait de ne pas avoir acheté son appartement quand c'était possible, mais, à ce moment-là, il n'avait pas vraiment le choix.

– Ce qui m'étonne, c'est que, tout junkie qu'il était, il ait même seulement réussi à le garder propre.

– Lui, c'était à la came qu'il était accro, Matt, pas au style de vie qui va avec. C'était un junkie de Wall Street.

– Et ce n'est pas aux cotations en Bourse qu'il fonctionnait.

– Non, c'était à l'héro et à l'alcool, mais il travaillait quand même à Wall Street. Assez bas dans la hiérarchie, mais il bossait dans une boîte de courtage où il faisait ses neuf heures-cinq heures sans prendre trop de congés maladie. Il tenait à son emploi, il payait son loyer et n'a jamais perdu son appart'.

– Certains y arrivent, je le sais.

– Les alcoolos font ça tout le temps. Dès qu'on entend le mot héro, on pense criminel.

– Ben... acheter de l'héro constituant déjà un crime...

– Et, quand la dépendance est forte, en acheter assez coûtant nettement plus que ce que le junkie de base peut se payer sans avoir recours à des procédés illégaux... Mais quand on a un boulot décent et que la dépendance n'est pas trop monstrueuse, on arrive à tenir.

– Je sais très bien qu'il y a des gens des classes moyennes qui sont accro, lui renvoyai-je. Tiens, le mois dernier, la rédactrice d'un magazine mariée à un conseiller fiscal... Naturellement, elle ne partageait pas ses seringues.

– A l'ère du sida, tu sais... Byron ne se serait pas servi d'une seringue s'il avait commencé quelques années plus tard. Cela dit, même à la sniffer, l'héroïne reste l'héroïne. On plane quand on en prend et on est malade quand on n'en a plus. Et quand on en prend trop, ça tue. Si on est au courant pour cette rédactrice de journal, c'est parce qu'elle est morte d'une overdose.

Nous parlâmes encore un peu de cette affaire, puis je lui dis :

– Et donc, il a gardé son boulot pendant toutes ces années...

– Il l'a gardé même après avoir décroché. Après, il l'a perdu lorsque sa société s'est fait avaler suite à une fusion, mais je ne crois pas qu'il soit resté sans travail beaucoup plus de deux mois avant de retrouver le même genre d'emploi dans une autre boîte. Et ce boulot-là, il l'a gardé jusqu'au moment où son état de santé l'a contraint à le lâcher.

– Ce qui remonte à… ?

– Je dirais six mois, mais il est possible que ça fasse un peu plus. Oui, c'est ça : je me souviens qu'il a arrêté avant les vacances, mais qu'il est retourné au bureau pour la fête de Noël.

– Et chacun sait que ce genre de festivités est idéal pour quelqu'un qui ne boit plus.

– Il en est sorti assez déprimé, mais je ne pense pas que ç'ait été d'avoir passé la soirée avec des gens qui buvaient. Cela dit, ça n'a pas dû aider beaucoup. De fait, je crois plutôt que c'était de savoir que, pour lui, ce genre de vie était terminé. Il ne pourrait plus jamais retourner à son boulot.

– Certains diraient que c'est un des rares avantages du sida.

– Comme de ne pas avoir à s'inquiéter d'attraper un cancer de la peau ? Tu as sans doute raison. Mais Byron n'était pas comme ça. Ça lui plaisait d'avoir un boulot et d'y aller.

– Il avait de l'argent à la banque, lui dis-je. Pas loin de 40 000 dollars.

– Tant que ça ? Je savais qu'il n'avait pas de souci à se faire de ce côté-là, mais… Il avait une assurance maladie et disait qu'il avait de quoi tenir « jusqu'à la sortie », c'était son expression.

Elle garda le silence un instant, puis ajouta :

– L'hiver dernier, il pensait pouvoir tenir encore un an, deux au maximum. A moins d'un miracle, remède ou autre.

– J'ai entendu dire qu'il aurait laissé un testament. Rien de bien compliqué. Il aurait rempli un formulaire préimprimé et l'aurait signé devant deux de ses voisins. Il aurait tout légué à des organismes de charité pour les malades du sida.

– Il m'avait dit qu'il le ferait.

– A-t-il été jamais marié ?

– Environ un an, juste après le lycée. Mais ils ont divorcé, ou alors le mariage a été annulé. Oui, je crois que c'est plutôt ça.

– Et donc, pas d'enfants.

– Non.

– De la famille ?

– Parents séparés. Et alcooliques.

– Il s'en est plutôt bien tiré.

– Mouais. Ses parents sont morts tous les deux, son père il y a très longtemps, sa mère un peu après que Byron eut cessé de boire. Il avait un frère, mais personne n'en avait plus entendu parler depuis des années et Byron pensait qu'il était mort. Il en avait un autre, et celui-là était réellement mort depuis assez longtemps. D'après lui, il aurait succombé à une rupture de l'œsophage, ce qui en fait à peu près sûrement un alcoolique de plus.

– Toutes les familles heureuses se ressemblent, dis-je.

– Ah, mon Dieu !

– Et ces 40 000 dollars, d'où crois-tu qu'il les tenait ? Sans compter qu'il devait y en avoir plus au début s'il s'est arrêté de travailler avant la Noël. Parce que même s'il a commencé à mettre du fric de côté toutes les semaines dès qu'il a cessé de boire, ça fait beaucoup d'argent économisé en peu de temps.

– Son assurance vie.

– Quelqu'un qui l'avait mis sur la sienne ?

– Non, non. Il en avait pris une sur sa propre vie. On l'avait convaincu que c'était un bon investissement.

– Et il avait toujours réglé ses primes ?

– D'après lui, c'était le plus grand coup de bol qu'il ait jamais eu. Il y avait des moments où il oubliait de payer ou n'avait pas assez d'argent pour le faire, mais les primes étaient couvertes automatiquement par un emprunt sur la valeur du capital. Ce qui fait que le contrat était toujours valable quand il a arrêté de boire et après, il a continué de payer.

– Et le bénéficiaire ?

– Au début sa femme, je crois. Après, ç'a été sa mère, pendant des années, et quand elle est morte...

– Oui ?

– Je m'excuse, mais les mots ont du mal à sortir. Je

l'ignorais à l'époque, mais oui, il se trouve que c'est moi. Il fallait bien qu'il mette quelqu'un, enfin…

– Tu n'étais pas son amie ?

– Son amie, répéta-t-elle. Tu sais comment je l'ai appris ? Je devais être avertie si jamais il rachetait le capital. Les assurances l'exigeaient, et j'ai dû signer un papier à cet effet. Je n'étais pas obligée de donner mon accord, mais Byron devait absolument me le faire savoir.

– C'est assez courant, lui fis-je remarquer. Au cas où l'assuré serait légalement tenu de continuer à régler ses primes, disons dans un divorce.

– C'était presque comme s'il s'excusait, reprit-elle. « Je crains que tu ne sois jamais très riche, Ginnie, me disait-il. Je vais avoir certainement besoin de cet argent. »

– Et le contrat se montait à combien ?

– Ce n'était pas une fortune. Dans les 80 000 dollars, si je me souviens bien.

– Et combien a-t-il retiré de l'opération ?

– Bien moins que ça, évidemment. Entre 50 et 55 000.

– Dollars.

– Évidemment.

– Ça me paraît beaucoup, dis-je.

– Vraiment ? C'est tout ce qu'il avait, nom de Dieu ! Et il n'aurait plus rien d'autre jusqu'à la fin !

– Ce n'est pas ce que je voulais dire. C'est plus proche de la valeur de reprise d'une police de 8 000 dollars.

– Ah, dit-elle. Je n'y connais rien, moi, tu sais !

– Je ne suis pas un expert, mais j'ai l'impression que ça couvre le montant des primes réglées au fil des ans. Selon la police à laquelle on a souscrit, la valeur de rachat augmente de tant par an. Lorsque le contrat est à terme, les primes à régler sont moins lourdes, mais la valeur de rachat n'est pas aussi forte. Et bien sûr, il y a des solutions intermédiaires.

– J'ignore ce qu'il avait choisi.

– Il est impossible que ç'ait été un contrat à terme, lui répondis-je. Dans ce cas-là, on n'a pas le droit d'emprunter sur le capital. C'est même pour ça que sa couverture a continué après qu'il a cessé de régler ses primes.

– C’est vrai qu’il avait des emprunts sur la valeur de rachat.

– Tu l’as mentionné. Cela dit, j’ai quand même l’impression que la valeur de rachat n’est jamais qu’un petit pourcentage de la prime de décès. Et quand en plus la valeur de rachat est amputée des emprunts qui courent sur le capital…

– Sauf qu’il les aurait remboursés, non ?

– Pas forcément. Les intérêts ne sont pas énormes, étant donné qu’au fond on ne fait jamais qu’emprunter de l’argent sur soi-même. Disons qu’on a emprunté 2 000 dollars de cette façon-là. Pourquoi les rembourser de sa poche ? Il n’y a pas grand-chose qui y pousse. A se contenter de payer le plus tard possible, on se retrouve dans une situation où la compagnie d’assurances déduira tout ce qui est dû de la prime de décès. Le bénéficiaire recevra certes moins d’argent comme ça, mais le donateur, lui, ne sera plus là pour l’entendre râler.

– Bien, dit-elle, mais comme je ne savais pas à combien se montaient ses emprunts, ni même s’il les avait seulement remboursés… C’est que je ne connais vraiment pas grand-chose aux assurances vie.

– Moi non plus, lui avouai-je. J’ai seulement le sentiment qu’il n’aurait pas dû récupérer autant d’argent en rachetant son contrat.

– Je n’en doute pas. Il avait probablement d’autres biens qu’il a aussi vendus. Ou bien alors, c’est que je me trompe dans les chiffres. Ma mémoire est une vraie passoire dans ce domaine. Ce qui me rappelle quelque chose. Tu m’as bien dit que tu étais entré chez lui, non ? Tu n’aurais pas vu un petit éléphant en cuivre jaune, par hasard ?

Elle lui en avait fait cadeau lorsque l’un et l’autre avaient commencé à ne plus boire. Comme c’est souvent le cas au début, il avait eu des trous de mémoire. Il oubliait les numéros de téléphone et ne savait jamais où il avait fourré ses clés. « Ceci est l’éléphant qui n’oublie jamais rien », lui avait-elle dit, et entre eux cette histoire était devenue une manière de gag récurrent.

– J’aimerais bien le récupérer, dit-elle. Ça ne vaut pas

grand-chose et, en dehors de moi, ça n'aurait d'importance pour personne.

– Ça devait en avoir pour lui, lui dis-je. Il n'avait pas beaucoup de bibelots chez lui et il l'avait mis à la place d'honneur sur sa télé. Je suis sûr que c'est pour ça que je l'ai remarqué. Le concierge m'a dit de l'empocher.

– Et tu l'as fait ?

– Eh non, bon Dieu ! Je me suis contenté de le remettre à sa place. Et le plus drôle, c'est que j'avais eu envie de l'emporter. Je te promets de passer le reprendre.

– Ça m'ennuie de te faire faire un voyage exprès pour ça, mais…

– C'est à deux rues de chez moi, lui répondis-je. Ce n'est rien du tout.

Le plus dur fut de trouver le concierge. Il était monté au septième étage pour réparer une fuite à un robinet, et le portier mit un certain temps à le localiser. Cette fois, je ne traînai pas à l'appartement. Il me semblait que l'odeur de sida y était plus forte que lors de ma première visite. Comme une odeur particulière, un rien musquée, associée à la maladie. Je l'avais remarquée en fouillant dans la penderie – les vêtements devaient l'y retenir –, mais, cette fois, c'était l'appartement tout entier qui en était imprégné. J'empochai le petit éléphant et repartis tout de suite.

6

En quarante-huit heures, je retournai encore deux fois à l'immeuble d'Horatio Street. Je frappai à des tas de portes et parlai avec des tas de gens différents. La plupart d'entre eux avaient déjà reçu la visite des flics, mais ça ne les décourageait pas de s'entretenir avec moi, même si, de fait, ils n'avaient pas grand-chose à me dire. Byron était bon voisin, Byron s'occupait de ses oignons et, pour autant qu'on le savait, n'avait jamais eu un seul ennemi. J'eus droit à bon nombre de théories sur son assassinat, toutes ou presque m'étant déjà venues à l'esprit.

Le mercredi après-midi, je retrouvai TJ, comparai mes notes avec les siennes et ne fus pas autrement étonné de constater qu'il ne se débrouillait pas mieux que moi.

– Elaine voudrait que je travaille pour elle demain, me lança-t-il, mais j'y ai dit que j'devais d'abord voir avec toi.

– Tu peux la remplacer au magasin, lui répondis-je.

– C'est ce que j'me disais. J'avance pas des masses.

Je pris le bus pour remonter la Huitième Avenue et en descendis lorsqu'il se retrouva bloqué dans un embouteillage à la hauteur de la 40e Ouest. Je fis le reste à pied, et me trouvais déjà dans mon bureau, de l'autre côté de la rue, lorsque Ray Gruliow m'appela.

– Ah, le grand coquin ! commença-t-il. D'après ce que j'ai entendu dire, notre prétendue Volonté du Peuple se serait avouée vaincue en apprenant que tu t'es lancé à ses trousses !

Il y a des éternités de ça, à l'époque où je rendais ma plaque de flic et abandonnais femme et enfants, j'avais loué une chambre d'hôtel au Northwestern, dans la 57e Ouest, un peu à l'est de la Neuvième Avenue. Depuis, j'ai changé dans pas mal de domaines, mais pas du côté territoires. Le Parc Vendôme, où Elaine et moi avons acheté un appartement, se trouve sur le trottoir sud de la 57e, juste en face de l'hôtel. J'y ai gardé ma chambre lorsque nous avons emménagé ensemble en me disant que j'en ferais mon bureau. Je ne peux pas dire que je m'en serve beaucoup. Ce n'est pas un endroit idéal pour recevoir des clients, et les archives que j'y conserve tiendraient facilement dans une penderie, voire un simple buffet de l'autre côté de la rue.

– Adrian Whitfield et moi nous sommes vus tout à l'heure, reprit Gruliow. Je dois dire que j'en suis resté tout interdit et que je me suis contenté de le regarder travailler. Il a une affaire qui passe en jugement, mais je suis sûr que tu es déjà au courant.

– Ça fait deux jours que je ne lui ai pas parlé, lui répondis-je. Il tient le coup ?

– Il n'a pas l'air au mieux de sa forme, mais il se pourrait qu'il soit tout bêtement épuisé de fatigue. Je ne peux pas allumer la télé sans le voir. Quand ils ne lui collent pas un micro sous le nez sur les marches du Tribunal des affaires criminelles, ils le font venir sur un plateau de télé *x* ou *y*. Il est passé à Larry King hier soir – en duplex du studio de New York.

– De quoi a-t-il parlé ?

– Des problèmes d'éthique liés au système de la justice contradictoire. Jusqu'où peut aller l'avocat et jusqu'où on peut le tenir responsable de sa défense. Ça commençait juste à devenir intéressant quand ils sont passés aux questions des téléspectateurs, ce qui a toujours pour effet de tout ramener au plus petit commun dénominateur… qui est en général assez bas.

– Et horriblement commun.

– Il n'empêche… Ce matin, au prétoire, on aurait dit un diable sorti de sa boîte. Tu connais la phrase de Samuel Johnson : « Quand on sait qu'on sera pendu dans quinze jours, la concentration d'esprit est proprement merveilleuse » ?

– C'est assez beau.

– N'est-ce pas ? Je m'étonne même que les partisans de la peine de mort ne l'aient pas encore ressortie pour nous prouver l'efficacité de leur panacée contre tous les maux de la terre.

– Et moi, j'espère que tu n'es pas en train de te lancer dans une de tes tirades.

– Non, mais il se pourrait bien que je ressorte le bon Dr Johnson la prochaine fois que je m'y laisserai aller. Notre petit copain Adrian m'a l'air d'être gardé de très près. Par ta faute, d'après ce qu'on raconte.

– Pas vraiment. Je lui ai fait quelques suggestions stratégiques et donné un numéro où appeler.

– Il prétend porter une armure.

– Il est censé le faire, lui renvoyai-je, et j'aimerais assez qu'il ne le crie pas sur les toits. Si jamais le tueur l'apprenait, il viserait la tête.

– Bah, c'est pas moi qui vais aller rencarder M. Will. Sauf que, bien sûr, nous ignorons tout de son identité, n'est-ce pas ?

– Si nous la connaissions, il ne poserait pas de problèmes.

– Pour ce que tu en sais, ce pourrait même être moi.

– Hmmm… Non, je ne crois pas.

– Pourquoi en es-tu si certain ?

– Ses lettres, lui retournai-je. Elles sont trop bien écrites pour ça.

– Ah, l'enfoiré ! Mais c'est vrai qu'il sait manier le stylo, n'est-ce pas ?

– Ça…

– On en viendrait presque à vouloir recevoir un courrier de lui. C'est même quelque chose dont je ne suis pas très fier. Tu sais quelle a été ma première réaction quand j'ai lu sa lettre ouverte à Whitfield ?

– Tu t'es dit que c'était à toi qu'il aurait dû l'envoyer

– Non, mais… comment as-tu deviné ? Ou alors… serais-je plus transparent que je le crois ?

– C'est-à-dire que… de quoi d'autre pourrais-tu bien avoir honte ?

– Je n'ai pas dit que j'en avais honte. J'ai seulement dit que je n'en étais pas fier.

– J'en prends note.

– Ça n'en reste pas moins vrai. Tu te rappelles combien il faut d'acteurs pour changer une ampoule électrique ?

– Je le sais, mais j'ai oublié.

– Cinq. Un pour grimper à l'échelle et quatre pour dire : « C'est moi qui aurais dû y monter. » Les avocats qui travaillent au prétoire ne sont pas très différents. Et dans le cas qui nous occupe, on pourrait même dire que j'ai passé ma vie à auditionner pour ce rôle. Qui est donc l'homme le plus haï de New York ?

– Walter O'Malley.

– Walter O'Malley ? Qui c'est, celui… ah, oui ! Le fumier qui a déménagé les Dodgers de Brooklyn. Mais il est mort, non ?

– J'espère bien que oui.

– Tu ne pardonnes donc jamais ? Oublie un peu Walter O'Malley, tu veux ? Non, qui est l'avocat le plus haï de New York ?

– Si c'est encore une plaisanterie, la réponse est : tous autant que vous êtes.

– Non, non. Comme tu le sais, la seule réponse qui tienne est Raymond Gruliow.

– Alias Ray le Coriace.

– Tu l'as dit. C'est moi qui défends les clients les plus ignobles, ceux qu'on adore haïr. Ce n'est pas Will Rogers qui disait n'avoir jamais rencontré quelqu'un qui ne lui plaisait pas ?

– Lui ou un autre, je dirais que ce type ne devait pas beaucoup sortir de chez lui.

– Et qu'il n'avait jamais fait la connaissance de mes clients. Des terroristes arabes, des révolutionnaires noirs, des assassins psychotiques… Warren Madison, qui n'a quand même jamais fait que descendre une demi-douzaine de flics de New York. Comme si Whitfield avait jamais défendu un type qui arrive à la cheville de ce type !

– Richie Vollmer, lui renvoyai-je. Et ce n'est qu'un début.

– Warren Madison le vaut bien. Dans l'acquittement de Vollmer, c'est la justice qu'il faut incriminer. Dans celui de Warren, c'est l'avocat.

– Dit-il en toute modestie.

– On laisse tomber la modestie, d'accord ? L'humilité n'est pas un atout dans notre métier. Tu ne connais pas la malédiction chinoise : « Puisses-tu être représenté par un avocat plein d'humilité » ? Tu crois que notre ami Adrian va s'en sortir ?

– Je ne sais pas.

– On dirait que Will prend son temps. C'est la première fois qu'il met si longtemps… entre la lettre et le passage à l'acte, je veux dire. C'est peut-être parce que Adrian est mieux protégé, plus difficile à atteindre.

– Peut-être.

– Ou alors il est fatigué de jouer à ce petit jeu. Et s'il était passé sous un bus ?

– Ou alors il s'est assis sur un banc dans un jardin public et quelqu'un l'a descendu en le prenant pour un autre, lui renvoyai-je.

– Quelqu'un qui n'aurait même pas su à qui il avait affaire.

– Pourquoi pas ?

– Pourquoi pas, en effet ? Il aurait très bien pu mourir d'une mort anonyme et nous n'en saurons jamais rien. Ça serait un sale coup pour Adrian, non ?

– Comment ça ? Il serait sorti d'affaire.

– Tu veux réfléchir une minute ?

– Ah… ! Oui, c'est vrai.

– On n'est jamais sorti d'affaire que quand on le sait. Au bout de combien de temps se débarrasse-t-on de ses gardes du corps ? Quand peut-on vraiment se détendre ?

Je songeai à Whitfield et l'appelai après le dîner. Et lui laissai un message sur son répondeur. Rien d'urgent, lui dis-je, et il dut me croire car il ne me rappela pas.

Mais je le vis aux infos du soir. Il n'y avait rien de neuf, mais ce n'était pas ça qui allait empêcher les médias de le presser de questions. C'était le même principe qui maintenait Will en première page du *Post*.

Le lendemain soir, il passa encore aux infos, mais cette fois, la télé avait quelque chose à dire. Dans l'affaire qu'il défendait et qui devait passer en jugement sous huitaine, son client avait brusquement décidé de plaider coupable, le juge acceptant d'abaisser les charges qui pesaient contre lui.

J'allai à une réunion à l'église Saint-Paul. J'avais toujours mon petit éléphant dans ma poche. Ginnie s'étant pointée, je le lui donnai. J'allais m'esbigner à la pause, mais me rendis compte que je le faisais un peu trop depuis quelque temps et me forçai à boire la coupe jusqu'à la lie. Il devait être aux environs de dix heures et demie lorsque j'arrivai chez moi. J'étais en train de me verser une tasse de café lorsque le téléphone sonna.

– Matthew Scudder ? dit-il. Adrian Whitfield à l'appareil.

– Je suis content que vous appeliez, lui répondis-je. Je vous ai vu aux infos il y a deux ou trois heures de ça.

– Sur quelle chaîne ?

– Je ne sais plus. J'en regardais deux ou trois en même temps.

– On surfe sur les chaînes, maintenant ? Voilà un sport d'intérieur qui devient de plus en plus populaire. Bah, je crois que nous aurions gagné si nous étions passés devant un jury, mais je ne me voyais pas conseiller à mon client de jouer sa chance aux dés. En gros, il s'en sort avec une peine de prison qu'il a déjà purgée, mais les jurés auraient pu le prendre mal.

– C'est toujours possible.

– Toujours. On ne sait jamais ce qui va leur passer dans le crâne. On peut toujours croire qu'on le sait, mais deux fois sur trois les jurés n'en font qu'à leur tête.

– La condamnation n'aurait pas tenu.

– Sans le moindre doute. Le juge Yancey aurait pu la rejeter dans la seconde. Et s'il l'avait laissée passer, je l'aurais fait tomber en appel.

– Et donc, Richie lui aussi s'en sortait quoi qu'on fasse.

– C'est-à-dire que… pas tout de suite. Ce que moi, je pensais… Vous avez envie de le savoir ?

– Pourquoi pas ?

– Je me disais que Yancey laisserait filer en sachant que la cour d'appel casserait l'arrêt. Comme ça, ce ne serait pas lui, Yancey, qui aurait relâché Richie dans nos rues. Je me disais aussi que Richie retournerait en prison, où un psychopathe épris de justice lui ferait la peau avant que l'appel arrive devant la cour. Disons comme le type du Wisconsin[1]. Bah, au bout, ça nous donne en gros le même résultat, non ? Sauf que le psychopathe qui a effectivement zigouillé Richie n'est pas un condamné, mais, tiens donc, un *serial killer* lui aussi.

– Comment tenez-vous le coup, Adrian ?

– Oh, ça va, me répondit-il. Je suis un peu moins sous pression maintenant que je sais que demain je n'aurai pas à aller au tribunal. Dans le même temps, il y a aussi l'espèce de truc doux-amer qu'on ressent chaque fois qu'on termine quelque chose. Procès, aventure sentimentale, même un mariage qui a mal tourné. On est content que ça se termine, mais on ne peut pas s'empêcher d'être un peu triste.

Sa voix ayant faibli, il ajouta :

– Bah, rien n'est éternel, pas vrai ? Ce qui monte un jour redescendra, ce qui commence un jour s'achèvera. C'est comme ça pour tout.

– Vous m'avez l'air un peu déprimé.

– Vraiment ? Je crois que je n'ai plus d'énergie, dit-il, c'est tout. Ce procès m'obligeait à tenir. Maintenant que c'est fini, j'ai l'impression d'être une marionnette à laquelle on a coupé les fils.

– Vous avez simplement besoin de repos.

– Espérons-le. J'ai vaguement dans l'idée que le procès tenait Will en échec, qu'il ne pouvait pas me liquider tant que j'aurais encore du boulot à faire. Et maintenant… Brusquement, c'est toute cette histoire qui me fait peur, comme jamais auparavant.

1. Allusion à Jeffrey Dahmer, tueur en série et cannibale assassiné en prison par un codétenu.

– C'est seulement que vous vous interdisiez d'y penser.

– Peut-être. Et peut-être aussi me sentirai-je d'aplomb après une bonne nuit de repos. En tout cas, je sais que ça ira nettement mieux quand j'aurai bu un petit coup.

– C'est un sentiment assez répandu, lui répondis-je. C'est même pour ça qu'on fout la bibine dans des bouteilles.

– Eh bien moi, ma bouteille, je vais me la déboucher pour en libérer le bon génie. Ce sera mon premier verre de la journée. Si vous étiez là, je vous servirais un truc gazeux.

– Je vais m'en offrir un illico, lui répondis-je, et je penserai à vous.

– Prenez donc un Coca. Profitez-en pour faire la fête.

– Je n'y manquerai pas.

Il y eut un silence, puis il me dit :

– J'aimerais vous connaître mieux.

– Ah oui ?

– J'aimerais bien qu'on ait plus de temps. Bon, vous oubliez ça, d'accord ? Je suis trop fatigué pour être cohérent. Il n'est pas impossible que je laisse tomber le petit verre et que j'aille me coucher tout de suite.

Mais il ne laissa pas tomber le petit verre.

Il gagna la pièce de devant où était posté un de ses gardes du corps.

– Je vais boire un coup, lui annonça-t-il. Et je ne peux toujours pas vous convaincre de vous joindre à moi, c'est ça ?

Ils avaient déjà suivi ce rituel.

– J'y perdrais mon boulot, monsieur Whitfield, lui répondit l'homme.

– Je n'en parlerais à personne… D'un autre côté, je vous veux aussi vif et tranchant qu'un coup de rasoir si jamais notre Will entrait par cette porte et donc, non : je ne devrais pas vous proposer un verre. Un truc non alcoolisé, alors ? Du café ?

– J'en ai mis à chauffer dans la cuisine. J'en prendrai

une tasse après que vous serez allé vous coucher. Ne vous inquiétez pas pour moi. Tout ira bien.

Whitfield prit un verre sur le comptoir, passa à la cuisine pour y chercher des glaçons, revint et décapsula la bouteille de scotch. Il s'en versa un verre et remit la capsule sur la bouteille.

– Vous vous appelez Kevin, reprit-il à l'adresse de son gardien, et j'ai sûrement entendu votre nom de famille, mais je n'arrive pas à m'en souvenir.

– Kevin Dahlgren, monsieur.

– Ah, oui, maintenant ça me revient. Vous aimez votre travail, Kevin ?

– Oui, c'est un bon boulot.

– Vous ne trouvez pas ça ennuyeux ?

– Tant que je m'ennuie, moi, ça va, vous savez, dit-il. Je suis prêt pour si jamais il arrivait quelque chose, mais bon : quand il se passe rien, j'aime assez.

– Saine philosophie, lui renvoya Whitfield. Vous n'auriez sans doute pas refusé de faire démarrer la bagnole de Tony Furillo.

– Pardon ?

– Non, rien. Je ferais mieux d'avaler ça, vous ne croyez pas ? Je l'ai versé, je ferais mieux de le boire. C'est bien comme ça que c'est censé marcher.

– C'est à vous de voir, monsieur.

– C'est à moi de voir, répéta Whitfield. Vous avez parfaitement raison.

Il leva son verre, porta un toast silencieux, puis avala son whisky à longues gorgées. Dahlgren regarda les rayonnages. Il aimait bien la lecture et il y avait des tas de choses à lire dans cet appartement. Rester huit heures assis dans un fauteuil confortable à lire un bon livre en sirotant du café quand on en avait envie n'avait rien de pénible. Il était même assez agréable d'être rémunéré pour quelque chose qu'on aurait aimé faire pendant ses heures de loisir.

C'était très exactement ce qu'il se disait lorsqu'il entendit l'homme qu'il gardait faire un bruit, pousser comme un soupir étouffé. Il se retourna et vit Adrian Whitfield se tenir la poitrine, puis tomber tête la première sur le tapis.

7

– C'était comme s'il le voyait venir, reprit-il.

Grand et large d'épaules, Kevin Dahlgren était âgé d'une trentaine d'années. Les cheveux brun clair coupés au ras de son crâne imposant et les yeux brun clair eux aussi, et vifs, derrière ses lunettes, il paraissait tout à la fois sensible et compétent, genre voyou studieux.

– Je suis la dernière personne à lui avoir parlé, dit-il encore. Vous excepté, bien sûr.

– C'est ça.

– Il était fatigué et je crois que ça le rendait amer. Mais peut-être aussi avait-il comme une prémonition, enfin... quelque chose qui lui aurait dit que la fin était proche.

« Il m'a offert à boire. Pas que j'aurais même seulement songé à accepter, remarquez. Boire pendant les heures de boulot ? Et un garde du corps, en plus ? Ils me laisseraient tomber comme une vieille chaussette si jamais je faisais un truc pareil, et ils auraient raison. Ça ne m'a même pas tenté, sauf que maintenant j'essaie de voir ce que ça aurait donné si j'avais dit oui. On trinque, on lève le coude et pouf, patatras, tout le monde par terre. Ou alors j'aurais été le premier à boire parce qu'il traînait un peu. Et maintenant je serais mort et c'est lui qui vous causerait au lieu de moi.

– Mais ce n'est pas comme ça que ça s'est passé.

– Non.

– Quand vous êtes arrivé et que vous être entré dans l'appartement...

– Vous voulez qu'on reprenne ? Pas de problème, dit-il.

Je commençais à dix heures du soir. Je me suis présenté à sa résidence de Park Avenue, où j'ai retrouvé Samuel Mettnick qui était de service avec moi jusqu'à six heures du matin. Nous nous sommes postés en bas, dans le hall d'entrée. Les deux gars du tour d'avant ont ramené M. Whitfield dans la limousine et nous l'ont confié à dix heures dix. Samuel Mettnick et moi l'avons accompagné à son appartement en observant toutes les procédures de sécurité adéquates : entrée dans l'ascenseur, sortie, et caetera, et caetera.

– Qui a ouvert la porte de l'appartement ?

– Moi, et c'est aussi moi qui suis entré le premier. Un sifflement s'est fait entendre, indiquant que l'alarme était branchée. J'ai gagné l'armoire électrique où j'ai entré le code approprié. Après, j'ai inspecté toutes les pièces pour m'assurer qu'il n'y avait personne. Puis je suis revenu dans celle de devant, Sam est descendu, j'ai fermé la porte à clé et j'ai vérifié qu'elle était effectivement fermée. Après, M. Whitfield a traversé sa chambre pour aller aux toilettes. Après encore, il a dû s'arrêter dans sa chambre et passer un coup de fil avant de revenir dans la pièce de devant. Et vous savez le reste.

– Vous étiez déjà monté à l'appartement avant ?

– Oui, monsieur, j'y avais passé plusieurs nuits. A partir de dix heures du soir…

– Et vous n'avez rien remarqué de particulier en entrant.

– Aucun signe d'intrusion. S'il y avait eu le moindre truc un peu suspect, j'aurais empoigné M. Whitfield pour le tirer de là au plus vite. Tout était en ordre, rien ne m'a paru différent des soirs précédents. Ce qu'il faut comprendre, c'est qu'on m'avait relevé à six heures du matin et que la dernière personne à s'être trouvée dans l'appartement était donc celle qui avait assuré le service de six heures du matin à deux heures de l'après-midi. Que des objets aient ou n'aient pas changé de place depuis que mon collègue et M. Whitfield étaient partis au tribunal, je ne pourrais pas vous le dire.

– Mais rien dans l'appartement n'a suscité le moindre commentaire de la part de M. Whitfield.

– Vous voulez dire, du genre… « Qu'est-ce qu'elle fait là, cette bouteille ? » Non, rien de ce genre. Cela étant, je ne sais pas trop s'il l'aurait remarqué. Vous savez de quelle humeur il était.

– Oui.

– Il avait l'air absent, enfin… si c'est bien le mot qui convient. Un peu à côté de la plaque. Juste avant de boire…

Il fit claquer ses doigts et ajouta :

– Je sais à quoi ça m'a fait penser !

– Oui, Kevin ?

– C'est une scène dans un film que j'ai vu, ne me demandez pas le titre. Il y a un personnage d'alcoolique et le type n'a pas bu depuis, oh, je ne sais pas… des mois ou des années, enfin… depuis très longtemps. Et alors, il se verse un verre, le regarde et boit.

– Et c'est comme ça que Whitfield a regardé son verre.

– En gros, oui.

– A ceci près que, lui, il buvait un verre de scotch tous les soirs, n'est-ce pas ?

– Il faut croire. Mais je n'étais pas toujours là pour le voir. Des fois, il était déjà rentré quand je prenais mon service. Alors, je me contentais de monter relever le gars d'avant. D'autres fois, il avait déjà descendu son verre avant que j'arrive. Cela dit, ce n'était pas un alcoolique, non. Il était tout sauf ça. Je ne l'ai jamais vu boire plus d'un verre par soir.

– Quand je lui ai parlé, il m'a dit qu'il allait prendre son premier de la journée.

– C'est ce qu'il m'a dit aussi. Je n'étais pas avec lui avant, mais je peux vous assurer qu'il ne sentait pas l'alcool.

– Vous l'auriez remarqué.

– Je crois que oui. Je me trouvais juste à côté de lui dans l'ascenseur et j'ai le nez assez fin. Je peux vous dire qu'il avait mangé italien. En plus du fait que je n'avais rien bu de la journée et que, quand on ne boit pas soi-même, on sent très bien si quelqu'un a bu.

– C'est vrai.

– Même chose pour la cigarette. Autrefois, je fumais et je ne sentais jamais la cigarette sur les autres, ni sur moi non plus d'ailleurs. J'ai arrêté il y a quatre ans et maintenant je renifle un gros fumeur d'un bout à l'autre d'un aéroport. C'est peut-être un peu exagéré, mais vous voyez ce que je veux dire.

– Certainement.

– Et donc, ce devait être son premier verre de la soirée. Ah, nom de Dieu !

– Quoi, qu'est-ce qu'il y a, Kevin ?

– Ben… ce n'est pas très drôle, mais je viens juste d'y penser… S'il y a quelque chose de sûr dans tout ça, c'est que c'était aussi son dernier.

Je n'eus pas besoin de croire Kevin Dahlgren sur parole. Il avait prouvé qu'il avait du nez juste après qu'Adrian Whitfield s'était écroulé. Il avait en effet tout de suite pensé que son client avait succombé à une crise cardiaque et, réagissant comme on lui avait appris à le faire, avait tenté de le réanimer.

Au début, il avait tout naturellement senti l'alcool qu'avait bu Whitfield. Mais il avait aussi remarqué une autre odeur – une odeur d'amande qu'il n'avait jamais sentie auparavant, mais dont il connaissait assez bien les caractéristiques pour pouvoir l'identifier aussitôt. C'était en ramassant le verre tombé sur le tapis qu'il en avait reconnu l'amertume. Il avait arrêté le bouche-à-bouche et immédiatement appelé le Centre antipoison alors même que d'instinct il savait qu'il n'y avait déjà plus rien à faire. La femme avec laquelle il s'était entretenu lui avait d'ailleurs confirmé ses soupçons. De fait, elle n'avait pu que lui suggérer d'essayer de remettre la respiration et le cœur de la victime en route. Dahlgren avait encore pris quelques instants pour appeler Police-secours, puis il s'était remis à son travail de réanimation, faute de mieux. Il y était toujours lorsque les flics étaient arrivés.

Cela se passait un peu après onze heures du soir. Bien avant minuit, la chaîne New York One lançait un flash spécial, battant Channel Seven de cinq bonnes minutes.

Mais je n'avais pas allumé mon poste et allai me coucher aux environs d'une heure et quart du matin, sans savoir qu'à quelques kilomètres de chez moi un de mes clients venait de succomber après avoir ingéré une dose mortelle de cyanure.

Elaine commence parfois sa journée en regardant « Good Morning America » ou le « Today Show », mais il lui arrive tout aussi souvent d'écouter de la musique classique à la radio. Lorsque je la rejoignis à la cuisine, elle écoutait justement quelque chose qu'elle et moi prîmes pour du Mozart. Il s'avéra que c'était du Haydn, mais lorsque enfin on nous le fit savoir, Elaine avait déjà filé au gymnase. J'éteignis la radio. Si je l'avais laissée allumée, j'aurais eu droit à un bulletin d'informations à heure pile, bulletin où la mort de Whitfield aurait occupé la première ou deuxième place. Je me resservis du café et mangeai la moitié de bagel qu'Elaine n'avait pas fini. Puis je sortis acheter le journal.

Le téléphone se mit à sonner lorsque je quittais l'appartement. De fait, j'étais pratiquement dehors. Je laissai sonner et confiai à mon répondeur le soin de faire ce qu'il fallait. Si j'avais décroché, j'aurais appris la nouvelle de la bouche même de Wally Donn. Au lieu de ça, je gagnai le kiosque, où je trouvai deux piles de *News* et de *Post* sur des caisses de bouteilles de lait en plastique renversées et posées côte à côte. « L'AVOCAT WHITFIELD EST MORT ! » hurlait le *News*, son confrère préférant résoudre l'énigme en s'écriant : « WILL TUE LE NUMÉRO CINQ ! »

J'achetai les deux journaux, rentrai chez moi, écoutai le message de Wally et le rappelai.

– Tu parles d'une histoire ! me lança-t-il. Assurer la sécurité d'un client privé est la tâche la plus claire qui soit. Il n'y a qu'une chose à faire : garder le bonhomme en vie. Tant que le pouls bat, on est bon. Matt, tu sais les dispositions qu'on avait prises pour Whitfield. C'était du bon boulot, j'y avais mis des types compétents et voilà qu'il y a du cyanure dans sa bouteille de scotch ! On a l'air de vrais cons.

– C'était du cyanure ? Les articles que je viens de lire parlent seulement de poison.

– C'était du cyanure. Mon gars l'a reconnu à l'odeur et a tout de suite appelé le Centre antipoison. Dommage qu'il n'ait pas reniflé le verre avant que Whitfield le boive.

– Dommage que Whitfield ne l'ait pas fait lui-même.

– Ça ! Il s'est contenté de l'avaler et le cyanure s'est contenté de le foutre sur le cul. Enfin, non... de le faire piquer du nez. Whitfield est tombé tête la première. Dahlgren a été obligé de le retourner sur le dos pour commencer le bouche-à-bouche.

– C'est ce Dahlgren qui était de service ?

– Lui et un autre. C'était lui qui était avec Whitfield. L'autre était en bas dans l'entrée. Si je les avais collés tous les deux à l'appartement... sauf que non. Qu'est-ce qu'ils auraient fait ? Joué au gin rummy ? Non, non, les mesures prises étaient les bonnes.

– Sauf que le client est mort.

– Ouais. Comme on dit : « L'opération a parfaitement réussi, mais le patient est mort. » Comment diable ce poison a-t-il atterri dans son whisky ? L'appartement avait été inspecté. Ils l'avaient quitté le matin même en enclenchant l'alarme. Mon gars, celui qui a pris Whitfield en charge hier matin, jure qu'il l'avait branchée et je sais que c'est vrai vu que l'autre, Dahlgren, jure qu'elle était effectivement branchée quand il a ouvert la porte hier soir. C'est donc que quelqu'un a pénétré dans l'appartement entre ces deux moments-là, disons entre huit ou neuf heures du matin et dix heures du soir. Même que le type qui est entré a dû forcer deux serrures, une Medeco et une Segal, et feinter une alarme Poséidon toute neuve. Comment a-t-il fait son coup, j'aimerais bien le savoir.

– Le système était neuf ?

– C'est moi qui l'avais commandé. Et dans la serrure du haut, il y avait un cylindre Medeco, tout neuf lui aussi. Je l'avais fait installer le jour même où nous avons commencé.

– Qui avait les clés ?

– Whitfield, évidemment. Pas qu'il en aurait eu besoin,

remarque, mais… Ce n'était jamais lui qui entrait le premier. Il y avait deux jeux de clés supplémentaires, un par garde de service. Quand on les relevait, ils les passaient à l'équipe suivante.

– Et le personnel de l'immeuble ?

– Ils avaient les clés de la Segal, naturellement. Mais nous ne leur avions pas donné celles de la nouvelle serrure.

– Et la femme de ménage ? Whitfield devait bien en avoir une.

– Non, non. Elle monte lui faire son ménage tous les mardis après-midi depuis qu'il est propriétaire de l'appart'. Et nous ne lui avions pas plus donné la clé de la Medeco que le code à quatre chiffres du système d'alarme. Pas parce que je n'aurais pas cru Will capable de se déguiser en petite vieille polonaise de Greenpoint… Non, si la femme de ménage de Whitfield n'a pas eu de clé, c'est parce que seuls en ont eu ceux qui en avaient vraiment besoin. Le mardi après-midi, un de nos hommes la retrouvait à l'appartement, la laissait entrer et restait avec elle jusqu'à ce qu'elle ait fini son travail. Il s'asseyait dans un fauteuil et lisait un magazine pendant qu'elle donnait un coup d'aspirateur, repassait le linge ou se mettait à quatre pattes pour nettoyer la baignoire. Même qu'il touchait quatre fois plus qu'elle de l'heure et, je t'en prie, ne viens pas me raconter que la vie est juste.

– J'essaierai de ne pas l'oublier, lui dis-je.

– Et donc, laisse-moi répondre à une ou deux questions avant que tu me les poses, vu que les flics me les ont déjà posées et que j'y ai déjà répondu. L'alarme n'était pas branchée que sur la porte. Elle l'était aussi sur les fenêtres, ce qui était peut-être un rien excessif vu qu'il n'y a pas d'échelle de secours extérieure et qu'à notre avis Will n'était quand même pas capable de jouer à la mouche humaine en descendant du toit suspendu à des draps noués à la queue leu leu.

– C'est comme ça que font les mouches ? J'ignorais.

– Tu sais très bien ce que je veux dire. J'ai passé toute la nuit à causer aux flics et à éviter les reporters, ne me demande pas de te causer comme William Shakespeare.

Ça coûte pas beaucoup plus de protéger aussi les fenêtres, pourquoi aurait-il fallu rogner sur les dépenses pour des clopinettes ? Enfin… c'est ce que je pensais. Sans compter que si ce gars pouvait se faire Patsy Salerno et Comment-qu'y-s'appelle-déjà, le mec d'Omaha, je voyais pas vraiment ce qui aurait pu l'empêcher de marcher sur les murs.

– Une entrée de service ?

– Dans l'immeuble ou dans l'appart' ? Bien sûr qu'il y avait une entrée de service dans l'immeuble, et un ascenseur de service. Il y avait aussi une entrée de service dans l'appartement, mais personne ne l'a franchie dans un sens ou dans l'autre dès que nous avons commencé à protéger Whitfield. Une des premières mesures que j'ai prises a été d'y mettre un verrou et de le laisser tout le temps fermé parce que dès qu'on a un lieu à deux entrées, c'est le casse-tête assuré pour les types de la sécurité. Tôt ou tard, quelqu'un finit toujours par oublier de fermer la porte de service à clé. Bref, c'est tout juste si je n'ai pas fait sceller la porte, ce qui obligeait Mme Szernowicz à faire le grand tour chaque fois qu'elle allait au vide-ordures, mais comme ça n'avait pas l'air de l'embêter…

Nous parlâmes encore un peu de la sécurité, des serrures et du système d'alarme, puis nous revînmes au cyanure.

– Il était dans le whisky, c'est bien ça, Wally ? lui demandai-je. Est-ce qu'on en est sûr ?

– Il a bu son verre et s'est affalé sur le tapis, je ne vois pas ce que ça pourrait être d'autre. A moins que quelqu'un ait choisi ce moment précis pour l'abattre à la carabine à air comprimé…

– Non. Mais…

– S'il avait bu de la tequila et avait été un de ces mecs qui se tapent le rituel du sel et du citron, genre on s'en prend une petite dose de chaque dès qu'on a fini d'avaler sa gorgée de tequila, oui, je pourrais comprendre qu'on aille vérifier si le sel ou le citron était empoisonné. Mais y a plus personne pour boire sa tequila comme ça, enfin… plus personne que je connaisse, et comme en plus, c'était du scotch qu'il buvait, je vois pas où le poison aurait pu être ailleurs que dans son verre.

– Je suis monté une fois chez lui, lui dis-je. Le soir où il a reçu la lettre de Will.

– Et… ?

– Et il a bu un coup. Il s'est servi d'un verre et, si je me souviens bien, il avait mis des glaçons dedans.

– Ah, putain ! s'écria-t-il. Matt, je suis vraiment désolé. J'ai pas fermé l'œil de la nuit et la journée s'annonce plutôt mal. Le poison était-il dans son verre ou dans les glaçons, je n'en sais rien. C'est possible. Je suis sûr qu'ils vont analyser la bibine dans la bouteille s'ils ne l'ont pas déjà fait. Dahlgren a senti le cyanure dans son haleine et je crois bien qu'il m'a dit l'avoir senti dans le verre aussi… ou alors peut-être sur les glaçons. A-t-il reniflé ce qui restait dans la bouteille ? Je ne crois pas. Elle était sur le comptoir et lui, il était par terre avec Whitfield à essayer de le ressusciter. Tu parles d'un tour de con si c'était vrai !

– Pauvre mec.

– Qui ça ? Whitfield ou Dahlgren ? Moi, je dirais les deux. Tu sais que je m'inquiétais pour la bouffe dans les restaurants. Tu te rappelles l'affaire où on avait foutu du poison dans le sel ?

– Ça a dû m'échapper.

– C'était pas ici. C'était… à Miami, je crois. Un homme d'affaires phagocyté par la Mafia. Il bouffe à son restaurant préféré et boum, il a pas le temps de dire ouf qu'il pique du nez dans son veau *piccata*. Ça ressemble à une crise cardiaque et si c'était arrivé à Joe Duchmol, c'est ce qu'on aurait dit. Mais comme le type faisait l'objet d'une enquête, évidemment on vérifie. Et on découvre que c'est du cyanure qui l'a tué et que ce cyanure se trouvait dans la nourriture qu'il avait laissée dans son assiette. Et comme il y a une caméra de surveillance parce que c'est le restaurant où il va tout le temps, même qu'il s'assied toujours à la même table, le pauvre con, les fédés ou les flics du coin, je sais plus, ont tout filmé. Et sur le film, on voit un type s'approcher de la table et changer la salière, sauf qu'on peut pas être vraiment certain que c'est ça qu'il fait. Et comme, en plus, on ne trouve naturellement pas de cyanure dans la salière parce que évidemment quelqu'un d'autre a remis la première sur la table... Bref, ils sont pas fichus d'obtenir la moindre condamnation, mais ils savent qui a fait le coup et comment il s'y est pris.

Il soupira, puis ajouta :

– Whitfield, lui, ne s'est jamais assis à une table de restaurant sans qu'un ou deux de mes gars se trouve avec lui et prête la plus grande attention à tout échange de salière. Mais c'est comme les généraux, pas vrai ? Toujours à se préparer pour la guerre d'avant. En attendant, quelqu'un est entré dans l'appartement de Whitfield et lui a empoisonné son whisky.

Nous parlâmes encore assez longtemps au téléphone. Il avait déjà réfléchi à la plupart de mes questions. Je lui en trouvai quand même quelques-unes de mon cru, mais il eut réponse à toutes. S'il y avait une faille dans le système de protection qu'il avait mis en place pour protéger Whitfield, je ne le trouvai pas. A moins de poster un garde du corps dans l'appartement vingt-quatre heures sur vingt-quatre, je ne voyais pas comment on aurait pu faire mieux.

Cela n'avait pourtant pas empêché quelqu'un de mettre assez de cyanure dans le verre d'Adrian Whitfield pour le tuer.

L'après-midi était déjà bien avancé lorsque je pus enfin m'entretenir avec Kevin Dahlgren – après avoir été moi-même interrogé par deux inspecteurs du service des Affaires prioritaires. Ils avaient passé près de deux heures à écouter tout ce que j'avais pu leur dire de mes relations avec Adrian Whitfield, depuis les enquêtes sur lesquelles il m'avait fait travailler jusqu'aux contacts que j'avais eus avec lui dès que Will l'avait pris pour cible dans sa lettre ouverte.

Ils vérifièrent tout ce que je savais, ce qui n'allait pas bien loin. Mais c'était plus que je ne pus en apprendre d'eux. Je ne leur demandai pas grand-chose et les rares questions que je leur posai restèrent en gros sans réponse. Je parvins néanmoins à savoir que du cyanure avait été trouvé dans le scotch qui restait au fond de la bouteille, mais je l'aurais appris tout aussi bien en allumant la télé.

La séance que m'avaient infligée ces deux inspecteurs m'avait lessivé, mais n'était rien comparée à celle que Dahlgren avait dû se taper. Il n'avait naturellement pas fermé l'œil de la nuit, et avait passé l'essentiel de son temps à répondre à des questions ou à attendre que les flics reviennent l'interroger. Il avait réussi à dormir une ou deux heures avant ma visite et me parut assez alerte malgré sa fatigue évidente.

Suspect, il l'était, bien sûr, avec plusieurs autres personnes qui, en leur qualité de gardes du corps, avaient eu accès à l'appartement de Whitfield. Leurs passés professionnels firent l'objet de vérifications très poussées, et tous furent interrogés en profondeur, chacun d'eux se soumettant volontairement au détecteur de mensonges. (Volontairement aux yeux de la police, mais obligatoirement s'ils voulaient continuer à travailler pour la Reliable.)

Mme Sophia Szernowicz, la femme de ménage, fut elle aussi interrogée, mais n'eut pas à subir le test du détecteur de mensonges. De fait, les flics la questionnèrent plus pour être sûrs que personne d'autre n'avait visité l'appartement pendant qu'elle y travaillait que parce qu'ils auraient cru qu'elle et Will ne faisaient qu'un seul et même assassin. Elle avait nettoyé l'appartement le mardi après-midi et Whitfield avait avalé son scotch empoisonné le jeudi soir suivant. Personne ne pouvant certifier qu'il s'était versé un verre de cette bouteille-là le mardi ou le mercredi soir, il n'était pas impossible que le cyanure y ait été versé pendant ses heures de ménage.

Elle leur dit qu'elle n'avait vu personne à l'appartement pendant qu'elle le nettoyait, personne hormis l'homme qui l'avait laissée entrer et sortir, lequel avait passé son temps à regarder un talk-show à la télévision. Elle ne se rappelait pas l'avoir vu près de l'endroit où se trouvaient les alcools, mais ne pouvait pas dire non plus ce qu'il avait fait pendant qu'elle se trouvait dans les autres pièces. Pour sa part, elle avait nettoyé le bar et avait peut-être même touché la bouteille et celles qui l'entouraient en faisant la poussière. Y avait-elle goûté par hasard ? Celle-là ou l'une quelconque des autres bouteilles ? Pendant qu'elle époussetait ? L'idée même la plongeant dans une colère noire, les flics avaient mis un bon bout de temps à la calmer avant de pouvoir recommencer à l'interroger.

Les seules empreintes qu'on avait trouvées sur la bouteille étaient celles de Whitfield. Mais ça ne laissait guère entendre qu'une chose : le tueur avait essuyé la bouteille après y avoir versé le cyanure, et penser autre chose était bien difficile. Cela voulait aussi dire qu'en dehors de Whitfield personne n'avait touché la bouteille après que son contenu avait été empoisonné. Cela étant, et pour autant qu'on le sût, nul autre que lui ne l'avait touchée depuis qu'elle avait été introduite dans l'appartement.

La bouteille avait été livrée quinze jours avant que Will expédie sa lettre ouverte à Marty McGraw. C'était un magasin de spiritueux de Lexington Avenue qui avait assuré la livraison, savoir en tout et pour tout deux bouteilles de soixante-quinze centilitres de whisky malté Glen Farquahar, un litre de vodka Finlandia et un demi-litre de rhum Myer. Les bouteilles de rhum et de vodka n'avaient pas été ouvertes, Whitfield ayant déjà descendu un premier litre de scotch et deux bons tiers du second lorsqu'il avait absorbé le poison qui l'avait tué.

« Vous ne buvez pas, m'avait-il dit. Moi non plus. » Boire, il le faisait quand même assez pour avoir commandé deux bouteilles de sa bibine préférée en même temps, mais modérément aussi, car il lui avait fallu plus d'un mois pour ingurgiter ce qui l'avait tué. Une soixante-quinze centilitres contient vingt-six onces de liquide, soit à peu près dix-huit verres quand on se verse en gros une once et demie de scotch par-dessus ses deux glaçons. Il avait donc avalé dix-huit verres de la première bouteille et environ six ou sept de la seconde et… en gros, je ne m'étais pas trompé dans mes calculs. Certains soirs, il avait bu avant de rentrer chez lui, et, certains autres, il n'avait manifestement rien ingurgité.

Ce soir-là, Elaine et moi allâmes dîner chez Armstrong. Elle prit une salade. Je commandai une assiette de chili et y mélangeai une portion de poivrons émincés que j'avais commandés en plus. La mixture était assez forte pour décoller de la peinture sur un mur, mais on ne s'en serait même pas douté à me voir. A peine si j'avais conscience de ce que je mangeais.

Elaine me parla de ce qu'elle avait fait au magasin et me rapporta ce que TJ lui avait raconté lorsqu'il était passé bavarder avec elle. Je lui fis le compte rendu de ma journée. Puis, l'un et l'autre, nous nous tûmes. Il y avait de la musique classique dans les haut-parleurs, à peine audible au-dessus des conversations. Le garçon qui nous servait vint nous demander si nous ne voulions pas un peu plus de Perrier. Je lui répondis que non, mais l'autorisai à m'apporter une tasse de café noir dès qu'il aurait un moment de libre. Elaine ajouta qu'elle ne détesterait pas une tisane.

– N'importe laquelle, précisa-t-elle. C'est vous qui me faites la surprise.

Il lui apporta du Red Zinger[1].

– Tu parles d'une surprise, dit-elle.

Je goûtai mon café et dus trahir une forte émotion car Elaine haussa les sourcils.

– Pendant une seconde, j'ai cru sentir de l'alcool dans la tasse, lui dis-je.

– Sauf qu'il n'y en a pas.

– Non. C'est du bon café, mais rien de plus que du café.

– Une odeur fantôme, faut croire.

– Faut croire.

De fait, on pourrait le dire, j'étais passé chez Armstrong sans penser à mal. Il y a des années de ça, avant que Jimmy perde sa licence et parte s'installer plus à l'ouest, l'Armstrong se trouvait dans la Neuvième Avenue. Sis à une rue de mon hôtel, il me servait presque d'annexe. C'était là que je voyais des gens, m'isolais et recevais des

1. Décoction de plantes de la marque Celestial Seasonings qu'on trouve partout aux États-Unis.

clients. J'y passais de longues heures à entretenir mon alcoolisme et, de temps en temps, à faire nettement plus que l'entretenir. Plus d'une fois, je m'y pintai carrément la gueule au bar ou à ma table du fond. D'habitude, je buvais du bourbon et quand je ne le buvais pas nature, comme Dieu l'a fait, je le mélangeais à mon café. Les deux saveurs, me semblait-il alors, se complétaient et se renforçaient mutuellement : la caféine et l'alcool s'équilibrant, l'une m'empêchait de dormir tandis que l'autre arrondissait les angles du réel.

Je connais des gens qui, lorsqu'ils arrêtent de fumer, doivent aussi renoncer momentanément au café tant ils associent les deux. J'eus ma part de problèmes lorsque je décidai de ne plus boire, mais le café n'en fut jamais un et je peux encore en boire avec plaisir et, apparemment, en toute impunité à un âge où la plupart de mes contemporains trouvent plus prudent de passer au déca. J'aime le café, surtout quand il est bon, comme Elaine sait le faire à la maison (bien qu'elle n'en boive pratiquement jamais elle-même) ou comme on le prépare dans les cafés style Seattle qui ont surgi un peu partout à New York. Et c'est vrai que, chez Armstrong, il est toujours bon, riche en arôme et bien corsé. J'en avalai une deuxième gorgée, la savourai, et me demandai pourquoi j'avais cru y déceler une odeur de bourbon.

– Qu'est-ce que tu pouvais faire ? me demanda Elaine.

– Rien.

– Tu lui avais dit de quitter le pays.

– J'aurais pu insister davantage, lui répondis-je, mais je ne crois pas qu'il se serait conduit autrement, et je ne pourrais le lui reprocher. Il fallait bien qu'il vive sa vie. Il a pris toutes les précautions qu'on pouvait décemment prendre.

– La Reliable a fait du bon boulot ?

– Même maintenant, je ne pense pas qu'ils auraient pu faire mieux. Ils auraient sans doute pu poster des hommes chez lui vingt-quatre heures sur vingt-quatre sans se soucier de savoir s'il y avait des gens ou pas, mais non, même maintenant que c'est terminé, je ne peux pas affirmer que c'est comme ça qu'ils auraient dû procéder. Et pour ce qui est de mon rôle dans tout ça, non, je ne crois pas avoir oublié quoi que ce soit qui aurait pu changer le cours des événements. Ç'aurait été bien d'avoir une intuition qui m'aurait fait comprendre qui est Will, mais rien de tel ne s'est produit et ça me met au même niveau que huit millions de New-Yorkais, y compris tous les flics qu'ils ont collés sur l'affaire.

– Mais il y a quelque chose qui te tracasse.

– Will continue à se balader dans la nature, lui répondis-je, à faire ce qu'il fait et à l'emporter au paradis. Ça doit être ça qui me tracasse, surtout maintenant qu'il a tué quelqu'un que je connaissais. J'allais dire un ami, et ç'aurait été inexact, mais la dernière fois que j'ai parlé avec lui, j'ai eu l'impression qu'Adrian Whitfield aurait pu en devenir un. S'il avait vécu assez longtemps pour ça.

– Qu'est-ce que tu vas faire ?

J'avalai le reste de mon café, attirai l'attention du garçon et lui montrai ma tasse vide. Pendant qu'il la remplissait, je réfléchis à la question que m'avait posée Elaine.

– Enterrement dans l'intimité, rien que pour la famille, lui répondis-je. S'ils n'avaient pas décidé de faire comme ça, il y aurait eu des foules pas possibles... avec tous les articles en première page ! Je sais qu'il y aura une autre cérémonie le mois prochain et qu'elle sera ouverte à tous... et je pense que j'irai y faire un tour.

– Et... ?

– Et peut-être y allumerai-je un cierge.

– Ça peut pô fair' de mal, dit-elle en prenant un fort accent de Brooklyn.

C'était la chute d'une blague très ancienne et je dus avoir un sourire car elle me le renvoya.

– C'est l'argent qui te gêne ?

– L'argent ? répétai-je.

– Whitfield ne t'a pas signé un chèque ?

– Si, de 2 000 dollars, lui répondis-je.

– Et la Reliable ? Ils ne vont pas te filer une commission ?

– *Le client mort ne paie jamais*, lui renvoyai-je.

– Pardon ?
– Principe de base de l'industrie de la sécurité rapprochée, lui expliquai-je. C'est le titre d'un ouvrage qu'on a écrit sur ce sujet. Wally a touché un acompte, mais celui-ci ne couvrira jamais toutes les heures qu'il devra régler aux types affectés à la protection de Whitfield. Légalement, il a le droit d'envoyer la note aux héritiers, mais il m'a déjà informé qu'il allait éponger les pertes tout seul comme un grand. Ce qui fait que Wally se retrouvant avec une perte sèche, je ne toucherai pas de commission.
– Et ça n'est pas plus mal, n'est-ce pas ?
– Oh, je ne sais pas. S'il s'était fait du pognon, je n'aurais eu aucun scrupule à en prendre ma part. Et si jamais les 2 000 dollars que Whitfield m'a donnés commençaient à me gêner, je pourrais toujours les refiler à quelqu'un.
– Ou essayer de les gagner.
– En traquant Will, dis-je, ou en essayant de débusquer le type qui a abattu Byron Leopold.
– Dans Horatio Street.
J'acquiesçai d'un hochement de tête.
– Whitfield m'a laissé entendre qu'il y avait peut-être un lien entre les deux affaires, que Will avait peut-être tué Byron au hasard, disons, en gros, pour s'entraîner.
– Ça se peut ?
– Faut voir. Il se pourrait aussi que Byron ait été fauché par les tirs de mitraillette d'un extraterrestre et, crois-moi, c'est tout aussi plausible. C'est comme ça qu'Adrian a choisi de me dire de garder son argent et d'enquêter à ma guise. Pour moi, travailler sur une affaire n'était ni plus ni moins sensé que de travailler sur une autre. Tu crois quand même pas que j'allais accomplir des miracles, si ?
– Ah c'est ça, n'est-ce pas ? C'est ça qui te fait renifler de l'alcool là où il n'y en a pas. Monsieur est incapable d'accomplir des miracles.
Je réfléchis un instant. Je sirotai un peu de café, puis reposai ma tasse sur sa soucoupe.
– Oui, lui répondis-je, c'est tout à fait ça.

Une fois dehors, je lui pris la main pendant que nous attendions à un feu rouge. Je regardai un bâtiment de l'autre côté de la rue, mes yeux y cherchant automatiquement une fenêtre au vingt-neuvième étage. Elaine avait remarqué mon coup d'œil, ou lu à livre ouvert dans ma tête, car elle me dit :

– Tu sais à quoi me fait penser cette fusillade ? A Glenn Holtzmann.

C'était en effet dans cet appartement du vingt-neuvième étage que Glenn Holtzmann avait vécu. Sa veuve, Lisa, avait continué à y habiter après la mort de son mari. Elle m'avait engagé – un jour, j'avais fini de travailler pour elle, mais étais retourné la voir de temps en temps, pour coucher avec elle.

Plus tard, après notre mariage, Elaine et moi étions allés passer notre lune de miel en Europe. Nous étions à Paris, couchés ensemble dans notre chambre d'hôtel, lorsqu'elle m'avait dit que rien n'avait à changer. Nous pouvions continuer à être nous-mêmes et à vivre nos vies. L'alliance que nous avions au doigt ne changeait rien.

Elle avait dit ça d'une manière qui ne prêtait à aucune confusion. *Je sais que tu vois quelqu'un d'autre*, m'avait-elle fait comprendre, *et ça m'est égal.*

– Glenn Holtzmann, répétai-je. Tué par accident.

– A moins que Freud ne se trompe, les accidents n'existent pas.

– J'ai pensé à Holtzmann en farfouillant un peu dans la vie de Byron. L'idée du meurtre par erreur…

– Déjà que c'est pénible de se faire tuer pour une raison qui tient…

– Non, non. Quelqu'un a entendu l'assassin appeler Byron par son prénom.

– Donc, il savait à qui il avait affaire.

– A condition que le témoin ne se soit pas trompé.

Nous fîmes le reste du chemin à pied, sans nous dire grand-chose de plus. Une fois à l'appartement, je posai ma main sur son épaule, tournai ma femme vers moi, et nous fûmes dans les bras l'un de l'autre. Nous nous embrassâmes, je posai une main sur ses fesses et l'attirai à moi.

Rien n'avait à changer, m'avait-elle dit à Paris, sauf que, bien sûr, le temps aidant, les choses changent. Nous avons été des tas de choses l'un pour l'autre, au fil des ans. Quand nous nous étions rencontrés, j'étais flic et marié. Elaine était, elle, une jeune et gentille call-girl. Nous avions vécu ensemble, puis avions été séparés pendant des années, jusqu'au jour où le passé nous avait de nouveau rapprochés. Au bout d'un certain temps, Elaine avait cessé de racoler. Un peu plus tard, nous avions pris un appartement ensemble. Plus tard encore, nous nous étions mariés.

Notre passion a beaucoup changé depuis l'époque où j'allais lui rendre mes premières visites à son appartement de Turtle Bay. Alors, le désir que nous avions l'un de l'autre était farouche, urgent, indéniable. Après toutes ces années, le temps et l'habitude l'ont altéré. Notre amour, car il était apparu tout de suite, est devenu infiniment plus vaste et plus profond, et le plaisir que nous prenons à être ensemble plus vif que jamais. Notre passion, oui, a perdu de sa fureur, mais a gagné en richesse.

Nous nous embrassâmes encore, sa gorge se noua. Nous passâmes dans la chambre et ôtâmes nos vêtements.

– Je t'aime, lui dis-je.

Ou alors ce fut elle qui le dit. A force, on perd le compte.

– Tu sais, reprit-elle, si on continue comme ça, je nous vois assez bien aux portes du savoir-faire.

– Ça n'existe pas.

– T'es mon grand nounours et je t'adore. Et maintenant tu vas t'endormir, pas vrai ? A moins que je te tienne éveillé en me mettant à briller dans le noir. Avec ce que je ressens, ça pourrait presque se faire. Pourquoi la baise réveille-t-elle les bonnes femmes et endort-elle les bonshommes ? Dieu se serait-il gouré dans ses plans ou cela contribue-t-il à la propagation de l'espèce ?

Je tournais et retournais la question dans ma tête pour

essayer d'y trouver une réponse lorsque je sentis son souffle sur ma joue et sur ses lèvres, là, qui frôlaient les miennes.

– Dors bien, me dit-elle.

8

La grande nouvelle du week-end fut le résultat de l'autopsie pratiquée sur le cadavre d'Adrian Whitfield. La cause de la mort n'étonna personne. Il fut confirmé que la victime avait succombé à l'ingestion d'une dose de cyanure de potassium qui, aux dires du *Post*, aurait suffi à tuer douze avocats. (Le lundi soir à la télé, Jay Leno lut cet article dans son monologue d'ouverture, leva les yeux au ciel et fit rire tout le monde sans rien dire de plus.)

Mais l'autopsie révéla aussi que Will n'avait jamais fait que devancer la nature. Lorsqu'il mourut, Adrian Whitfield avait déjà une tumeur maligne qui, métastasée de son site d'origine sur les glandes surrénales, avait envahi tout son système lymphatique. Will lui avait piqué, au mieux, une année de sa vie.

– Je me demande si Will était au courant, dis-je à Elaine. D'après le *Times*, le mal aurait été assez largement asymptomatique.

– Adrian avait consulté un docteur ?

– Son médecin n'est pas à New York. Personne n'arrive à le joindre.

– Ah, les médecins ! lança-t-elle avec feu. Il n'en avait jamais parlé ?

– Si. Il m'avait dit quelque chose, mais quoi ?

Je fermai les yeux un instant.

– La dernière fois que je lui ai parlé, juste avant qu'il avale son poison, il m'a dit que c'était dommage que le temps nous manque. Pour mieux nous connaître, c'était ça qu'il voulait dire. Ou alors... peut-être parlait-il du manque de temps en général.

– Si seulement il avait su…

– Si seulement il avait su ? répétai-je. Si ça se trouve, c'est lui qui s'est versé le cyanure. Ça expliquerait comment Will a pu traverser les murailles et se moquer du système d'alarme. Non, non, Will n'est jamais monté à l'appartement. C'est Whitfield qui s'est lui-même expédié ad patres.

– C'est ça que tu crois ?

– Je ne sais pas ce que je crois, lui dis-je, tout en me levant pour répondre au téléphone.

C'était Wally Donn, et sa question n'était pas différente :

– Ce fils de pute était en train de crever ! s'écria-t-il. Qu'est-ce que t'en penses, Matt ? Tu le connaissais bien, non ?

– A peine, tu veux dire.

– Ben, tu le connaissais quand même mieux que moi, bordel de Dieu ! Il était du genre à se tuer ?

– C'est quoi, le genre à se tuer ?

– Tout ce que je peux tirer de Dahlgren, c'est qu'il avait des sautes d'humeur. Putain ! Moi aussi, j'en aurais eu si j'avais reçu une lettre de Will ! Même que j'en aurais eu deux fois plus si j'avais eu ce qu'avait Adrian.

– Il aurait fallu qu'il le sache.

– Pour ça, il faudrait avoir son dossier médical, et son médecin est parti en week-end. Ils le contacteront demain et on en saura un peu plus à ce moment-là. Non, moi, je le vois comme si j'y étais, cet enfoiré ! Se taper son poison sous le nez même du jeune type qu'on paie pour se faire protéger !

– Tu sais, lui dis-je, tu le traites d'enfoiré, mais si ce n'est pas un suicide…

– Je sais, j'enfonce un type que je n'ai même pas été foutu de protéger et l'enfoiré là-dedans, c'est moi, dit-il en poussant un soupir. Le monde est quand même drôlement bordélique et je t'interdis bien de laisser quiconque dire le contraire.

– Je n'y songeais même pas.

– Et puis, ça veut dire quoi, ce truc ? Il jouait au Belge

qui se suicide ? Il voulait que ça ait l'air d'autre chose ? Que ça ressemble à un meurtre ?

– En général, on fait plutôt le contraire.

– Le mec qui tue X ou Y et essaie de faire passer ça pour un suicide, ouais, je veux bien. Mais pourquoi jouer le coup à l'envers ? Une histoire d'assurance ?

– Ça n'aurait de sens que s'il en avait pris une récemment. La clause qui exclut le suicide n'est valide que pendant un certain temps.

– Un an en général, non ?

– Je crois. C'est pour empêcher les gens de prendre une assurance alors qu'ils ont la ferme intention de se suicider. Cela dit, quand l'assuré paie ses primes depuis vingt ans, l'assurance ne peut pas se dégager de ses obligations en arguant que le type était si déprimé qu'il s'est jeté sous le métro de la ligne F.

– Je ne sais pas, dit-il. Avec toutes les enquêtes qu'on fait sur les assurances depuis des années, je serais plutôt d'avis qu'ils sont prêts à se dégager de tout et n'importe quoi. Et c'est encore pire quand on leur file la facture et qu'ils remettent en question tous les services qu'on leur a rendus. La force de l'habitude, sans doute.

– A propos de facture, lui dis-je. Si jamais il s'avérait que c'est lui qui…

– Quoi ? Envoyer la note aux héritiers ? Alors qu'on a signé un contrat pour le protéger et qu'on n'a même pas été foutus de le protéger de lui-même ? Plutôt crever !

Lorsque les médias décident de s'intéresser à quelque chose, il n'y a plus de cachette où ils ne viennent vous débusquer. Will avait l'air de s'en débrouiller plutôt bien, mais Philip M. Bushing, docteur en médecine, ne devait pas avoir ses talents de dissimulation. Il était allé pêcher dans la baie géorgienne ; un reporter particulièrement entreprenant réussit à l'y retrouver.

Médecin personnel d'Adrian Whitfield, Bushing s'était spécialisé en médecine « interne » – terme qui, Elaine me le fit remarquer, devrait englober, au moins pourrait-on le penser, à peu près tout ce qui n'est pas du domaine de la dermatologie. Ne faisant manifestement bénéficier du secret médical que ses patients qui respiraient encore, Bushing se sentit tout à fait libre de révéler qu'il avait diagnostiqué la maladie de Whitfield au cours du printemps précédent et avait eu la triste obligation d'en faire part à son client.

Whitfield, Bushing ne l'avait pas oublié, avait si bien pris la chose qu'il en était venu à traiter son médecin comme un témoin à charge. Il l'avait ainsi obligé à reconnaître que ni l'opération ni la chimio ne lui offraient la moindre chance de guérison, et l'avait encore contraint à lui dire combien de temps il lui restait à vivre. Entre six mois et un an, lui avait répondu le praticien avant de l'envoyer consulter un oncologiste du centre de recherche de Sloan-Kettering.

Whitfield y avait appelé l'oncologiste, un certain Dr Ronald Patel, et pris rendez-vous avec lui. Patel lui avait confirmé le diagnostic de Bushing et proposé un cocktail chimiothérapies/radiations des plus agressifs, traitement qui, d'après lui, pourrait peut-être lui faire gagner un an. Whitfield l'avait remercié – et Patel n'avait plus jamais entendu parler de lui.

« Je me suis dit qu'il voulait un deuxième avis », déclara Patel.

Aurait-il voulu un avis sur quoi que ce soit qu'Adrian Whitfield n'aurait pu trouver ville plus propice que New York. Tout le monde en avait un et, le mardi matin arrivant, je m'aperçus que je les avais tous entendus. Le consensus général était que l'avocat s'était suicidé, une autorité en la matière déclarant même que sa mort était un acte d'autodestruction opportuniste. A condition que j'aie bien compris ce que ça voulait dire, la formule me parut curieuse.

Un certain nombre de gens n'appréciaient pas la méthode qu'il avait choisie. D'après eux, elle traduisait une grande indifférence à autrui – voire à sa propre personne. L'agonie au cyanure n'est pas indolore et ne permet guère de glisser comme en un rêve dans un sommeil dont on ne s'éveille pas. Le seul attrait qu'on pourrait lui trouver est la rapidité du travail.

– Peut-être, dis-je à Elaine, mais je ne connais pas beaucoup de fins sans douleur et la quantité de gens qui empruntent d'horribles chemins pour quitter ce monde a de quoi surprendre. Il y a tellement de flics qui « mangent leur revolver » qu'on pourrait se demander si leurs armes ne sont pas en chocolat.

– Ça ne serait pas plutôt pour dire quelque chose qu'ils le font ? « Je me sers de mon arme de service, c'est donc le boulot qui me tue. »

– Sans doute, mais je pense que c'est devenu une véritable tradition. La méthode est rapide et sûre, à moins que la balle ne parte pas comme il faut. Et l'arme est toujours à portée de main.

Une personnalité de la télévision cita Dorothy Parker :

Le rasoir blesse,
Le fleuve est humide,
L'acide tache,
La drogue file des crampes ;
Le flingue est illégal,
Le nœud coulant se desserre,
Le gaz pue...
Autant vivre.

Comme il fallait s'y attendre, une porte-parole de l'Hemlock Society [1] éprouva le besoin de faire remarquer qu'on avait beaucoup progressé depuis ce poème. Il existait, et elle était heureuse de le faire savoir, plusieurs façons de se liquider sans souci, les deux qu'elle semblait préférer étant l'asphyxie aux gaz d'échappement dans le garage et l'autosuffocation à l'aide du sac en plastique dans lequel on se met la tête.

« Malheureusement, ajouta-t-elle, tout le monde n'a pas de voiture. »

– Triste, mais vrai, dit Elaine en s'adressant à la télévision. Mais, Dieu soit loué, tout le monde ou presque a un sac en plastique chez soi. « Dis, Papa ? Je pourrais

1. Soit la « Société de la Ciguë », avocate du suicide sans douleur.

prendre la voiture ce soir ? Non ? Bon, ben… je peux prendre le sac en plastique ? »

D'après un autre encore, dans cette affaire, la vraie victime était Kevin Dahlgren : Adrian Whitfield l'aurait en effet soumis à un stress pas possible en se montrant assez égoïste pour tomber raide mort sous son nez. Dans une autre émission, on fit venir un psychologue et un expert en traumatismes pour débattre des conséquences qu'à court ou à long terme pareil incident pourrait avoir sur l'ancien garde du corps du suicidé.

Dahlgren évitait la plupart des interviews et s'en tirait plutôt bien lorsque les médias réussissaient à le coincer. Suicide ou meurtre, il n'avait pas d'opinion sur la question. Son seul regret était qu'il n'avait rien pu faire pour sauver son client.

Si Dahlgren n'avait aucune envie de jouer les victimes, un certain Irwin Atkins ne fut que trop heureux de lui ravir ce rôle. Dernier client de Whitfield, Atkins était la petite brute qui avait décidé de plaider coupable quelques heures à peine avant que son avocat le défende devant une cour supérieure. En arguant que Whitfield ne pensait déjà plus qu'à se suicider, Atkins introduisit un recours en justice pour mauvaise représentation de ses intérêts.

– Il a deux choses en sa faveur, m'expliqua Ray Gruliow. Un, Whitfield l'a délibérément poussé à plaider coupable parce qu'il était pressé de rentrer chez lui pour avaler sa mort-aux-rats ou autre. Deux, Whitfield était suicidaire et ne pouvait pas penser droit, ce qui l'empêchait de conseiller utilement son client. Atkins pourrait même étayer ce second argument en faisant remarquer que Whitfield était tellement déséquilibré qu'il avait accepté de défendre son dossier !

– Et tu crois que ça marchera ?

– Je crois que la cour lui rendra le droit de plaider non coupable et que ce petit con regrettera beaucoup de l'avoir fait lorsque, son affaire passant à nouveau en jugement, il se verra très lourdement condamné.

– Parce qu'il sera lourdement condamné ?

– Je le pense. S'amuser à revenir sur sa culpabilité à la

dernière minute, c'est inviter tout le monde à se dire qu'on est un emmerdeur. Sans même parler du fait que, pour moi, tout ça, c'est du bidon. Adrian ne s'est pas suicidé.

– Vraiment ?

– Je ne dirai jamais que c'est le mauvais choix, ou qu'il n'avait pas le droit de faire celui-là. Je pense même que, tôt ou tard, il aurait peut-être fini par le faire. Il n'est pas du tout impossible qu'il l'ait envisagé et qu'il y ait même songé au moment où il remplissait son verre. Mais je ne crois pas un seul instant que, pour lui, la bouteille ait jamais contenu autre chose que du bel et bon whisky.

– Pourquoi ça ?

– A quoi ça lui aurait servi ? S'il avait décidé de se tuer, il aurait laissé un mot et, tiens, je le vois même assez bien le faire devant notaire. Procéder autrement ne cadre pas avec le bonhomme.

Je l'avais pensé, moi aussi.

– Je ne dis pas qu'il n'avait pas le sens de la mise en scène. Ne pas oublier que c'était un avocat. Si nous n'aimions pas nous trouver sous les projecteurs, nous passerions notre temps à rédiger des dossiers dans des arrière-salles de cabinets juridiques. Je n'ai aucun mal à imaginer Adrian en train de se tuer et je le vois même assez bien le faire devant témoins. Tu te rappelles l'histoire d'Harmon Ruttenstein ?

– Très clairement.

– Il invite quelques amis, il leur demande de s'asseoir, il leur sert à boire et il leur dit qu'il les a fait venir pour qu'on ne raconte pas de conneries sur ce qu'il va faire, savoir : se jeter par la fenêtre – ce qu'il fait aussitôt. Et que leur dit-il alors, sinon ceci : je me suicide et je veux que vous l'attestiez. Ce qui n'a rien à voir avec ce qu'Adrian aurait soi-disant fait.

– Déguiser son suicide en meurtre ?

– Exactement, et pourquoi donc, tu veux me le dire ? Personne ne se donne la peine de poser la question.... Parce que personne n'aurait de réponse ? Parce que se suicider est encore un acte qu'on stigmatise ? Adrian n'a pas été élevé dans la foi catholique et, pour autant que je sache, il ne croyait vraiment qu'à une chose : dans toute affaire criminelle, les honoraires de l'avocat sont payables d'avance. Parce qu'il n'aurait pas voulu invalider sa police d'assurance ? La presse et la télévision n'arrêtent pas de le laisser entendre, comme s'il était automatique que le suicide ait cet effet.

– J'en parlais justement l'autre jour, lui dis-je. C'est une erreur assez répandue.

– Sans compter que, dans son cas, ça ne s'appliquait pas le moins du monde, étant donné qu'il était entièrement couvert par des polices qui couraient depuis des années. Il n'a pas augmenté sa couverture risques lorsque son médecin lui a annoncé la mauvaise nouvelle. Tout cela est sorti hier dans la presse, mais tout le monde continue à y voir une histoire d'assurances. Il y a même une nouvelle rumeur : la double indemnité.

– Pour mort accidentelle ?

– C'est ça. Les assurances ont toujours considéré le meurtre comme un accident. Pour toucher la prime, il suffit que la police contienne une clause à cet effet. Ceci en passant : cette clause est idiote quand c'est la protection financière qu'on vise. Dégringoler du grenier ou disparaître une croûte après l'autre parce qu'on est atteint d'un psoriasis en phase terminale, ça change quoi ? Je dirais même que ça devrait plutôt être le contraire. Ce sont les morts lentes qui coûtent cher à la famille. C'est là qu'on a besoin d'une protection supplémentaire.

– Et le suicide n'est pas considéré comme une mort accidentelle, c'est ça ?

– Prétendre que ça ferait partie des morts naturelles serait tout aussi difficile à prouver, mais je ne connais pas une seule police d'assurance où le suicide n'interdise pas automatiquement le paiement de la double indemnité. D'où il appert qu'il n'est pas invraisemblable de penser qu'à prendre en considération le bien-être financier de sa famille, quelqu'un veuille se suicider d'une manière telle qu'on pense à une mort naturelle.

Il reprit son souffle et s'écria :

– Waow ! T'as entendu ça ? On aurait pu me prendre pour un putain d'avocat !

– Je reconnais que…

– Cela dit, répliqua-t-il aussitôt, il y a un moyen facile de s'y prendre et ça se pratique tout le temps. Et ce n'est même pas forcément pour tricher à l'assurance. Il suffit de monter en voiture et d'aller s'écraser sur la pile d'un pont. Je ne connais pas le pourcentage de réussite, mais la sagesse populaire tient pour certain que bon nombre d'accidents sans témoin et impliquant le seul conducteur du véhicule ne sont rien d'autre que des suicides, spontanés ou préparés de longue date. La méthode est infaillible quand on veut en finir et avoir droit à tous les sacrements de l'enterrement catholique. Et c'est probablement tout aussi efficace quand on vise la double indemnité de Mister Assurance et Compagnie.

Je repensai à l'enthousiaste de l'Hemlock Society.

– Et pour les citadins qui n'ont pas de voiture…

– Il y a toujours le métro. On perd l'équilibre et on passe sous la rame. Cela étant, oui, il y a un hic. Disons qu'on a décidé de faire passer son suicide pour un meurtre. A moins de s'appeler Ed Hoch ou John Dickson Carr, je ne vois vraiment pas pourquoi il faudrait en plus que ça soit un meurtre en chambre close ! Parce que c'est de ça qu'il s'agit. Entre les gardes du corps et l'alarme anticambriolage, la sécurité d'Adrian était si forte que personne n'arrive à comprendre comment notre grand Will s'y est pris pour empoisonner son whisky. Tout cela est, à l'évidence, tellement impossible que la moitié de la ville est convaincue qu'Adrian a fait le coup, ce qui est très exactement ce qu'il est censé essayer de cacher. Tu y comprends quelque chose ?

– Où qu'il soit à l'heure qu'il est, lui répondis-je, si jamais il a besoin d'un avocat, c'est un certain Raymond Gruliow qu'il devrait prendre.

– N'empêche que j'ai raison, tu ne crois pas ? Ça n'a aucun sens.

– C'est vrai.

– Et tu veux la cerise sur le gâteau ? Whitfield était

entièrement couvert par ses assurances et aucune de ses polices ne contenait la clause de la double indemnité. Pour moi, l'affaire est close.

Il était convaincant, mais je n'étais toujours qu'à moitié convaincu.

J'ai vu trop de gens faire des trucs complètement illogiques pour exclure une quelconque possibilité, même la plus insensée qui soit.

Et la question de Will restait entière. Adrian Whitfield se serait-il donné la mort qu'il fallait quand même et au moins reconnaître à la Volonté du Peuple de l'y avoir aidé. Un éditorialiste fit ainsi remarquer, facétieusement je crois, que notre tueur anonyme devenait de plus en plus fort. S'il avait été contraint de beaucoup voyager pour liquider ses trois premiers bonshommes, il n'avait eu qu'à désigner les deux suivants pour que les meurtres numéros quatre et cinq soient accomplis. Une fois ciblés par ses soins, les coupables avaient été frappés sans qu'il ait même à lever le petit doigt : Rachid s'était fait raccourcir par un de ses ennemis intra-muros, cependant que Whitfield succombait à un ennemi plus intime encore, celui qu'il abritait en son propre sein.

« Je vois venir le jour où il n'aura même plus à écrire, concluait Denis Hamill. Il n'aura qu'à formuler ses pensées invincibles en privé pour que les mécréants se mettent à tomber comme des mouches. »

Je trouvais pour ma part assez curieux qu'on n'ait toujours pas entendu parler de la Volonté du Peuple.

Le mardi matin, je me levai avant Elaine et m'étais assis à table pour déjeuner lorsqu'elle sortit de la douche.

– Génial, le melon ! me lança-t-elle. Bien meilleur qu'hier.

– Ça n'est jamais que l'autre moitié, lui renvoyai-je.

– Ah. Alors, c'est la façon dont tu l'as préparé.

– Je l'ai mis sur une assiette que j'ai posée devant toi.

– Mais c'est absolument exact, mon grand nounours ! Et personne ne l'aurait fait mieux que toi.

– C'est tout dans le poignet.

– Ça doit être ça.

– Ne pas oublier l'approche zen, ajoutai-je. Je pensais très fort à autre chose quand j'ai permis au petit déjeuner de prendre forme.

– A quoi pensais-tu donc ?

– A un rêve que j'ai oublié.

– Tu te ne rappelles jamais tes rêves.

– Je sais, lui dis-je, mais je me suis réveillé avec l'impression très nette que celui-là essayait de me dire des choses et que c'était un rêve que j'avais déjà fait. Je…

– Oui ?

– En fait, je suis même sûr de l'avoir déjà fait plusieurs fois ces derniers temps.

– Le même rêve.

– Je crois.

– Et tu ne t'en souviens pas.

– Il avait quelque chose de familier, comme si je l'avais déjà visité. J'ignore si c'est le même rêve à chaque coup, mais c'est toujours du même individu qu'il s'agit, enfin, je crois… Il se tient juste à côté de moi, il a l'air très sérieux, il essaie de me dire quelque chose et pouf, je me réveille et il n'y a plus personne.

– Comme un truc qui part en fumée.

– En gros.

– Comme tes genoux quand tu te lèves.

– Ben…

– Et… qui est-ce ?

– C'est bien ça le problème, lui répondis-je. Je ne me rappelle pas qui c'est et plus j'essaie de le…

– Arrête d'essayer.

– Hein ?

Elle se leva, vint se placer derrière moi, puis, du bout des doigts, elle lissa mes cheveux en arrière.

– Il n'y a rien à retrouver, dit-elle. Tu te calmes, tu n'essaies pas de te rappeler et tu réponds à ma question : « De qui as-tu rêvé ? »

– Je ne sais pas.

– Ce n'est pas grave. Imagine Adrian Whitfield…

– Ce n'était pas lui.

– Comme si ça pouvait être lui ! Mais imagine-le quand même.

– D'accord.

– Et maintenant tu penses à Vollman.

– A qui ?

– Au type qui tuait les gamins.

– Vollmer.

– Bon, Vollmer. Imagine-le.

– Ce n'était pas…

– Je sais. Fais-moi plaisir, tu veux ?

– D'accord.

– Et maintenant Ray Gruliow.

– Ce n'est pas de lui que j'ai rêvé, lui dis-je, et ton truc ne marchera jamais. J'apprécie beaucoup le mal que tu te…

– Je sais.

– Mais ça ne marchera pas.

– Je sais. Je peux te poser quelques questions ?

– Après tout…

– Comment t'appelles-tu ?

– Matt Scudder.

– Comment s'appelle ta femme ?

– Elaine Mardell. Elaine Mardell Scudder.

– L'aimes-tu ?

– Parce que tu es obligée de le demander ?

– Contente-toi de répondre à la question. L'aimes-tu ?

– Oui.

– De qui as-tu rêvé ?

– Bien vu, mais ça ne va pas mar…

– Oui ?

– Ah, nom de Dieu !

– Alors ? Tu me dis ?

– Contente de toi ?

– Au-delà de ce qui serait raisonnable et… arrête ça !

– Je voulais juste toucher une minute.

– Tu me dis ce nom ? Avant qu'il t'échappe encore un coup ?

– Aucun risque de ce côté-là, lui renvoyai-je. Mais… pourquoi diable faudrait-il que je rêve de lui ?

– Là, tu joues le suspense.

– Glenn Holtzmann, dis-je. Comment as-tu fait ?

– Nous afons les moyens de fous rafifer la mémoire !

– Ça ! Glenn Holtzmann. Pourquoi lui, nom de d'là ?

Je n'étais pas plus près de la réponse lorsque, une heure plus tard, je descendis acheter le journal. Puis j'oubliai tout de Glenn Holtzmann.

Will avait écrit une nouvelle lettre.

9

« Lettre ouverte au Peuple de New York. » Tel était le titre qu'il avait choisi cette fois. Comme toutes les autres, il avait adressé et expédié sa missive à Marty McGraw – aux bons soins du *Daily News* qui s'était empressé de la publier. Grosse manchette en première page et renvoi à la rubrique de McGraw. Intitulée « Puisque vous le demandez… », celle-ci se présentait sous forme d'encart, la lettre de Will apparaissant *in extenso* sur la page en face. Will avait beaucoup écrit – pas loin de huit cents mots –, sa déclaration étant presque aussi longue que l'article de McGraw.

Il commençait par revendiquer l'assassinat d'Adrian Whitfield, à tout le moins par en assumer la paternité. Le ton était à la vantardise, Will s'étendant tout d'abord sur le dispositif de sécurité impressionnant – alarme, gardes du corps se relayant en trois huit et limousine blindée avec vitres à l'épreuve des balles – censé protéger l'avocat.

> Personne ne peut triompher de la Volonté du Peuple – proclamait-il –, personne ne peut lui échapper. On ne se soustrait pas à ses regards. Roswell s'était enfui à Omaha. Julian Rachid s'était réfugié dans son bunker de Saint-Albans. La Volonté du Peuple peut frapper n'importe où, la Volonté du Peuple se joue des défenses les plus solides. Personne ne lui résiste.

Whitfield, poursuivait-il, n'était en aucune façon le pire des avocats. Il lui était simplement échu de symboliser un mal qu'on ne pouvait éradiquer dans la profession : le désir manifeste de tout faire, jusqu'au répugnant et à l'indigne, pour servir le client.

> Nous acquiesçons lorsque l'avocat défend l'indéfendable, dans l'intérêt du client nous tolérons même qu'il commette des actes qui lui vaudraient cent coups de fouet si c'était en son nom propre qu'il les faisait.

Il se lançait ensuite dans une évaluation de notre justice, le recours à des jurés lui semblant particulièrement douteux. Il n'y avait rien de bien neuf dans les arguments qu'il avançait, mais la démonstration était assez raisonnable pour qu'on en vienne à oublier que c'était un *serial killer* qui la faisait.

Il concluait sur une note personnelle :

> Je suis fatigué de tuer. Je suis reconnaissant d'avoir été l'instrument qui fut choisi pour accomplir ces actes de salubrité publique. Mais pesant est le fardeau pour celui auquel il échoit de faire le mal dans l'intérêt d'un bien supérieur. Aussi ai-je décidé de me reposer, jusqu'au moment où encore je serai sommé d'agir.

Obnubilé par une question, je passai une demi-douzaine d'appels pour essayer de lui trouver une réponse. Pour finir, je téléphonai au *News*. Je donnai mon nom à la standardiste et lui dis mon désir de parler à Marty McGraw. Elle nota mon numéro et, moins de dix minutes plus tard, mon téléphone sonnait.

– Marty McGraw, dit-il. Matthew Scudder… Vous êtes bien le privé qu'Adrian Whitfield avait engagé, n'est-ce pas ? J'ai l'impression de vous avoir déjà rencontré.

– Oui, dans un passé très lointain.

– C'est là que j'ai vécu l'essentiel de ma vie. Qu'avez-vous à m'offrir ?

– Une question. La lettre a-t-elle été reproduite *verbatim* ?

– Absolument. Pourquoi ?

– Pas la moindre coupure ? Rien qu'on aurait tu sur la demande expresse des flics ?

– Comment voulez-vous que j'en sois sûr ? me renvoya-t-il d'un ton agacé. Pour ce que j'en sais, vous pourriez être Will en personne.

– Vous avez parfaitement raison, lui dis-je. D'un autre côté, si j'étais Will, je saurais si vous avez coupé ma lettre ou pas.

– Doux Jésus, s'écria-t-il, je n'aimerais pas être celui qui aurait à le faire ! Je sais trop ce que je ressens quand le roquet de la rédaction ose trafiquer mes articles et, croyez-moi, je n'ai rien d'un tueur fou.

– Moi non plus. Écoutez, voici où je veux en venir. Pour ce que j'en connais, cette lettre n'invalide en rien la théorie du suicide.

– Will engage quand même sa parole et jure que c'est lui qui a fait le coup.

– Et il ne nous a jamais menti par le passé.

– Pour moi, non. Pour Roswell Berry à Omaha, il a refusé de nier ou de confirmer, mais il voulait se rendre intéressant.

– Si je me souviens bien, il a quand même dit que Berry s'était fait poignarder.

– C'est exact et, la police n'en ayant parlé à personne, il semblerait bien qu'il ait joué un rôle dans le meurtre.

– Bien, mais y a-t-il quelque chose de ce genre dans cette dernière lettre ? Parce que moi, je ne vois pas. C'est même pour ça que je me suis demandé si on n'en avait pas coupé des passages.

– Non, nous l'avons publiée *texto*. Et je ne plaisantais pas quand je vous disais que je n'aimerais pas être celui qui lui tailladerait ses lettres. J'attire déjà bien assez son attention sans ça.

Il rit comme aboie un fox-terrier.

– Vu sous cet angle, reprit-il, cette histoire est un don du ciel. Mon seul regret est qu'il n'ait pas engagé la partie avant mes dernières négociations contractuelles. Cela dit, être le porte-parole de Will la Volonté du Peuple a de quoi rendre nerveux. Je suis quand même obligé de me dire qu'il me lit trois fois par semaine. Si jamais j'écrivais un truc qui ne lui plaisait pas… La dernière chose que j'aie envie de faire est bien de foutre en rogne un penseur aussi original.

– Un penseur aussi original ?

– J'en prends note. Au moment même où ça m'échappait, l'expression à laquelle je pensais était « fou à lier ». Et justement : je me demande s'il n'écoute pas mon téléphone et s'il ne va pas m'en vouloir de douter de la qualité de ses pensées. Et donc, oui, on corrige la phrase. On enlève « fou à lier » et on souligne « penseur original ».

– Monsieur le rédacteur en plein boulot ?

– Mais à y repenser, je ne crois pas qu'il m'écoute et qu'est-ce que ça peut lui faire que je l'appelle ceci ou cela ? Ce ne sont pas les noms d'oiseaux qui vont lui faire du mal. Je ne sais même pas si les pierres et les bâtons y arriveraient. Qu'est-ce qui vous fait croire qu'il ment quand il revendique l'assassinat de Whitfield ?

– Le temps qu'il lui a fallu pour envoyer sa lettre. Ça fait plus d'une semaine que Whitfield est mort.

Il garda le silence un instant, puis il dit :

– C'est justement ça qui le prouve.

– Qui prouve quoi ? Que c'est lui qui a tué Whitfield ? Je ne vois pas comment.

– C'est tout ce que nous avons, me renvoya-t-il. S'il y avait eu autre chose, on l'aurait appris avec le reste. Je n'ai aucune envie de parler au téléphone parce que j'aimerais bien être le premier à aborder le sujet demain matin. Vous êtes à New York ? Vous savez où se trouvent les bureaux du *News* ?

– 33e Ouest, entre les Neuvième et Dixième Avenues. Si vous ne me l'aviez pas demandé, je serais peut-être passé à l'ancienne adresse, dans la 42e Est. C'est toujours ce qui me vient à l'esprit quand je pense au *News*.

– Et le code postal ?

– Le code postal ? Vous voulez que je vous écrive ?

– Non, pas particulièrement. Écoutez… Vous n'avez rien contre les nichons, n'est-ce pas ? Il y a un bar, le « Seins nus », au coin de la 32e Ouest et de la Neuvième Avenue. A l'heure qu'il est, c'est plus calme que chez les trappistes. Vous m'y retrouvez dans une demi-heure ?

– Entendu.

– Vous n'aurez aucun mal à me reconnaître, précisa-t-il. Je serai le seul à porter une chemise.

Je ne sais pas à quoi ressemble le « Seins nus » le soir. C'est forcément plus animé, et il doit y avoir plus de femmes qui montrent leurs seins et d'hommes qui les regardent. Et c'est sans doute aussi triste, comme sont profondément tristes, et à toute heure, tous les lieux où nous satisfaisons nos instincts les plus bas. Telle est bien la tristesse des casinos : plus ils scintillent et plus palpable est leur tristesse. Rêves mesquins et promesses brisées, voilà ce qu'y pue l'air souillé d'ozone.

Quand il ne faisait pas nuit, le « Seins nus » était un endroit incompréhensible. Plus grotte que salle de café, avec ses portes et ses fenêtres peintes en noir mat il était moins lieu décoré qu'ensemble de choses jetées là au hasard, les meubles se réduisant à ceux qu'avait laissés le propriétaire d'avant et à ceux qu'on achète pour deux fois rien aux ventes aux enchères. Deux hommes étaient installés sur des tabourets, chacun à un bout du comptoir, et regardaient tantôt la télé (CNN sans le son) tantôt la barmaid, les seins (taille moyenne, un rien pendants) de cette dernière paraissant nettement plus authentiques que ses cheveux d'un roux flamboyant.

La salle était dotée d'une petite estrade, où il devait y avoir des danseuses le soir, mais qui pour l'heure était vide, une radio spécialisée dans les grands classiques du rock fournissant l'ambiance musicale. Oreilles et queue de lapin, chaussures à hauts talons, collants et rien d'autre, une serveuse habillée comme sa collègue du bar s'occupait des clients dans la salle. Les affaires décolleraient peut-être à midi, mais pour l'instant elle n'avait guère à servir que deux hommes assis à une table devant et un grand type installé sur une banquette dans un coin.

Ce solitaire était Marty McGraw et n'importe qui

l'aurait reconnu. Sa photo (petite moue et tête penchée de côté) paraissait trois fois par semaine à côté de son éditorial. Détail que le cliché ne montrait pas, mais qui ne me surprit pas, tant le chroniqueur passait à la télé depuis que Will faisait des siennes, il avait des cheveux gris. En dehors de ça, les années ne l'avaient pas beaucoup changé. Le temps l'avait même plutôt traité à la manière d'un caricaturiste qui se contente d'accentuer ce qui est déjà là : Marty McGraw avait les sourcils un peu plus proéminents et le menton un peu plus en galoche.

Il s'était débarrassé de sa veste, avait dénoué sa cravate et serrait le bas d'une chope de bière dans une de ses mains. Un petit verre d'alcool étant posé à côté, l'odeur forte d'un mauvais whisky me frappa aussitôt les narines.

– Scudder, dit-il. McGraw. Et la petite chérie ici présente, ajouta-t-il en appelant la serveuse d'un geste de la main, jure se prénommer Darlene. Et elle ne m'a jamais menti par le passé, pas vrai, mignonne ?

Darlene sourit. J'eus le sentiment qu'on lui demandait souvent de le faire. Elle avait les cheveux noirs coupés court et une poitrine abondante.

– Celle qui sert au bar s'appelle Stacey, enchaîna McGraw, mais Spacey[1] lui irait sans doute mieux. Il y a intérêt à ne pas lui demander des trucs trop compliqués. Commander un pousse-café, c'est jouer sa tête. Le plus sûr est de s'en tenir à la bière-whisky, ce dernier de mauvaise qualité parce qu'il n'y a rien d'autre, même si l'étiquette collée sur la bouteille peut faire espérer le contraire.

Je décidai de m'en tenir au Coca.

– Bah, dit-il, si ce n'est guère aventureux, ça a l'avantage de ne présenter aucun risque.

Puis il se tourna vers Darlene et ajouta :

– Tu me remets ça, d'accord ? Et surtout tu ne changes jamais.

Elle s'éloignait déjà lorsqu'il me dit :

– Le code postal est un-o-o-o-un, ou bien alors… faut-il

1. Soit « Tête dans les nuages ».

dire : un-zéro-zéro-zéro-un ? Vous avez remarqué qu'ils font ça de plus en plus ?

– Qu'ils font quoi de plus en plus ?

– Dire « zéro » au lieu de « o »[1]. On donne son numéro de carte de crédit par téléphone, on dit « o » pour « zéro » et eux, ils remplacent les « o » par des « zéros » quand ils le relisent pour confirmation. Vous savez pourquoi, d'après moi ? C'est à cause des ordinateurs. Quand on transcrit un nombre à la main, que les zéros ressemblent à des « O » majuscules n'a aucune importance. Mais sur un clavier, ce sont deux touches différentes.

Nos boissons arrivèrent. Il prit son verre de whisky et le descendit d'un coup avant d'avaler une petite gorgée de bière.

– Enfin, c'est ce que je pense. C'est à prendre ou à laisser, et ça n'a aucun rapport avec la lettre de Will sauf qu'il s'est gouré dans le code postal.

– Il a mis un « O » majuscule au lieu d'un zéro ?

– Non, non. Il s'est gouré dans les grandes largeurs. 450 33e Ouest, l'adresse est bonne, mais pour une raison que je ne m'explique pas, il a écrit 10011 au lieu de 10001. 10011 est le code de Chelsea et d'une partie du Village.

– Je vois, dis-je alors que je ne voyais rien du tout. Mais ça change quoi ? L'adresse est bonne et c'est bien au *Daily News* que vous travaillez, non ? Vous ne devez pas être très difficile à trouver !

– On pourrait le penser, dit-il, mais je reviens à ce que j'ai dit parce que ça a un rapport avec les gens qui disent « zéro » au lieu de « o », alors que c'est pas la même touche sur le clavier. La technologie, quoi : ça emmerde tout le monde.

J'attendis qu'il s'explique.

– Vous me croyez si vous le voulez, reprit-il, mais la lettre a été retardée. Je n'ai aucune idée du nombre de lettres qui arrivent au *News* tous les jours, et les trois quarts sont écrites au crayon gras. On pourrait se dire que les crétins qui trient le courrier savent où on est, surtout que

1. En américain parlé, le chiffre 0 est souvent prononcé « o ».

c'est à un jet de pierre de la Poste centrale, mais non. Il suffit qu'on mette un « 1 » au lieu d'un « o », excusez-moi, au lieu d'un « zéro », et ça y est, tout le monde est paumé ! Blessés dans leur honneur, ces messieurs !

– Il devait bien y avoir un cachet, lui fis-je remarquer.

– Il y avait bien plus, me renvoya-t-il. Il y avait le tampon original, celui du bureau de triage à l'arrivée, mais la lettre a été réexpédiée à la poste d'Old Chelsea dans la 18e Ouest, c'est-à-dire l'endroit où ils envoient tout le courrier de la zone 10011. Après, elle a atterri dans le sac d'un facteur qui l'a retournée à la poste d'origine, où elle a eu droit à un autre tampon et s'est fait renvoyer à la poste d'Old Chelsea, bâtiment Farley, dans la Huitième Avenue, où on trie le courrier de la zone 10001. Le deuxième tampon porte une inscription manuscrite, ce qui est rarissime à notre époque et donne sans doute une valeur inestimable à la lettre, mais ne vous intéresse probablement pas vu que l'essentiel est de savoir où le premier cachet a été apposé.

– Absolument.

Et il vida son verre de bière.

– J'aimerais bien avoir la lettre pour vous montrer, reprit-il, mais les flics me l'ont confisquée, naturellement. Toujours est-il qu'on en tire deux renseignements : le numéro de code du centre d'arrivée et la date à laquelle la lettre est passée dans la machine. Le code postal est le 10038, le bureau d'enregistrement étant donc celui de Peck Slip.

– Et la date ?

– Le soir même où Whitfield a été tué.

– L'heure ?

Il secoua la tête.

– Il n'y a que la date. Elle m'échappe pour l'instant, mais c'est juste. C'est bien ce soir-là que Whitfield est mort.

– Jeudi soir, donc.

– C'était un jeudi ? Oui, bien sûr que c'était un jeudi. La nouvelle est passée dans l'édition du vendredi matin.

– Mais le tampon est du jeudi.

– C'est pas ce que je viens de dire ?

– Je veux juste que tout soit clair, lui répondis-je. La lettre étant passée dans la machine à affranchir avant minuit, le tampon est daté du jeudi et pas du vendredi.

– C'est ça, dit-il en me montrant mon verre. Qu'est-ce que c'est que ça ? Du Coca ? Vous en voulez un autre ?

Je lui fis signe que non.

– Eh ben moi, dit-il, j'ai encore soif.

Il attira l'attention de Darlene et lui commanda une autre tournée.

Je récapitulai :

– Whitfield est mort aux environs de onze heures du soir et le premier flash d'informations est passé à New York One avant minuit. A moins que j'aie loupé une marche, la lettre a donc été postée avant que Whitfield se fasse tuer.

– Il y a des chances.

– Pas plus ?

– Ben… c'est sous-entendre que la Poste a tout fait correctement, me dit-il, et on sait déjà le temps qu'il leur a fallu pour nous la distribuer ! Je ne vois pas pourquoi ils auraient tout fait comme il faut pour le reste ! Il n'est pas impossible que quelqu'un ait oublié de changer la date sur le tampon encreur pile à minuit. Mais bon… oui, je dirais qu'il y a toutes les chances pour qu'Adrian Whitfield ait été encore de ce monde lorsque Will a posté sa lettre.

– Au bureau de Peck Slip, répétai-je. C'est près du Marché aux poissons de Fulton, non ?

– Si, si. Mais le bureau dessert toute la zone 38, soit l'ensemble du bas Manhattan ou pas loin. Le 1 Police Plaza[1], l'Hôtel de Ville, le…

– Et le Tribunal des affaires criminelles, ajoutai-je. Comme quoi Will aurait pu être au prétoire et voir Adrian plaider coupable pour son client Irwin Atkins. Il a déjà empoisonné le whisky et rédigé la lettre, il la met au courrier. Pourquoi n'attend-il pas ?

1. Quartier général de la police new-yorkaise.

– C'est un crâneur et on le sait.

– Crâneur peut-être, mais pas cramé dans sa tête, et ça ne l'empêche pas de poster son courrier avant que sa victime soit morte. Imaginons qu'Adrian ait bu une bonne bouteille de vin en dînant et qu'il ait décidé de ne pas mélanger l'alcool de raisin et l'alcool de grain en rentrant chez lui ? Imaginons qu'il ait pété le feu lorsque la lettre de Will est arrivée sur votre bureau. Il se passe quoi ?

– Il se passe que j'appelle les flics, qu'ils foncent à l'appartement de Whitfield et qu'ils piquent la bouteille avant qu'il puisse en boire une gorgée.

– Will parle-t-il de whisky dans sa lettre ?

J'avais découpé l'article dans le journal, je le sortis de ma poche et l'examinai avec attention. Nos propres boissons arrivèrent, Darlene se contentant de les poser sur la table et de reprendre nos verres vides sans nous interrompre. Nous demander de régler les consommations aurait été inutile. Autrefois, il fallait payer tout de suite dans ce genre d'établissement, mais ça remonte à une époque où personne n'acquittait ses dettes avec des cartes de crédit. Au jour d'aujourd'hui, on ajoute la consommation sur la note, comme partout ailleurs.

– Il parle de poison, dis-je à McGraw, et s'étend sur la sécurité dans l'appartement, mais il ne dit pas noir sur blanc que le cyanure se trouvait dans le whisky.

– Il n'empêche. Quand on parle de poison et d'appartement à Park Avenue…

– Les flics auraient tout foutu en l'air jusqu'à ce qu'ils trouvent le cyanure dans le whisky.

– Et Will aurait eu l'air d'un con.

– D'où ma question : pourquoi prend-il ce risque ? Pourquoi est-il donc si pressé de mettre sa lettre à la boîte ?

– Il a décidé de quitter New York ?

– De quitter New York ?

– Relisez l'article, me suggéra-t-il. Il annonce qu'il va prendre sa retraite. Il n'y aura plus de meurtres parce qu'il a rempli sa mission. C'est une lettre d'adieu. Et c'est pas ça qu'on ferait avant de prendre un paquebot pour la Chine ?

Je réfléchis.

– Même que sans ça, je ne vois pas pourquoi il se donnerait la peine d'annoncer qu'il va se mettre à la retraite, reprit-il. Revendiquer la mort de Whitfield lui donne plus qu'il n'en faut pour que sa lettre soit publiée. Il peut très bien vouloir garder le reste pour une autre fois. Sauf s'il retire ses billes et s'apprête à filer à Dallas, Dublin ou je sais pas, moi… Dakar ? S'il a un avion à prendre, tout foutre dans la même lettre et l'expédier tout de suite n'est pas idiot.

– Sauf que… qu'est-ce qu'il fait si elle arrive à destination avant que Whitfield ait descendu son whisky ?

– Vu que ce type est complètement cinglé, je serais bien en peine de dire ce qu'il fait, mais je suis sûr qu'il trouverait un moyen de régler le problème. Il reviendrait plus tard et procéderait autrement, ou bien il déciderait que le Destin a épargné Whitfield. Peut-être même m'enverrait-il une autre lettre pour m'en parler. Ou peut-être pas.

Il tendit la main pour attraper ma coupure de journal.

– Dans tout ça, reprit-il, il ne doute pas un seul instant que Whitfield va rentrer chez lui et avaler son whisky. Vous voyez bien : c'est d'un *fait accompli*[1] qu'il parle. Pour lui, l'affaire est close, Whitfield est déjà mort. A moins que je l'aie loupé, il n'y a pas un seul mot ou une seule expression qui pourrait laisser entendre que, pour lui, la fin n'est pas certaine.

– C'est vrai, reconnus-je, vous avez raison. Ce qu'il raconte laisse clairement entendre que c'est fait. Cela dit, nous savons qu'il n'en est rien.

– Et si Whitfield était déjà mort lorsque la lettre de Will est oblitérée ? C'est peu probable, mais il y a des chances pour qu'il l'ait mise dans une boîte et que le temps qu'elle soit ramassée, expédiée à la poste de Peck Slip par camion et passe dans la machine à oblitérer…

J'étudiai encore une fois la lettre.

1. En français dans le texte.

– Au téléphone, je vous ai demandé si elle contenait quoi que ce soit qui exclue toute possibilité de suicide.

– Et c'est pour ça que je vous ai proposé un rendez-vous, me rétorqua-t-il. C'est pour ça que nous sommes ici. La lettre n'exclut pas le suicide, sauf en ce que Will nous y précise bien que c'est lui l'assassin et qu'il ne nous a jamais menti jusqu'à présent. Mais comme le cachet de la poste lui fait dire le contraire…

– Parce que la lettre a été expédiée avant la mort d'Adrian Whitfield.

– Voilà. Will a peut-être décidé de revendiquer le suicide de Whitfield, mais, aussi génial soit-il, il ne pouvait pas lire dans les pensées de l'avocat et savoir avant lui que celui-ci se tuerait.

10

Je mis un certain temps à me libérer de Marty McGraw. Il chercha la serveuse des yeux, mais celle-ci devait faire la pause. Il haussa les épaules, gagna le bar et en revint avec deux bouteilles de Rolling Rock : il avait, m'annonça-t-il, assez bu de whisky pour le moment. Il avala une gorgée de la première bouteille, puis me montra la deuxième du doigt.

– Elle est pour vous si vous le désirez, me dit-il.

Je lui répondis que non, pas cette fois, il me confia qu'il s'en était douté.

– J'y suis passé, moi aussi, précisa-t-il.

– Comment ça ?

– Oui, oui, j'y suis passé. J'ai fait le grand tour. Les salles qu'on loue. Les sous-sols d'églises. Je me suis tapé une réunion par jour pendant quatre mois et n'ai pas touché une goutte d'alcool de tout ce temps. Ce qui fait sacrément long, ça au moins, je peux vous le dire.

– Sans doute.

– Je traversais une sale période et je pensais que c'était à cause de la bibine. Alors, j'ai coupé le robinet et vous savez pas quoi ? Ça n'a fait qu'empirer.

– Ça arrive.

– J'ai donc remis un peu d'ordre dans ma vie, puis j'ai repris un verre et devinez quoi ? Tout est parfait.

– Génial, dis-je.

Il plissa les paupières.

– Petit con papelard ! me lança-t-il. Vous n'avez aucun droit de le prendre de haut avec moi.

– Vous avez tout à fait raison, Marty. Je vous demande de m'excuser.

– Allez vous faire foutre ! Et vos excuses avec ! Allez vous fourre-fête, fâte, avec vos escuses, je... Asseyez-vous, bordel de merde ! Où croyez-vous aller comme ça ?

– Prendre un peu l'air ?

– L'air va pas s'barrer, inutile de lui sauter dessus à toute allure. Putain... vous allez pas me dire que je vous ai insulté, quand même !

– J'ai eu une journée chargée. C'est tout, lui répondis-je.

– Une journée chargée, mon cul ! Je suis un peu saoul et ça vous fout mal à l'aise. Avouez-le.

– Je l'avoue.

– Bon, ben..., dit-il, fronçant les sourcils comme si mes aveux étaient la dernière chose à laquelle il se serait attendu de ma part. Dans c'cas, ch'mexcuse. Ça vous va ?

– Bien sûr.

– Vous acceptez mes excuses ?

– Vous n'avez pas à vous excuser, lui renvoyai-je, mais oui, bien sûr que je les accepte.

– Bon, alors, vous et moi, ça va ?

– Absolument.

– Vous savez c'qui m'plairait ? J'aim'rais tellement que vous preniez une bière !

– Pas aujourd'hui, Marty.

– « Pas aujourd'hui » ! Écoutez, je connais le jargon, vu ? « Pas aujourd'hui » ! Avec vous, c'est « au jour le jour », c'est bien ça ?

– Comme le reste.

Il plissa le front.

– J'veux pas vous foutre en colère, mais... C'est l'alcool qui cause, vous comprenez.

– Oui.

– C'est pas moi qui veux vous forcer à boire, c'est l'alcool. Vous comprenez c'que j'vous dis ?

– Évidemment.

– Non, moi, c'que j'ai découvert, c'est que... J'ai compris que ça m'aidait plus que ça n'me faisait mal. Ça m'fait plus d'bien que d'mal. Vous savez qui c'est qu'a dit ça aussi ? Winston Churchill. Un grand monsieur, non ?

– Je dirais que oui.

– Un putain d'alcoolo anglais, ouais ! Et il aimait pas beaucoup les Irlandais non plus, c't enfoiré ! Plus d'bien que d'mal ! Sauf qu'il avait raison, il faut le reconnaître. C'est moi qui tiens l'histoire de l'année, vous comprenez ?

– C'est mon impression.

– L'histoire de l'année, enfin… pour la région. Côté marche générale des événements, c'est quoi, Will, comparé à la Bosnie, hein ? Mais vous en connaissez, vous, des gens qui se soucient de la Bosnie ? Dites, vous en connaissez ? La seule façon de faire vendre la Bosnie, c'est de coller le mot « viol » dans le titre !

Il prit la seconde bouteille de Rolling Rock et en but une gorgée.

– L'histoire de l'année ! marmonna-t-il.

Après m'être enfin libéré de lui, j'aurais sans doute dû filer à une réunion. Lorsque je commençai à ne plus boire, je trouvais dérangeant d'être avec des gens qui picolent, mais ma sobriété devenant plus facile, j'appris peu à peu à me détendre en présence de l'alcool. Bon nombre de mes amis ont arrêté de boire, mais il m'en reste encore quelques-uns, dont Mick Ballou et Danny Boy Bell, qui s'alcoolisent sérieusement tous les jours. Mais les voir écluser n'a pas l'air de me déranger. De temps à autre, Mick et moi faisons la fête ensemble et veillons jusqu'à l'aube dans son bar au coin de la Dixième Avenue et de la 50e Ouest, à partager anecdotes et silences. A ces moments-là, jamais je ne regrette de ne plus boire, ou de voir mon ami se saouler.

Mais Marty McGraw était du genre alcoolo acariâtre qui me met mal à l'aise. Je ne peux pas dire que j'aurais eu envie de boire en sortant du bar, mais continuer à avoir l'impression de ne pas m'être couché depuis trois jours et d'avoir bu dix fois trop de café, non, merci, ça suffisait comme ça.

Je m'arrêtai dans un *diner*[1] pour avaler un hamburger et une part de gâteau, puis je me mis à marcher sans trop prêter attention à l'endroit où j'allais. Je spéculais sur ce que la lettre de Will m'avait appris et repensais au lieu où il l'avait postée. Encore et encore j'y revenais comme un chien ronge son os, fatiguant tel détail, passant à autre chose, tournant et retournant mes pensées comme les pièces d'un puzzle que j'aurais pu emboîter si seulement je les avais vues sous l'angle qui convient.

J'avais pris vers le nord en démarrant, avec un petit vent arrière j'aurais presque pu filer jusqu'aux Cloisters. Mais je n'allai pas aussi loin. Lorsque je sortis de ma *rêverie*[2], je n'étais plus qu'à une rue de mon appartement. Mais, transversale est-ouest, cette rue était longue et me conduisit à un endroit pour moi très chargé de sens. Je m'étais arrêté au coin nord-ouest du croisement de la Dixième Avenue et de la 57e Ouest, juste en face du café de Jimmy Armstrong.

Pourquoi ? Ce n'était quand même pas que j'aurais eu envie de boire un coup, si ? Parce que croire, voire sentir que j'en avais envie, j'en étais loin. Il est sûr qu'au fond de moi il y a quelque chose qui toujours désirera l'ignorance béate que promet l'alcool. Certains d'entre nous appellent ça « la maladie » et tentent de la personnifier. « Y a ma maladie qui me cause, diront-ils à une réunion. Ma maladie veut que je boive. Ma maladie essaie de me détruire. » L'alcoolisme, déclara un jour une femme, est un monstre qui dort au fond de soi. Parfois il se met à remuer et c'est pour ça qu'il faut assister à des réunions. Elles sont tellement assommantes que le monstre finit toujours par se rendormir.

Il n'empêche : je n'arrivais pas à attribuer mon arrêt pile en face de chez Armstrong à l'influence d'un monstre ou d'une maladie qui m'aurait causé. Pour autant que je m'en souvenais, je n'avais jamais rien descendu de plus fort que du jus de canneberge au croisement de la

1. Genre de boui-boui pour routiers.
2. En français dans le texte.

Dixième Avenue et de la 57e Ouest. J'avais déjà cessé de boire lorsque Jimmy avait quitté son premier bistrot de la Neuvième Avenue. Des troquets, il y en avait déjà eu avant qu'il débarque au croisement de la Dixième Avenue et de la 57e Ouest – dont un qui, je me le rappelle, s'appelait « La Pierre qui tombe ». (Il avait récolté ce nom lorsqu'un type du quartier l'avait racheté et s'était mis à en ravaler la façade. Un jour qu'il travaillait en haut d'une échelle, un morceau de pierre s'était détaché et lui était tombé sur la tête, presque à l'assommer. Le gaillard s'était dit que ça lui porterait chance de donner ce nom-là à son café, mais la chance ne lui avait pas souri longtemps. Un peu après, il avait fait quelque chose qui avait beaucoup irrité deux Westies [1] – qui lui étaient aussitôt tombés dessus et l'avaient endommagé d'une manière nettement plus permanente. Le propriétaire d'après avait décidé d'appeler son café autrement.)

Je n'avais pas envie de boire, et pas envie de manger non plus. Je haussai les épaules, fis demi-tour et regardai, de l'autre côté de la rue, l'immeuble qui pour moi sera toujours celui de Lisa Holtzmann. C'était donc ça que je voulais ? Passer une heure avec la veuve Holtzmann ? Goûter à plus doux que le whisky et plus gentil pour le foie et, à coup sûr ou presque, trouver un instant d'oubli ?

Ce n'était plus possible. Lisa, la dernière fois que je lui avais parlé, m'avait dit qu'elle voyait quelqu'un, que ça lui semblait sérieux et que ces relations avaient peut-être même quelque avenir. J'avais été surpris de constater que la nouvelle me soulageait plus qu'elle ne m'affectait. Nous avions décidé de nous tenir à l'écart l'un de l'autre afin de donner toutes ses chances à ce nouvel amour.

Pour ce que j'en savais, celui-ci avait déjà dû mourir. Le bonhomme n'était pas, tant s'en fallait, le premier qu'elle fréquentait depuis la mort de son mari. Enfant, Lisa avait grandi avec un père qui montait dans son lit le soir – ce qui était tout à la fois excitant et très troublant –,

1. Surnom donné aux Irlandais qui habitent le quartier de la Cuisine de l'Enfer.

mais n'allait jamais jusqu'à la baiser vraiment parce que ça n'aurait pas été « convenable ». Finir d'éponger ce passé lui prendrait encore un certain temps. Je n'avais pas eu besoin d'un psy pour comprendre que je faisais partie du processus. Cela dit, je ne savais toujours pas très bien si je faisais partie du problème ou de sa solution.

Toujours est-il que les amours de Lisa Holtzmann avaient tendance à ne pas durer et il n'y avait aucune raison de croire que le petit dernier n'avait pas déjà succombé. Imaginer Lisa assise à côté du téléphone à espérer qu'il sonne et que ce soit moi qui lui parle n'avait rien de difficile. Je pouvais toujours l'appeler pour voir si ce que je m'imaginais était vrai. Vérifier n'avait rien de très compliqué. J'avais un *quarter* sous la main et nul besoin de chercher le numéro dans l'annuaire.

Je ne lui téléphonai pas. Elaine – elle me l'a fait clairement entendre – ne s'attend pas à ce que je lui sois strictement fidèle. Son expérience professionnelle l'a conduite à penser que les hommes ne sont pas naturellement monogames et que leurs extras ne doivent pas être forcément considérés comme le signe ou la conséquence d'un malaise conjugal.

Pour l'heure néanmoins, je choisis de ne pas user de cette liberté. De temps à autre, le désir m'en venait, tout comme, par moments, me prenait l'envie de boire un coup. Mais entre le désir et l'acte il y a, on me l'a appris, toute la différence qui sépare le jour de la nuit. Le désir s'écrit sur l'eau, l'acte reste gravé dans la pierre.

Glenn Holtzmann.

Inexplicablement content d'avoir ainsi résisté à la plus mince des tentations, je filai vers l'est dans la 57e Ouest et arrivais presque au coin de la Neuvième Avenue lorsque je pigeai enfin. J'avais fait un rêve qui, va savoir pourquoi j'en étais si certain, avait un rapport avec le meurtre d'Adrian Whitfield et, Dieu sait comment, Elaine avait réussi à en faire sortir le sujet des profondeurs de mon esprit. C'était de Glenn Holtzmann que j'avais rêvé et voilà que, sans pouvoir faire le lien, j'étais allé regarder fixement l'immeuble où il avait vécu.

Glenn Holtzmann. Pourquoi troublait-il mon sommeil et que pouvait-il donc bien essayer de me dire ? Je n'avais guère eu le temps d'envisager la question lorsque la dernière lettre de Will l'avait chassée entièrement de mes pensées.

Je m'arrêtai au Morning Star, commandai un café et l'emportai à une table en terrasse. J'en bus une gorgée et me rappelai un des rares entretiens que j'avais eus avec Holtzmann. J'étais assis au même endroit, voire à la même table exactement, lorsqu'il avait tapé à la vitre pour attirer mon attention. Puis il était entré et s'était joint à moi pendant quelques minutes.

Il voulait que nous soyons amis. Elaine et moi avions passé une soirée avec Lisa et lui, et il ne m'avait pas beaucoup plu. Il avait quelque chose de repoussant, même si, de fait, j'aurais été bien en peine de définir ce que c'était. Je n'arrivai pas à me rappeler tout ce qu'il m'avait dit à cette occasion, mais me souvins que c'était à l'époque où Lisa venait de faire une fausse couche. J'avais éprouvé de la sympathie pour lui, mais pas jusqu'à rechercher son amitié.

Peu après, il était mort. Abattu dans la Onzième Avenue alors qu'il y téléphonait d'une cabine publique. J'avais pris l'affaire en main et, assez bizarrement, m'étais retrouvé à travailler pour le frère du suspect numéro un et la veuve de la victime. J'ignore si je servis convenablement les intérêts de mes deux clients, mais lorsque j'en eus fini, je savais qui avait tué Glenn Holtzmann. (Il s'avéra qu'on l'avait abattu par erreur, ce qui, d'après Elaine, donnait à son assassinat un caractère parfaitement post-moderne. Je ne suis pas sûr de comprendre ce qu'elle entendait par là.)

Glenn Holtzmann, Glenn Holtzmann. Avocat de formation, il était conseiller juridique dans une maison d'édition spécialisée dans les ouvrages imprimés en gros caractères. Il m'avait vaguement suggéré d'écrire un livre fondé sur mes souvenirs, mais que je me lance dans ce travail et que sa maison d'édition me publie étaient peu vraisemblables. De fait, il allait à la pêche et, qui sait, espérait peut-être que je lui lâcherais quelques renseignements dont il pourrait tirer profit.

Parce que, ainsi que je devais l'apprendre plus tard, pour Glenn Holtzmann, les renseignements, c'était de l'or. Il arrondissait très joliment ses fins de mois en cafardant à droite et à gauche, sa première victime ayant été son oncle qu'il avait dénoncé aux Impôts. Pour honteuse et très risquée qu'elle fût, l'entreprise était si profitable que le jour où il avait trouvé la mort sur un trottoir de la Onzième Avenue, Glenn Holtzmann était propriétaire d'un deux pièces dans un gratte-ciel et d'un coffre-fort dans lequel il avait déposé quelque 300 000 dollars en liquide.

Pourquoi diable ne cessais-je de rêver de lui ? Je laissai le garçon remplir ma tasse de café, puis, en remuant le sucre, je regardai mon propre appartement et essayai l'association libre. Glenn Holtzmann. Avocat. Éditeur. Gros caractères. Vision déclinante. Canne blanche, tap tap tap…

Glenn Holtzmann. Chantage. Sauf que ce n'était pas du chantage, au moins pour ce que j'en savais. Holtzmann n'était pas un maître chanteur. C'était seulement un mouchard, un mouchard qu'on payait…

Glenn Holtzmann. Lisa. Jambes, nichons, cul. Stop.

Glenn Holtzmann. Coffre dans la penderie. Argent. Trop d'argent.

Je me redressai.

Trop d'argent.

Ça me disait nettement quelque chose. Glenn Holtzmann avait trop d'argent et c'était ça qui avait fait croire que sa mort était autre chose que le résultat d'un acte de violence perpétré au hasard. C'était l'argent qu'il possédait qui avait poussé sa femme à m'appeler, et c'était encore à cause de son argent que, me méfiant des apparences, j'avais cherché quelque chose qui puisse expliquer sa mort.

Je fermai les yeux et tentai de retrouver son visage. Ses traits ne me revinrent pas.

Trop d'argent. Où diable était le rapport avec Will ? Comment ces meurtres auraient-ils pu avoir des raisons financières ? Comment pouvaient-ils même seulement s'expliquer, hormis à s'en tenir à la manie bien particulière qui poussait leur auteur à se prendre pour le grand redresseur des torts de la société ?

A titre personnel ou collectif, quelqu'un profitait-il de ces meurtres ? Je passai les victimes en revue. La mort de Richie Vollmer ne pouvait que satisfaire tous les enfants qu'il aurait fini par tuer, mais comment ces enfants auraient-ils pu savoir de qui il s'agissait ? Bien sûr, elle ne pouvait aussi que nous apporter le plaisir de ne plus avoir à partager notre espace avec lui. Mais cela ne rapportait rien à personne, hormis ceux qui avaient des journaux à vendre. Richie était mort sans rien laisser derrière lui.

Patsy Salerno ? Éjecter de la circulation un gros bonnet comme lui ne pouvait que satisfaire le type qui finirait par prendre sa place. C'était cette caractéristique particulière de la vie économique qui avait poussé les petits mecs de la Mafia à s'entre-tuer au fil des ans, et c'était encore plus vrai quand les meurtres étaient perpétrés par quelqu'un d'extérieur. A ceci près qu'avant d'échouer sur celle de Will, Patsy ne s'était jamais trouvé sur la liste de quiconque et qu'on ne pouvait pas vraiment dire que la Mafia faisait tout son possible pour que ses assassinats familiaux aient l'air d'avoir été commis par des inconnus. C'était tout juste si on ne signait pas son meurtre !

Le reste de la liste ne me fit pas plus avancer. J'étais assez prêt à croire que la cause anti-avortement devait rapporter de l'argent à certains – de l'autre côté aussi, d'ailleurs –, mais je ne voyais guère la fortune qu'il y aurait eu à gagner en passant un cintre autour du cou de Roswell Berry. La mort de Julian Rachid avait sans doute enrichi quelqu'un, mais qui et de combien, je l'ignorais. Sans compter que Will, on s'en était aperçu, n'était pas l'auteur du meurtre, car Scipio l'avait coiffé au poteau.

Et Adrian Whitfield ? Non, je me retrouvais à la case départ. L'argent est à la base de bien des maux, mais pas de tous. Quel qu'il fût, Will ne s'enrichissait pas en tuant. Il ne rentrait sans doute même pas dans ses frais qui, certes, n'étaient pas considérables, mais avaient au moins inclus un aller-retour pour Kansas City en avion et tout ce qu'il avait dû débourser pour se procurer de la corde et du cyanure. (Le cintre n'avait pas dû le ruiner.)

Dès qu'on l'aurait attrapé, des écrivains spécialisés dans les histoires de « crime vrai » publieraient des livres sur lui, l'importance de leurs gains dépendant du côté sensationnel de leurs renseignements et de la place que Will occuperait encore dans l'imagination populaire. En attendant, nombreux étaient les journalistes de la radio, de la presse et de la télévision qui gagnaient leur salaire grâce à lui, mais ils l'auraient tout aussi bien fait en rapportant les horreurs d'un autre. Marty McGraw était le grand bénéficiaire de ces assassinats, mais s'il tirait gloire de cette saga qui supplantait les événements de Bosnie, il ne rapportait pas plus d'argent à la maison depuis que Will s'était mis au boulot et s'en moquait sans doute éperdument. Passer d'un journal à l'autre lui avait déjà fait décrocher le maximum, et de combien d'argent pouvait-il avoir besoin de toute façon ? Le whisky ne coûtait que ce qu'il coûtait, même si les filles qui l'apportaient n'avaient pas de chemise sur le dos.

Trop d'argent. Pour finir, cela n'avait aucun rapport avec un Will qui donnait l'impression d'être un pur idéaliste, même s'il se trompait de cible. C'était frustrant. Retrouver de qui j'avais rêvé, comprendre ce que signifiait mon rêve et m'apercevoir enfin que ça n'avait pas de sens !

Mais bah, pourquoi aurait-il fallu que ça en ait un ? Une amie d'Elaine avait un jour assisté à une séance d'hypnose au cours de laquelle un sien oncle décédé lui avait conseillé d'acheter des actions de la société d'ordinateurs X ou Y. Elle y avait investi quelques milliers de dollars, la valeur des actions tombant aussitôt en chute libre.

Elaine n'en avait pas été surprise. « Je ne dirai pas que ce n'était pas son tonton Manny qui lui parlait, me lança-t-elle, mais du temps où il vivait encore, personne ne l'aurait pris pour le Grand Manitou de Wall Street. Il était fourreur, pourquoi aurait-il fallu qu'il devienne un génie de la finance après avoir trépassé ? Où est-il écrit que la mort augmente le QI ? »

Même chose pour les rêves. Ce n'est pas parce que l'inconscient expédie un message crypté qu'il sait forcément de quoi il parle.

Trop d'argent. Glenn Holtzmann me disait-il des choses ? Me demandait-il d'enrichir un peu tout le monde ? Le conseil était donné à un expert. Je réglai mon café et laissai à la serveuse un pourboire deux fois plus élevé que d'habitude. Matt Scudder, le dernier des grands claqueurs de pognon.

Ce soir-là, après le dîner, je regardai un peu la télé avec Elaine. Il y avait plusieurs films policiers l'un après l'autre, mais je n'arrêtai pas de trouver à redire aux enquêtes qu'on y menait. Elaine fut même obligée de me rappeler que ce n'était jamais que de la télé.

Après les infos de vingt-trois heures, je me levai et me dégourdis les jambes.

– J'ai envie d'aller marcher, dis-je.

– Embrasse bien Mick de ma part.

– Comment sais-tu que ce n'est pas à la réunion de minuit que je me rends ?

– Qui te dit que tu ne l'y rencontreras pas ?

– Les Juives répondent-elles toujours à une question par une autre question ?

– Pourquoi ? Ça t'embêterait ?

Je descendis vers le sud, puis obliquai à l'ouest pour gagner l'Open House[1] de Grogan, un petit bar qui résiste avec une belle obstination aux tentatives de rénovation du quartier de la Cuisine de l'Enfer. Il arrive qu'un représentant de commerce y entre et demande à parler à M. Grogan, ce qui est un peu comme de vouloir parler avec M. Stone au Blarney Stone[2]. « Il n'y a personne de ce

---

1. « Les Portes ouvertes ».

2. La « Pierre de Blarney ». Pierre qui se trouve au château de Blarney,

nom, ai-je une fois entendu le barman de jour répondre à un semblable représentant de commerce. Même qu'en plus, il n'est pas là pour l'instant. »

Le bar de chez Grogan est la base de repli d'un certain Mick Ballou, même si, licence ou titre de propriété, son nom n'apparaît nulle part. Outre que son casier judiciaire lui interdirait de posséder un lieu où on vend de l'alcool, Mick Ballou a étendu le principe de la non-possession à tous les domaines de son existence. Ce n'est pas son nom qui figure sur la carte grise de sa voiture et la ferme qu'il possède dans le comté de Sullivan ne lui appartient pas en titre. Je l'ai entendu affirmer qu'on ne saurait prendre quoi que ce soit à quelqu'un qui ne possède rien.

Nous avons fait connaissance il y a quelques années de cela, le jour où, après être entré chez Grogan, je lui posai un certain nombre de questions en ayant l'impression d'être Daniel dans la fosse aux lions. Tel fut le début d'une amitié qui, si invraisemblable soit-elle, n'a fait que grandir et s'approfondir au fil du temps. Nos passés sont fort différents, nous vivons dans des mondes entièrement distincts, mais j'ai depuis longtemps cessé de me demander pourquoi nous trouvons tant de plaisir à être ensemble. Tueur et criminel de carrière, Mick est mon ami, libre à vous d'en penser ce que vous voulez. Je ne suis pas très sûr de bien comprendre moi-même.

Parfois, nous nous faisons une grande nuit blanche et, le rideau baissé et toutes les lampes éteintes sauf une, nous nous taisons ou racontons des histoires jusqu'à l'aube. Il lui arrive de clore la nuit en allant assister à la « Messe des Bouchers » à Saint-Bernard, dans la 14e Ouest. Il y porte le tablier blanc et taché de sang de son père et ressemble à tous les équarrisseurs qui passent à l'église avant d'aller travailler un peu plus bas dans la rue. De temps en temps je reste avec lui, m'agenouille quand il faut s'agenouiller et me lève quand il faut se lever.

---

en Irlande, et serait censée donner du talent pour la flatterie à quiconque l'embrasse.

Le « *male bonding* », qu'on appelle ça. Des trucs de mecs, dit Elaine.

La nuit était jeune, je quittai son bar et rentrai chez moi bien avant la fermeture. Je ne me rappelle pas trop ce dont nous parlâmes, mais j'ai l'impression que la conversation partit dans tous les sens. Je sais que nous abordâmes la question des rêves parce qu'il m'en raconta un qui lui avait sauvé la vie en l'avertissant d'un danger dont il n'avait pas pris conscience.

Je lui déclarai qu'à mon avis on savait des trucs au niveau inconscient et que c'était dans le rêve que ça remontait à la surface. Des fois, cela se passait effectivement comme ça, me renvoya-t-il, mais il y en avait aussi d'autres où c'était Dieu qui chuchotait des choses à l'oreille. Je ne suis pas sûr que, pour lui, ç'ait été une métaphore. Mick est un curieux mélange de mysticisme celte et de pensées férocement terre à terre. Sa mère lui ayant un jour dit qu'il avait le don de seconde vue, il croit plus aux sentiments et aux intuitions qu'on pourrait le penser.

J'avais aussi dû lui raconter comment je m'étais retrouvé en face de chez Armstrong parce qu'il me parla du propriétaire de la Pierre qui tombe et me dit qui l'avait tué et pourquoi. Nous évoquâmes d'autres meurtres qui s'étaient produits dans le quartier au fil des ans. La plupart remontaient à loin, ceux qui les avaient perpétrés ayant depuis longtemps rejoint leurs victimes en enfer ou au paradis. Mick se rappelait que toute une bande de types s'était fait tuer sans raison, quelqu'un ayant seulement bu un coup de trop et pris Dieu sait quelle remarque de travers.

– Je me demande si ton bonhomme n'en est pas venu à aimer le boulot, me dit-il.

– Mon bonhomme ?

– Oui, celui qui zigouille des mecs et envoie des lettres aux journaux. Will, la Volonté du Peuple. A propos, tu crois vraiment qu'il s'appelle Will ?

– Aucune idée.

– Ça pourrait ajouter ou ne pas ajouter du piquant à

l'affaire, dit-il. Ça dépend du bonhomme. Mais il est assez imbu de lui-même, non ? Tuer et revendiquer ses crimes comme un petit con de terroriste !

– C'est ça même, dis-je. C'est comme du terrorisme.

– Ils commencent tous par avoir une cause, reprit-il, et elle est noble ou elle ne l'est pas, mais au bout d'un certain temps, elle commence à faiblir et devenir vague. En fait, le type est tombé amoureux du boulot et la raison pour laquelle il tue n'a plus guère d'importance.

Il regarda au loin et ajouta :

– Voir un type tomber amoureux du meurtre est terrible.

– Ben, et toi ?

– J'y ai effectivement trouvé du plaisir, m'avoua-t-il. C'est comme de boire, tu sais. Ça remue les sangs et accélère le pouls. On n'a pas le temps de s'en apercevoir qu'on est en train de danser.

– Drôle de façon de dire les choses.

– Je me suis entraîné, dit-il lentement, à ne pas prendre la vie d'autrui sans une bonne raison.

– Will a les siennes.

– Au début, oui. Il se peut très bien qu'il soit déjà pris dans la danse.

– Il dit que c'est fini.

– Tiens donc !

– Tu ne le crois pas ?

Il réfléchit.

– Je ne peux pas dire. Je ne le connais pas et je ne sais pas ce qui le fait fonctionner.

– Et s'il était arrivé au bout de sa liste ? lui suggérai-je.

– Ou alors il en a marre. Le boulot est fatigant. A moins qu'il aime ça…

– Et s'il était incapable de s'arrêter ?

– Ah, dit-il, on verra bien, non ?

Je passai le reste de la semaine et le plus gros de la suivante à survivre en savourant l'automne. Je reçus une offre de travail – retrouver les témoins d'un accident pour un avocat qui avait intenté un procès pour faute professionnelle grave –, mais la refusai en prétendant que j'avais trop de boulot. Je n'en avais pas trop – de fait même, je n'en avais pas du tout –, mais je n'avais pour l'instant aucune envie de changer cet état de choses.

Je lisais le journal tous les matins et assistais tous les jours à la réunion de midi – quand je n'y retournais pas le soir. Ma présence aux séances des Alcooliques anonymes augmente et décroît selon les aléas de mon existence. J'y vais moins souvent lorsque je suis pris ailleurs et semble m'enfiler réunion sur réunion dès que je suis stressé, ce dont je ne suis pas toujours très clairement conscient.

Il était évident qu'une partie de moi-même désirait assister à plus de réunions, et je décidai de ne pas la contredire. Il me vint bien à l'esprit que cela faisait trop longtemps que je ne buvais plus pour avoir vraiment besoin d'autant de séances, mais je renvoyai cette idée en enfer. Cette saloperie de maladie a failli me tuer, la dernière chose dont j'aie envie est bien de lui filer une deuxième chance d'y parvenir.

Quand je n'étais pas à une réunion, je me promenais en ville, allais au concert ou au musée avec Elaine ou m'asseyais sur un banc public pour discuter avec TJ. Je passai un certain temps à penser à Will et aux gens qu'il avait tués, mais aucune nouvelle ne venant l'alimenter, le brasier qu'il avait allumé dans la presse tendait à brûler de moins en moins fort. Les journaux à sensation faisaient de leur mieux pour garder l'affaire en bonne place, mais ils n'avaient pas grand-chose à se mettre sous la dent. Un jour, un énième petit scandale dans la famille royale d'Angleterre ravit enfin la première page à Will, la Volonté du Peuple.

Un après-midi, j'entrai dans une église. Il y a des années de cela, à l'époque où je rendais mon insigne de policier et abandonnais femme et enfants, je n'arrêtais pas de le faire, mais jamais, ou presque, lorsqu'on y célébrait un service. Il faut croire que j'y cherchais un peu de paix. A défaut d'autre chose, j'y trouvais certainement le silence, denrée souvent rare à New York. J'avais insensiblement pris l'habitude d'allumer des cierges pour des gens qui étaient morts et quand on se met à faire ça, c'est foutu : les gens ne cessant de mourir, on ne peut plus s'arrêter.

J'avais aussi pris une autre habitude, celle de verser la dîme. Dès que je gagnais quelques sous, j'en abandonnais un dixième dans le premier tronc des pauvres qui me tombait sous la main. Je me montrais œcuménique, mais les catholiques recueillaient l'essentiel de mes dons parce qu'ils travaillaient plus tard. Leurs établissements étaient plus susceptibles d'être ouverts lorsque je cherchais à faire bénéficier quelqu'un de mes largesses.

J'y ai souvent réfléchi, mais n'arrive toujours pas à savoir ce que signifie cette manie de la dîme. A cette époque-là, je ne notais aucune de mes dépenses, ne payais pas d'impôts et ne déclarais même rien au fisc. Il n'est pas impossible que j'aie considéré cette dîme comme une manière d'impôt volontaire. Ça n'allait jamais bien loin vu que je connaissais souvent de longues périodes de chômage et que je ne gagnais pas beaucoup d'argent lorsque enfin j'avais du travail. Je me débrouillais toujours pour régler mon loyer à l'heure, tôt ou tard je finissais par effacer mes ardoises chez Armstrong et, quand je le pouvais, j'envoyais un peu d'argent à Anita et aux gamins. Mais les sommes restaient faibles et aucun curé ne roulait en Cadillac sur ces dix pour cent de mes gains.

Lorsque je cessai de boire, je commençai à délaisser les sanctuaires pour leurs caves, le montant de ma contribution y étant traditionnellement limité à un dollar quand on faisait la quête. J'allumais rarement des cierges et arrêtai complètement de verser la dîme, mais aurais été tout aussi incapable de vous dire pourquoi que de vous expliquer comment j'en étais venu à commencer.

« Tu as fait un peu le nettoyage dans ta tête, me confia mon responsable des Alcooliques anonymes, et tu as compris que tu avais plus besoin de ton argent que l'Église. »

Je ne suis pas sûr que ce soit ça. Il fut un temps où je donnais beaucoup d'argent dans les rues, ma dîme allant essentiellement aux sans-abri de New York. (Peut-être ne faisais-je que me débarrasser des intermédiaires en traitant toutes ces mains et tous ces gobelets vides qu'on me tendait comme un seul et même tronc des pauvres.) Cette habitude-là elle aussi se perdit, peut-être parce que la profusion grandissante de mains et de gobelets me découragea. La lassitude me prit. Ne pouvant plus mettre un dollar dans toutes les mains ou gobelets qu'on me tendait en suppliant, j'arrêtai net et, comme la plupart de mes concitoyens new-yorkais, en vins à ne même plus les remarquer.

Tout change. Une fois devenu sobre, je découvris que, comme les autres, j'avais à faire pas mal de trucs emmerdants. Il fallait que je consigne mes dépenses pour les impôts – dont je devais m'acquitter. Des années durant, je me fis payer au forfait et m'évitai ainsi la peine de détailler mes frais réels, mais c'est impossible quand on travaille pour un avocat et maintenant que j'ai enfin ma licence de détective privé, ce sont surtout des avocats qui m'emploient. Je travaille encore à l'ancienne pour certains clients aussi relax que moi, mais, plutôt deux fois qu'une, je garde mes reçus et note toutes mes dépenses – comme tout le monde.

Et Elaine et moi y laissons quand même un dixième de nos revenus. Les miens proviennent de mon travail de détective, l'essentiel des siens de ses investissements immobiliers, quoique son magasin commence à lui rapporter. C'est elle qui, Dieu merci, tient les comptes et signe les chèques, un petit nombre de nos dollars allant à la douzaine d'institutions charitables et culturelles que nous avons mises sur nos listes. C'est une façon certes plus conventionnelle de procéder : si elle contribue à faire de moi un citoyen, j'ai le sentiment d'être moins libre et cela ne me plaît pas toujours. Mais je ne me tue pas au travail non plus.

L'église où j'entrai alors se trouvait dans une petite rue du côté de la 40e Ouest. Je n'en remarquai pas le nom et ne saurais vous dire si j'y avais déjà mis les pieds.

Par chance, elle était ouverte. Si l'usage que je fais de ces édifices a beaucoup diminué depuis quelques années, je note quand même qu'elles sont devenues moins accessibles. J'ai l'impression qu'autrefois les églises catholiques restaient ouvertes toute la journée, de très tôt le matin jusqu'à tard le soir. Aujourd'hui, elles sont souvent fermées à clé entre les offices religieux. Trop de crimes et trop de sans-abri ? Trop des deux ? Il faut croire qu'une église ouverte est une invitation non seulement au citoyen qui de temps à autre recherche un instant de tranquillité, mais aussi à tous ceux qui n'hésiteraient pas à se rouler en boule pour dormir sur les bancs réservés aux fidèles, voire à voler les cierges sur l'autel.

Cette église était ouverte et, apparemment vide, me renvoya à mon passé d'une autre manière encore. Les cierges allumés sur les petits autels latéraux étaient en vraie cire qui brûlait avec une flamme. Nombre d'églises sont passées à l'autel électrique. On glisse son *quarter* dans la fente et une ampoule en forme de flamme s'allume et brûle le temps que dure un *quarter*. C'est comme avec les parcmètres : si on dépasse le temps limite, on se retrouve avec son âme à la fourrière.

Cette église n'étant pas la mienne, je n'ai peut-être pas voix au chapitre, mais depuis quand ce genre de logique empêche-t-il un alcoolo de se plaindre ? Je suis sûr que les cierges électriques sont plus économiques et que Dieu s'en moque tout autant que des vrais. Peut-être ne suis-je qu'un de ces luddites[1] de l'esprit, quelqu'un qui déteste le changement en soi et s'oppose tout aussi fort au progrès technique en matière de cierges qu'en matière d'ordinateurs. Aurais-je vécu à cette époque-là que j'aurais sans doute été aussi outré quand on passa de la lampe à huile à la bougie. « Rien n'est plus pareil, m'aurait-on entendu râler. Quels résultats peut-on donc attendre d'un bout de cire qui fond ? »

Je n'aurais jamais gaspillé un *quarter* pour une flamme électrique. Mais cette église-là était équipée du truc authentique, avec trois ou quatre petits cierges allumés. Je les contemplai, une image d'Adrian Whitfield se formant aussitôt dans ma tête. Je ne voyais pas trop le bien que je

1. Ouvriers anglais qui, reprenant certaines thèses de Ned Ludd, s'opposèrent très violemment au machinisme au début du XIXe siècle.

pouvais lui faire en lui allumant un cierge, mais les paroles d'Elaine me revinrent : « Ça pô pas faire d'mal. » Je glissai un dollar dans la fente, allumai un cierge à la flamme d'un autre et m'autorisai à penser au bonhomme.

La séquence d'images qui me vint fut curieuse.

Je commençai par le revoir dans son appartement quelques heures après qu'il eut reçu la lettre de Will. Il se versait un verre alors qu'il venait de se déclarer nonbuveur. Puis il m'expliquait et détaillait les coups qu'il avait déjà bus ce jour-là.

Après, je le vis étalé sur le tapis. Kevin Dahlgren s'agenouillait à côté de lui, ramassait le verre qu'il avait laissé tomber, puis le reniflait. Je n'avais pas moi-même assisté à la scène, mais l'image était si claire que j'aurais pu y être. Je parvins même à sentir ce que Dahlgren avait reniflé : l'odeur d'amande amère sous l'arôme d'un bon whisky malté. Je n'avais jamais humé ce mélange de ma vie, mais mon imagination fut assez forte pour m'en inventer l'odeur.

Ce fut sur Marty McGraw que je flashai ensuite. Il était assis au bar du « Seins nus » où je l'avais rejoint, un petit verre de whisky dans une main, une chope de bière dans l'autre. Il avait l'air belliqueux et me disait quelque chose dont j'étais incapable de comprendre le sens. Une odeur de whisky bon marché montant de son verre, une autre, de bière éventée, de sa chope, les deux se réunissaient dans son haleine.

Puis c'était de nouveau Adrian. En train de parler au téléphone. « Je vais laisser sortir le génie de la bouteille, disait-il. C'est le premier que je bois aujourd'hui. »

Mick Ballou chez Grogan, lors de notre dernière nuit blanche ensemble. A son idée, c'était une nuit où on ne buvait pas : il avait renoncé au whisky et s'en tenait à la bière. En l'occurrence, de la Guinness, et je voyais sa grosse main autour de la chope remplie de liquide noir. L'odeur en montait jusqu'à mon nez, sombre, riche, granuleuse.

J'avais vécu tout cela une image après l'autre, l'ensemble étant saturé d'odeurs simples ou mélangées. L'odorat, on le dit, serait le plus ancien et le plus primitif des sens, celui qui déclenche le plus sûrement les souvenirs. Il éviterait les circuits de la pensée pour aller tout droit à la partie la plus primitive du cerveau. Gagnez la case départ, mais ne touchez pas vos pensées.

Je restai debout quelques instants, laissant tout me venir pour en prendre ce que je pouvais. Je ne voulais pas en faire plus qu'il n'en fallait. Je n'avais rien de Saül de Tarse tombant de son cheval sur la route de Damas, ni du fondateur des Alcooliques anonymes tout entier à sa célèbre lumière blanche. Je ne faisais jamais que me rappeler, ou imaginer – ou les deux – toute une série de choses les unes après les autres.

Cela ne prit sans doute pas longtemps. Disons quelques secondes. D'après ce que je sais, c'est la même chose pour les rêves qui durent bien moins de temps qu'il n'en faut pour les raconter. Pour finir, il n'y avait que le cierge, la douceur de sa lumière, l'odeur de la cire qui fond et de la mèche qui brûle.

Je dus me rasseoir et réfléchir à ce que je venais de vivre. Et je dus encore me promener un peu pour repasser tous les plans dans ma mémoire, tel un fana de l'assassinat en train d'étudier le film de Zapruder[1].

Cligner des paupières ou hausser les épaules pour oublier, non. Je savais maintenant quelque chose que j'ignorais auparavant.

1. Témoin qui filma l'assassinat du président Kennedy.

11

– Le premier soir où je suis allé chez Whitfield, dis-je à Elaine, TJ était venu dîner. Et nous regardions un match de boxe ensemble…

– En espagnol, je m'en souviens bien.

– … lorsque Whitfield a appelé. Je suis allé chez lui et nous avons parlé.

– Et… ?

– Et je viens de me rappeler quelque chose, lui répondis-je, avant de m'arrêter subitement de parler.

Au bout d'un long moment, Elaine voulut savoir si j'avais l'intention de lui rapporter mon souvenir.

– Je te demande pardon, lui dis-je. Je dois être encore en train d'essayer de comprendre. J'aimerais trouver le moyen de te dire ça sans que ça ait l'air trop ridicule.

– Inutile de t'inquiéter. Il n'y a que nous autres petits poussins dans le coin.

Ç'aurait pu changer. Nous nous trouvions dans son magasin de la Neuvième Avenue, au milieu des tableaux et des meubles qu'elle achète et revend. N'importe qui aurait pu sonner et se faire ouvrir la porte afin de regarder ses œuvres d'art, voire lui acheter quelque chose – pourquoi pas un des fauteuils dans lesquels nous nous étions assis ? Mais l'après-midi était calme et, pour l'heure, nous étions effectivement seuls et personne ne nous embêtait.

– Il ne sentait pas l'alcool, repris-je.

– Whitfield, veux-tu dire ?

– Oui.

– Et ce n'est pas de la fin que tu parles… du moment

où il est mort après avoir avalé son poison. C'est du premier soir où tu es allé le voir.

– C'est-à-dire que… je l'avais déjà rencontré. J'avais même travaillé pour lui. Mais oui, bon, c'est bien du soir où je suis passé le voir à son appartement que je te parle. Au téléphone, il m'avait informé qu'il venait de recevoir des menaces de mort de Will et j'étais allé le voir pour lui suggérer des moyens de se protéger.

– Et son haleine ne sentait pas l'alcool.

– Pas le moins du monde. Tu sais comment c'est avec moi : alcoolique repenti que je suis, je sentirais un verre de gnôle derrière un mur en béton. Si je suis dans un ascenseur et que le petit mec à l'autre bout a bu un doigt de quelque chose d'alcoolisé tôt le matin, je le sens aussi fort que si je venais d'entrer dans une brasserie. Ça ne me gêne pas, ça ne me fait pas regretter de ne plus boire, mais je ne peux pas plus le rater que si quelqu'un éteignait brusquement la lumière.

– Je me rappelle certain petit chocolat…

– Certain petit chocolat… ah, oui ! Avec la liqueur au milieu ?

Elle acquiesça d'un signe de tête.

– Monica et moi étions allées voir une de ses amies qui sortait d'une mastectomie et voilà qu'elle nous passe des chocolats qu'on lui avait donnés. Je commence à vouloir m'empiffrer parce qu'ils étaient vraiment très bons, j'en avale quatre et le dernier est rempli de kirsch. Je l'ai déjà à moitié bouffé lorsque je me rends compte de ce que c'est, mais j'avale le reste parce que quoi ? je ne vais quand même pas le recracher, si ? C'est ce que tu aurais fait, et tu aurais eu raison, mais comme je ne suis pas alcoolique, comme je suis seulement quelqu'un qui ne boit pas, l'avaler ne risquait pas de me tuer.

– Ni de te faire ôter tous tes vêtements.

– Pour ce que j'en sais, ce chocolat ne m'a rien fait du tout. Il ne devait pas y avoir des masses d'alcool dedans. Et comme il y avait une vraie cerise en plus, ça ne laissait pas beaucoup de place pour la bibine.

Elle haussa les épaules et ajouta :

– Et après, je suis rentrée et je t'ai embrassé et je ne crois pas t'avoir jamais vu aussi étonné.

– Ça m'a complètement surpris.

– Je me suis même demandé si tu n'allais pas me chanter le refrain de « Jamais des lèvres qui touchèrent à l'alcool n'effleureront les miennes ».

– Je ne connais même pas l'air.

– Tu veux que je te le chante ? Mais nous nous éloignons du sujet. L'important là-dedans, c'est que tu renifles l'alcool à cent kilomètres et que l'haleine d'Adrian Whitfield ne sentait pas la bibine. Se pourrait-il, mon cher Holmes, que l'homme n'en ait pas bu ?

– Il m'a affirmé le contraire.

– Ah.

– Ç'a même été une drôle de conversation. Il a commencé par m'annoncer qu'il ne buvait plus et là, j'ai dressé l'oreille vu qu'il était en train de décapsuler une bouteille de scotch au moment même où il le disait. Après, il s'est corrigé en disant qu'il ne buvait plus comme avant et qu'en fait il se limitait à un verre par jour.

– Ce qui suffit amplement à tout le monde si le verre est assez grand.

– Pour certains d'entre nous, seule une baignoire ferait l'affaire. Toujours est-il qu'il continue en précisant que ce jour-là est une exception – la lettre de Will, il faut comprendre... – et qu'il a bu un verre en partant du bureau et un autre en arrivant chez lui.

– Sauf que tu ne les sens pas.

– Non.

– Et s'il s'était brossé les dents, il...

– Ça n'aurait rien changé. Je l'aurais quand même senti.

– Tu as raison. Notre bonhomme aurait tout simplement fini par sentir la crème de menthe. Moi, aussi, je sens l'alcool sur l'haleine des gens parce que je ne bois pas. Mais le sentir aussi fort que toi, non.

– Pendant toutes les années où j'ai bu, lui répondis-je, je n'ai jamais senti la moindre goutte d'alcool sur quiconque et il ne me serait jamais venu à l'idée qu'on pouvait le sentir sur moi. Putain, je devais puer la bibine du matin au soir.

– J'aimais assez.

– Vraiment ?

– Mais je préfère comme t'es maintenant, reprit-elle avant de commencer à m'embrasser.

Quelques instants plus tard, elle regagna son fauteuil et me dit :

– Waow ! Si nous n'étions pas dans un lieu semi-public…

– Je crois qu'on se désire encore assez fort… après toutes ces années !

– Moi, je le sais, mais… L'alcool qu'était pas sur l'haleine de Whitfield, c'est pas aussi bizarre que le chien qui n'aboyait pas la nuit[1] ? Qu'est-ce que tu en penses ?

– Je ne sais pas.

– Mais tu es sûr de l'avoir remarqué à ce moment-là ? Enfin, je veux dire… l'absence d'alcool et la contradiction entre ce qu'il racontait et ce que tu le voyais faire ? C'est pas juste un truc que ton imagination t'aurait concocté pendant que tu allumais tes cierges en maudissant les ténèbres ?

– Absolument pas. Je l'ai remarqué sur le moment et après, j'ai tout bêtement oublié parce qu'il y avait bien trop de trucs plus importants à comprendre. J'avais quand même devant moi un type qui venait d'être condamné à mort par un assassin au palmarès passablement impressionnant, et ce type-là voulait que je l'aide à trouver un moyen de rester en vie. Que son haleine ait ou n'ait pas senti l'alcool était relativement secondaire.

– Évidemment.

J'ai senti le scotch quand il a décapsulé la bouteille pour s'en verser un verre. C'est même à ce moment-là que je me suis dit qu'il ne sentait pas l'alcool quand il m'avait ouvert la porte. On s'était serré la main et nos visages n'étaient pas si éloignés que je n'aurais rien reniflé. S'il y avait eu quelque chose à sentir, crois-moi, je l'aurais senti.

1. Cf. Conan Doyle, *Le Chien des Baskerville.*

– Mais alors… pourquoi dire qu'il avait bu alors que ce n'était pas vrai ?

– Je n'en ai aucune idée.

– Je comprendrais assez dans l'autre sens. Les gens font ça tout le temps, surtout s'ils croient que l'individu auquel ils sont en train de parler a une opinion particulière sur la question. Il savait que tu ne bois pas, il s'est peut-être dit que tu ne supportais pas les alcoolos. Mais ce n'est pas le cas, n'est-ce pas ?

– Seulement quand ils me dégueulent sur les chaussures.

– Peut-être voulait-il te faire mesurer la gravité de la situation : « Je ne bois pas énormément, jamais plus d'un verre par jour, mais là, ce fumier au stylo empoisonné me fout tellement en rogne que je m'en suis déjà tapé quelques-uns et que je vais m'en descendre un autre. »

– « Et après, je m'arrête parce que, stress ou pas, je ne suis pas un poivrot » ? Oui, j'y ai pensé.

– Et… ?

– Comment peut-il croire qu'il a besoin de me faire ce numéro ? Il vient de recevoir des menaces de mort d'un type à crédibilité maximale. Ça fait des semaines et des semaines que Will est en première page des journaux, côté réussite, c'est du cent pour cent, et de l'autre côté, qu'est-ce qu'il y a ? Adrian Whitfield. Attaché aux biens de ce monde, certes, et professionnellement habitué à la compagnie des criminels, mais trompe-la-mort, loin s'en faut.

– Pas moyen de le confondre avec Evel Knievel[1].

– Pas vraiment, dis-je. Tout bien considéré, Adrian n'est jamais qu'un avocat du genre costard trois-pièces et les risques qu'il encourt ne sont guère physiques. Cela étant, prendre la lettre de Will au sérieux, oui, évidemment. Il n'a pas besoin de me le prouver en faisant semblant d'avoir bu avant.

– Tu ne penses pas…

– Quoi ?

1. Célèbre cascadeur des années 70.

– Qu'en cachette il appartiendrait à une ligue anti-buveurs ?
– Hein ?
– Tu dis qu'il s'est versé un verre devant toi. Es-tu sûr de l'avoir vu le boire ?
Je réfléchis.
– Oui, dis-je enfin.
– Tu l'as vu boire son verre.
– Pas cul sec, mais oui, il l'a bu.
– Et c'était du whisky ?
– Ça sortait d'une bouteille de scotch, lui répondis-je. Et j'en ai pris plein les narines quand il l'a versé et, oui, ça sentait l'alcool. De fait, ça sentait très exactement le scotch malté que ça disait être sur l'étiquette.
– Et tu l'as vu le boire et tu l'as senti sur son haleine.
– Oui, à la première question, mais… l'ai-je senti sur son haleine après ? Je ne me rappelle pas. Je n'ai pas eu l'occasion de remarquer.
– Parce qu'il ne t'a pas roulé une pelle pour te dire au revoir ?
– Pas au premier rendez-vous, non.
– La honte soit sur lui ! s'écria-t-elle. Moi, je t'ai embrassé dès notre premier rendez-vous. Je me souviens même très bien de ce que tu sentais.
– Tu t'en souviens. Tiens donc.
– Tu sentais le whisky, me renvoya-t-elle. Et *moi*[1].
– Sacrée mémoire.
– Mais c'est que c'était mémorable, espèce de vieil ours. Non, je voulais seulement en venir au fait qu'il y a des gens qui boivent, mais qui essaient de le cacher. Et donc… je me demandais s'il ne pourrait pas y en avoir qui ne boivent pas et qui essaient aussi de le cacher.
– Pour quoi faire ?
– Je ne sais pas. Pourquoi fait-on jamais ce qu'on fait ?
– Je me le suis souvent demandé.
Je réfléchis un instant, puis repris ainsi :
– Nous sommes nombreux à garder l'anonymat, jusqu'à

1. En français dans le texte.

un certain point. Ne pas aller crier sur les toits qu'on est membre des AA est une tradition qui remonte à loin. Mais c'est vrai que, depuis peu, certains s'en vantent.

– Je sais. Tous ces types d'Hollywood qui passent directement du centre de désintoxication Betty-Ford à l'émission de Barbara Walters.

– Ils sont censés ne pas agir ainsi, mais le degré d'anonymat qu'on veut garder dans sa vie privée ne regarde personne. A moins d'avoir une raison précise de le faire, je n'en dis rien aux gens que je vois seulement de temps en temps. Et quand je suis en réunion d'affaires et que le type d'en face commande un alcool, je prends un Coca. Sans explication.

– Et s'il te demande si tu ne voudrais pas un alcool ?

– Parfois, je réponds : « Non, pas aujourd'hui », enfin… un truc dans ce genre. Ou alors : « C'est un peu trop tôt pour moi », si je me sens d'humeur particulièrement perverse. Mais non, je ne me vois pas me verser un alcool et faire semblant de le boire, ou garder de l'eau colorée dans une bouteille de scotch.

Je me rappelai quelque chose et ajoutai :

– De toute façon, il y a les reçus des magasins de vins et spiritueux pour tout ce qu'il s'était fait livrer pendant les quelques mois précédents. Et ça confirme bien ce qu'il disait être, savoir un type qui, en gros, buvait un verre par jour.

– Il était malade, me fit remarquer Elaine. Un cancer de la lymphe, n'est-ce pas ?

– Métastasé au système lymphatique, mais je crois qu'à l'origine c'était un cancer de l'une des glandes surrénales.

– Peut-être ne pouvait-il plus boire autant qu'avant ? A cause de son cancer.

– C'est possible.

– Et il niait ses problèmes de santé, n'est-ce pas ? Enfin… En tout cas, il ne les criait pas sur les toits.

– Et donc ?

– Et donc cela le poussait peut-être à se dire plus grand buveur qu'il n'était.

– Sauf que la première chose qu'il m'a fait savoir est bien qu'il ne buvait pas énormément.

– Tu as raison, dit-elle en fronçant les sourcils. Je renonce. Je ne pige pas.

– Moi non plus.

– Mais toi, tu ne renonces pas, c'est ça ?

– Non, je ne renonce pas, lui répondis-je. Pas encore.

Pendant le dîner, elle me demanda :

– Glenn Holtzmann était-il alcoolique ?

– Pas que j'aurais remarqué. Mais d'où sort cette question ?

– De tes rêves.

– Tu sais, lui dis-je, j'ai déjà assez de mal à comprendre ce que je pense en état de veille. Qu'est-ce qu'il dit des rêves, déjà, le père Freud ?

– « Des fois, le cigare n'est qu'un cigare. »

– Voilà. S'il y a un lien entre Glenn Holtzmann et l'absence d'odeur de bibine sur l'haleine d'Adrian Whitfield, je crains qu'il ne soit trop subtil pour moi.

– Je me posais seulement des questions.

– Holtzmann était un faux cul, lui dis-je. Il trahissait les gens et les vendait au plus offrant.

– Et Adrian était un faux cul, lui aussi ?

– Tu veux dire : est-ce qu'il avait des activités cachées en dehors de son métier d'avocat au criminel ? Ça me semble peu vraisemblable.

– Et si tu avais senti qu'il essayait de se cacher des choses à lui-même ?

– En prétendant être plus grand buveur qu'il ne l'était ? En faisant, en tout cas, semblant d'avoir plus bu ce soir-là qu'en réalité ?

– Voilà.

– Et mon inconscient serait immédiatement passé de Whitfield à Glenn Holtzmann.

– Pourquoi ?

– J'allais justement te le demander, lui répondis-je. Pourquoi, en effet ?

Je reposai ma fourchette et ajoutai :

– Toujours est-il que je crois avoir compris ce que voulait me dire Glenn Holtzmann.

– Dans le rêve.

– Voilà, dans le rêve.

– Eh bien ?

– « Trop d'argent. »

– C'est tout ?

– On ne vient pas de dire que, parfois, le cigare n'est qu'un cigare ?

– « Trop d'argent », répéta-t-elle. Comme lorsqu'on dit qu'être accroché à la cocaïne, c'est la façon qu'a Dieu de te signaler que t'as trop d'argent ?

– Je ne crois pas que la cocaïne ait rien à faire là-dedans. Glenn Holtzmann avait trop d'argent et c'est pour ça que j'ai creusé plus profond pour découvrir sa vie cachée.

– A cause de tout le liquide qu'il avait dans sa penderie, c'est ça ? Mais… le rapport avec Adrian Whitfield ?

– Il n'y en a pas.

– Et donc…

– Des fois, le cigare n'est qu'un cigare, dis-je.

Je ne me souviens d'aucun rêve que j'aurais pu faire cette nuit-là. Je ne me rappelle même pas avoir eu l'impression de rêver. Elaine et moi rentrâmes à la maison et terminâmes ce que nous avions commencé au magasin. Après quoi, je sombrai sans tarder dans un profond sommeil et ne remuai plus jusqu'à l'aurore du lendemain.

Mais une idée me tracassait lorsque nous étions allés nous coucher et je la retrouvai dès que je rouvris les yeux. Je la mis à plat, l'examinai, et décidai que ce n'était pas une question à laquelle il valait de consacrer du temps. J'avalai une deuxième tasse de café après le déjeuner, remis le problème sur le tapis et, cette fois, arrêtai que ce n'était quand même pas comme si trop de pensées essentielles exigeaient que je leur donne de mon temps. Comme on dit, je n'avais rien de mieux à faire.

Sans compter que la seule raison que j'aurais eue de ne pas aller jusqu'au bout était bel et bien la peur de ce que je risquais de découvrir.

Je me dépêchai lentement. Je commençai par me rendre à la bibliothèque afin de comparer mes souvenirs aux articles parus dans le *New York Times* et couchai quelques dates dans mon carnet. Je consacrai une ou deux heures à cette tâche, puis je sortis du bâtiment et allai m'asseoir sur un banc de Bryant Park pour revoir mes notes. C'était une parfaite journée d'automne, où l'air craquait comme une pomme acide. On annonçait de la pluie, mais il suffisait de regarder le ciel pour savoir qu'il ne tomberait pas une goutte d'eau ce jour-là. De fait, on aurait plutôt dit qu'il ne pleuvrait plus et que la température ne descendrait jamais plus bas. Et les jours ne raccourciraient plus, eux non plus. L'impression était celle d'un automne éternel, d'un automne qui s'étendrait à perte de vue, jusqu'à la fin des temps.

C'est la saison préférée de tout le monde et toujours on croit que ça va durer toujours. Et ça n'arrive jamais.

Il s'était écoulé assez de temps depuis la mort de Whitfield pour qu'on ait fait enlever les scellés que la police de New York avait apposés sur sa porte. Il ne me restait plus qu'à trouver quelqu'un qui aurait le pouvoir de me laisser entrer dans l'appartement. Je ne savais pas très bien où avait filé ce pouvoir – aux héritiers de Whitfield ? à son exécuteur testamentaire ? au bureau des copropriétaires ? Je suis bien sûr que le concierge n'avait pas voix au chapitre, mais ce fut quand même lui qui prit sur lui de décider, sa résolution étant fortement soutenue par le billet à l'effigie d'Ulysses Grant[1] avec lequel je lui graissai la patte. Il trouva une clé, me fit entrer et traîna dans le couloir pendant que je fouillais dans les tiroirs et les penderies. Au bout d'un certain temps, il toussa discrètement et, lorsque je relevai la tête, me demanda si j'en avais encore pour longtemps. Je lui répondis que ce n'était pas facile à dire.

– Parce qu'il va falloir que je vous fasse sortir et que je ferme derrière vous. Et comme j'ai des trucs à faire…

1. Soit 50 dollars.

Il m'écrivit un numéro de téléphone sur un bout de papier et je promis de le rappeler. Je me sentis nettement moins pressé par le temps dès qu'il fut parti, ce qui vaut toujours mieux, surtout lorsqu'on ne sait ni ce qu'on cherche ni où on a des chances de le trouver.

Près de deux heures s'étaient écoulées lorsque je me servis du téléphone de la chambre à coucher pour appeler le numéro qu'il m'avait laissé. Il m'assura qu'il allait monter dans une minute. En l'attendant, je refis le chemin du téléphone, qu'Adrian Whitfield avait décroché pour m'appeler le dernier soir, jusqu'à la pièce où il était mort. Il n'y avait plus une seule bouteille sur le comptoir ou en dessous (les flics avaient dû toutes les enlever pour procéder aux examens de laboratoire), mais le bar n'ayant pas bougé, je m'immobilisai à l'endroit même où Adrian s'était tenu pour se préparer son dernier verre, puis je gagnai celui où il s'était effondré. Rien n'indiquait où il était tombé sur le tapis – pas de tracé à la craie, pas de silhouette au ruban adhésif jaune, aucune tache qu'il aurait faite –, mais j'eus l'impression de savoir très exactement l'endroit où il s'était affaissé.

Je donnai une rallonge de 20 dollars au concierge lorsqu'il se présenta et m'excusai d'avoir mis si longtemps. Mon petit bonus le surprit, mais pas trop. Mon argent parut aussi l'assurer que je ne m'étais rien approprié pendant son absence, mais cela ne l'empêcha pas de me poser la question.

Non, je n'avais rien pris, lui répondis-je, pas même une photo.

Je ne pris rien non plus dans le bureau de Whitfield, et ne trouvai même personne pour m'y laisser entrer. De son vivant, Adrian partageait une suite et un pool de secrétaires avec plusieurs avocats installés dans un vieil immeuble de bureaux de huit étages situé dans Worth Street. Le lendemain du jour où j'avais visité son appartement, je me rendis à une réunion des AA qui se tenait à midi dans un local de Chambers Street, puis je gagnai l'immeuble et observai ses bureaux du couloir du cinquième étage.

J'envisageai plusieurs approches, mais les trouvant toutes assez peu susceptibles d'impressionner des avocats et des secrétaires juridiques, je ressortis du bâtiment et remontai jusqu'à Houston Street, où j'allai voir un film à l'Angelika. Après la séance, j'appelai Elaine pour lui dire de ne pas m'attendre à dîner.

– TJ a téléphoné, m'informa-t-elle. Il aimerait bien que tu le bipes.

Je l'aurais fait si l'appareil dont je me servais avait eu un numéro. La plupart des téléphones publics ne portent plus de numéro d'identification sur le cadran et réussir à se le faire communiquer par une opératrice complaisante ne serait d'aucune utilité, la NYNEX ayant bloqué la réception des appels dans l'essentiel de ses cabines. Tout cela est le résultat de la guerre incessante qu'on livre à la drogue et, pour ce que j'en sais, a eu deux conséquences majeures : embêter momentanément des dealers qui se sont promptement équipés de téléphones cellulaires et réduire légèrement, mais irrémédiablement, la qualité de la vie pour tous les autres habitants de la ville.

Je mangeai une assiette de poulet séché avec du riz et des petits pois dans un boui-boui indien de Chambers Street et retournai à l'immeuble de Whitfield. Comme il était déjà plus de dix-huit heures, je fus obligé de signer le registre du garde posté au rez-de-chaussée. Je lui gribouillai quelque chose d'illisible et pris l'ascenseur. Le cabinet d'avocats était encore éclairé, un petit coup d'œil en passant m'y fit découvrir un homme et deux femmes assis à leurs bureaux. Deux d'entre eux tapaient sur un ordinateur, le troisième parlait au téléphone.

Je n'en fus pas surpris. Les avocats travaillent tard. Je fis toute la longueur du couloir, puis essayai la porte des toilettes pour hommes. Elle était fermée à clé. La serrure ne me semblait pas poser de problème insurmontable : elle était plus destinée à tenir les sans-abri à l'extérieur qu'à sérieusement protéger les bijoux de la couronne. D'un autre côté, tant qu'à faire de jouer l'effraction, il valait quand même mieux passer les deux ou trois heures suivantes à attendre dans un endroit plus agréable que des toilettes.

A l'autre bout du couloir, je trouvai le réduit d'un certain Leland N. Barish. Son nom avait été peint sur la vitre en verre dépoli, ainsi que son titre, CONSULTANT. La serrure me parut faire partie des aménagements d'origine et s'ouvrir à l'aide d'un passe. Il y a tant d'années que je trimballe deux passe-partout sur moi que je serais bien en peine de vous dire la dernière fois que j'en fis usage. Je ne m'attendais pas à ce qu'ils marchent, mais j'essayai le plus grand et, oui, il m'ouvrit ma serrure.

Je me glissai à l'intérieur. Rien n'indiquait qui pouvait être ce M. Barish et qui aurait pu désirer le voir. En dehors de deux ou trois revues, le dessus de son bureau disparaissait surtout sous une couche de poussière d'au moins quinze jours. Sur des rayonnages sous verre je découvris quelques revues supplémentaires, plus une dizaine de romans de science-fiction en format poche. Il y avait aussi une chaise en bois posée sur des cales et un fauteuil hyperrembourré sur lequel un chat avait dû faire ses griffes autrefois. Sur les murs gris beige, des rectangles et des carrés plus clairs indiquaient les endroits où le précédent occupant avait accroché ses diplômes ou ses photos personnelles. Barish n'avait, lui, ni repeint ni accroché quoi que ce fût aux murs, pas même un calendrier.

J'aurais bien jeté un coup d'œil aux tiroirs par pure curiosité d'ancien flic, mais ils étaient fermés à clé et, incapable de trouver la moindre raison de les fracturer, je les laissai en l'état.

J'avais allumé la lumière en entrant, je la laissai allumée. De moi on n'apercevait qu'une silhouette derrière la porte en verre dépoli et même si on avait pu me voir en chair et en os, je n'avais guère à m'inquiéter : il y avait tout à parier que personne n'avait assez vu Barish pour se rappeler à quoi il ressemblait.

Je songeai que le titre de « consultant » était sans doute ce qu'il est trop souvent, savoir un euphémisme pour « sans emploi ». Leland Barish avait perdu son boulot et pris ce petit bureau en attendant de retrouver du travail.

A l'heure qu'il était, ou bien il avait réussi, ou bien il avait renoncé à chercher.

Je me demandai s'il avait trouvé un travail à Singapour ou en Arabie Saoudite et filé sans se donner la peine de débarrasser ses affaires. Ou alors il ne payait plus son loyer depuis des mois et son propriétaire ne s'était pas encore mis en devoir de l'expulser.

Quoi qu'il en fût, il ne me semblait pas que je courais de bien grands risques à rester enfermé quelques heures dans son bureau. Je pensai à TJ et décidai de le biper en me disant qu'il n'y avait aucun danger à ce qu'il me rappelle et qu'il était parfaitement normal que le téléphone de Barish se mette à sonner dans son bureau. Je décrochai, mais il n'y avait pas de tonalité, ce qui tendait à confirmer mes hypothèses. Je m'emparai de la revue la plus récente – un numéro du *New Yorker* vieux d'une dizaine de semaines – et m'installai dans le fauteuil. Pendant quelques minutes encore j'essayai de deviner ce qu'il était advenu de Leland Barish, mais une étude sur les chauffeurs routiers qui effectuent de longs trajets ayant bientôt attiré mon attention, j'oubliai tout du bonhomme.

Au bout d'une heure ou presque, je remarquai une clé suspendue à un crochet près de l'interrupteur. Je me dis qu'elle ouvrait peut-être la porte des toilettes pour hommes, et il s'avéra que j'avais raison. Je me servis des WC, et jetai un coup d'œil au bureau de Whitfield en passant. Il était toujours occupé.

J'allai encore voir une heure plus tard, et une heure après encore. Puis je m'endormis et ne rouvris les yeux qu'à minuit moins vingt. Il n'y avait enfin plus de lumière dans le cabinet de Whitfield. Je passai devant, allai encore une fois aux toilettes et oui, c'était toujours éteint lorsque je revins.

La serrure étant meilleure que celle de Barish, je songeai à briser la vitre pour entrer. J'y étais prêt – à mon idée il n'y avait personne pour m'entendre, ou même seulement se soucier de savoir ce que je faisais là –, mais je décidai d'abord de me servir de mon couteau de poche pour entailler le montant de la porte et peser sur le penne avec la lame. J'allumai les lumières en me disant qu'un lieu éclairé attirerait moins les soupçons qu'un bureau éteint où on voit un type se déplacer dans le noir.

J'ouvris enfin le bureau de Whitfield et me mis au travail.

Il était aux environs d'une heure et demie du matin lorsque j'en ressortis. Je le laissai dans l'état où je l'avais trouvé en entrant et essuyai toutes les surfaces où j'aurais pu laisser des empreintes – plus par habitude que par crainte qu'on veuille les relever un jour. En frottant fort, j'enfonçai des saletés dans les entailles que j'avais pratiquées autour de la serrure afin que les dégâts n'aient pas l'air trop récents, puis je fermai la porte et entendis le verrou se remettre en place derrière moi.

J'étais trop fatigué pour penser droit et envisageai de me nicher dans le bureau de Barish et d'y pioncer jusqu'au petit matin afin de ne pas repasser devant le portier en sortant de l'immeuble. Au lieu de ça, je décidai de bluffer, descendis dans le hall et m'aperçus qu'il était vide. Un panneau que j'avais raté en entrant indiquait que le bâtiment était fermé à clé de dix heures du soir à six heures du matin.

Cela ne voulait nullement dire que je n'aurais pas pu en sortir – cela signifiait seulement qu'une fois dehors, je ne pourrais plus y rentrer. Ça m'allait parfaitement. Je sortis de l'immeuble et dus me taper trois rues avant de pouvoir héler un taxi en maraude. Des affichettes collées aux vitres arrière me mirent en garde contre toute envie de fumer. Derrière son volant, le chauffeur pakistanais tirait, lui, sur un immonde petit cigare italien. Un Di Nobili, je crois. Il y a des années de ça, je travaillais en équipe avec un vieux flic du nom de Vince Mahaffey, et Vince Mahaffey ne fumait que ces machins-là – du matin au soir. Ils conviennent probablement tout autant à un chauffeur de taxi pakistanais qu'à un flic irlandais, mais je ne me laissai pas emporter sur les ailes de la nostalgie.

Je me contentai de baisser la vitre et tentai de trouver autre chose à respirer.

Elaine dormait lorsque j'arrivai à la maison. Elle remua un peu lorsque je me glissai dans le lit à côté d'elle. Je lui fis un bisou et lui dis de se rendormir.

– TJ a rappelé, me lança-t-elle. Tu ne l'as pas bipé.

– Je sais. Qu'est-ce qu'il voulait ?

– Il ne l'a pas dit.

– Je l'appellerai demain matin. Rendors-toi, ma chérie.

– Ça va ?

– Ça va.

– T'as trouvé quelque chose ?

– Je ne sais pas. Rendors-toi.

– « Rendors-toi, rendors-toi » ! C'est tout ce que tu sais dire ?

J'essayai de trouver autre chose, mais je n'y étais pas encore arrivé lorsqu'elle repartit au pays des rêves. Je fermai les yeux et en fis autant.

12

Elaine avait déjà filé lorsque je me réveillai. Elle m'avait laissé un mot sur la table de la cuisine pour m'expliquer qu'elle avait dû partir tôt à une vente aux enchères aux Tepper Galleries de la 25e Est. Et il ne fallait pas que j'oublie de rappeler TJ. Je commençai par prendre une douche, puis je me fis griller un muffin. Il y avait du café dans la Thermos, j'en bus une tasse et m'en versai une autre avant de décrocher le téléphone et d'appeler le biper de TJ. Dès que j'eus sa tonalité, j'entrai mon numéro et raccrochai.

Un quart d'heure plus tard, le téléphone sonna et je décrochai à nouveau.

– Qui c'est qui demande TJ ? (Sans attendre de réponse, TJ ajouta :) Sauf que j'sais qui c'est, René, vu que j'ai reconnu ton numéro. Hé, dis, t'as vu tout l'temps qu'il m'a fallu pour trouver une cabine ? Ou bien elles sont en panne ou bien y a un mec qui cause comme si qu'il était payé au mot ! Tu crois que j'devrais m'offrir un cellulaire ?

– Je n'en voudrais pour rien au monde.

– Tu veux pas de biper, dit-il, et tu veux pas d'ordinateur non plus. Ce que tu veux, c'est qu'on revienne au XIXe siècle.

– On dit pas le XVIIIe ? Avant que la révolution industrielle ait tué toute joie de vivre ?

– Un jour, tu me dis comment que c'était chouette avec les chevaux et les carrosses ? D'accord ? Moi, si j'veux pas de cellulaire, c'est parce que ça coûte trop cher. Faut raquer quand on appelle et faut encore raquer quand on s'fait appeler. Et côté confidentialité ! Y a un mec qui se repose avec un Walkman sur la tête, il a toutes les chances d'entendre ce que t'es en train de raconter. C'est quoi qui fait ça ?

– Comment veux-tu que je le sache ?

– Même qu'y a pas besoin d'avoir un Walkman. Quasi qu'on pourrait entendre la conversation à travers ses plombages ! Et l'coup d'après, tu te dis que c'est la CIA qui te cause et qu'il faut que t'ailles tout de suite à la Poste centrale pour flinguer tout le monde.

– Et tu ne voudrais pas avoir ça sur la conscience.

– Alors là, tu l'as dit ! me renvoya-t-il en riant. Non, moi, j'en reste à mon biper. Hé, dis, écoute un peu : j'ai trouvé ton bonhomme.

– Quel bonhomme ?

– Le bonhomme que tu voulais que je te retrouve. Le bonhomme qu'était là quand l'bonhomme a flingué l'autre bonhomme.

– Tu as trop de bonshommes dans ta phrase, lui fis-je remarquer. Je ne sais pas de qui tu parles.

– De Myron.

– De Myron...

– Le bonhomme qui s'est fait buter dans le petit jardin public ? Le mec qu'avait le sida ? Alors, ça te dit toujours rien, Sébastien ?

– Byron, dis-je.

– Byron Leopold, voilà. Qu'est-ce que j'ai fait ? J'l'ai appelé Myron ? J'arrête pas de le faire dans ma tête. Faut voir que j'ai jamais entendu c'prénom-là, moi. Byron... Hé, y a quelqu'un ?

– Y a quelqu'un.

– Comme tu disais rien, je commençais à m'demander.

– Je devais en être sans voix, lui renvoyai-je. J'ignorais que tu cherchais toujours mon témoin.

– C'est pas comme si on m'avait dit d'arrêter.

– Non, mais...

– Quand j'pense que l'mec qui m'a fait démarrer dans la branche, ils disent tous que c'est un vrai chien avec son os ! Dès qu'il a planté les crocs dans un truc, qu'ils disent encore, y a plus moyen qu'il lâche.

– C'est ça qu'ils disent ? Tous ?

– Et donc, j'commence à être pareil que toi, quoi : le chien avec son nonos. En plus que ça me donne quelque chose à faire…

– Et tu as trouvé mon bonhomme.

– Ça s'est pas fait tout seul, reconnut-il. C'est pas vraiment comme s'il avait cherché à se faire trouver. Mais bon, oui, il a vu tout le truc, même si ça serait plutôt qu'il l'aurait entendu. Au début, il regardait pas et quand il s'est mis à regarder, il a vu la scène par-derrière. Et donc, c'est comme ça qu'il a vu le dos du bonhomme qui tirait, mais qu'il a pas vu le flingue. Il l'a juste entendu, tu sais bien : pan, pan.

– C'est ça qu'il a entendu ? Pan, pan ?

– Ce qu'il a entendu, c'est des coups de feu. Qu'est-ce que tu veux entendre d'autre quand on tire des coups de feu ?

– Tous ceux qui étaient là les ont entendus, lui dis-je, et même s'ils n'avaient rien entendu, les balles retrouvées dans le corps de Leopold tendraient assez sérieusement à prouver que l'assassin a tiré plusieurs fois. Ce qui fait que si ce bonhomme n'a entendu que des…

– Il a pas entendu que ça.

– Ah.

– Tu crois que je te casserais les pieds s'il avait rien entendu d'autre ?

– Je te demande pardon. Qu'a-t-il entendu d'autre ?

– Il a entendu le bonhomme qui disait : « Monsieur Leopold ? » Après, il a plus rien entendu, ce qui fait qu'ou bien Byron a juste hoché la tête, ou bien sa voix portait pas. Après, il a entendu le mec qui disait : « Byron Leopold ? » Et peut-être que Byron a levé les yeux, ou alors il les a pas levés, mais tout de suite après, ç'a été les coups de feu.

– Pan, pan.

– Voilà.

– Quand pourrai-je voir ton témoin ?

– Il se peut qu'il prenne son temps. Ça fait déjà plusieurs fois qu'il rate l'occasion de causer aux flics.

– Ce n'est quand même pas le vice-président d'IBM, si ?

– Non, il vendait des trucs dans le square et dès qu'il a commencé à entendre les coups de feu, il s'est dit que c'était peut-être le moment de remballer la marchandise. Je peux p't-être te coller en face de lui à une table, mais ça veut pas forcément dire qu'il te causera. En plus que... qu'est-ce tu vas y demander que j'y aurais pas déjà demandé, hein ?

– « Monsieur Leopold ? Byron Leopold ? »

– J'ai pas l'impression qu'il ait inventé.

– Non, moi non plus, dis-je.

Une heure plus tard, je regardais TJ manger des frites dans une cafète de la 14e Ouest. Son cheeseburger n'était déjà plus qu'un souvenir. TJ portait des jeans larges et une veste en jean doublée de molleton. Sa casquette d'employé de train était posée sur la banquette à côté de lui.

Je lui dis que j'avais presque oublié Byron Leopold.

– Comment ça se fait ? voulut-il savoir. T'en es venu à la conclusion qu'il est mort de cause naturelle ?

– Chaque fois que j'y pensais, lui répondis-je, et ce n'était pas souvent, je me disais qu'on l'avait pris pour quelqu'un d'autre et tué par erreur. Ou alors que, sans le savoir, il s'était fait un ennemi dans le quartier en s'asseyant sur un banc où il ne fallait pas ou en gueulant après le mauvais mec. Sans compter qu'il avait le sida et qu'il en souffrait depuis assez longtemps pour que ça se voie. Peut-être un sidophobe a-t-il décidé que le meilleur traitement était encore de zigouiller le malade.

– Comme les mecs qui foutent le feu aux mendiants.

– Voilà, pour régler le problème au plus vite. Mais je ne pensais pas vraiment que c'était ça parce que ce genre d'assassin ne fait pas ça qu'une fois avant de se retirer au monastère.

– Il recommence.

– En général, oui.

La serveuse s'approcha et me remplit ma tasse de café sans que je lui demande rien. Le jus n'était pas très bon, mais il y en avait beaucoup.

– « Monsieur Leopold ? Byron Leopold ? » répétai-je.

– Voilà, comme ça.

– Il voulait être sûr de ne pas se tromper sur le bonhomme.

– Le bonhomme qu'il allait flinguer, c'est ça même. C'était aussi comme s'il connaissait le nom, mais qu'il avait jamais vu le type. On agite des idées, c'est bien ça ? On s'les jette à la gueule, hein ?

– En gros, lui répondis-je. Ça me fait l'effet d'un type qu'on a embauché pour un contrat, pas toi ?

– Le tueur ? Quoi, comme un pro ?

– Non, pas comme un pro. C'est trop minable pour ça. Byron Leopold est souvent seul, il mène une vie très régulière, il ne s'est pas fait installer de système d'alarme pour rendre la tâche plus difficile à un tueur, il n'est pas difficile de s'approcher de lui en privé, pourquoi un professionnel irait-il le descendre devant témoins ?

– Écoute, si j'ai dit pro, c'est parce que t'as parlé de contrat.

– Non, non, dis-je, un amateur embauché par un autre amateur. Les pros sont presque toujours engagés par des pros. Il faut avoir des relations. Les tueurs professionnels ne sont pas dans les pages jaunes de l'annuaire. Les citoyens lambda embauchent des tueurs tous les jours, mais les types qui bossent pour eux n'ont pas grand-chose de professionnel.

– Résultat, ça ne marche pas toujours comme on voudrait, dit-il. Comme l'autre fois à Washington Heights.

Je savais à quoi il faisait allusion. Depuis quelques jours, les journaux ne parlaient plus que de ça. Une jeune Dominicaine qui ne supportait plus la discipline stricte que lui imposait son père avait engagé deux petits voyous pour le liquider en leur faisant miroiter les 20 000 dollars qu'il avait dans un coffre dans la penderie où, pensait-il, ils étaient plus en sûreté qu'à la banque.

Et donc, les deux jeunes voyous se pointent à la baraque un soir et elle les fait entrer. Elle leur donne l'argent et après, ils sont censés attendre l'arrivée du Papa. Mais au bout d'un moment, ils commencent à en avoir marre et se disent qu'en plus Papa pourrait être armé et qu'il y a un moyen plus rapide de conclure l'affaire. Ils prennent la fille, lui logent deux balles dans le crâne et, tant qu'à faire, ils liquident aussi la mère et le frère qui dormaient et rentrent chez eux. Le père revient chez lui et trouve toute sa famille massacrée. Et son argent a disparu. Et, tiens, je suis assez prêt à parier que sa voiture ne devait pas très bien marcher non plus.

– Dans l'histoire de Washington Heights, lui répondis-je, tout le monde avait ses raisons. La fille était en colère contre son père et les tueurs voulaient l'argent.

– Bref, qui avait une raison de tuer Byron ?

– C'est justement ça que je me demande.

– Il n'avait pas d'argent, si ?

– En fait (je m'en souvins alors), il en avait plus qu'il n'aurait dû. Il avait racheté son assurance vie et devait avoir dans les 40 000 dollars.

– Et ça serait pas un motif suffisant ?

– Il avait tout laissé à des organismes de charité pour les malades du sida. Certains de ces organismes sont un rien agressifs dans leur manière de collecter des fonds, mais je n'ai jamais entendu dire qu'ils iraient jusqu'à braquer les gens.

– Sans compter que tout ce qu'ils avaient à faire, c'était d'attendre, pas vrai ? Parce que le bonhomme était déjà en train de crever, non ?

Il fronça les sourcils.

– Tu sais pas ce qui s'rait bien ? reprit-il. Une part de gâteau.

J'appelai la serveuse, il lui demanda quel genre de gâteaux elle avait et prêta grande attention à ses réponses.

– Aux noix de pécan, décida-t-il enfin, avec les machin-trucs à la mode par-dessus. Le bazar au chocolat ?

Elle le regarda sans comprendre, il se débarrassa aussitôt de son parler des faubourgs et précisa :

– Je voudrais un morceau de gâteau aux noix de pécan, et vous me mettrez une part de glace au chocolat par-dessus, s'il vous plaît.

Elle acquiesça d'un signe de tête et s'en fut. Il leva les yeux au ciel.

– Et maintenant, elle va m'prendre pour un toubib et va m'sauter dessus pour que j'y retire l'appendice.

– Tu lui dis que tu es docteur en botanique.

– C'est aussi con, Léon. Elle va vouloir que j'cause à ses plantes. Mais si tuer Byron n'a rapporté d'argent à personne, je vois pas qui aurait pu vouloir embaucher quelqu'un pour le flinguer.

– Moi non plus.

– Il avait le sida, n'est-ce pas ? Mais il n'était pas homo.

– Il l'a attrapé avec une aiguille.

– Il l'a gardé pour lui ou il l'a refilé à droite et à gauche ?

Je devais avoir l'air étonné car il précisa :

– Le virus, Titus. Qui est-il allé infecter ?

– Il se peut qu'il l'ait répandu un peu partout, lui répondis-je, il y a des années de ça, avant de savoir qu'il l'avait.

– Bref, il le file à une nana et son mari, ou son petit copain ou son frère, veut savoir comment elle l'a attrapé. « Je vois pas d'autre mec que ce pauvre junkie de Byron Leopold », qu'elle fait.

– Sur quoi le mari, ou le frère ou autre, s'en va vite embaucher quelqu'un pour flinguer Byron.

– Ou le fait lui-même. Mais, dans les deux cas, Byron est quelqu'un qu'il ne connaît pas et c'est peut-être pour ça qu'il y d'mande son nom pour être sûr qu'il va pas s'gourer sur le bonhomme à flinguer. « Monsieur Leopold ? Byron Leopold ? »

– Pan, pan.

– Point à la ligne.

– Et s'il avait dit : « Ça, c'est pour Sheila, face de rat » ? Vu la façon dont il s'y est pris, Byron n'aurait même pas su pourquoi il mourait.

– Si c'était le frère à Sheila qu'avait réglé l'affaire, il

aurait sûrement dit des trucs. Mais s'il avait jamais fait qu'embaucher un flingueur…

– … ce flingueur aurait pu laisser tomber les belles paroles. Même si c'était le frère et qu'il avait préparé un discours, il aurait pu être trop nerveux pour le réciter.

Je bus un peu de café et ajoutai :

– Et je n'y crois pas. Qui pourrait vouloir se venger d'un type qui a déjà un pied dans la tombe ? Byron Leopold n'était plus qu'un sac d'os, pour lui l'extravagance suprême était d'aller lire le journal sur un banc public… Quoi qu'il ait pu faire, il aurait suffi de le regarder un bon coup pour que la colère retombe aussi sec.

– Ce qui nous laisse quoi ? Le suicide ?

– J'y ai pensé.

– Quoi ?

– Disons qu'il n'a plus envie de vivre, mais qu'il n'arrive pas à passer à l'acte. Il engage quelqu'un pour le faire à sa place.

– Il a peur de se coller la tête dans le four, mais ça ne le gêne pas de payer quelqu'un qui va le flinguer au coin d'une rue.

– J'ai dit que j'y avais pensé. Je n'ai jamais dit que c'était mon hypothèse préférée.

– Sans compter que comment qu'il fait pour embaucher quelqu'un sans le regarder en face ? Tu m'embauches pour que j'te descende et moi, je s'rais obligé de t'demander ton nom ?

– On laisse tomber, dis-je. Depuis le début, ça n'a aucun sens et ça en a encore moins maintenant. Byron Leopold a été assassiné par quelqu'un qui avait une raison de le faire et cette personne était la seule au monde à avoir cette raison de le faire. Il y a sûrement un mobile financier. C'est l'impression que ça donne, même s'il n'y a d'argent pour personne dans ce coup-là.

– Hormis ce qu'il avait, soit… 40 000 dollars ? Sauf que, d'après toi, ce serait un organisme qui toucherait le magot.

– Et ça ne fait pas assez.

– Pas assez ?

– Pas pour tuer, non.

– Les gars de Washington Heights ont flingué trois personnes pour moitié moins !

– Mais ce n'étaient que des raclures de caniveau, lui fis-je remarquer. Ils les ont très probablement tuées pour le plaisir de tuer. Ils avaient déjà le fric. Pourquoi tuer la fille ? Pour qu'elle la ferme ? Comme si elle pouvait dire quoi que ce soit ! Et sa mère et son frère dormaient dans leurs lits, pour l'amour du ciel ! Non, ils ont tué trois personnes sans la moindre raison.

– Tu refuserais d'être leur témoin de moralité que j'en serais pas autrement surpris, me dit-il. Quoi qu'il en soit, le type qu'a flingué Byron ne sortait pas du caniveau. « Monsieur Leopold », qu'il lui dit. Poli et tout. Respectueux, quoi.

– Ce sont ces petits riens qui font toute la différence.

Sa part de gâteau était arrivée pendant que nous bavardions et il l'avait déjà presque finie. Il en tint un petit bout en équilibre sur sa fourchette et ajouta :

– C'est drôle, c't'histoire de 40 000 dollars. Au début, c'était trop et maintenant, ça fait pas assez.

– Il a repris sa police d'assurance, lui répondis-je, et ça ne lui a rapporté qu'une partie de ce qu'il avait à la banque. Dans ce sens-là, oui, 40 000 dollars, ça faisait trop, mais…

– Quoi ? Quelque chose qui va pas ?

– Non.

– C'est juste que… la manière dont tu t'es arrêté et t'es reparti…

– Trop d'argent, répétai-je. Glenn Holtzmann avait trop d'argent. Le magot était dans sa penderie quand il est mort. Et j'en ai rêvé et c'est ça que le rêve essayait de me dire. Trop d'argent.

Je regardai TJ en face de moi. Il tenait toujours son dernier morceau de gâteau en équilibre sur sa fourchette.

– Je croyais que c'était un rêve sur Will, mais ce n'en était pas un. C'était un rêve sur Byron Leopold.

13

Il n'était toujours pas forcé que ça ait un sens. Ce n'était quand même jamais qu'un rêve, et pas du tout un message que Glenn Holtzmann m'aurait envoyé de l'autre monde. (Si elle m'avait effectivement contacté au-delà de l'au-delà, son ombre aurait sans doute eu d'autres soucis en tête qu'une histoire de bonhomme qui se fait flinguer sur un banc public quelque part dans le Village. « Hé, Scudder, aurait-elle pu me murmurer, c'est quoi, ces rumeurs sur Lisa et toi ? ») Le rêve, c'était moi en train de me parler à moi-même et il n'était pas dit que je fusse beaucoup plus malin dans mon sommeil.

Sans compter qu'il y a des fois où le cigare n'est rien de plus qu'un cigare.

– Si…, commença TJ, puis il s'arrêta. Non, reprit-il en tendant les mains devant lui comme s'il voulait s'empêcher de rentrer dans un mur, j'dis plus rien.

– Parfait.

– Sauf que… y aurait plus moyen d'nous arrêter.

Si on avait un ordinateur. Telle était la proposition qu'il avait accepté de ne pas énoncer, et ce n'était pas trop tôt, ces cinq petits mots semblant jouer un rôle clé dans toutes les phrases qui lui sortaient de la bouche. J'avais l'impression de me trouver devant deux affaires : la mort par arme à feu de Byron Leopold et la série d'homicides due à Will la Volonté du Peuple. (Ce que je n'avais pas, c'était un client, à moins de considérer qu'Adrian Whitfield en était un parce qu'il m'avait donné de l'argent et encouragé à enquêter sur les deux histoires à la fois.) Que je veuille m'intéresser à l'une ou à l'autre en premier, TJ semblait certain qu'un ordinateur changerait la situation du tout au tout.

Archives d'assurances ? Il n'y aurait qu'à aller se promener dans la banque de données de la compagnie. Billets d'avion ? Il suffirait de faire la même chose avec les compagnies aériennes. C'était maintenant toute la planète qui était « en ligne » et, pourvu qu'il fût bien entraîné, n'importe quel bidouilleur avait le loisir de tendre la main à son voisin – et de lui faire les replis du cerveau pendant qu'il y était. Un ordinateur, un modem et une ligne téléphonique sur laquelle se brancher, il ne fallait rien d'autre pour que le monde entier se mette à vous susurrer ses secrets.

– Il y a aussi besoin de quelqu'un qui s'y connaît, lui rappelai-je. Sans les Kong, nous n'aurions jamais ouvert les logiciels de la NYNEX. Je veux bien croire que tu sois prêt à apprendre tout ça, mais tu ne le feras jamais assez vite pour que ça nous serve à quoi que ce soit dans l'immédiat.

– C'est vrai qu'ça prend du temps, reconnut-il. Mais en attendant, les Kong pourraient me piloter sans problème.

– Il faudrait d'abord qu'ils soient dans le quartier.

– D'autres bidouilleurs pourraient s'en charger. Mais ça serait facile de les avoir. Même qu'ils auraient pas besoin de descendre de Boston. Y suffirait juste qu'y soient près d'un bigo.

– Comment ça ?

– Rien de plus facile. Je serais à mon ordinateur et au téléphone en même temps. Ce qu'il faudrait, c'est deux lignes de téléphone, une pour le modem et une pour le bigo. Ou alors on prend un cellulaire pour leur causer si on veut pas se faire monter une deuxième ligne…

– Une deuxième ligne ? Où ça ?

– N'importe où que t'as l'ordinateur. A ton appart', y a des chances. Ou au magasin.

– Au magasin d'Elaine ?

– Elle pourrait s'en servir pour faire sa compta et les inventaires. Je pourrais tout lui faire tout seul.

– A condition de suivre quelques petits cours.

– Bah, c'est quand même pas comme d'apprendre à faire des fusées. Je pourrais y arriver.

– Il n'y a guère de place au magasin.

Il acquiesça d'un signe de tête.

– Y vaudrait mieux se poser à l'appart'.

– Avec les Kong, nous avons été obligés de nous installer dans une chambre d'hôtel, lui rappelai-je. Que nous avons dû louer pour qu'on ne puisse pas remonter jusqu'à nous pendant que nous faisions notre petite descente dans l'ordinateur de la NYNEX.

– Et alors ?

– Ce qu'ils fabriquaient était illégal et on pouvait nous retrouver, poursuivis-je. Si on s'amusait à refaire des trucs pareils à l'appartement ou au magasin d'Elaine, on aurait les flics sur le dos en moins de deux.

– Les bidouilleurs ont appris quelques p'tites choses depuis ces temps héroïques.

– Et les cyberflics, hein ? Tu crois qu'ils n'ont rien appris ?

Il haussa les épaules.

– Ça marche comme ça, dit-il. Y a un type qui fait un bon piège à souris ? Y en a un autre qui trouve une souris encore plus géniale.

– De toute façon, lui renvoyai-je, la technologie n'est pas tout, même quand on est aussi fort que les Kong. Ils n'ont jamais réussi à entrer dans le système, tu te rappelles ? Ils ont eu beau appuyer sur leurs touches, ils n'ont jamais trouvé la combinaison.

– P't-être, mais ils sont entrés dedans.

– Non. Ils ont baratiné une nana qui leur a donné le code d'accès. Ils ont mis la technologie de côté et ils ont appelé un être humain au téléphone.

– Une sacrée nana, non ?

– Et à force de l'emberlificoter, ils ont obtenu le mot de passe. C'était une technique dont ils se servaient si souvent qu'ils lui avaient même donné un nom.

Je cherchai dans ma mémoire, puis trouvai soudain :

– De « l'ingénierie sociale », qu'ils appelaient ça.

– Bon, mais… Où veux-tu en venir ?

– Je vais te montrer, lui répondis-je.

– Omaha, dit Phyllis Bingham. Quand je pense qu'il fut une époque où je vous réservais des places pour Paris et Londres. Et maintenant, Elaine et toi, c'est à Omaha que vous allez ?

– Plus dure fut la chute, lui renvoyai-je. Non, je n'ai aucune envie d'aller à Omaha. Je veux seulement savoir si quelqu'un s'y est rendu.

– Ah, dit-elle. Des trucs de détective.

– Je le crains.

– Parce que si c'est là qu'il est allé, toi, tu dois lui courir après ?

– Je pense qu'il a fait l'aller-retour, lui répondis-je en lui tendant un morceau de papier. Il a dû prendre l'avion à une de ces dates-ci et revenir à une de celles-là.

– New York-Omaha et…

– Au départ de Philadelphie.

– Au départ de Philadelphie, répéta-t-elle, tiens donc. Je m'apprêtais à deviner le genre de compagnies qui font New York-Omaha sans escale, je sais qu'America West offrait ce service, mais l'offre-t-elle encore, je n'en sais rien, et cela n'a aucune importance vu que ton client a décollé de Philadelphie. Sauf que… qui fait donc Philadelphie-Omaha sans escale ?

Elle fléchit les doigts, fronça les sourcils et tapota sur ses touches.

– Personne, annonça-t-elle enfin. On peut y aller par US Air via Pittsburgh ou prendre un vol Midwest Express par Milwaukee. Ou alors United, si on accepte de changer à O'Hare. Ou n'importe quelle autre compagnie ou presque, mais ça, c'est seulement les itinéraires logiques. J'imagine que tu ignores quel vol il a pris.

– Exact.

– Et son nom ?

– Arnold Wishniak.

– Ce qui fait que si nous en trouvons un, nous saurons que c'est forcément lui, c'est ça ? dit-elle. Il ne doit pas y avoir des tonnes d'Arnold Wishniak qui vont de Philadelphie à Omaha en avion, si ?

– Je dirais dans les un, grand maximum. Et je ne crois pas qu'il se soit servi de son vrai nom.

– Comment lui en vouloir ?

– Cela dit, il n'est pas impossible qu'il ait gardé les initiales.

– Bon, eh bien, allons-y.

Elle pianota sur ses touches, en levant par moments les yeux au ciel : on attendait que la bécane veuille bien réagir.

– Les ordinateurs sont de plus en plus rapides, reprit-elle, mais ils ne vont jamais assez vite. C'en est au point où on voudrait qu'ils fassent tout instantanément. Mieux : on voudrait qu'ils donnent la réponse avant même qu'on ait pensé à leur poser la question.

– C'est la même chose avec les gens.

– Hein ? Ah, oui, dit-elle en pouffant. Au moins les ordinateurs ne cessent-ils pas de s'améliorer, eux. T'as vu ce que je fais ? Je commence avec US Air et je lui demande s'il y a un Wishniak sur le vol 1103 du 5, et non, il n'y en a pas, et donc je vais lui demander pour le 179 du même jour… Et non, il n'y en a pas non plus. Bon, l'autre date, c'est bien le 6, n'est-ce pas ? Et donc, nous allons essayer le 1103… Rien, et maintenant le 179. C'est bien le bon numéro. 179, n'est-ce pas ? Oui, bon. Allez, on essaie… Rien.

– Je ne crois pas qu'il ait pris son billet sous son vrai nom.

– Je sais, mais je voulais éliminer ça tout de suite parce que, avec son nom, j'avais accès aux archives, alors qu'avec seulement ses initiales, je ne peux pas.

– Ah.

– J'essaie Midwest Express, reprit-elle.

Elle essaya. Et essaya aussi United et finit par secouer la tête.

– Il y a un autre nom que tu pourrais chercher, lui dis-je.

Il avait un frère qui avait fait angliciser son nom de famille et Arnold l'a déjà emprunté par le passé.

Je lui donnai le nom, elle le répéta et fronça les sourcils.

– Tu veux bien épeler ?

J'épelai, elle frappa sur ses touches.

– J'ai l'impression de connaître, dit-elle. Il y a même pas longtemps que je l'ai entendu, mais où ?

– Aucune idée, lui répondis-je. Bien sûr, il y a Dave Winfield, le joueur de base-ball.

Elle secoua la tête.

– Depuis qu'ils ont fait grève, je ne fais plus attention à eux, dit-elle. Vol 1103, le 5. Non, personne. Vol 179, lui aussi du 5…

Personne sur aucun de ces vols.

– Il est toujours très probable qu'il se soit servi de ses initiales, répétai-je, mais tu ne peux pas le retrouver comme ça. Et si tu sortais les listes de tous ces vols ? Tu pourrais ?

– Pas moi, non.

– Qui alors ?

– Un génie de l'ordinateur, sans doute. Ou alors un agent de la compagnie qui aurait les codes d'accès.

Elle fronça les sourcils.

– Parce que c'est important, n'est-ce pas ?

– Assez, oui.

Elle décrocha un téléphone, vérifia dans un Rolodex, composa un numéro et dit :

– Bonjour, Phyllis à l'appareil. Bureau JMC. A qui est-ce que… ? Judy… ? Judy, j'ai un très bon client qui est détective privé. Il enquête sur une histoire de parent sans droit de garde… Voilà, le genre d'embrouilles dont on entend parler partout. Non, je sais, c'est ahurissant. Ils ne veulent pas payer la pension alimentaire et ils finissent par kidnapper le môme !

Elle lui expliqua ce que j'avais besoin de savoir.

– Il ne s'est inscrit sur aucun de ces vols sous son vrai nom, précisa-t-elle encore, mais le détective pense qu'il l'a peut-être fait sous ses initiales… Non, je sais que c'est confidentiel, Judy. Il te faudrait une commission rogatoire, je sais.

Elle fit la grimace, puis y alla d'un sourire forcé.

– Écoute, et ça, tu pourrais le faire ? Sans me dire le nom, tu regardes s'il n'y aurait pas un passager avec les initiales A.W. sur un de ces vols ? Oui, Philadelphie-Omaha.

Elle couvrit le combiné de sa main.

– Elle n'a pas le droit, me dit-elle, mais elle va tourner un peu le règlement. Moi, je dirais qu'elle vient de divorcer et qu'elle est pas dans les meilleurs termes avec son ex.

Elle ôta sa main du combiné.

– Oui, Judy ? Ah, zut, tiens. Personne, hein ?

– Il a sans doute payé en liquide.

Elle ne perdit pas de temps.

– Judy, reprit-elle, il s'est probablement inventé un nom et a sans doute payé en liquide. Si tu pouvais... ouais, non, bon, je comprends.

Elle couvrit à nouveau l'écouteur.

– Elle ne peut pas.

– Elle ne peut pas ou elle ne veut pas ?

– Elle refuse. C'est interdit par le règlement, elle aurait des ennuis, blablabla blablabla...

– Et vous, dit TJ, vous pourriez le faire ? Si vous aviez le code d'accès ?

– Mais je ne l'ai pas.

– Mais elle, si.

Elle réfléchit, haussa les épaules et ôta de nouveau la main de dessus l'écouteur.

– Judy, dit-elle, te foutre dans la merde est vraiment la dernière chose dont j'aie envie, mais... par simple curiosité... Est-ce qu'on peut avoir ces renseignements quelque part ? Tu sais bien... si un billet a été acheté en liquide ou avec une carte ? Non, parce que... imagine qu'un client débarque et me paie en liquide, et... non, non. Je vois. Ce qui fait que tout le monde peut le savoir, enfin, je veux dire... je pourrais si j'avais les codes d'accès, c'est bien ça ?

Elle s'empara d'un stylo et nota un mot.

– Judy, s'écria-t-elle, t'es vraiment adorable ! Merci !

Elle coupa la communication et leva le poing en signe de victoire.

– Oui !

Il nous restait encore pas mal de boulot. Après s'être beaucoup gratté la tête et avoir encore plus tapé sur son clavier, Phyllis n'avait obtenu que les manifestes des vols Philadelphie-Omaha et, deux jours plus tard, Omaha-Philadelphie sur les trois compagnies en question. L'astérisque apposé à côté d'un nom indiquait une vente effectuée sans carte de crédit.

– Ce qui veut dire par chèque ou en liquide, m'expliqua-t-elle. La banque de données ne fait pas la différence. En plus, il ne s'agit que des ventes par chèques ou en liquide effectuées par les agents de la compagnie elle-même. Celles faites par les agences de voyages sont répertoriées en vrac, sans indication du mode de paiement. Ce n'est pas ce qu'elle m'a dit, mais s'il y a un moyen de les distinguer, moi, je ne le vois pas.

– Ne t'inquiète pas pour ça.

– Vraiment ? Non, parce que… tu vois ces noms avec le code C ? Ce sont tous les clients qui ont acheté leur billet par l'intermédiaire d'une autre compagnie, sans doute parce que leur voyage commençait par un segment de vol effectué par la compagnie émettrice. Pour ce que j'en sais, ils peuvent très bien avoir payé avec des tickets verts [1].

– Je crois que les manifestes me suffiront.

– Ah, bon ?

– Qu'un nom figure sur le manifeste de l'aller et sur celui du retour m'en dira bien plus que la manière dont le voyageur a acheté son billet.

– Je n'y avais même pas pensé. On vérifie ?

Je ramassai les feuilles de papier.

– Je t'ai déjà pris assez de temps comme ça, lui dis-je.

1. Nom donné à un système de bons d'achat en vigueur dans les années 60.

Le plus dur est fait. Et à propos de temps... je voudrais te payer.

– Oh, allons ! dit-elle. Ce n'est pas la peine.

– Le client peut payer, dis-je en lui glissant de l'argent dans la main.

– Ben...

Elle referma les doigts sur les billets.

– En fait, c'était plutôt marrant. Pas autant quc dc vous réserver des places pour une croisière dans les mers du Sud, mais... Vous promettez de m'appeler dès que vous décidez d'aller dans un coin merveilleux ?

– C'est promis.

– Même à Omaha !

– « Le client peut payer », répéta TJ. Je croyais qu'on n'en avait pas !

– On n'en a pas.

– Tu parles d'« ingénierie sociale ». En fait, tu t'es servi d'un ordinateur, tout bêtement. La seule différence, c'est que c'était pas le tien et que c'étaient pas tes doigts qui tapaient sur le clavier.

– C'est une façon de voir les choses.

– Allez, on examine les listes, dit-il. Histoire de voir combien on a de doublés.

– M. A. Johnson, dis-je. Vol Midwest Express, Philadelphie-Omaha du 5, avec changement à Milwaukee. Il est rentré à Philadelphie le matin du 7. A payé par chèque ou en liquide.

– A ton avis, c'est lui.

– Oui.

– Les Johnson, c'est pas ça qui manque. Entre les Smith, les Jones et eux, la concurrence est sévère.

– C'est vrai.

– D'après Phyllis, faut montrer son identité avant de monter dans un avion.

– Ils ont renforcé les mesures de sécurité.

– A cause que si jamais t'étais un terroriste, dit-il, ils préféreraient qu'ça soit vraiment toi. Ils font probablement pareil quand t'achètes le billet en liquide. Ils te demandent une pièce d'identité.

J'acquiesçai d'un signe de tête.

– Même chose pour un chèque, mais bon, pour les chèques, c'est toujours comme ça : ils veulent que tu leur prouves ton identité. Ce qui n'est évidemment pas très compliqué[1].

– Y a une boutique dans le Deuce qui t'imprime tout ce que tu veux. Cartes d'étudiant, cartes de shérif. Ça impressionnerait pas trop un flic, mais qui c'est qui va y regarder de près de l'autre côté d'un comptoir de compagnie aérienne, hein ?

– Surtout si le client est blanc, qu'il a l'air respectable et que, d'âge moyen, il porte un costume de chez Brooks Brothers.

– Suffit de présenter bien sur le devant, dit-il.

– Sans compter que la pièce d'identité pouvait être réglo. Il avait peut-être un client qui s'appelait effectivement Johnson, ou alors il avait gardé le permis de conduire d'un pauvre couillon qui n'en avait pas besoin vu qu'il était en prison à Green Haven.

TJ se gratta la tête.

– Bref, on a le nom d'un type qu'est allé à Omaha un jour et qu'en est rentré deux jours plus tard. On a aut' chose ?

– Pas encore, lui répondis-je.

– J'suis bien content que tu m'l'aies amené ! s'écria Joe Durkin. C'est le geignard qu'on cherchait partout. J'y pose quelques questions dès que je m'rappelle où j'ai foutu mon tuyau en caoutchouc.

– J'parie que j'sais où tu l'as mis, lui renvoya TJ. Si tu veux, j't'aide à le trouver.

Durkin sourit tout grand et lui flanqua une tape sur le bras.

– Qu'est-ce que tu fabriques avec mon copain ? vou-

1. Attentatoire aux libertés individuelles protégées par la Constitution, la carte d'identité est interdite aux USA.

lut-il savoir. Pourquoi que t'es pas dans la rue à vendre du crack ou à piquer les sacs aux vieilles dames ?

– C'est mon jour de congé.

– Et moi qui croyais que pour vous le boulot était sacré ! Sept jour sur sept, cinquante-deux semaines sur cinquante-deux à vendre ce qu'il faut pour apaiser les tourments émotionnels des masses. Ben, non, faut que j'découvre que vous vous tournez les pouces comme tout un chacun ici-bas.

– Hé, mais ! s'écria TJ. Si que j'voulais bosser tout le temps, j'm'engagerais dans la pô-lice.

– Tu m'répètes ça, s'te plaît ? La « pô-lice » ?

– La pô-lice.

– Ah, c'que ça m'plaît quand tu m'parles cochon ! Matt, j'sais pas ce qui m'fait penser ça, mais j'ai dans l'idée que t'es pas venu ici pour rien.

Nous nous trouvions dans la salle de garde du commissariat de Midtown North, dans la 54e Ouest. Je tirai une chaise et expliquai à Joe ce que je voulais pendant que TJ gagnait le panneau d'affichage et se mettait à feuilleter un volume d'avis de recherches.

– Dès que t'en trouves un avec ta gueule dessus, lui lança Joe, tu me l'apportes et tu m'y mets un autographe ! Matt, voyons un peu si j'ai tout compris. Tu veux que j'appelle les flics d'Omaha et que je leur demande de vérifier les registres d'hôtel pour y retrouver la trace d'un certain Johnson.

– J'apprécierais.

– Tu apprécierais. Et… ça se traduirait de manière tangible ?

– Tangible. Oui, j'imagine…

– J'aime assez ce « tangible », me renvoya-t-il. Ça veut dire qu'on peut toucher. On tend la main et voilà : on peut toucher. Ce qui suscite une interrogation. Pourquoi ne tends-tu pas la main… pour toucher ?

– Pardon ?

– Oui, le personnel de l'hôtel. Tu connais, non ? Le Hilton.

– C'est en effet par là qu'il faudrait commencer. Je suis sûr que c'est là qu'il est descendu, mais…

– C'est là que tu commencerais. Alors pourquoi tu l'as pas fait ? Tu te sers de leur numéro vert et ça te coûte rien. Dans le genre bonne affaire, je vois pas mieux.

– J'ai déjà appelé, lui dis-je. Et ça ne m'a mené nulle part.

– Tu t'es pas fait passer pour un flic ?

– C'est illégal.

Il me regarda d'un drôle d'air.

– Bon, mais… oui, il est possible que j'aie donné cette impression, reconnus-je. Mais ça n'a servi à rien.

– Depuis quand es-tu incapable d'appeler un hôtel et de soutirer des renseignements illicites au mec de la réception ?

Il regarda le morceau de papier posé devant lui.

– Omaha, dit-il. Comme s'il se passait jamais quoi que ce soit à Oma…

Il me regarda.

– De Dieu ! s'écria-t-il.

– Pas Lui en personne, le corrigea TJ. Juste le mec qui prétendait être comme cul et chemise avec Lui.

– Le type des avortements ! Comment s'appelait-il, déjà ?

– Ce qu'on peut oublier vite !

– Roswell Berry. Will se l'est fait dans sa chambre d'hôtel, non ? J'ai oublié l'hôtel, mais pourquoi faut-il que je me dise que c'est le Hilton ?

– Pourquoi en effet ?

– Tu as des raisons de croire que notre grand Will serait un mec qui s'appelle Johnson ?

– C'est un nom dont il pourrait s'être servi.

– Pas étonnant que le Hilton n'ait rien voulu te dire. Tu devais pas être le premier à les appeler pour essayer de leur tirer les vers du nez. Avec tous les journaux qui militent pour faire respecter le droit de savoir ! La police d'Omaha a dû fermer le couvercle.

– Je le pense.

– Tu sais combien il y a d'inspecteurs sur cette affaire ?

Je peux même pas te dire le nombre, mais ce que je peux te dire, c'est que j'en fais pas partie et que… Comment veux-tu que je leur explique pourquoi je fous mon nez là-dedans ?

– Et si ça n'avait rien à voir avec Will ? lui suggérai-je. Peut-être est-ce tout simplement une enquête sur un voleur qui a fait une série de hold-up dans nos régions avant de s'enfuir à Omaha.

– Où il a de la famille. Sauf qu'au lieu de rester chez eux, on pense qu'il se serait terré au Hilton. On a même les dates et le nom dont il se serait servi. Sacrée histoire, ça, Matt !

– Tu ne seras sans doute même pas obligé de la leur servir, lui fis-je remarquer. Tu es inspecteur de police à New York et tu as une question à laquelle il n'est pas difficile de répondre. Pourquoi voudrais-tu qu'ils te fassent suer ?

– Comme si on avait besoin d'avoir une raison pour ça ! s'écria-t-il en décrochant le téléphone. Tiens, t'en veux une, de question à laquelle il n'est pas facile de répondre ? Pourquoi est-ce que je fais ça, nom de Dieu ?

– Allen W. Johnson, dit-il. Allen avec deux l et un e. Pour le W, je vois pas trop. C'est quand même pas pour que ça fasse WILL, si ?

– Ça n'a pas besoin de faire quoi que ce soit, lui répondis-je.

– Il est resté deux nuits et a payé cash. De fait, les flics d'Omaha ont vérifié tous les clients qui sont descendus à l'hôtel pour leur enquête sur le meurtre de Berry. Et c'était le drapeau rouge pour tous ceux qui avaient payé comptant. Bref, M. Allen Johnson a très certainement beaucoup retenu leur attention.

– Ont-ils pu lui parler ?

– Il était déjà reparti. Il n'avait passé aucun coup de téléphone et n'avait rien acheté à mettre sur son compte.

– Ils ont un signalement ?

– Ouais. Et très utile, même. C'était un homme et il portait un costard.

– Ça réduit effectivement beaucoup les possibilités.

– Il est parti après que Will s'est fait Berry avec le cintre, mais avant la découverte du cadavre. Donc : pourquoi chercher midi à quatorze heures ?

– Et il a payé cash ?

Il secoua la tête.

– Pas en arrivant. Il leur a montré une carte de crédit, dont ils ont fait une empreinte sur un reçu en blanc. Et il les a payés en liquide en partant. Apparemment, c'est assez courant. Montrer sa carte de crédit simplifie la procédure d'enregistrement, mais tout le monde peut avoir ses raisons de vouloir payer en liquide. Il n'y a pas assez de fric sur le compte, ou alors on ne veut pas que la facture atterrisse à la maison parce qu'il ne faudrait surtout pas que madame découvre qu'on est allé se taper sa secrétaire au Hilton d'Omaha.

– Et quand on paie en liquide…

– Ils déchirent le reçu en blanc. Personne ne peut plus savoir si c'était une carte bidon parce qu'on ne vérifie pas la validité d'une carte avant que le client ne décide de régler effectivement sa note.

– Bonne ou pas, lui dis-je, on sait donc qu'il avait une carte de crédit. Et un document pour prouver son identité, avec nom et photo.

– J'ai loupé une marche ou quoi ? Comment le sait-on ?

– Parce qu'il a été obligé d'en montrer un pour pouvoir monter dans l'avion.

– S'il avait sa carte de crédit en renfort, me renvoya-t-il, l'autre document pouvait être absolument n'importe quoi du moment qu'il avait sa photo dessus. N'importe quelle carte à la noix qu'on te vend dans la 42e, genre carte d'étudiant à l'Institut des Coups Tordus, aurait fait l'affaire.

– Exactement comme j'y disais, marmonna TJ.

– Et si tu me parlais un peu de ce type, reprit Joe, vu que tu as toute mon attention… Comment l'as-tu repéré ?

– Dans les archives des compagnies aériennes.

– Vol New York-Omaha ?

– Non, Philadelphie-Omaha.

– Philadelphie ? D'où ça sort ?

– Je crois que ce sont les quakers qui ont fondé...

– Non, je voulais dire....

– Trop compliqué à t'expliquer, lui répondis-je, mais je cherchais quelqu'un qui aurait fait Philadelphie-Omaha aller-retour et ça collait avec les dates.

– Tu veux dire qu'il est allé à Omaha avant que Berry se fasse tuer et qu'il en est revenu après ?

– C'est même plus serré que ça.

– Mouais. Et qui c'est, tu veux me le dire ?

– C'est juste un nom, lui répondis-je. Et un visage s'il me montrait une pièce d'identité, mais comme je n'ai pas vu son visage....

– C'est juste un type en costard, comme s'en est souvenue la fille de la réception.

– Voilà.

– Tu me donnes un petit coup de main, Matt ? Qu'est-ce que tu sais dont je devrais faire bénéficier les copains ?

– Rien du tout.

– Parce que si Will est toujours à cavaler et à chercher de nouveaux noms à mettre sur sa liste...

– Will a pris sa retraite.

– Ben tiens. Même qu'il nous a donné sa parole, pas vrai ?

– Et personne n'a plus entendu parler de lui depuis ce jour-là.

– Ce qui donne l'air très très con aux flics vu qu'on a gaspillé tout ce pognon et tous ces mecs pour cavaler aux fesses d'un type qui a cessé d'être un danger pour la société ! Et toi, hein, comment vont les affaires ? Qui est ton client ?

– C'est confidentiel.

– Oh, allons ! Tu vas pas me servir ces conneries-là, si ?

– Même que ce sont des renseignements confidentiels. Je travaille pour un avocat.

– Putain, alors là, tu m'impressionnes ! Mais minute, ça me revient... Tu travaillais pas pour sa dernière victime ? Whitfield ?

– C'est exact. On peut pas dire que j'aie fait grand-chose. Je lui ai juste donné des conseils pour sa sécurité avant de l'aiguiller sur Wally Donn, à la Reliable…

– Ce qui lui a fait un bien énorme…

– Je crois qu'ils ont fait tout ce qu'ils pouvaient.

– Disons.

– Whitfield m'avait embauché pour enquêter. Pas que j'aurais eu beaucoup de choses sur quoi travailler.

– Et tu y es toujours ? C'est lui, l'avocat pour qui tu bosses ? Comment tu t'y prends ? T'envoies la facture aux héritiers ?

– Il m'avait versé un acompte.

– Et ça couvre tes frais ?

– Il faudra bien.

– Qu'est-ce que tu as dans ta manche, Matt ?

– Tout ce que j'ai trouvé, c'est Allen Johnson, et je t'ai dit comment j'étais tombé sur lui.

– Pourquoi as-tu vérifié ces vols ?

– Une intuition.

– Ben, voyons ! Tu sais c'que j'fais, moi, quand j'ai une intuition ?

– Tu paries le gros pacson ?

Il secoua la tête.

– J'achète un billet de la loterie, dit-il, et je n'ai jamais encore gagné, ce qui te donne une idée de la qualité de mes intuitions. Un jour, je finirai bien par comprendre…

– Il n'y faut guère qu'un dollar et du rêve.

– Jolie formule. J'essaierai de pas l'oublier. Bon, et maintenant, si nous n'avons rien d'autre…

– En fait…

– Vaudrait mieux que ça soit bon.

– Je me disais seulement qu'il serait peut-être intéressant de savoir si Allen W. Johnson a jamais acheté du cyanure.

Il resta un instant silencieux, à réfléchir. Puis il dit :

– On a sûrement vérifié les registres quand Whitfield s'est fait tuer. Surtout après que l'autopsie a montré qu'il avait un cancer en phase terminale et que tout le monde s'est mis à penser qu'il s'était peut-être fait la peau tout seul. Mais comme la dernière lettre de Will a fait litière de toutes ces idées…

– En prouvant qu'il avait tué Whitfield.

– Voilà. Il parlait même de cyanure, si je me souviens bien. Et ce cyanure devait bien sortir de quelque part, non ? Ça sent l'amande, mais on ne peut pas en fabriquer à partir de ça, n'est-ce pas ?

– On peut en extraire d'infimes quantités dans les noyaux de pêche, lui répondis-je, mais, va savoir pourquoi, je ne pense pas que ce soit de cette manière-là que Will s'en est procuré.

– Et s'il en a acheté dans un endroit où il faut signer un registre… et montrer une pièce d'identité…

– Et s'il avait signé Allen Johnson ?

Il réfléchit, puis se redressa sur son siège.

– Tu sais quoi ? dit-il enfin. Je crois que tu devrais essayer de savoir qui dirige l'enquête sur M. Will et ses folles manières et lui demander de chercher pour toi. Tu es un mec sympa, tu fais bonne impression et, il y a quelques millénaires de ça, tu bossais dans la maison. Je suis sûr qu'on sera très heureux de travailler avec toi.

– Je serais navré que tu ne puisses pas le mettre à ton crédit.

– A mon crédit, souligna-t-il lourdement. C'est le souvenir que t'as gardé de l'époque où tu travaillais chez nous ? C'était donc ça qu'on récoltait quand on foutait son nez dans les dossiers du voisin ? On augmentait son crédit ?

– C'est un peu différent quand l'affaire est au point mort.

– Quoi, celle-ci ? Au point mort ou pas, tiens, même qu'elle aurait plus de batterie et quatre pneus crevés, l'histoire de Will serait toujours prioritaire. T'as pas vu Marty McGraw ce matin ?

– La dernière fois que je l'ai vu, Will venait de rédiger son dernier chef-d'œuvre.

– Non, pas McGraw, Matt, son article. Tu l'as lu ?

Je ne l'avais pas lu.

– Il était en rogne contre quelque chose et je me souviens même pas de quoi, mais sa dernière phrase, c'était… « Où est passé Will, maintenant qu'on a besoin de lui ? »

– Il n'a pas écrit un truc pareil !

– Ben, tiens ! Attends une minute, y a sûrement un numéro du *News* dans le coin.

Il revint avec le journal et ajouta :

– C'était pas du mot à mot, mais en gros, c'était bien ça. Tiens, t'as qu'à le lire toi-même.

Je regardai l'endroit qu'il me montrait du doigt et lus le dernier paragraphe à haute voix :

> On en vient à songer à certain épistolier de récente mémoire et à en dire ce que d'autres, qui n'étaient pas drôles, disaient de Lee Harvey Oswald : « Où est-il passé, maintenant qu'on a besoin de lui ? »

– Qu'est-ce que j'te disais ?

– Je n'arrive pas à croire qu'il ait écrit ça !

– Pourquoi ? Il a bien écrit un édito pour expliquer que Richie Vollmer ne méritait pas de vivre. La position était certes difficilement attaquable, mais pour avoir fait démarrer Will, elle l'a fait sacrément démarrer !

14

Lorsque enfin nous ressortîmes du commissariat, TJ avait de nouveau faim et je m'aperçus que je n'avais moi-même rien avalé depuis le café que j'avais bu au petit déjeuner. Nous trouvâmes une pizzeria, où j'achetai deux tranches de sicilienne.

– Tiens, un jour, j'suis allé dans un truc où ils vendaient des pizzas aux fruits. Non mais, hé... t'as déjà entendu causer d'ça, toi ?

– J'en ai effectivement entendu parler.

– Mais t'as quand même pas essayé, si ?

– Ça ne m'a jamais paru une bonne idée.

– Ben, moi non plus, dit-il. Ils y avaient mis de l'ananas et un autre machin que je me suis empressé d'oublier, sauf que c'était pas des pêches. C'était pas de la blague, ce que tu disais tout à l'heure ? C'est vrai que les noyaux de pêche, il y a du cyanure dedans ?

– Des traces, oui.

– Faut en bouffer combien avant de crever ?

– C'est même pas la peine d'en manger, lui renvoyai-je. Tu te colles un pistolet dans la bouche et...

– Non, tu sais bien c'que j'veux dire, Elvire. Y aurait jamais moyen d'empoisonner personne avec des noyaux de pêche vu que l'mec, y boufferait une bouchée, y f'rait la grimace et y recracherait tout de suite, mais un type qui voudrait se suicider... y pourrait en manger assez pour que ça marche ?

– Je n'en ai aucune idée, lui répondis-je. Évidemment, si on avait un ordinateur, je suis sûr que tu trouverais la réponse en un rien de temps.

– Alors là, t'as drôlement raison, tu sais ? Tu mets juste la question sur le Net et y aura toujours un crétin pour t'envoyer la réponse par courrier électronique. Mais bon : comment qu'on va faire pour savoir si Johnson s'est acheté du cyanure ?

– On va attendre.

– On va attendre quoi ?

– Que Joe Durkin passe ses coups de fil.

– Ceux qu'il a dit qu'il était pas prêt à passer ?

– Qu'il a dit.

– Même qu'il avait pas l'air de rigoler, en plus.

J'acquiesçai d'un hochement de tête.

– Mais ça va lui rester dans le crâne et, demain ou après-demain, il finira par les passer.

– Et si jamais il le fait pas ?

– Je ne suis même pas sûr que ça ait de l'importance. Je sais ce qui s'est produit. J'aimerais bien relier quelques petits trucs de plus ensemble pour le prouver, mais je ne sais même pas si j'en ai envie.

– Pourquoi ?

– Parce que je ne suis pas très sûr d'en voir l'utilité.

– La plus grosse histoire de l'année, dit-il. Y fait vendre du papier même quand y fout plus rien.

– « Où est-il, maintenant qu'on a besoin de lui ? »

– Toute la ville retient son souffle. On a envie d'savoir ce qu'y va trouver à faire le prochain coup. Il dit qu'il a pris sa retraite, mais y fait peut-être que prendre son temps. Tout le monde attend ce qu'il va faire, tout le monde aimerait bien savoir le nom du prochain mec qu'y va coller sur sa liste.

– Sauf que nous, on sait.

– Faut pas l'dire à quelqu'un, quand on sait la vérité ? me demanda-t-il. C'est pas ça, le boulot de détective ? On trouve la vérité et on la dit à quelqu'un ?

– Pas toujours. Parfois, il faut découvrir la vérité et la garder pour soi.

Il réfléchit.

– Ça serait quand même un super coup, dit-il.

– Il y a des chances.

– « L'histoire de l'année », qu'ils appelleraient ça.

– Des histoires de l'année, y en a une nouvelle tous les mois, lui renvoyai-je, et tous les ans il y a une histoire de la décennie, plus un procès du siècle. S'il y a un truc dont nous n'aurons jamais à nous inquiéter, c'est du manque de gonflette. Cela dit, tu as raison : ça serait une sacrée histoire.

– T'aurais ton nom dans tous les journaux.

– Et le nez devant des tas de caméras de télévision si je le voulais. Et même si je ne le voulais pas, d'ailleurs. Même que ça me suffirait presque à tenir tout ça en veilleuse.

– Parce que t'es un timide, comme mec.

– Parce que je préfère ne pas être sous le feu des projecteurs. Ça ne me gêne pas d'avoir mon nom dans les journaux de temps en temps, ça attire le client et s'il n'est pas dit que je veuille toujours plus de boulot, c'est vrai que pouvoir choisir n'est pas désagréable. Sauf que là, ça ne se réduirait pas à un petit coup de pub. Là, ce serait le cirque et je n'ai aucune envie de jouer les phoques apprivoisés au milieu de la piste centrale.

– Bref, le secret de Will sera bien gardé, dit JT en rêvassant, et ça s'ra juste parce que t'as pas envie d'passer à l'émission de Geraldo.

– Je pourrais éviter l'essentiel de la publicité, lui répondis-je. Je pourrais le dire à Joe et lui laisser le soin de marmonner les bons trucs dans les bonnes oreilles. Il trouverait sûrement le moyen de défléchir la pub sur d'autres bonshommes. Et c'est sans doute ce que je ferai, si jamais je fais quelque chose.

– Parce que même ça, t'es pas sûr de vouloir.

– Il se pourrait bien que non, en effet.

– Mais pourquoi ?

– Parce qu'il dort, lui répondis-je, et que le seul truc décent à faire, c'est de le laisser tranquille.

– Et comment tu vas décider ?

– En en parlant à des gens.

– Comme on fait en c'moment ?

– Voilà, exactement comme ça. Ça fait partie du processus.

– Alors là, j'suis vachement content d'aider !

– Je vais rentrer en parler avec Elaine, lui dis-je, et après, j'en causerai encore à une réunion. Je resterai vague et personne ne saura de quoi je parle vraiment, mais ça m'aidera à clarifier mes idées sur la question. Et après, il y a encore quelqu'un à qui je pense en parler.

– Et c'est qui ?

– Un avocat que je connais.

Il acquiesça d'un signe de tête.

– Comme quoi plus personne peut rien foutre sans en causer d'abord à son avocat, on dirait.

Elaine et moi dînâmes au Paris Green, dans la Neuvième Avenue, notre conversation roulant sur un seul sujet depuis les champignons Portobello qu'on nous avait servis en hors-d'œuvre jusqu'au *cappuccino*. Je la raccompagnai au Parc Vendôme et continuai de remonter la Neuvième en direction de Saint-Paul. J'arrivai à la réunion dix minutes en retard et m'installai sur ma chaise au moment même où l'orateur s'apprêtait à relater l'instant où il avait descendu son premier verre. J'avais loupé l'histoire de la famille dysfonctionnelle, mais songeai que je devais pouvoir me débrouiller sans.

Pendant la pause, je me servis du café et bavardai avec deux ou trois personnes. Et quand la réunion redémarra, je levai la main et parlai de la difficulté que j'avais à prendre certaine décision. Je fus merveilleusement vague. Personne n'eut la moindre idée de ce que je voulais dire, mais comme ce n'est pas atypique des séances des Alcooliques anonymes… Je racontai ce qui me préoccupait, un décorateur de télé se demanda s'il irait ou non passer la fête de Thanksgiving chez lui, à Greensville, une femme concluant enfin en nous disant comment, étant un jour sortie avec un type qui buvait de la bière non alcoolisée, ça lui en avait flanqué un sacré coup.

Après avoir replié les chaises, j'accompagnai quelques amis jusqu'au Flame, mais prétextai un rendez-vous que j'avais malheureusement déjà fixé pour ne pas entrer y boire un café avec eux. Je me dirigeai vers Columbus Circle, pris la ligne IRT direction sud et ressortis du métro à la station Christopher Street. Il était vingt-deux heures trente lorsque enfin je m'arrêtai devant un petit perron de Commerce Street et usai d'un heurtoir en forme de tête de lion pour frapper à la porte.

Commerce Street n'est pas une voie très longue et, légèrement en retrait, peut être difficile à trouver. Mais j'avais passé assez de temps au commissariat du sixième secteur pour ne pas me perdre dans le Village et j'avais en outre eu plusieurs fois l'occasion de me rendre dans cette partie-là de la rue au cours des deux dernières années. Un soir, Elaine et moi avions assisté à une représentation donnée au Cherry Lane Theater, juste en face. Le reste du temps c'était, comme maintenant, à Ray Gruliow que j'avais rendu visite dans sa maison de ville.

Je n'eus pas longtemps à attendre. Ray tira la porte et me fit signe d'entrer. Son visage rayonnait de ce qui lui gagne toujours toutes les sympathies, savoir un sourire qui laisse entendre que, de fait, le monde n'est qu'une vaste plaisanterie dont seuls vous et moi sommes instruits.

– Matt, dit-il en m'attrapant par l'épaule. J'ai du café frais. Ça t'intéresse ?

– Pourquoi pas ?

Le café était fort, riche et bien noir, à des années-lumière de la lavasse amère que j'avais sirotée dans un gobelet en polystyrène quelque part dans les sous-sols de l'église Saint-Paul. Je le lui dis, il rayonna encore plus.

– Quand je vais à Saint-Luc, me confia-t-il, j'emporte toujours du café dans une Thermos. Mon responsable prétend que ce serait une façon de me distancier du groupe. Je dirais, moi, que c'est plutôt pour me distancier d'une bonne gastrite. Qu'en penses-tu ?

– Que vous avez tous les deux raison.

– Toujours diplomate, hein ? Bon, bon… Qu'est-ce qui t'amène ici, en dehors de mon café ?

– La dernière fois que nous avons parlé, lui dis-je, tu

as exonéré Adrian Whitfield de toute idée de suicide. T'en souviens-tu ?

– Parfaitement. Même que, peu de temps après, Will a eu la gentillesse d'envoyer une lettre aux journaux afin de confirmer mes dires en revendiquant son assassinat.

J'avalai encore une gorgée de café. Il était vraiment extraordinaire.

– Adrian s'est suicidé, lui dis-je. Et c'est lui qui a écrit la lettre. Et d'ailleurs, il les a toutes écrites, et a tué tous ces gens. Will, c'était lui.

15

– Ç'aurait pu être un meurtre, poursuivis-je, même si je n'arrivais pas à comprendre comment il avait manigancé son coup. Il fallait supposer que Will avait des moyens bien à lui, qu'il avait réussi à escalader la façade de l'immeuble, à entrer par une fenêtre ou à ouvrir une porte fermée à clé, puis à désarmer un système d'alarme et à le réarmer, son affaire une fois faite. Cela dit, et de quelque manière qu'on envisage les choses, ça sentait très fort son énigme de l'assassinat en chambre close.

« Mais si c'était un suicide, diable ! quoi de plus facile que d'empoisonner son propre whisky ? Il pouvait le faire dès qu'il était seul quelques instants et ce n'étaient pas les occasions qui devaient lui manquer. On décapsule la bouteille, on y verse les cristaux de cyanure et on remet la capsule.

– Et on fait attention à ne pas se verser de ce whisky avant d'être tout à fait prêt à prendre le dernier bus.

– Voilà, dis-je, c'est ça même. Sauf que cela nous ramène aux points que tu as soulevés précédemment. Pourquoi, en l'absence de tout motif financier, se donner tant de peine pour déguiser un suicide en meurtre ? Et qui plus est, en meurtre impossible ?

– Pourquoi, en effet ?

– Pour que Will en tire tout le crédit et en soit encore grandi. Le coup du bouquet final. Pour donner le maximum et sortir en fanfare.

Ray réfléchit, puis hocha lentement la tête.

– Mouais, dit-il, ça peut se concevoir si c'est Will. Mais seulement si c'est lui.

– Je te l'accorde.

– Bon, mais… comment as-tu trouvé ça ? Parce que si c'est seulement une hypothèse qui t'est venue en rêve parce qu'il n'y avait pas vraiment d'autre moyen de comprendre ce meurtre-en-chambre-close-qu'on-devait-absolument-prendre-pour-un-suicide…

– Il ne s'agit pas d'une hypothèse. D'autres éléments m'ont fait douter.

– Ah.

– Le premier soir où je suis monté à son appartement, lui dis-je, Adrian ne sentait pas l'alcool.

– Ah, ben, nom de Dieu ! s'écria-t-il. Pourquoi ne l'as-tu pas dit plus tôt ? Putain, je suis même étonné que tu n'aies pas arrêté cet enfant de salaud sur-le-champ !

Il m'écouta quand même, et sans m'interrompre, lui raconter le souvenir que j'avais gardé de ma première visite chez Whitfield.

– Il a mis un point d'honneur à m'expliquer qu'il avait bu alors qu'il n'en était rien, lui rappelai-je. Pourquoi diable aurait-il pu avoir envie de mentir sur un point pareil ? Ce n'était pas un grand buveur et il ne prétendait pas en être un non plus, mais il buvait et il a même pris un verre devant moi. Alors pourquoi ce subterfuge ? Pourquoi faire semblant d'avoir descendu quelques verres avant mon arrivée ?

« Sauf que je n'étais pas obligé de répondre à cette question pour conclure qu'il m'avait menti et que je ne pensais pas non plus qu'il m'aurait menti sans raison. Donc… à quoi servait son mensonge ? Il renforçait l'idée que l'homme que j'avais devant moi était vraiment effrayé par la menace de Will. Que me disait Adrian ? Il me disait quelque chose du genre : “J'ai peur, vraiment et à juste titre. De fait même, j'ai tellement peur que je me suis déjà enfilé plusieurs verres aujourd'hui et que je vais m'en enfiler encore un et que, puisque vous êtes là, vous allez le voir.”

« Sauf que, encore une fois, pourquoi voulait-il donc me faire croire qu'il avait peur ? Je me suis beaucoup cassé la tête là-dessus. Et ce que j'ai découvert, c'est que la seule raison qui le poussait à se décarcasser pour me faire croire qu'il avait peur, c'était bien évidemment que cette peur n'existait pas. C'était pour ça qu'il était obligé de mentir. S'il tenait à me faire croire qu'il avait peur, c'était parce qu'il n'avait pas peur du tout.

– Mais pourquoi se donner tant de mal ? Parce que tu n'aurais pas automatiquement pensé qu'il avait peur après s'être fait condamner à mort par un dingue qui gagnait tous ses paris ? Toi ou un autre, d'ailleurs…

– On pourrait le penser, lui répondis-je, mais il savait quelque chose que je ne savais pas. Il savait qu'il n'avait pas peur et, qui plus est, il savait qu'il n'avait rien à craindre.

– Parce que Will ne pouvait pas le toucher.

– Pas si Will, c'était lui.

Il fit la moue.

– C'est un peu tiré par les cheveux, tu ne trouves pas ? Il fait semblant d'avoir peur, donc il n'a pas peur, donc il n'a rien à craindre ? Donc, Will, le grand maître ès assassinats, c'est lui ? J'ai beaucoup oublié mes cours de logique à la fac, mais il me semble qu'il y a une faille dans le potage.

– Une faille dans le potage ?

– Dans le raisonnement. S'il n'a pas peur, c'est peut-être parce qu'il a un cancer en phase terminale et que, de fait, Will lui rendrait plutôt service.

– J'y ai pensé.

– Et comme il n'a parlé de sa maladie à personne, il te joue sa petite comédie pour t'empêcher de te demander pourquoi il n'a pas plus peur que ça de faire la prochaine une de Will la Volonté du Peuple.

– Ça aussi, j'y ai pensé.

– Et… ?

– Et j'ai dû reconnaître que ce n'était pas impossible, lui répondis-je, mais que non… ça ne sonnait pas juste. Le motif du subterfuge me semblait bien léger. Qu'est-ce que ça pouvait bien lui faire que je ne le croie pas rongé par la peur ? Je le prenais pour un stoïque et voilà tout. Mais si ce qu'il voulait cacher était bien le fait que Will, c'était lui, alors là, oui : on pouvait comprendre qu'il ait eu très envie de garder le secret.

– Et ça t'a mené où ?

– A repenser au premier meurtre.

– Celui de Richie Vollmer.

– Celui de Richie Vollmer. L'ex-client qui avait maintenant tout loisir de recommencer.

– N'importe quel avocat aurait pu le faire libérer, Matt. Adrian n'y a été pour rien. L'argumentation du procureur s'est effondrée le jour où la mère Neagley s'est pendue. Et ce n'est pas comme si Adrian lui avait donné la corde pour le faire.

– Non.

– Tu crois qu'il s'en sentait responsable ?

– Je n'irai pas jusque-là. Je pense qu'à ses yeux la libération de Richie constituait un énorme déni de justice, et je pense aussi qu'il a lu l'article de McGraw et en est venu à la conclusion que Marty avait raison. Le monde serait effectivement plus supportable si Richie ne s'y baladait plus.

– Combien de gens ont lu cet éditorial ? Et quelle est la proportion de lecteurs qui n'ont rien trouvé à y redire ?

– Beaucoup de gens l'ont lu, lui renvoyai-je, et il est probable que les trois quarts d'entre eux ont été d'accord avec Marty. Mais Adrian, lui, avait quelque chose qui faisait défaut à la plupart d'entre nous. Non, en fait, il avait deux trucs. Un, il avait joué un certain rôle dans le petit numéro de danse auquel Richie Vollmer s'était livré dans nos prétoires et peut-être se sentait-il un peu responsable de l'issue de l'affaire. Peut-être avait-il tout simplement perdu une occasion de pousser Richie à plaider coupable de charges plus légères.

– D'accord. C'est assez hypothétique, mais j'accepte. Mais tu as dit deux choses. Quelle est la seconde ?

– Il avait l'accès.

– L'accès ? L'accès à quoi ? A l'instrument contondant avec lequel il a battu Richie ? Ou à la corde avec laquelle il l'a pendu à un arbre ?

– Non, non : il avait accès à Richie. Réfléchis, Ray.

Voilà qu'un enfoiré qu'on a coincé pour des meurtres d'enfants est libéré. Sauf que c'est un paria, que, moralement, c'est un putain de lépreux. Et toi, tu es Will, savoir un bon citoyen décidé à dispenser une justice sommaire. Qu'est-ce que tu fais ? Tu le cherches dans l'annuaire ? Tu l'appelles, tu lui dis que tu aimerais bien lui parler des avantages qu'il y aurait à investir dans des obligations municipales libres d'impôts ?

– Tandis qu'Adrian, lui, aurait su où le trouver.

– Évidemment : c'était son avocat. Comme si Richie allait lui refuser un rendez-vous ! Voire se méfier de lui !

– On ne peut jamais prévoir ce que fera un client, me rappela-t-il. Pendant le procès, l'avocat est quasiment un membre de la famille et quand ça se termine par un acquittement, brusquement on ne connaît plus personne. Autrefois, je me disais que c'était de l'ingratitude. Après, pendant un certain temps, j'ai décidé que ça venait du désir qu'avait le client de tout mettre derrière soi.

– Et maintenant ?

– J'en suis revenu à l'ingratitude. Dieu sait s'il y en a en ce bas monde.

Il se renversa dans son fauteuil et se croisa les mains derrière la nuque.

– Disons que tu as raison, reprit-il, et qu'Adrian avait accès à Richie. Il pouvait l'appeler et Richie aurait accepté de le rencontrer.

– Sans être sur ses gardes.

– Sans être sur ses gardes. Adrian n'aurait pas eu à se déguiser en fillette de douze ans pour frapper à sa porte. Et tu as autre chose que des fantasmes pour affirmer qu'ils se sont effectivement rencontrés à un moment donné ?

– La police aurait pu avoir assez de gens pour me trouver un témoin qui les aurait vus ensemble, lui répondis-je, mais je n'ai même pas essayé de ce côté-là. En fait, j'ai plutôt cherché le contraire. J'ai cherché la preuve qu'Adrian n'aurait pas été là quand Richie s'est fait tuer.

– Qu'il aurait été au tribunal ou en voyage.

– Tout ce qui aurait pu lui fournir un alibi. J'ai vérifié son agenda de bureau et ses convocations au tribunal. Je ne peux certes pas prouver qu'il n'aurait pas eu d'alibi parce qu'il n'était plus là pour répondre à mes questions, mais je n'ai rien trouvé non plus qui l'innocente entièrement.

– Et les autres ? Le suivant a été Patsy Salerno. Encore un ex-client de renom ?

– Adrian ne l'a jamais représenté. Mais, il y a quelques années de ça, il a eu un de ses hommes comme client.

– Et donc ?

– Ça lui a peut-être donné l'occasion de ne pas encadrer Patsy, je ne sais pas, moi. Il s'est peut-être fait un contact dans l'entourage de Patsy, quelqu'un qui pouvait lui dire où celui-ci allait dîner et à quelle heure.

– Pour qu'il puisse arriver le premier au resto et se cacher dans les toilettes ? dit Ray en secouant la tête. Et d'un, je vois assez mal un WASP comme lui se traîner jusqu'à Arthur Avenue pour avaler une assiette de *zitis* aux aubergines. Et de deux, comment Adrian s'y prend-il pour se planquer dans les chiottes ? Et de trois, comment peut-il être sûr et certain que Patsy va devoir répondre aux sommations de la nature ? Je t'accorde que Patsy était déjà d'un âge où on ne peut guère espérer passer plusieurs heures sans aller faire un tour aux chiottes, mais l'attente aurait quand même pu être longue et… Adrian se fondre dans le paysage ? Non, pas vraiment.

– Conjectures, conjectures, dis-je.

– Continue.

– Peut-être n'a-t-il fait aucun effort particulier pour se fondre dans le paysage. Peut-être même s'est-il servi de ce qu'il était au lieu de le cacher. Et s'il avait réussi à avoir l'oreille de Patsy et à lui fixer un rendez-vous super secret ?

– Sous quel prétexte ?

– Qu'il y aurait eu un traître dans l'organisation ? Une fuite au bureau du procureur fédéral ? Un message que quelqu'un de haut placé dans la hiérarchie d'une autre famille de la Mafia lui aurait fait parvenir… Qui sait ce qu'il a pu inventer ? Mais Patsy, lui, n'avait aucune raison de se méfier. De fait, il avait moins à s'inquiéter d'une quelconque longueur de corde à piano qu'on aurait pu lui passer autour du cou que d'un micro caché quelque part.

– Et Adrian pouvait même le laisser choisir le lieu et l'heure du rendez-vous, poursuivit Ray. « Je m'assure que la porte de derrière sera ouverte. Vous entrez, les chiottes sont dans le couloir à droite. »

– Je ne sais même pas s'il y a une porte de derrière, lui répondis-je, mais, d'une manière ou d'une autre, Adrian lui laisse le soin d'organiser la rencontre. Et il s'assure que Patsy n'en parlera à personne.

– Bref, c'est son nom qui lui permet d'accéder au gangster. Même scénario que pour Richie.

– Je ne vois pas meilleure façon de procéder.

Ray acquiesça d'un hochement de tête.

– Quand on pense à Will, on voit toujours une espèce de bonhomme invisible, de ninja en train de se faufiler dans les rues de la ville. Alors qu'en fait rien ne rend plus invisible qu'un costard trois-pièces. J'imagine que tu as vérifié son alibi pour le meurtre de Salerno, non ? Et… monsieur ne pêchait pas à la mouche dans le Montana ?

– Pour ce que j'en sais, monsieur se trouvait ici même, à New York.

– Avec huit millions d'autres personnes, me reprit-il, et je ne vois pas que tu les accuserais de meurtre. Mais… et Julian Rachid ? Comment Adrian comptait-il pénétrer dans la forteresse de Saint-Albans ?

– Je ne sais pas, reconnus-je. Peut-être pensait-il pouvoir l'en faire sortir. Je sais qu'il n'était pas là quand Rachid s'est fait tuer. Il passait la soirée avec… (je vérifiai dans mon carnet) Henry Berghash et DeWitt Palmer.

– Un juge et un président d'université. C'est vraiment dommage que notre cardinal n'ait pas pu se joindre à eux. Et nos trois bonshommes ont terminé la nuit dans un bar cuir de West Street, c'est ça ?

– Non. Dîner au Christ Cella, fauteuils d'orchestre (cinquième rangée) pour la dernière pièce de Stoppard, et petit digestif à l'Azincourt après le spectacle. Tout ça noté dans l'agenda, avec reçu du paiement par carte de crédit et talon du billet de théâtre.

– C'est trop beau, dit-il. Tu as réussi à lui trouver un alibi en béton pour le seul meurtre que Will n'ait pas commis !

– Je sais.

– Et tu crois que c'est comme ça qu'il avait vu le coup ? Il savait que Scipio allait passer aux actes et a tout fait pour se couvrir ?

– Non, je pense qu'il s'agit d'une coïncidence.

– Et ça ne l'incrimine guère. Avec un alibi pareil…

– Oui.

– Et d'ailleurs, ça ne l'incrimine pas plus que de ne pas avoir d'alibi pour les deux autres assassinats.

– Exact.

– Sauf qu'il nous en reste un, n'est-ce pas ? Le mec des avortements. Bien sûr, il n'aurait pas aimé qu'on l'appelle comme ça et aurait sans doute préféré le titre de militant anti-avortement.

– De protecteur des pas-encore-nés ?

– Roswell Berry. Et lui ne s'est pas fait tuer dans notre très vilaine New York, mais à l'autre bout du pays, dans la capitale du télé-marketing.

– Quoi, Omaha ?

– Tu ne savais pas ? Dès qu'il y a une pub sur une chaîne câblée ou que tu as un numéro vert où tu peux appeler vingt-quatre heures sur vingt-quatre pour t'acheter ton CD *best of* de Roger Whittaker, neuf fois sur dix le mec qui décroche pour prendre ta commande le fait d'un bureau d'Omaha. Adrian avait-il un alibi pour le meurtre de Berry ?

– Oui, il en avait un.

Il haussa les sourcils.

– Vraiment ? Et donc, ça te coule tous tes raisonnements.

– Non, lui dis-je, pour moi, c'est même tout ce qu'il y a de plus proche d'une preuve à conviction. De fait, c'est ça qui m'amène ici. Adrian avait effectivement un alibi, mais cet alibi est plein de trous.

– Il est allé à Philadelphie, repris-je. Il a fait l'aller-retour par le *Metroliner*[1], avec réservations dans un compartiment club. Il a réglé ses billets avec sa carte American Express.

– Où est-il descendu à Philadelphie ?

– Au Sheraton, près d'Independance Hall. Il y a passé trois nuits et, encore une fois, il a tout payé avec sa carte American Express.

– Et c'est à ce moment-là que Roswell Berry s'est fait assassiner à Omaha.

– Exactement.

– Omaha qui se trouve quand même à quoi ? trois mille kilomètres de là ?

– En gros, oui.

– Je n'ai pas envie de trop chercher, dit-il, mais, pour moi, ça tendrait plutôt à le disculper. Comment cela peut-il l'incriminer ?

– Voilà ce qu'il a fait, à mon avis, lui répondis-je. Je crois qu'il est allé à Philadelphie, qu'il a signé le registre des entrées au Sheraton et qu'il a entreposé un sac dans sa chambre. Après quoi, il a pris sa mallette et sauté dans un taxi pour l'aéroport, où il a payé cash et montré une pièce d'identité au nom d'A. Johnson. Il a gagné Omaha, via Milwaukee, par un vol de la Midwest Express. Il est descendu au Hilton sous le nom d'Allen Johnson, a montré une carte de crédit à ce nom au réceptionniste, mais a payé cash en repartant. Il a eu tout le temps de tuer Berry et de filer avant qu'on découvre le cadavre.

– Et il est retourné à Philadelphie où il a remballé son sac, réglé sa note et repris le train pour New York.

– Voilà.

– Et tu n'as rien qui nous le colle à Philadelphie pendant que notre M. Johnson se rendait à Omaha ou s'y trouvait déjà ?

– Non, rien, lui répondis-je. Il n'y a aucun appel téléphonique sur sa note d'hôtel et pas un repas non plus. Rien donc qui atteste de sa présence à Philadelphie, hormis le règlement de sa chambre d'hôtel.

1. Rapide qui relie Boston à Washington, via New York et Philadelphie.

– Pas la moindre femme de ménage qui se rappellerait si son lit était défait ?

– Après tout ce temps ?

– Matt, pourquoi est-il allé à Philadelphie ? D'après toi, je le comprends bien, ç'aurait été pour se forger un alibi, mais le but visible, hein ?

– Pour des rendez-vous, c'est évident. Il en avait quatre ou cinq d'inscrits sur son agenda.

– Tiens.

– Avec noms et heures. Mais je crois que c'était du bidon. Juste pour qu'on les remarque. J'ai regardé les noms dans son Rolodex et je n'en ai pas trouvé un seul. Plus important, j'ai épluché ses notes de téléphone, chez lui et à son bureau. Le seul appel passé à Philadelphie qui cadre avec la chronologie est celui par lequel il a réservé sa chambre au Sheraton.

Il réfléchit.

– Et s'il avait eu une maîtresse à Philadelphie ? Une femme mariée. Il l'appelle d'une cabine publique parce qu'il ne…

– Parce que le mari de la dame pourrait aller foutre son nez dans ses notes de téléphone ?

Il reprit autrement.

– Il ne peut absolument pas l'appeler, dit-il. C'est elle qui doit lui téléphoner et c'est pour ça qu'il n'y a rien au nom de la dame sur sa note. Tous les rendez-vous qu'il a inscrits sur son agenda sont avec elle. Les noms étant tous bidon, on ne peut pas deviner que c'est elle qu'il voit en vérifiant dans son agenda. Il descend à Philadelphie, il ne quitte pas sa chambre une minute, elle l'y rejoint dès qu'elle peut et quelqu'un d'autre qui porte le nom de Johnson prend l'avion pour Omaha et en revient, pas du tout parce que c'est Will, mais parce qu'il veut discuter stratégies d'investissements avec le milliardaire Warren Buffet.

– Et Adrian reste dans sa chambre pendant tout ce temps et pas une fois il ne commande un sandwich à la réception ? Pas une fois il ne grignote un paquet de cacahuètes du mini-bar ?

Je repris son raisonnement, le laissai soulever objection sur objection, et les lui démolis toutes.

– Allen Johnson, dit-il enfin, c'est bien ça ? Allen ?

– Allen au Hilton, mais juste les initiales au comptoir de la compagnie aérienne.

– Si tu avais trouvé un portefeuille plein de cartes à ce nom dans le tiroir du haut de son bureau, oui, je dirais que tu tiens quelque chose.

– Il aurait pu le fourrer quelque part dans sa penderie, lui renvoyai-je. Ou l'avoir planqué dans un coffre. J'ai dans l'idée qu'il s'en est débarrassé dès qu'il a su qu'il n'en aurait plus besoin.

– Et ç'aurait été à quel moment ? Lorsqu'il est rentré d'Omaha ?

– Ou quand il a écrit la lettre où il se désignait comme dernière victime de Will. Plus tard, même. Ce qui serait vraiment bien, c'est qu'on retrouve ce faux nom sur la liste des dernières personnes à avoir acheté du cyanure.

– Où peut-on trouver une liste pareille ?

– Il faut la dresser, et il y a toutes les chances pour que quelqu'un l'ait fait après que les résultats de l'autopsie ont confirmé qu'Adrian avait succombé à une ingestion de cyanure. Cela dit, on peut être sûr que son nom ne figurait pas sur cette liste, sans quoi tous les journaux en auraient parlé le lendemain. Il y avait certainement pensé. Si on lui a demandé de prouver son identité pour acheter du cyanure, il s'est sûrement débrouillé pour montrer des cartes établies à un autre nom.

– Et se faire à nouveau passer pour Allen Johnson ne l'aurait probablement pas inquiété.

– A moins qu'il ait déjà détruit ses cartes, mais j'en doute. Il y avait peu de chances pour qu'on fasse le lien entre ces deux Johnson, le premier porté dans un registre d'hôtel à Omaha et le second dans un livre de vente de poison à New York.

– Effectivement.

Il s'excusa un instant, et revint en me disant toute la chance qu'il avait – personne ne l'attendait aux toilettes avec un garrot.

– Je ne serais jamais arrivé sur sa liste, reprit-il, pour la simple et bonne raison qu'il y avait déjà mis un avocat aux affaires criminelles. Sacrément éclectique, cette liste, tu ne trouves pas ?

– Si.

– Un psychopathe sexuel, un patron de la Mafia, un Laissez-les vivre et un démagogue noir. Depuis le début, tout le monde essaie d'y voir un dénominateur commun. On pourrait croire que ça sauterait aux yeux dès qu'on saurait qui c'était, mais non : ça reste difficile à saisir.

– Pour le premier, il n'avait guère besoin que d'une raison, lui fis-je remarquer, et ça, il l'avait. Il ne cesse de penser au rôle qu'il a joué dans la libération de Vollmer et, tout d'un coup, il y a l'article de McGraw qui le pousse à agir. A ce moment-là, je dirais qu'il ne voulait probablement assassiner qu'une personne.

– Et après ? Que s'est-il passé ?

– Je crois qu'il a pris goût à tuer.

– Quoi ? Ça lui donnait des frissons ? L'avocat entre deux âges qui se découvre une âme de psychopathe ?

Je secouai la tête.

– Non, dis-je, je ne crois pas qu'il se soit brusquement épanoui en assassin qui prend son pied en tuant. Je pense plutôt que ces meurtres le satisfaisaient.

– Ils le satisfaisaient ?

– Je crois, oui.

– Il trouvait satisfaisant de tuer des gens qui le méritaient et de rendre ainsi le monde un peu plus vivable pour les autres. C'est ça que tu veux dire ?

– Quelque chose comme ça, oui.

– Bah, ce n'est pas impossible, dit-il. Surtout si le tueur est lui-même condamné à mort. « Que puis-je faire pour rendre le monde un peu meilleur avant de le quitter ? Ben… je peux déjà en virer ce mec. Il se peut bien que je ne sois pas éternel, mais toi au moins, je t'aurai survécu, espèce d'enfoiré. »

– Voilà, c'est ça. Et le premier à y passer, c'est Richie. Le deuxième, c'est parce qu'il a envie de recommencer et, donc, il choisit quelqu'un que la justice n'arrive pas à coincer. Il connaît suffisamment Patsy Salerno pour s'être fait une idée passablement négative du bonhomme.

– Et après ?

– Je dirais que ses motifs s'étiolent au fur et à mesure qu'il continue à tuer. Les numéros trois et quatre sont, eux aussi, intouchables. Roswell a manifestement incité des gens à commettre des actes qui ont abouti à la mort de plusieurs médecins pratiquant l'avortement et, là encore, la justice n'arrive pas à le coincer. Je ne crois pas qu'il y ait le moindre élément personnel là-dedans, à moins qu'Adrian ait connu l'un de ces docteurs ou qu'il ait eu des opinions très arrêtées sur la question du droit à l'avortement.

– Sa sœur ! s'écria Ray.

– Sa sœur ? Je croyais qu'il n'avait ni frère ni sœur.

– Il m'a parlé d'elle une fois. Il y a longtemps de ça, à une époque où il descendait nettement plus d'un verre par jour. Il les aimait déjà beaucoup, ses petits scotchs single malt, mais te dire la marque, j'en serais bien incapable.

Soudain il sourit et ajouta :

– Mais je me souviens bien du goût. Surprenant, non ? Nous étions tous les deux à moitié bourrés et voilà qu'il me parle de sa sœur. Elle avait deux ou trois ans de plus que lui. Elle avait quitté la maison familiale pour aller faire des études en fac quand elle est morte. Adrian, lui, était en terminale au lycée.

Je pensais connaître la réponse, mais lui posai quand même la question :

– De quoi est-elle morte ?

– Empoisonnement du sang, me répondit-il. Le genre d'infection qui te dévaste comme un incendie de forêt. C'est tout ce qu'ils lui ont dit à l'époque. Ça n'a été que bien des années plus tard que sa mère lui a raconté toute l'histoire. Elle ne voulait pas lui en parler avant la mort de son père et, naturellement, il n'est pas difficile de comprendre pourquoi.

– Non.

– Septicémie après un avortement clandestin. Cela a-t-il fait d'Adrian un militant pro-avortement ? Pas au point où on l'aurait remarqué. Il est possible qu'il ait envoyé des chèques de temps en temps et voté pour ou contre tel ou tel candidat en fonction de ses positions sur la question, mais il n'a guère signé de pétitions ou de lettres ouvertes, et je ne l'ai jamais vu essayer d'occuper la cathédrale Saint-Patrick.

– Mais quand l'heure a sonné de dresser certaine petite liste…

Ray acquiesça d'un signe de tête.

– Évidemment. Et pourquoi pas ? « Celui-là, c'est pour toi, sœurette. »

Il étouffa un bâillement, puis reprit :

– C'est drôle. Quand je buvais, je n'étais jamais fatigué. Rien n'était plus facile que de passer une nuit blanche à bavarder.

– Je vais rentrer et te laisser dormir.

– Assieds-toi, me renvoya-t-il. On n'a pas fini. Il ne nous manque qu'un peu de café.

– Tu n'as même pas le début d'un commencement de preuve, me dit-il encore. Sans même parler de condamnation, on est très loin de l'inculpation.

– Je le comprends bien.

– Toutes choses qui sont censément sans le moindre intérêt vu que l'accusé ne fait plus partie des vivants, reprit-il en se renversant sur son siège. Mais comme tu n'essayais pas de convaincre un jury, mais le bonhomme que tu as devant toi… C'est bien ça ?

– Oui. Et… ?

– Il faut croire que tu m'as convaincu.

– On pourrait trouver assez de preuves en y mettant des tonnes de mecs avec des insignes de flic pour les chercher. On fait tirer quelques dizaines de photos d'Adrian et on les montre aux gens dans les aéroports et les hôtels et on est sûr de tomber sur quelqu'un qui se souviendra de lui. Et à son bureau comme chez lui, on n'oublie pas de sortir ses fiches d'appels téléphoniques locaux de la NYNEX. Il a sans doute passé l'essentiel de ses coups de fil d'une cabine publique, mais on devrait pouvoir retrouver des appels qui le relient aux activités de Will. On fouille son appartement et son bureau avec toute la précision que donnent le temps et une autorité que je n'avais pas, et Dieu sait le genre de preuves qu'on découvrira !

– Et donc, où est le problème ?

– Le problème est que, l'affaire étant en sommeil, qu'est-ce que je fais de tout ça ?

– La sagesse voudrait que tu laisses dormir.

– Je sais.

– Adrian est mort et, officiellement, Will a pris sa retraite. Il le dit dans sa dernière lettre. Qu'est-ce qu'il a fait ? Il l'a foutue à la boîte en sortant du tribunal ?

– Ça en a l'air.

– Il écrit sa lettre, il y met un timbre et la trimballe partout dans sa poche. Mais un jour l'affaire qu'il a en cours est jugée, son client plaide coupable et le moment est venu de jeter l'éponge. Il poste sa lettre, rentre chez lui et joue le dernier acte.

– Et commence par m'appeler.

– Et commence par t'appeler pour te dire qu'il aimerait bien avoir plus de temps. Après quoi, il dégage et s'assure que son garde du corps le voit boire son dernier verre et faire un bisou au tapis. Et cette histoire du mauvais code postal sur la lettre envoyée au *News*… Tu crois que c'était pour la retarder ?

Je secouai la tête.

– Non, je ne crois pas. Il n'avait aucun moyen de savoir si ça marcherait. Avec la quantité de courrier que reçoit le journal, il y avait pas mal de chances pour qu'un employé repère la lettre et rectifie le code. Je crois qu'il s'est tout bêtement trompé de numéro.

– C'est vrai qu'il devait avoir beaucoup de choses en tête, dit-il en se tournant vers moi pour me regarder droit dans les yeux. Tu sais ce que je pense ? Je pense que tu devrais aller raconter tout ça aux flics.

– Pourquoi dis-tu ça ?

– Parce que si tu ne le fais pas, ils continueront à suivre de fausses pistes et à se gourer de cible pendant des mois et des mois. Combien d'hommes crois-tu qu'ils aient mis sur le coup ?

– Aucune idée.

– Ça doit être assez substantiel, non ?

– Il y a des chances.

– Évidemment, tu pourrais les laisser perdre leur temps en te disant que, côté emmerdes, ça ferait toujours ça de moins pour d'autres gens, mais je ne suis même pas sûr que ce soit vrai. Dieu seul sait le nombre d'existences qu'ils vont chambouler en cherchant Will !

Il bâilla encore et ajouta :

– Mais il y a une raison plus élémentaire. Qui est ton client et comment sers-tu au mieux ses intérêts ?

– Je n'ai jamais eu qu'un seul client, lui répondis-je. Adrian.

– Vu que tu n'as pas renoncé et qu'il ne t'avait pas viré, je dirais qu'il l'est toujours.

– A suivre ce genre de raisonnement, je devrais donc laisser tomber.

Il secoua la tête.

– Tu oublies quelque chose, Matt. Pourquoi Adrian t'a-t-il embauché ?

– Je ne voulais pas qu'il me paie pour les conseils que je lui avais donnés. C'est sans doute comme ça qu'il entendait me régler mes heures.

– Que voulait-il que tu fasses ?

– Que j'enquête sur toute l'affaire. Je lui ai même dit qu'il ne devait pas s'attendre à de grands résultats.

Puis un souvenir me revint et je précisai :

– Il m'a rappelé mon obstination. Mon côté tête de mule, pourrait-on dire.

– On le pourrait, en effet. Et tu ne vois toujours pas ? Il voulait que tu trouves la solution. Il ne voulait pas laisser de trucs en suspens. Il voulait tromper tout le monde, il voulait qu'on retienne son souffle au moment où tomberait le rideau. Mais il voulait aussi pouvoir refaire une sortie au bout d'un certain temps, histoire de tirer sa révérence, et c'est là que tu interviens.

Je réfléchis à son idée.

– Je ne sais pas, dis-je enfin. Pourquoi ne pas laisser une lettre à envoyer aux journaux quelque temps après sa mort ? Il ne faut quand même pas oublier que le monsieur dont nous parlons est un assassin à répétition et qu'il ne se prend pas pour rien. Tu crois vraiment pouvoir lire dans ses pensées ?

– Bon, d'accord, on fout tout ça en l'air. Au diable ce qu'il voulait et ne voulait pas. Tu es détective privé. C'est ça que tu es et ça que tu fais. C'est pour ça que tu n'as pas laissé tomber et c'est pour ça que tu as trouvé.

– Si tant est que j'aie trouvé quoi que ce soit.

– Et c'est aussi pour ça que tu vas aller voir ton copain Durkin et lui raconter tout dès demain matin.

– Parce que c'est ça que je suis et ça que je fais.

– Ben oui. Et je crains fort que tu n'aies pas le choix.

16

Le lendemain matin, le téléphone sonna pendant que nous prenions le petit déjeuner. Elaine décrocha, c'était TJ qui voulait savoir si elle avait besoin qu'il la remplace un peu au magasin. Elle parla quelques instants avec lui, puis lui dit « Attends une seconde » et me le passa.

– C'est pas les noyaux de pêche, me lança-t-il. Faut casser le noyau et y a un truc à l'intérieur.

– De quoi parles-tu ?

– J'te cause du cyanure, Arthur. Le coup qu'il en aurait mis dans sa bouteille de scotch. J'sais pas si on peut se tuer en bouffant des noyaux de pêche, mais y a un mec qui y est arrivé avec des noyaux d'abricot. Il en a bouffé entre quinze et vingt et ça y a suffi.

– Des abricots ?

Il marqua un temps d'arrêt, je l'imaginai en train de lever les yeux au ciel.

– Non, parce que si on pouvait crever en bouffant une quinzaine d'abricots, tu crois pas qu'ils auraient obligé les commerçants à foutre une étiquette DANGEREUX dessus ? Le mec a ouvert ses noyaux, bouffé le machin à l'intérieur et ç'a été son dernier repas.

– Et c'était un suicide ?

– J'ai pas pu savoir pour sûr. C'était peut-être qu'il voulait se guérir d'un cancer. Y a un médicament à base de noyaux d'abricot et y a des gens qui jurent qu'ça marche et d'autres qu'ça marche pas. Le laetrile ? Peut-être que j'prononce pas bien.

– J'en ai entendu parler.

– Ce qui fait que c'mec, c'était peut-être un type qui

voulait s'faire son laetrile tout seul. Mais nous, on s'demandait si on pouvait se tuer comme ça, en bouffant des noyaux d'pêche, et si quinze ou vingt, ça suffisait, et faut croire que oui, surtout avec des abricots. A condition d'être assez fou pour essayer.

– Va savoir pourquoi, je n'ai pas l'impression qu'Adrian ait extrait son cyanure de noyaux d'abricot.

– Non, mais ça nous laisse quand même des tas d'autres moyens de s'en procurer. Apparemment, c'te merde-là a des tas d'usages industriels.

Et de me faire aussitôt l'article.

– Bref, y s'pourrait qu'on trouve son nom sur une liste, ou alors celui d'Allen Johnson, mais y s'pourrait aussi que non vu qu'y a des tas d'autres moyens de s'en procurer.

– Et d'où tiens-tu tout ça ?

– Ordinateur.

– Tu n'as pas d'ordinateur.

– Ouais, mais y a une fille...

– Quelle fille ?

– Une fille que j'connais. Elle est pas comme les Kong, elle bidouille pas, elle sait pas faire des trucs compliqués genre s'enfiler dans des réseaux et des bases de données et tout l'bazar. Non, elle, elle s'en sert juste pour faire ses devoirs du soir et ses comptes et autres...

– Et toi, tu as demandé à son ordinateur de te parler de cyanure et de noyaux de pêche et il t'a craché tous ces renseignements ?

– Non, les ordinateurs, on leur demande pas des trucs. Les ordinateurs, c'est juste des machines.

– Ah.

– Et elle, elle a un service *on-line*, tu vois, et toi, tu te branches dessus et tu surfes sur les pages. Et quand tu trouves un type qui pourrait répondre à ta question, t'y envoies un *e-mail*. Et lui, y te répond en *e-mail* aussi. C'est comme si on causait, sauf que ça s'fait sur l'écran.

– Ah.

– Et y a un autre truc que tu peux faire. Tu peux afficher

ta question sur un panneau d'affichage et les gens y mettent leurs réponses et toi, tu les prends plus tard. Ou alors, ils te les envoient direct en *e-mail*. Tout c'que tu veux savoir, y a toujours quelqu'un qu'a la réponse quelque part.

– Ah.

– Bien sûr, y a des fois où la réponse est pas bonne vu qu'y a autant de gens qui savent pas que de gens qui savent qui ont envie de répondre. Ce qui fait que tous mes trucs de noyaux d'abricot, c'est pas du sûr et certain, Germain. C'est pas impossible que le type se soit planté dans les détails.

– Je vois.

– Toujours est-il que maintenant que j'sais tout ça, j'me disais que ça s'rait bien d'en faire profiter autour. J'serai au magasin si t'as besoin de moi plus tard.

Je terminai mon café et me dirigeais déjà vers la porte lorsque le téléphone sonna.

C'était Joe Durkin.

– Il faut qu'on cause, me dit-il.

– Justement, j'allais passer.

– Tu viens pas ici. Y a la cafète où on s'est déjà retrouvés une fois, le truc grec, dans la Huitième Avenue, entre la 44e et la 45e. J'ai oublié le nom, ils l'ont changé quand ils ont refait la décoration, mais c'est le même truc.

– Je vois très bien. Trottoir est de la Huitième.

– Voilà. On dit dans dix minutes ?

– Parfait. Je te paie le café.

– Tout ce que je veux, c'est des réponses claires, me renvoya-t-il. Je me fous pas mal de savoir qui paie le café.

Il s'était déjà installé dans un coin banquette lorsque j'arrivai. Il avait une tasse de café posée devant lui et, sur son visage, une expression que je ne parvins pas à déchiffrer.

– Je veux savoir ce que tu sais, me lança-t-il.

– Qu'est-ce que t'as ?

– Qu'est-ce que j'ai ? J'ai que j'ai passé un coup de fil

ce matin, je voulais juste savoir si le nom d'Allen Johnson était apparu sur une liste qu'ils auraient pu avoir au Centre antipoison...

– Et ça a déclenché des trucs.

– Quoi, le nom ? Ça n'a pas pu vu que j'suis même pas arrivé jusque-là. J'ai pas eu le temps de dire ouf que j'ai eu l'impression de me retrouver dans une partie de quatre coins. Qu'est-ce que je savais sur Will ? Qu'est-ce que j'avais dans ma manche et d'où je le tenais ?

– Que leur as-tu dit ?

– Qu'une source m'avait raconté des choses pendant une enquête sur autre chose. Je ne me rappelle plus très bien ce que j'ai dit. Je n'ai pas mentionné ton nom, si c'est ça qui t'inquiète.

– Bien.

– Mais je ne t'ai laissé en dehors de tout ça que pour une seule raison, ajouta-t-il. Avant de te livrer, je veux savoir ce que je leur donne. Comment cet Allen Johnson est-il devenu Will ?

Comme j'hésitais, il précisa :

– Et ne t'amuse pas à me cacher des trucs, Matt. Je ne veux pas de salades. Les salades, tu vas les raconter ailleurs. Mais si t'as quelque chose de solide, eh ben.... ce fils de pute a déjà tué cinq personnes, Matt. C'est pas le moment de rester là à te tourner les pouces pendant qu'il se prépare à aller en tuer une sixième.

– Il ne tuera personne d'autre.

– Pourquoi ça ? Parce qu'il t'a donné sa parole ? Monsieur tue à tour de bras mais mentir, ah ça, non ?

– Ses jours de tueur sont terminés.

– Et tu es sûr et certain qu'il ne va pas changer d'avis ?

– Il ne peut plus.

– Et pourquoi ça ?

– Parce qu'il est mort, lui répondis-je. La dernière personne qu'il ait tuée, c'est lui. Je ne te raconte pas de salades et je ne garde rien pour moi non plus. Will n'était autre qu'Adrian Whitfield. Il a tué trois types avant de se suicider.

Il me regarda.

– En d'autres termes, l'affaire est close. C'est bien ça que tu es en train de me dire ?

– Les flics auront pas mal de boulot pour emballer tout ça et renouer tous les fils, mais…

– Mais Will, c'est du passé, et notre chère et grande cité peut dormir sur ses deux oreilles. C'est ça ?

– Évidemment que non, si le ton que tu as pris veut dire quelque chose. Qu'est-ce que t'as trouvé ?

– Qu'est-ce que j'ai trouvé ? Je n'ai rien trouvé du tout. Mais quelqu'un a reçu quelque chose. Et tu sauras tout de suite quoi quand je t'aurai dit qui. Notre vieil ami Martin J. McGraw.

Je le regardai, il hocha la tête.

– Ouais, monsieur, dit-il, Will a encore écrit une lettre.

17

La lettre avait été manifestement écrite par quelqu'un qui avait lu la dernière chronique de Marty McGraw, celle qui, d'une manière plutôt oblique, invitait Will à s'occuper assez rudement du principal propriétaire des New York Yankees. « Lettre ouverte à Marty McGraw », tel était le titre choisi par l'auteur, la première phrase du document faisant référence à la dernière de l'édito signé par Marty McGraw.

> Vous me demandez où je suis maintenant qu'on a besoin de moi – écrivait-il. La question appelle tout naturellement la réponse si seulement on se rappelle ce que je suis. La Volonté du Peuple est toujours présente, parce que toujours on a besoin d'elle. L'incarnation en chair et en sang du Will qui écrit ces lignes, et que depuis quelques mois on prie de passer aux actes, n'est rien de plus que la manifestation physique de cette Volonté.

Il poursuivait dans cette veine abstraite sur un ou deux paragraphes, puis se faisait plus spécifique. Malgré le titre, Marty McGraw n'était pas sa cible. Pas plus que l'arrogant propriétaire des Yankees. Au lieu de ça, l'auteur de l'article accusait trois citoyens de New York d'avoir œuvré en violation flagrante du bien public. Le premier était Peter Tully, patron d'une Transit Workers Union[1] qui menaçait d'ouvrir la nouvelle année sur une grève des métros et des bus. Marvin Rome, juge qui n'avait jamais rencontré

1. Syndicat des Transports de New York.

d'accusé qui ne lui ait pas plu, figurait en deuxième place sur la liste, le troisième nom étant celui de Regis Kilbourne, qui exerçait depuis des années la fonction de critique de théâtre au *New York Times.*

Quelques heures plus tard, je réussis enfin à lire la lettre elle-même.

– Continue à secouer la tête comme ça, me lança Joe Durkin, et tu vas finir par te traîner en justice pour coup du lapin.

– Ce n'est pas Will qui a écrit cette lettre, lui répondis-je.

– Tu l'as déjà dit, et avec force explications, si je me souviens bien.

Nous avions passé la journée dans une salle de réunion du 1 Police Plaza, où encore et encore j'avais dû raconter mon histoire à diverses équipes d'inspecteurs. Certains m'avaient écouté avec respect, d'autres se montrant au contraire cyniques et paternalistes. Qu'on adoptât telle ou telle attitude, tout donnait néanmoins l'impression d'un rôle qu'on tenait dans une pièce de théâtre. Tous ces inspecteurs m'avaient paru incroyablement jeunes – ce qu'ils étaient sans doute. Leur moyenne d'âge tournant autour de trente-cinq ans, cela me donnait une bonne vingtaine d'années de plus qu'eux.

Je ne sais pas pourquoi ils s'étaient crus obligés de me poser les mêmes questions aussi souvent qu'ils l'avaient fait. Pour une part, c'est probable, afin de voir si je ne me contredisais pas ou ne leur fournissais pas de renseignements supplémentaires, mais je pense quand même qu'au bout d'un certain temps ils avaient fini par en faire une routine. Il était plus facile de m'obliger à répéter mon histoire que de trouver une idée à mettre en œuvre.

Pendant ce temps-là, d'autres gens étaient partis vaquer à droite et à gauche. On avait envoyé une équipe passer l'appartement d'Adrian au peigne fin, et une autre foutre la merde à son bureau. Sa photo avait été faxée à Omaha, Philadelphie et Milwaukee, cette dernière ville étant le centre du réseau aérien de la Midwest Express. On ne me tenait pas au courant, mais des preuves corroborant mes dires avaient dû commencer à arriver parce que je remarquai un net changement d'attitude en milieu d'après-midi. A ce moment-là, en effet, il devint clair que mon histoire ne se résumait pas à de vulgaires salades.

Joe ne m'avait pas lâché une seconde. Il n'était pas toujours dans la salle de réunion – à un moment donné, je crus même qu'il était rentré chez lui, ou qu'il avait regagné son commissariat –, mais il était revenu, avec un sandwich et du café pour moi. Et avait à nouveau disparu, mais je le retrouvai planté sur une chaise dans l'antichambre lorsque enfin on m'autorisa à rentrer chez moi.

Nous marchâmes un peu, passâmes devant plusieurs cafés à flics et finîmes par nous asseoir au bar d'un restaurant vietnamien de Baxter Street. L'endroit était quasiment désert : un type lisait le journal à une table, un autre nursait une bière à l'autre bout du comptoir. La femme qui officiait derrière le bar avait des allures exotiques et l'air de s'ennuyer à mourir. Elle prépara un Martini pour Joe et un Coca pour moi, et nous laissa seuls.

Joe descendit un tiers de sa boisson et tint son verre en l'air.

– J'ai commandé ce truc-là moins parce que j'en aime le goût que parce que, après une journée pareille, j'ai besoin d'un machin qui m'estourbisse.

– Je comprends, lui renvoyai-je. C'est pour ça que j'ai commandé un Coca.

– Tiens donc. Tu ne vas pas me dire que tu n'as jamais envie de quelque chose de plus fort.

– Des envies, j'en ai plein, lui renvoyai-je, mais quoi ?

– Non, rien.

Il hocha la tête en direction de la serveuse et ajouta :

– Question envies, d'ailleurs…

– Ah bon ?

– Qu'est-ce que t'en penses ? Père noir et mère vietnamienne ?

– Dans ces eaux-là.

– Un GI esseulé qui s'ennuie loin de chez lui. Une fille, jeune en ses ans, mais pleine de l'antique sagesse orientale. Hé, tu m'écoutes ? C'est quand même drôle, non ?

Tu vois quelqu'un qui a l'air exotique comme ça et tu te dis que ça doit être bien spécial, mais au fond… c'est juste dans ta tête.

– Tu as donc vu le dessus et le dessous des châteaux en Espagne.

– Ah, va te faire foutre, tiens !

– Tout le monde me dit ça.

– Ben oui, et je comprends assez pourquoi ! Tiens, voici un exemplaire de la lettre. Je ne devrais sans doute pas l'avoir et je sais très bien que je ne suis pas censé te la montrer, mais je te parie tout ce que tu veux qu'elle sera dans les journaux demain matin et donc… pourquoi devrais-tu être le dernier à la lire ?

Et il m'avait tendu la dernière lettre de Will.

– Du bidon, dis-je. Ce n'est pas Will qui a écrit ça.

– Si Will est Whitfield et si Whitfield n'est pas en train de faire le mort, cela va sans dire, n'est-ce pas ? me renvoya-t-il. Bien sûr que ce n'est pas lui qui l'a écrite. Les morts n'écrivent pas de lettres.

– Ils peuvent en écrire avant de mourir. Même qu'il l'a déjà fait une fois.

Il me prit la lettre des mains.

– Il se réfère à l'article que McGraw a fait passer hier. Et il parle de la menace de grève lancée par Tully et ça, on ne le sait que depuis une petite dizaine de jours.

– Effectivement. Tout prouve que ce n'est pas Adrian qui a écrit ce truc et se serait arrangé pour le faire poster plusieurs semaines après sa mort. Mais imaginons que je n'aie jamais soupçonné Whitfield. Il suffit de lire cette lettre pour savoir que ce n'est pas Will qui l'a écrite.

– Ah bon ? Le style est assez proche.

– Will n° 2 est trop littéraire. Il entend bien la musique des mots et, d'après moi, il s'est donné beaucoup de mal pour imiter Will n° 1. Je n'ai pas les autres lettres sous la main pour comparer, mais il me semble y reconnaître des formules que j'ai déjà lues quelque part.

– Je ne sais pas, mais oui, je suis d'accord : ça sonne comme quelque chose de connu. Mais quelqu'un qui voudrait imiter Will n° 1 ne ferait-il pas nécessairement l'effort d'avoir le même genre de style ?

– A ceci près que ce n'est pas tout le monde qui pourrait y arriver.

– Non ?

Il haussa les épaules.

– Oui, peut-être est-ce plus difficile qu'il y paraît. Et tu sais, il n'a pas fait qu'imiter le style. Il a aussi copié le reste. Tu vois cette signature ?

– C'est en capitales d'imprimerie.

Il acquiesça d'un signe de tête.

– Comme les autres. J'ai bavardé avec plusieurs inspecteurs pendant que leurs collègues te faisaient tourner en bourrique. Je me suis renseigné sur les analyses en cours.

– Je me disais justement... Ça ne devrait pas être très compliqué de prouver que cette lettre a été tapée sur une machine différente.

– Non, bien sûr, me répondit-il, à condition qu'il l'ait effectivement tapée à la machine.

– S'il ne l'a pas fait, lui renvoyai-je, c'est un monsieur qui a une drôle d'écriture.

– Non, je voulais dire : s'il l'a effectivement tapée sur une machine à écrire. Ce qui n'est pas le cas et ne change pas des autres lettres. Elles ont toutes été écrites sur un ordinateur et tirées sur une imprimante laser.

– Qu'on pourrait identifier ?

Il secoua la tête.

– Sur une machine à écrire, les touches s'usent de manière différente. T'as une lettre qui n'est plus à l'alignement ou alors, c'est le e ou le o qui se bouchent. Ou le caractère qui diffère. Une machine à écrire, c'est comme une empreinte digitale. Il n'y en a pas deux pareilles.

– Et l'ordinateur ?

– Avec un ordinateur, on peut choisir son caractère à chaque document et le rendre plus grand ou plus petit en activant telle ou telle commande. Tu vois cette signature ? C'est du Script. Il suffit d'activer la touche caractère Script.

– Ce qui fait qu'on ne peut jamais dire si deux lettres sont sorties du même ordinateur.

– Je n'en suis pas sûr à cent pour cent, mais je crois qu'on peut quand même trouver des choses. Pour les lettres de Will n° 1, les flics pensent qu'il y a eu plus d'une imprimante dans le coup.

Il poursuivit et m'en apprit plus que je n'aurais jamais pu en retenir sur l'art et la manière de composer une lettre sur un ordinateur, de la copier sur une disquette, puis d'utiliser une imprimante branchée sur un autre ordinateur pour en sortir des copies. Je ne l'écoutai pas trop sérieusement et finis par lever la main pour l'arrêter.

– Je t'en prie, lui dis-je, j'en ai ma claque des ordinateurs. Je ne peux pas discuter une minute avec TJ sans qu'il me vante leurs mérites. Je me fiche du caractère et du papier et me moque bien de savoir s'il a composé son épître dans l'East Side pour l'imprimer dans le West. Tiens, je me fous même de son style. La différence avec les autres saute à la figure.

– Comment ça ?

– Sa liste.

– Will n° 1 écrivait des lettres ouvertes à ses victimes, me dit-il, et celui-ci écrit à McGraw. Et lui désigne trois victimes d'un coup.

– Mouais. Sans même parler des types qu'il a choisis.

– Peter Tully, Marvin Rome et Regis Kilbourne.

– Adrian choisissait des bonshommes avec lesquels la société avait du mal à s'entendre : un tueur d'enfants qui l'avait emporté au paradis, un patron de la Mafia qui faisait absolument tout ce qu'il voulait, un Laissez-les vivre qui avait incité au crime et s'en était sorti sans encombre et un boutefeu raciste qui, comme les autres, avait trouvé le moyen d'échapper à la justice.

– Plus un avocat de la défense.

– Sauf qu'Adrian n'avait pas vraiment sa place sur la liste, si ? En soi, cela aurait dû suffire à le faire soupçonner. Mais si on le laisse en dehors, ça nous donne quatre types du genre ennemis publics qui se sont faufilés entre les mailles de la loi. On n'aurait pas grand mal à démontrer que Will la Volonté du Peuple ne faisait jamais qu'exécuter les ordres de M. Tout-le-monde.

– Alors que cette nouvelle liste…

– Un dirigeant du monde ouvrier, un juge et un critique littéraire. Jack l'Éventreur et Attila le Hun n'ont qu'à bien se tenir ? C'est ça ?

– Oh, je sais pas, dit-il.

Puis il avala le reste de son Martini, attira l'attention de la serveuse, lui montra son verre du doigt et ajouta :

– Il y a sûrement des tas de gens qui ne pleureraient pas des masses si M. Marvin Rome-Je-renvoie-toujours-le-prévenu-chez-lui se retrouvait devant le grand tribunal du ciel. Cet enfoiré a bâti toute sa carrière en ne donnant jamais raison aux flics. Il fixe la caution au minimum et libère toujours le suspect sur parole. Quant aux dossiers qu'il n'accepte même pas…

– Il est juge, lui fis-je remarquer, et ce sont des gens qui l'ont élu à son poste. Ils auraient pu le virer s'ils avaient voulu. Un bulletin de vote contraire et ça y était. Je ne dis d'ailleurs pas que ça ne finira pas par lui arriver.

– Et ça sera pas trop tôt.

– Et Peter Tully ?

– Ben, c'est un petit con prétentieux, dit-il. Voyons voir ce que Will lui reproche… « Pour étancher votre soif de pouvoir, c'est une ville entière que vous vous apprêtez à prendre en otage en menaçant de balancer une clé à molette dans le tissu des transports urbains… » Tu sais quoi ? Moi, je me dis que ce Will n° 2 n'est peut-être pas aussi génial que ça côté imitation. Je ne vois pas très bien Will n° 1 nous sortir une phrase comme ça. Et écoute ce qu'il a à dire de Regis Kilbourne : « Le pouvoir que vous exercez sur la scène de Broadway est quasiment absolu, et vous a corrompu absolument. Enivré comme vous en êtes, invariablement vous préférez la forme au contenu, le style à la substance et promouvez l'obstinément obscur plutôt que ce qui est bien fait et raconte une histoire. » Plus quelques lignes sur la manière dont il critique les acteurs qui ne sont pas physiquement beaux et comment tout cela est assez injuste.

Il réfléchit un instant pendant que la serveuse lui apportait son deuxième Martini.

– Y a pas que son côté exotique, dit-il lorsqu'elle se fut éloignée, il y a aussi qu'elle est vraiment splendide.

– Voilà qui te rapproche beaucoup de ce Regis Kilbourne qui accorde trop d'importance à la séduction du physique, lui renvoyai-je.

– C'est vrai que toi et moi sommes de très superficiels enfants de salauds, me concéda-t-il. Mais qui diable pourrait avoir envie d'assassiner un critique ?

– Tout un chacun qui a jamais écrit une pièce de théâtre ou joué dans un spectacle, lui répondis-je. Et dans cette ville, ça nous donne une bonne moitié des garçons et des serveuses de café, plus un bon tiers des barmen. Sauf que tous ces gens-là aimeraient bien le tuer comme on peut avoir envie de se payer le juge Rome. Le fantasme réjouit et personne n'aurait le cœur brisé si un morceau de corniche tombait du ciel et l'expédiait dans l'autre monde, mais de là à vouloir l'occire de ses propres mains...

– Non, et moi non plus, je ne sauterais pas de joie si quelqu'un le faisait à ma place. Commencer à liquider des juges n'est jamais bon pour le système.

– Ni des juges, ni des critiques et des chefs syndicaux, ajoutai-je. Tu sais ce qui distingue nos deux lascars ? Le premier reprochait à ses cibles d'être invulnérables et de subvertir le système alors que là... ces trois victimes sont loin d'être aussi invulnérables. Marvin Rome ne fera pas éternellement la loi dans les prétoires. Les électeurs le renverront probablement à ses études la prochaine fois qu'il se présentera.

– Espérons-le.

– Et si Peter Tully peut mettre la ville à genoux, le gouverneur peut très bien lui rendre la pareille. La loi Taylor l'autorise à boucler tout individu qui appelle à un arrêt de travail chez les fonctionnaires. Quant à Kilbourne... Il a sans doute un emploi à vie au *New York Times*, mais il a aussi toutes les chances de passer à une autre rubrique, comme le type qu'il a remplacé. Non, non : ces trois bonshommes ne sont en aucune manière invulnérables et ce n'est pas ça qui fait courir notre nouveau Will. Ce qu'il ne supporte pas, c'est leur pouvoir.

– Leur pouvoir. Tiens, tiens.

– Tully a celui de plonger tout New York dans la merde. Rome, lui, peut faire ouvrir des portes de cellules et remettre des criminels en circulation.

– Et Regis Kilbourne a le droit de dire à une actrice qu'elle a le nez trop gros et les nichons trop petits, et de l'expédier en larmes chez le premier chirurgien esthétique du coin. Si c'est bien là ce que tu entends par « pouvoir »...

– Kilbourne a tout loisir de décider quelle création restera à l'affiche et quelle autre ne se relèvera pas de la première.

– Il a vraiment autant de pouvoir que ça ?

– Pas loin. C'est d'ailleurs moins lui en tant que personne que le poste qu'il occupe. Quand on est critique de théâtre au *New York Times*, on a le pouvoir du *New York Times*. Un mauvais article ne signifie pas nécessairement que le spectacle est foutu, et des éloges dithyrambiques qu'il restera à l'affiche si tout le reste de la ville déteste, mais, en gros, c'est quand même comme ça que ça se passe.

– Ce qui signifie que le grand homme, c'est lui.

– Oui.

– « Qui, lui ? » « L'homme qu'a le pouvoir[1]. » Tu te rappelles ?

– Vaguement.

– « Quel pouvoir ? » « Le pouvoir du vaudou. »

– Ça me revient.

– « Du Who do ? » « Du You do. » Des trucs comme ça, on n'en écrit plus, Matt.

– Non, et je vois assez pourquoi. Ce type-là doit se sentir sans grand pouvoir, tu ne crois pas ?

– Qui ça ? L'homme qu'a le pouvoir ?

– Non, celui qui a écrit la lettre.

– Voyons un peu.

1. Référence à *Citizen Kane*.

Il tint le document devant lui et l'examina.

– Sans grand pouvoir, dis-tu ?

– Tu ne crois pas ?

– Je ne sais pas. C'est sans doute ce que diraient nos grands experts du FBI s'ils nous tiraient un profil psychologique du bonhomme. Monsieur ne supporte pas le pouvoir que certains ont sur lui et cherche à rétablir l'équilibre en les menaçant de mort. Et, bien sûr, il faisait pipi au lit quand il était petit.

– C'est marrant comme ils disent tous ça.

– Comme si ça pouvait nous aider à le retrouver ! « Hé, les mecs ! Le FBI dit qu'il faisait pipi au lit et donc, vous me ratissez toutes les rues du quartier et vous me trouvez un petit pissouilleur qu'aurait beaucoup grandi. » Tu peux pas savoir comme ça aide quand on monte une chasse à l'homme ! Il n'empêche : faut toujours qu'ils ajoutent ça.

– Je sais.

– « Et surtout, n'oubliez pas qu'il sort d'une famille dysfonctionnelle. » Putain, ça aussi, ça aide. Une famille dysfonctionnelle, non mais ! Tu sais ce que c'est, toi ?

– Si tu sortais d'une famille dysfonctionnelle, lui rétorquai-je un rien solennel, toi aussi, tu ferais pipi au lit.

– Et je tuerais un peu à droite et à gauche aussi, sans doute. Bah, pendant qu'on y est... Ça fait partie du lot.

Il regarda la lettre et plissa le front.

– Monsieur est sans pouvoir et envie celui des autres. Pourquoi pas ? Je vois pas comment on pourrait s'élever contre ce genre d'hypothèses. Mais tu sais à quoi il me fait penser, moi, ce Will n° 2 ?

– Non, à quoi ?

– A une liste d'emmerdes préférées pour albums de promotion au lycée. On a la photo de l'élève et juste en dessous on le cite : « Moi, ce qui me fait royalement suer, c'est les gens qui mentent, les interros-surprises en algèbre et les grumeaux dans la purée. »

– Parce que tu aimais ?

– Non, j'aimais pas. Ça me donnait envie de tuer le pape. Mais... c'est pas l'effet que ça te fait ? « Tenez, voici la liste des gens qui me font royalement suer. »

– Tu as raison.

– Ah, tu vois ! dit-il en repoussant son tabouret en arrière. Cet enfoiré ne me fait pas du tout penser à un tueur psychopathe. On dirait plutôt un petit cinglé avec un truc qui le démange.

18

Les deux ou trois jours qui suivirent furent un vrai cirque médiatique. Sous le titre « WILL EST DE RETOUOUOUOUR ! » Marty McGraw fit publier la dernière lettre de Will en première page de son journal, des reporters se ruant aussitôt dans tous les coins de la ville pour interviewer les trois victimes pressenties. L'honneur était important, mais chacun des condamnés parut y voir plus une insulte qu'une menace.

Plutôt que de le prendre pour un ennemi personnel, Peter Tully préféra traiter Will d'opposant au syndicalisme en général. Il publia un communiqué dans lequel il l'accusa d'appartenir aux forces réactionnaires et répressives que représentaient le maire et le gouverneur de l'État. Le tout avait des cadences et des intonations superbement gauchistes et surannées. On aurait presque pu entendre les Almanac Singers chanter à l'arrière-plan, infiniment vocaliser sur les thèmes de *La Fille du syndicat* et du *Mineur de fond*, toutes chansons propres à attiser le mécontentement populaire.

Le juge Marvin, lui, réussit à y voir une attaque contre les libertés démocratiques et les droits de l'accusé. La seule fois où je le regardai aux nouvelles télévisées, il accusa Will d'être à la solde de procureurs et d'officiers de police prêts à enterrer la Déclaration des droits du citoyen afin de mieux jeter dans les geôles de l'État des accusés qui « invariablement étaient pauvres, et noirs de préférence ». Les menaces de Will, lança-t-il à l'adresse du public, ne l'amèneraient pas plus à composer avec ses principes que toutes les insultes dont au fil des ans l'avaient couvert les procureurs, les flics et leurs laquais dans la presse. Qu'on ne compte pas sur lui pour cesser de servir la vraie justice, en la mâtinant de toute la pitié nécessaire.

Regis Kilbourne ramena tout à la question de la liberté d'expression et plaignit un monde où le critique pourrait ne plus se sentir libre d'écrire ce qu'il pense. Il ajouta que, en fait de pressions, les pires étaient moins dues à la censure d'État ou au respect de la politique éditoriale du journal qu'« aux aspects de soi où l'on tend à voir le meilleur de sa nature ». L'amitié, la pitié et le sens de l'équité semblaient tenir la vedette parmi les grands coupables, qui tous poussaient le critique à se montrer plus aimable et gentil que ce que méritait le spectacle analysé. « Pensez-vous qu'après avoir osé faire de la peine, détruire telle ou telle amitié, voire écraser dans l'œuf une carrière prometteuse dans le seul but de dire la vérité, la simple peur physique pourrait jamais me détourner du droit chemin ? Non, bien sûr, et je ne céderai pas. »

Tous allaient donc persévérer avec courage, ce qui ne signifiait pas qu'on faciliterait la tâche à celui qui voulait les tuer. Peter Tully refusa la protection de la police, mais commença à se promener au milieu d'une véritable phalange de syndicalistes aussi costauds que bien armés. Le juge Rome accepta l'offre de la police et y ajouta quelques flics travaillant au noir. (Cela choqua bien quelques personnes, un reporter du *Post* y allant même de ce commentaire emprunté à une source anonyme : « Si Will veut vraiment tuer Marvin Rome, il y a de fortes chances pour qu'il soit lui-même un flic. ») Regis Kilbourne accepta, lui aussi, d'être protégé, chacune des premières ou des générales auxquelles il assistait le voyant accompagné non plus par le genre de jeune femme aux yeux de biche qu'il affectionnait, mais par un gros flic en civil mal rasé, rêveur et donnant l'impression de beaucoup s'ennuyer.

A condamner ainsi, et toutes ensemble, trois personnalités en vue du monde new-yorkais, la lettre de Will aurait, à elle seule, suffi à alimenter la presse pendant une bonne semaine, voire davantage. Mais bien avant qu'elle ait pu perdre de l'intérêt, Marty McGraw révéla qu'Adrian Whitfield – déjà célèbre en tant que dernière victime de Will – venait d'être identifié par la police comme étant Will en personne. (Une chaîne de télévision passa un flash plusieurs heures avant que le *Daily News* arrive dans les kiosques, mais Marty fut le premier à donner tous les détails de l'affaire.)

Si personne ne savait trop quoi en penser, tout le monde se jura d'en tirer le maximum. J'avais espéré que les flics me tiendraient à l'écart des remous – et il n'est pas impossible qu'ils aient fait de leur mieux –, mais l'intérêt médiatique était tout simplement trop fort pour que quiconque puisse s'esbigner en douce. Après le premier coup de fil, nous nous forçâmes à laisser le répondeur filtrer nos appels. Je pris l'habitude de quitter l'immeuble par l'entrée de service, ce qui me permit de réduire au minimum le nombre de reporters qui me cavalaient après. Malheureusement, il fallait bien que j'entre par le vestibule et c'était là qu'ils arrivaient à me coincer, parfois avec des micros et des caméras, parfois avec leurs petits carnets. Mais, presse écrite ou parlée, je n'avais pas grand-chose à leur offrir et parvenais toujours à me frayer un chemin entre eux à coups d'épaule, sans rien leur donner, pas même un sourire ou un froncement de sourcils.

Et un soir je me vis à la télé. Je restai à l'écran aussi peu de temps qu'il fallut à une voix off pour préciser que j'étais le détective privé de New York qui, précédemment engagé par Adrian Whitfield, avait mené l'enquête ayant permis de démasquer le coupable, soit Whitfield en personne.

– Génial, dit Elaine. Tu aurais pu avoir l'air en colère, impatient, coupable ou gêné, enfin quoi… l'air qu'on prend quand on refuse de parler à la presse, mais non, toi, tu te démerdes pour paraître aussi hagard et tête en l'air que le mec qui essaie de descendre de son wagon de métro avant que les portes se referment.

J'ai plusieurs fois connu la célébrité au fil des ans, mais les projecteurs n'étant jamais restés bien longtemps braqués sur moi, je ne me suis guère vautré dans la gloire.

Ça ne m'a d'ailleurs jamais vraiment intéressé et cette fois-là ne fit pas exception. Heureusement, tout cela n'eut pas de conséquences graves. A quelques réunions des AA, certains firent bien des allusions voilées à ma notoriété passagère – « J'ai lu des trucs sur vous dans le journal », disait-on, ou « Je vous ai vu à la télé, l'autre soir » –, mais il me suffisait de sourire en haussant les épaules pour écarter le danger et personne ne s'obstina. L'essentiel de mes accointances chez les Alcooliques anonymes furent incapables de faire le lien entre le privé Scudder qui avait démasqué Will et le dénommé Matt qui, d'habitude, s'asseyait à la dernière rangée. On savait peut-être mon histoire, mais rares étaient ceux qui connaissaient mon nom. C'est comme ça que ça se passe, aux AA.

Je ne brûlai pas longtemps les planches, sans doute parce que je réussis à ne pas ajouter d'huile sur le feu. La presse n'avait pas besoin de moi pour bâtir son dossier contre Adrian Whitfield, lequel dossier ne cessait de gagner en force et solidité chaque jour. S'il y avait jamais eu place pour le doute, la police s'employait à la réduire en trouvant de plus en plus de pièces à conviction. Des employés d'hôtel et de compagnies aériennes reconnurent la photo d'Adrian, des archives de la NYNEX faisant par ailleurs état de coups de fil qu'il avait passés et qui ne pouvaient s'expliquer innocemment – dont deux pour appeler un garni situé dans le haut de Broadway. S'il était impossible de savoir à quel pensionnaire Adrian avait parlé, le registre des entrées signalait que Richie Vollmer avait vécu dans cet hôtel sous une fausse identité – et les appels avaient été passés deux jours avant qu'il se fasse assassiner.

Plus il devenait clair qu'Adrian était bien Will n° 1, plus l'affaire Will n° 2 sombrait dans le vaseux. C'était une bonne et belle série de morts qui avait donné à Will n° 1 sa crédibilité. Tout bien considéré, une menace a effectivement un certain poids lorsqu'elle est proférée par quelqu'un qui a déjà du sang sur les mains.

Mais lorsqu'elle vient d'un petit copieur et que tout le

monde sait que ce petit copieur n'est rien d'autre qu'un petit copieur, quel poids peut-on vraiment y attacher ? La question était souvent posée, dans la presse et à la télé, et je ne peux pas croire que la police ne se la soit pas posée, elle aussi. Pour ce qu'on en savait, l'homme (ou la femme, pourquoi pas ?) qui avait signé l'arrêt de mort de l'invraisemblable triumvirat Tully, Rome et Kilbourne n'avait jamais tué autre chose que le temps. Cela étant, quel danger représentait-il vraiment ? Et que faire ?

Parce qu'il fallait faire quelque chose. On vide toujours les écoles et les immeubles de bureaux lorsqu'un plaisantin téléphone pour dire qu'il va tout faire sauter – même lorsqu'on est à peu près sûr qu'il s'agit d'un rigolo. Les pompiers de New York se mettent toujours en branle quand la sonnerie se déclenche, même si l'essentiel des appels qu'ils reçoivent se réduit à de fausses alertes. (Ils ont commencé à démanteler les bornes installées au coin des rues lorsque, statistiques à l'appui, ils ont compris que tous les appels, ou presque, passés de la rue étaient l'œuvre de petits farceurs. Mais il leur a quand même fallu les démanteler physiquement : ils ne pouvaient pas les laisser en l'état et ignorer les appels qu'ils en recevaient.)

Et donc, tout le monde attendait ce qui allait se passer. Les trois individus mentionnés dans la lettre attendaient sans doute avec un peu plus d'inquiétude que le reste de la population, mais il est vraisemblable que même eux commencèrent à faire moins attention au fur et à mesure que les jours s'écoulaient et que rien ne se produisait.

On devint comme Benny la Valise qui s'ennuyait à mourir en faisant démarrer la voiture de Tony Furillo tous les matins. On se plaignait qu'il ne se passât jamais rien.

Un jour, j'assistai à une réunion de midi au building de la Citicorp et passai une heure ou deux à musarder dans les magasins afin d'avancer un peu dans mes achats de Noël. Je ne trouvai rien à acheter et finis par me sentir complètement dépassé.

C'est comme ça chaque année. Même avant que les Père Noël de l'Armée du Salut ne sortent en force et se mettent à concurrencer les SDF en demandant l'aumône, je suis vite hanté par tous les fantômes de mes Noël passés.

J'ai, en gros, accepté l'échec de mon premier mariage et reconnais mes manquements en tant qu'époux et père. « Nettoyer le gâchis », voilà comment on parle de ce rituel aux AA, et c'est là un processus qu'on ne saurait négliger qu'à ses risques et périls.

Je m'étais acquitté de tout cela, j'avais fait amende honorable, j'avais pardonné aux autres et m'étais pardonné à moi-même, j'avais, et systématiquement, mis au repos tous les fantômes de mon passé. Je ne m'étais pas précipité comme le font certains, mais y avais au contraire œuvré de longue haleine. Il y avait eu tous les grands entretiens avec mon référent, j'avais creusé en moi-même, j'avais beaucoup réfléchi, et agi aussi, jusqu'à un certain point. Et je dois dire que ça avait marché. Des choses m'avaient hanté pendant des années, mais c'était fini.

Sauf quand ça ne l'était pas tout à fait – et c'est très souvent au moment où novembre commence à ressembler à décembre que ça se produit. Les jours ne cessent de raccourcir et, le soleil donnant de moins en moins de lumière, je commence à me rappeler tous les cadeaux que je n'ai pas achetés, toutes les bagarres que j'ai déclenchées, toutes les vacheries que j'ai lâchées, toutes les raisons que je m'inventais pour rester à New York au lieu de ramener ma triste carcasse à mon foyer de Syosset.

Tout ça pour dire qu'en rentrant de mon infructueuse virée dans les magasins, je ne regagnai pas le Parc Vendôme, mais poussai jusqu'à l'hôtel en face. Je me racontai que je n'aurais pas pu relever un énième défi avec la presse dans l'entrée, sauf que, et c'était un fait, je n'avais aucune raison de craindre ce genre de rencontres. Les reporters avaient déjà, et assez raisonnablement, perdu tout intérêt pour le type qui passait au milieu d'eux comme s'il essayait désespérément de sortir de son wagon de métro.

Je dis bonjour à Jacob derrière son bureau, puis j'échangeai quelques hochements de tête avec un bonhomme qui passe l'essentiel de ses heures de veille à arpenter le hall d'entrée passablement miteux du Northwestern. Ce pauvre mec y a emménagé bien des années avant moi, et tôt ou tard il y mourra. Je ne pense pas qu'il ait beaucoup de chances d'épouser une jolie femme et de s'installer de l'autre côté de la rue.

Je montai à ma chambre. J'allumai la télé, fis rapidement le tour des chaînes et l'éteignis. Puis je tirai une chaise jusqu'à la fenêtre, m'assis et me mis à regarder dehors, à contempler tout et rien.

Au bout d'un moment, je décrochai le téléphone et passai un coup de fil. Ce fut Jim Faber qui me répondit en personne – « Imprimerie Faber », lança-t-il de la voix bougonne où, au fil des ans, j'ai appris à trouver un réconfort considérable. J'eus plaisir à l'entendre, et le lui dis.

– Tiens, ajoutai-je, rien que de composer ton numéro m'a fait du bien.

– Ben oui, me renvoya-t-il, je me souviens encore d'une époque où je me ruais au bar pour m'envoyer le premier et ça, qu'est-ce que j'en avais besoin ! Tu sais bien... C'était comme si je pouvais plus tenir dans ma peau.

– Je n'ai pas oublié.

– Et dès que le verre était plein, je pouvais me détendre. Je ne l'avais pas encore avalé, l'alcool n'avait pas commencé à courir dans mes veines et à répandre la paix et l'amour dans toutes les cellules de mon corps, mais savoir, rien que ça, qu'il était là, devant moi, avait le même effet. Mais bon... qu'y a-t-il donc de si triste que tu aies éprouvé le besoin d'appeler ton responsable ?

– Oh... disons la joie d'être à Noël.

– Ah ! Le moment de l'année que tout le monde préfère. Faut-il en conclure que tu n'es pas allé à une réunion depuis des éternités ?

– Non. Je viens juste de m'en taper une, il y a à peine deux heures de ça.

– Tiens donc. Et qu'est-ce qui te fait fonctionner ces jours-ci, l'auto-apitoiement et la culpabilité mis à part ? Tu t'es lancé sur la piste du remplaçant ?

– Will nº 2 ? Il a la moitié des flics de la ville au cul, lui répondis-je, et tous les reporters du pays. Il n'a pas besoin de moi.

– Tu parles sérieusement ? Tu ne t'es pas jeté sur l'affaire ?

– Bien sûr que non. Pour me mettre dans les jambes de tout le monde !

– Et qu'est-ce qu'on fait d'autre quand on ne fait pas ça ?

– On ne fait rien, au fond.

– Ben, voilà : tu l'as, ta réponse, me renvoya-t-il. Botte-toi les fesses et fais quelque chose.

Et il raccrocha. Je raccrochai à mon tour et regardai par la fenêtre. La ville était toujours là. Je descendis réessayer un coup.

19

Le petit bout d'après-midi qui me restait ne me permit pas de faire grand-chose. Je ne réussis guère qu'à dresser la liste des gens que je verrais et des questions à leur poser. Et tout cela devrait poireauter jusqu'au lendemain. En attendant, Elaine et moi vîmes le dernier Woody Allen et allâmes écouter un concert de piano à l'Iridium. En rentrant à la maison à pied, je lui dis que Noël me déprimait.

– Écoute, me renvoya-t-elle, je ne suis pas alcoolique et je ne suis même pas chrétienne et moi aussi, ça me déprime. Ça déprime tout le monde. Pourquoi faudrait-il que tu sois différent des autres ?

– La finesse de ton intuition est la première chose qui m'a séduit en toi, lui dis-je.

– Ah ben, zut alors ! Je croyais que c'était mon cul.

– Ton cul, répétai-je.

– Tu ne vas pas me dire que tu l'as oublié ?

– Dès qu'on rentre à la maison, je me rafraîchis la mémoire, d'accord ?

Le lendemain matin, je mis un costume et une cravate et descendis à la Chase Bank d'Abington Square qui avait géré le compte de Byron Leopold. La jeune femme qui me reçut dans son bureau avait l'air intelligente et s'appelait Nancy Chang. D'entrée de jeu, elle me lança :

– C'est plus fort que moi, il faut que je vous demande… Votre visite a-t-elle à voir avec le type qui écrit toutes ces lettres ?

Je l'assurai qu'il n'en était rien.

– Parce que j'ai tout de suite reconnu votre nom. On a beaucoup parlé de vous dans les journaux. C'est vous qui avez dénoué l'énigme.

Je fis le modeste, mais, pour une fois, ne trouvai pas déplaisant d'être aussi connu. Cela facilita beaucoup les choses et me permit de ressortir avec la photocopie d'un chèque de 56 650 dollars établi à l'ordre de Byron Leopold. Il provenait d'une banque d'Arlington, Texas, l'émetteur étant la Viaticom.

– La Viaticom ? lui dis-je. Connaissez-vous une compagnie d'assurances qui porte ce nom ?

Elle me répondit dit que non, puis ajouta :

– Parce que ce chèque est un remboursement d'assurance ?

– Byron Leopold avait racheté sa police. Mais le montant perçu est plus élevé que la valeur de rachat, à moins que mon informateur n'ait fait une erreur de calcul. Quant à Viaticom… Ça ne ressemble pas à une compagnie d'assurances.

– C'est vrai. Vous savez à quoi ça me fait penser ? A une boîte de logiciels de Silicon Valley.

– Une compagnie d'assurances avec une branche séparée pour gérer le rachat des polices ?

– Possible.

– Vous n'avez pas l'air très convaincue.

– Écoutez, dit-elle en tripotant la photocopie, c'est la première fois que je vois un chèque de compagnie d'assurances qui a cette tête-là. Les chèques de ce genre sont tous émis par des ordinateurs et signés au parapheur automatique. Et celui-ci est écrit au stylo à bille. En plus, on dirait bien qu'il a été rempli et signé par le même bonhomme.

– M. Viaticom ?

– Ça n'a guère de sens. Pas d'adresse, juste Arlington, Texas…

– Si ça existe.

– Ça, je peux vous le dire tout de suite, me renvoya-t-elle joyeusement. C'est entre Dallas et Fort Worth. C'est là que jouent les Rangers.

– Ah oui, bien sûr.

– Vous voyez ? Mais vous le saviez parfaitement ! reprit-elle en souriant. Et… vous allez vous y rendre en avion ou faire courir vos petits doigts sur les pages de l'annuaire ?

L'opératrice du Texas avait une adresse pour la Viaticom. J'aurais bien essayé de la lui soutirer et de lui demander le numéro de téléphone en plus, lorsque, avant même que j'aie pu réagir, elle me brancha sur un disque digital qui-me-donna-le-numéro-un-chiffre-après-l'autre. Je ne comprends pas comment fonctionnent ces engins, mais je sais fort bien qu'essayer de discuter avec eux est inutile.

Je notai le numéro, puis le composai. Une femme m'ayant répondu « Viaticom, bonjour » avec un fort accent du Sud, je n'eus aucun mal à croire que j'étais tombé sur une Texane. Bottes, cheveux longs et chemises à boutons de nacre, sa voix me disait tout.

– Bonjour, lui renvoyai-je. Je voudrais avoir quelques renseignements sur votre société. Pourriez-vous me dire si…

– Un instant, je vous prie, me dit-elle, et elle me mit en attente avant que j'aie pu terminer ma phrase.

Au bout d'une minute ou deux, un homme me lança enfin :

– Bonjour. Ici Gary. Que puis-je pour vous ?

– Je m'appelle Scudder et j'aimerais avoir quelques renseignements sur votre société.

– Qu'aimeriez-vous savoir au juste, monsieur Scudder ?

– Pour commencer, lui répondis-je, j'aimerais que vous m'expliquiez ce que vous faites.

Il y eut un bref silence, puis ceci :

– Rien ne me rendrait plus heureux, mais s'il est une chose que j'ai apprise, c'est bien de n'accorder aucune interview par téléphone. Si vous voulez passer, je serai ravi de vous recevoir. Vous pouvez apporter votre bloc-notes et votre magnétophone si vous le désirez, et je vous en dirai bien plus que vous ne voudriez même en savoir.

Il partit d'un petit rire et ajouta :

– Nous aimons bien la publicité, mais toutes les interviews téléphoniques que nous avons faites jusqu'à présent se sont révélées fort pénibles et nous n'en accordons plus.

– Je vois.

– Vous serait-il difficile de passer nous voir ? Vous savez où nous nous trouvons ?

– Je sais que c'est assez loin d'ici, lui répondis-je.

– Ici se trouvant à… ?

– New York.

– Vraiment ? Je me disais bien que vous n'aviez pas l'accent du coin, mais comme je sais que vous autres, reporters, vous déplacez beaucoup… Tenez, l'autre jour, je me suis entretenu avec une fille originaire de Chicago qui avait bossé pour un journal de l'Oregon avant d'atterrir au *Star-Telegram.* Vous travaillez pour un journal de New York ?

– Non.

– Un journal d'affaires ? Vous ne travaillez pas au *Wall Street Journal* par hasard ?

J'aurais pu essayer de lui tirer les vers du nez si j'avais su ce que je cherchais. En plus, il me sembla qu'y aller plus directement s'imposait.

– Gary, lui dis-je, je ne suis pas journaliste. Je suis détective privé et j'opère à New York.

Le silence dura si longtemps que je me demandai si on ne nous avait pas coupés.

– Allô ? dis-je enfin.

– Je suis toujours là, me renvoya-t-il. C'est vous qui appelez, que voulez-vous ?

J'allai droit au but.

– Il y a quelques semaines de ça, un type a été abattu dans un jardin public. Il était assis sur un banc et lisait son journal.

– Ce qui arrive assez souvent par chez vous, n'est-ce pas ?

– Pas aussi souvent que vous semblez le croire. Bien sûr, pas mal de New-Yorkais s'imaginent que vous attaquez des diligences au moins cinq fois par semaine…

– Quand nous ne nous perdons pas en réminiscences

infinies sur la bataille de Fort Alamo, ajouta-t-il. Bon, d'accord, un partout. Je ne suis pas retourné à New York depuis notre excursion de terminale ! Dieu de Dieu ! Je croyais que j'étais à la coule et tout et tout, et votre ville m'a donné l'impression d'être tombé d'une meule de foin !

Le souvenir le fit rire, puis il reprit en ces termes :

– Je n'y suis pas retourné depuis, mais comme le Texan que je suis ne porte ni revolver ni cravate de cow-boy, je suis bien certain de n'avoir pas descendu ce bonhomme. Et… qu'est-ce que la Viaticom vient faire là-dedans ?

– C'est ce que j'essaie d'éclaircir. Le défunt s'appelait Byron Leopold. Environ quatre mois avant sa mort, il a déposé à sa banque un chèque de plus de 50 000 dollars émis par vous, cette somme constituant l'essentiel de ses revenus pour l'année. J'ai d'abord pensé qu'il avait racheté une assurance, mais le montant m'a paru élevé par rapport à la police qu'il avait souscrite. Et votre chèque n'avait pas l'air d'avoir été émis par une compagnie d'assurances.

– Tant s'en faut.

– Et donc, j'espérais que vous pourriez éclairer ma lanterne.

Deuxième pause, longue elle aussi. Les secondes continuant à s'égrener, je songeai à ma note de téléphone. On tend à faire plus attention à la facture lorsqu'on n'a pas de client pour la régler. Ça ne me gênait pas d'appeler le Texas, mais ses pauses à la Harold Pinter me tapaient un rien sur les nerfs.

Je l'appelais d'une cabine publique, le coût de la communication étant à tirer sur une carte de crédit. J'aurais pu appeler pour moins cher de mon appartement, ou traverser la rue pour téléphoner de ma chambre d'hôtel et ne rien payer du tout – il y a quelques années de ça, mes jeunes amis en bidouillerie, les Kong, m'avaient fort magiquement, et sans que je leur demande rien, offert de téléphoner en longue distance sans jamais débourser un sou. (Refuser avec grâce m'ayant été impossible, j'apaisais ma conscience en ne faisant pas tout ce que je pouvais pour profiter de ce curieux avantage.)

Pour finir, il me dit :

– Monsieur Scudder, j'ai bien peur de devoir en rester là. Nous avons beaucoup de déboires avec la presse depuis un certain temps et je n'ai aucune envie de remettre ça. Nos activités se résument à offrir aux gens la possibilité de mourir avec dignité. Pour vous, malheureusement, tout ce qui est transfert de viatique tient de l'escroquerie et fait de nous des vautours.

– Tout ce qui est transfert de quoi ? Vous voulez répéter ?

– J'ai dit tout ce que j'avais à dire.

– Mais…

– Je vous salue bien, dit-il avant de me raccrocher au nez.

Lorsque j'avais fait sa connaissance, deux ou trois ans plus tôt, Carl Orcott avait l'habitude de tripoter une pipe – il en avait une demi-douzaine d'autres dans un râtelier posé sur son bureau – et de la porter de temps à autre à son nez afin d'en humer l'odeur. Je lui avais dit de ne pas se gêner pour moi – et avais appris qu'il ne fumait pas. C'était un de ses anciens amants qui lui avait offert ces pipes avant de mourir, et leur odeur lui servait surtout à déclencher ses souvenirs.

Râtelier à pipes en moins, le bureau qu'il occupait à Caritas, une maison de repos pour malades du sida qui se trouvait à quelque cinq minutes de marche de l'appartement de Leopold Byron, était bien tel que j'en avais gardé le souvenir. Et Carl n'avait guère changé non plus. Ses traits me parurent certes plus tirés, mais, à simplement passer, les ans auraient très bien pu le marquer ainsi, sans même se faire aider par le virus.

– « Transfert de viatique », répéta-t-il, l'expression ne manque pas d'intérêt.

– Mais je ne sais pas ce qu'elle signifie.

– Un jour, j'ai cherché dans le dictionnaire, me dit-il. Le viatique est lié au voyage. En latin, le mot *viaticum* désigne une somme ou un ensemble de provisions qu'on donne à un voyageur.

Je lui demandai d'épeler, puis lui dis :

– A une lettre près, c'est la même chose que leur nom.

Il acquiesça d'un hochement de tête.

– Ça fait un peu latin de cuisine, mais c'est assez high-tech. Très séduisant pour des investisseurs.

– Des investisseurs ?

– Ce genre d'entreprise est porteur et les firmes du type Viaticom font partie d'une industrie nouvelle. Feuillette les publications gay telles que *The Advocate* et *New York Native* et tu trouveras leurs annonces. Je pense qu'ils font aussi de la pub dans les journaux financiers.

– Qu'est-ce qu'ils vendent ?

– Rien à proprement parler, me répondit-il. Ils servent d'intermédiaires dans des transferts de fonds.

– Des transferts de fonds ?

Il se renversa dans son fauteuil et croisa les mains.

– Disons que la Faculté te déclare séropositif et qu'étant déjà trop malade pour pouvoir travailler, tu te retrouves sans revenus. Disons encore que, même avec ton assurance maladie, tu ne peux plus empêcher tes dépenses médicales de te bouffer tes économies. Disons que, de fait, il ne te reste plus qu'une assurance qui rapportera 100 000 dollars à quelqu'un d'autre dès que tu mourras. Et toi, tu es gay et n'as donc ni femme ni enfants qui auraient besoin de cet argent. Ton amant étant décédé il y a un an, c'est à ta tante de Spokane qu'ira ton fric. Évidemment, Tata est bien gentille, mais tu as plus envie de continuer à pouvoir régler tes notes d'électricité et à payer des huîtres fumées à ton chat qui adore ça que d'embellir le troisième âge de Tante Gretchen.

– Tu rachètes ton assurance.

Il secoua la tête.

– Non, dit-il. Les compagnies d'assurances sont ignobles. Beaucoup ne te donneront pas dix sous de plus que la valeur de rachat, qui n'est rien comparée aux primes promises. Aujourd'hui, certaines acceptent de payer un peu plus pour reprendre une police lorsqu'il est clair que l'assuré n'en a plus pour longtemps, mais même comme ça, c'est un coup pourri. Les offres que font les sociétés du genre Viaticom sont nettement plus intéressantes.

Je lui demandai comment ça marchait. L'intermédiaire, m'expliqua-t-il, mettait les deux parties intéressées en présence – savoir un sidéen dont la maladie avait progressé de manière tellement irrémédiable que, sans risquer de trop se tromper, ses médecins pouvaient estimer le temps qu'il lui restait à vivre, et M. X ou Y, investisseur qui, certes soucieux de jouer la sécurité, désirait néanmoins toucher des intérêts plus élevés que ceux qu'il aurait pu escompter en plaçant son argent à la banque ou en achetant des bons du Trésor.

En règle générale, l'investisseur était certain de toucher dans les vingt à vingt-cinq pour cent d'intérêts annuels. Cela ressemblait à des bons à prime zéro car tout l'argent était reversé en fin de contrat lorsque, l'assuré venant à mourir, la compagnie d'assurances apurait ses comptes. Néanmoins, à la différence d'un bon du Trésor, le terme du contrat n'était évidemment pas fixé. Le sidéen pouvait en effet continuer à vivre plus longtemps que prévu, ce qui avait pour effet de réduire un peu le rendement annuel. Cela étant, il pouvait aussi passer l'arme à gauche avant même que l'encre ait fini de sécher sur le contrat, et accélérer ainsi d'autant le retour de l'argent dans la poche de l'investisseur.

Celui-ci n'était pourtant pas à l'abri de certains cauchemars.

– Le leurre de la guérison, enchaîna Carl en traînant la voix. Imagine que tu joues la bourse d'études supérieures de tes enfants sur l'espérance de vie d'un pauvre décorateur de théâtre et qu'un jour la faculté de médecine t'annonce que tes mômes décrocheront leur doctorat bien avant que ce monsieur ait cessé de pleurer en écoutant les disques de Judy Garland.

Il leva les yeux au plafond et ajouta :

– Sauf que ça ne se passerait pas comme ça, même si le miracle que tout le monde attend se produisait enfin. On peut espérer trouver un vaccin, ou quelque balle magique[1] qui liquidera ou bloquera complètement le virus, mais de là à réinsuffler de la vie dans un système immunitaire complètement dévasté ! Oh, c'est vrai, les médecins ne cessent d'accroître la durée de survie de leurs malades et tout cela est pris en compte dans les calculs d'assurances. Mais ceux d'entre nous qui ont l'honneur d'être acceptés dans une opération de transfert de viatique ont depuis longtemps dépassé le point de non-retour. Bref, tes mômes peuvent aller en fac sans problème. Ton investissement est sûr.

– C'est quand même un drôle de placement, lui fis-je remarquer.

– Un rien vampire, tu ne trouves pas ?

– Je me vois mal en train de faire un chèque et me mettre à attendre qu'un bonhomme veuille bien crever quelque part pour que je puisse toucher mes bénefs.

– Ça ! On a déjà écrit des articles sur le sujet, tu sais, et pas seulement dans la presse homo.

– J'ai dû les louper. Le type avec qui j'ai discuté hier m'a bien parlé de contre-publicité…

– Certains journalistes pensent que c'est ignoble, dit-il. Comme quoi il serait répréhensible de profiter du malheur des autres, blablabla, blablabla. Parfaitement horrible de se faire du fric sur le dos des sidéens. Sauf que… l'industrie pharmaceutique ferait-elle jamais autre chose ? Et les chercheurs, hein ?

Il leva une main en l'air et reprit :

– Non, ne me dis pas que ça n'est pas pareil. Je le sais. Mais je sais aussi que ce ne sont pas les sidéens qui s'offusquent de ces transactions : pour nous, c'est un don du ciel.

– Vraiment ?

– Absolument. Quand on t'annonce que tu as le sida, tu comprends tout de suite que tu as déjà commencé à crever. En plus, ce n'est pas comme si la maladie n'était

1. Allusion à la balle qui, d'après la commission Warren, aurait tué le président Kennedy après avoir suivi un parcours compliqué dans le corps du gouverneur du Texas assis à côté de lui.

pas connue après toutes ces années. Donc, tu n'ignores rien de ce que l'avenir te réserve. Bref, quand un type du Texas t'offre de vivre décemment et confortablement jusqu'à ta mort, qu'est-ce que tu penses ? Que c'est un suceur de sang ou un bienfaiteur ?

– Je vois, dis-je. Mais...

– Mais quand même : tu ne peux pas t'empêcher de voir le Texan en vautour et le sidéen en hérisson écrasé sur la chaussée. Il y a même une société qui a monté une espèce de mutuelle. Au lieu que ce soit un seul individu qui achète la police d'Untel ou Untel, elle recueille les investissements et, à l'aide d'un fonds qui les combine, elle étale le risque sur tout un portefeuille de polices.

– Le risque en question étant celui de la longévité ?

Il acquiesça d'un hochement de tête et se mit à tripoter une agrafeuse. Je me rappelai le râtelier à pipes de son amant décédé et me demandai ce qu'il en avait fait, et quand.

– Cela étant, reprit-il, la plupart des polices sont assignées à des investisseurs particuliers. Je crois que ça simplifie beaucoup la paperasse. Sans compter qu'il n'y a guère besoin d'étaler des risques qui sont quand même assez limités. « *Viaticum* : argent donné à un voyageur. » Nous sommes tous des voyageurs, tu sais ? Et, tôt ou tard, il faut bien se mettre en route.

Je retournai à la Chase Bank, où Nancy Chang rouvrit le dossier de Byron Leopold et le remonta à partir du moment où ce dernier avait déposé le chèque de la Viaticom. Elle s'aperçut alors que, tous les trois mois, un chèque avait été versé à l'ordre de l'Illinois Sentinel Life. Ces paiements avaient cessé deux mois avant le versement de la Viaticom.

– Il a transféré la propriété de sa police à quelqu'un d'autre et a donc cessé de régler ses primes, lui dis-je. C'est l'autre partenaire qui s'en est chargé...

– Et lorsqu'il est mort...

– La compagnie d'assurances a dû régler le dossier

directement avec le bénéficiaire. Mais je ne connais ni son identité ni le montant de la somme.

– « La bonne réponse qui toujours appelle la question plus belle encore », me renvoya-t-elle.

Et voyant que je ne comprenais pas, elle ajouta :

– E. E. Cummings. Il serait sans doute plus approprié de citer Wallace Stevens, mais…

– Il ne dit rien des questions et des réponses ?

– Je n'en suis pas sûre, me répondit-elle, mais comme je ne comprends jamais à quoi il veut en venir… Je sais qu'il était cadre dans une compagnie d'assurances. Et que, bien sûr, c'était un des plus grands poètes américains de son temps. Non mais… vous vous rendez compte ?

Je savais que j'allais devoir passer encore un peu de temps au téléphone et décidai qu'il valait peut-être mieux appeler gratuitement de ma chambre d'hôtel. Pourquoi la compagnie du téléphone n'aurait-elle pas travaillé *pro bono publico* elle aussi ? Je le faisais bien.

J'appelai l'Illinois Sentinel Life, où on me balada beaucoup d'employé en employé. Homme ou femme, aucun de mes interlocuteurs ne me donna l'impression d'être un des plus grands poètes américains de mon temps, mais va savoir ?

Pour finir, je tombai sur un certain Louis Leeds qui, après quelques manœuvres d'évitement, m'informa que Byron Wayne Leopold avait effectivement souscrit une police d'assurance auprès de l'Illinois Sentinel Life, pour un montant de 75 000 dollars. A un moment donné, le contrat d'assurance avait été mis au nom de M. William Havemeyer, habitant à Lakewood, État de l'Ohio.

– Et pas du Texas, lui renvoyai-je.

Non, pas du Texas, répéta-t-il. Lakewood se trouvait dans l'Ohio, dans la banlieue de Cleveland peut-être même, mais il ne pouvait en jurer. La partie « lac » de Lakewood faisait référence au lac Érié.

– Et la partie « bois » ?

– Pardon ? Ah ! La partie « bois » ! Très drôle ! Disons du chêne ou de l'érable. Ou alors du pin noueux, ha ha ha !

Ha ha ha. Avait-on effectué le règlement ? Oui, on l'avait effectué. Et le chèque avait donc été expédié à M. Havemeyer ?

– Étant donné que c'est lui le bénéficiaire de la police, je ne vois pas très bien à qui d'autre nous aurions pu l'envoyer ! On a mis fin au contrat et tout réglé d'un coup.

Je lui demandai si M. Havemeyer était le bénéficiaire d'autres contrats. Il eut une hésitation, puis me dit qu'il n'avait aucun moyen de le savoir.

– Demandez-le donc à votre ordinateur, lui dis-je. Je vous parie qu'il connaît la réponse. Vous lui faites ingurgiter le nom de William Havemeyer et vous regardez ce qui en sort.

– J'ai peur de ne pas pouvoir.

– Pourquoi ?

– Parce que c'est un renseignement confidentiel. Nos archives n'ont absolument rien de public.

Je repris mon souffle.

– William Havemeyer était le bénéficiaire d'une police souscrite par un certain Byron Leopold qui n'était ni son ami ni son parent. Leopold la lui avait vendue.

– Il s'agit donc d'un transfert de viatique, ce qui est parfaitement légal, me dit-il. Nous n'apprécions guère, mais dans la plupart des États le propriétaire d'une assurance non gagée a tout à fait le droit d'en transférer le bénéfice moyennant compensation financière.

Il me signala encore que sa société exigeait que les anciens bénéficiaires de la police soient prévenus de ce changement et s'étendit sur les complications dues aux taux de couverture stipulés dans certains accords de divorce.

– Mais je ne crois pas que cela s'applique dans son cas, conclut-il.

– Et si William Havemeyer était partie prenante dans plusieurs transferts de viatiques ?

– Il y a plus élégant quand on veut investir, mais rien ne s'y oppose.

– Je vois. Et si d'autres personnes dont il était bénéficiaire venaient à mourir de mort violente ?

La pause qu'il marqua valait bien celles de Gary à Arlington. Très lentement, il dit enfin :

– Parce que vous auriez des raisons de croire que…

– J'aimerais pouvoir l'exclure, et vous aussi, je pense, lui répondis-je. Je sais que l'éthique a ses exigences, mais que pourrait-il y avoir de mal à ce que vous examiniez vos archives ? Libre à vous de me faire partager vos découvertes ou pas lorsque vous en aurez terminé.

Je fus obligé de le lui répéter trois ou quatre fois, mais il finit par décider qu'il ne courait effectivement aucun risque à poser la question à son ordinateur étant donné que je n'avais pas vraiment les moyens de regarder par-dessus son épaule. Il me mit en attente et j'écoutai de la musique d'ascenseur trop rarement interrompue par des pubs vantant la tranquillité d'esprit qu'offraient les contrats d'assurance de l'Illinois Sentinel Life.

Ce fut au milieu d'une de ces pubs que Louis Leeds revint au bout du fil. M. William Havemeyer – il pouvait me l'assurer et le fit d'un ton un rien triomphant – n'était connu de l'Illinois Life Sentinel qu'en sa qualité de bénéficiaire de l'assurance contractée par feu M. Byron Wayne Leopold. Il n'était pas lui-même assuré par la maison, et n'était pas davantage détenteur ou bénéficiaire d'une autre police de l'ISL.

– Si je me sens le droit de vous répondre ainsi, ajouta-t-il, c'est parce que cela ne m'oblige pas à vous fournir le moindre renseignement. Au fond, je ne fais que vous confirmer l'absence de toute information utile.

Ce n'était pas faux. Je le remerciai et ne l'embêtai pas plus longtemps. Je ne voyais pas l'intérêt qu'il y aurait eu à lui signaler que s'interdire de faire ce qu'il avait fait m'avait confirmé le contraire ; en refusant de me dire quoi que ce soit, il m'avait naturellement dit des tas de choses.

Toujours la question plus belle encore…

– Je ne pige pas, dis-je à Elaine.

– Quoi ? Tu ne piges pas l'attrait que peut avoir ce genre de transactions ? Ce n'est pourtant pas difficile à comprendre si on pense dollars et *cents*.

Elle griffonna quelques chiffres sur un bloc-notes.

– Ton grand flambeur de Lakewood a misé un peu plus de 56 000 dollars qui lui en ont rapporté 75 000 en moins d'un an. Ce qui nous donne… (Encore quelques calculs.) … presque quarante pour cent de bénefs ? C'est pas possible !… Mais si ! Bien sûr que si ! Même que ça fait plus que ça puisqu'il n'a pas été obligé d'attendre jusqu'à la fin de l'année.

– Il a sûrement payé plus de 56 000 dollars, lui fis-je remarquer. Il faut que la Viaticom rentre au moins dans ses frais. Ce sont eux qui ont effectué tout le montage. Je dirais qu'ils ont pris un minimum de 5 000 dollars au passage avant de signer son chèque à Byron.

– Ce qui fait que si M. Lakewood…

– Havemeyer…

– … a avancé 60 000 dollars pour en récupérer 75 000, il s'est quand même fait du quoi ? Du vingt-cinq pour cent de bénefs annuels ? Et comme il est rentré dans ses sous en moins d'un an… et d'ailleurs, même s'il lui avait fallu en attendre deux, ç'aurait été supérieur à tout ce que pouvaient lui offrir les banques.

– Et toi, tu investirais dans un truc comme ça ?

– Non.

– Il ne t'a pas fallu beaucoup de temps pour répondre à celle-là !

– C'est pas que je trouverais à y redire sur le plan moral, me renvoya-t-elle. Et le type de la maison de repos t'a dit que c'était une vraie manne pour les mecs atteints du sida. En résumé, je trouve très bien qu'il y ait d'autres gens que moi pour le faire. Mais ça me retourne l'estomac.

– Rien que l'idée de rester assis sur son cul à attendre que quelqu'un veuille bien crever…

Elle acquiesça d'un hochement de tête.

– Et faire tout ce qu'on peut pour ne pas être en colère si le bonhomme continue à vivre, et ne pas sauter de joie quand il y passe… Non, je te dis : au diable ! T'es pas d'accord ?

– Si, si, entièrement.

– C'est peut-être un placement génial, mais très peu

pour moi. Plus le rendement serait haut et plus je me sentirais mal à l'aise. Je crois que je vais en rester`à l'immobilier. Et à la brocante.

– Je suis d'accord avec toi, lui dis-je, mais ce n'est pas ça qui me chagrine. Mets-toi à la place de Havemeyer.

– J'y suis.

– Tu viens d'acheter la police d'assurance d'un type qui est en train de mourir. Disons que ça t'a coûté 60 000 dollars, en chiffres ronds. D'après la Faculté, tu as au maximum deux ans à attendre avant d'en ramasser 75 000.

– Conclusion ?

– Pourquoi se ruer ? Pourquoi aller flinguer un pauvre type assis sur un banc à New York ? Se taper tout ça pour pouvoir ramasser la mise quelques mois plus tôt et même, tiens, une année entière avant ?

– Besoin d'argent immédiat ?

– Ça n'aurait toujours pas de sens. Si tu avais un besoin urgent de liquide, ta police d'assurance constituerait un avoir et il y aurait sûrement un moyen d'emprunter en s'en servant comme garantie. Tu pourrais même la revendre à un autre investisseur de la Viaticom. Et si tu voulais seulement augmenter le rendement, eh bien, mais… je n'arrive pas à croire que ça soit un motif suffisant pour prendre une vie humaine. Au bout du compte, tu toucherais quand même tes 75 000 dollars, la seule différence étant que tu les toucherais un peu plus tôt.

– *Time is money.*

– C'est vrai, mais pas tant que ça. Quand on a tellement besoin d'argent qu'on est prêt à tuer, on n'investit pas dans des polices d'assurance. On braque une banque ou on vend de la cocaïne.

– Et si ce n'était pas Havemeyer qui avait fait le coup ?

– Je ne crois pas à une coïncidence, lui répondis-je en hochant la tête. Havemeyer est un peu trop idéal pour ça. Que savons-nous de ce meurtre ? Qu'il s'agit d'un boulot d'amateur effectué par un M. X qui connaissait le nom de sa victime et l'a dit tout haut afin d'être sûr de ne pas se tromper avant de tirer. Tout ça colle parfaitement. Et j'y vois même un motif.

– L'argent, veux-tu dire ?

– Exactement. Cette histoire m'a toujours paru sentir le fric.

– Ton rêve, me dit-elle, tu te souviens ? « Trop d'argent. »

– Mouais. Sauf que maintenant, c'est l'inverse parce que, côté fric, ça ferait plutôt pas assez. Non, il y a trop peu de fric à gagner pour tuer.

Elle commença à dire quelque chose, mais je levai la main pour l'interrompre.

– Je sais, je sais. C'est tous les jours que des gens se font zigouiller pour dix *cents*. Deux types s'achètent une bouteille de Night Train, se disputent pour la monnaie et ça y est, il y en a un qui poignarde l'autre. Un voleur à main armée flingue le type qui s'accroche à son portefeuille et total, il y trouve à peine 5 dollars. Mais là, ce n'est pas pareil. Les types qui commettent ce genre de crimes n'ont pas 60 000 dollars à investir. Ils ne vivent pas dans des petites villes du Middle West et ne prennent pas l'avion pour aller descendre des inconnus à New York.

– C'est pas ça que j'allais dire.

– Ah.

– J'allais dire que ça ne rapporte pas assez si on ne tue qu'une fois. Mais en récoltant le fric pour le réinvestir sur une autre police… tu vois ce que je veux dire ? En laissant faire la nature, on récolte ses vingt-cinq pour cent de bonus entre un et deux ans. Mais en accélérant assez les choses pour ramasser le pot tous les quatre ou cinq mois et le remettre en jeu en achetant une autre police…

– Les sommes d'argent grossissent très vite.

– Mais tu n'y crois pas quand même.

– Pas vraiment, lui répondis-je. Sans compter qu'en dehors du fait qu'il est assuré chez eux, les gens de l'Illinois Sentinel Life n'ont jamais entendu parler de ce M. Havemeyer de Lakewood. Et que s'il n'en est donc pas à son premier essai, c'est avec d'autres compagnies d'assurances qu'il a travaillé, et là, il n'y a aucun moyen de retrouver sa trace. Tu as une idée du nombre de compagnies d'assurances qu'il y a dans ce pays ?

– Non. Mais il y en a trop.

– TJ me dirait qu'on peut rentrer dans le réseau de n'importe quelle compagnie et en savoir bien plus long que ce qu'on voudrait sans bouger de son bureau et... Peut-être même est-ce vrai. A condition d'être aussi calé que les Kong, d'avoir pour 3 000 ou 4 000 dollars d'ordinateur pour faire joujou et, bien sûr, aucun scrupule à tricher avec la loi. Et en attendant...

– Il n'a donc pas acheté de police émise par la... la quoi déjà ? L'Illinois Sentinel ?

– C'est exact, mais... et alors ?

– Mais il pourrait très bien avoir pris part à d'autres transferts de viatiques avec d'autres compagnies d'assurances. Et dans ce cas... tu ne penses pas qu'il aurait fait appel au même courtier ?

– Ah, mon Dieu, m'écriai-je, comment se fait-il que je n'y aie pas pensé !

20

Le lendemain matin, j'appelai la Viaticom un peu après neuf heures et eus droit à un disque qui m'indiqua que les bureaux étaient ouverts de neuf heures du matin à cinq heures de l'après-midi. Je regardai ma montre, fronçai les sourcils, puis me rappelai que nous avions une heure d'avance sur le Texas. J'attendis donc, rappelai et retombai sur la cow-girl qui m'avait mis en attente la veille. Je lui demandai de me passer Gary, elle voulut savoir de la part de qui. Je le lui dis, elle me remit aussi sec en attente.

J'y restai un bon moment. Lorsque enfin elle reprit la ligne pour m'annoncer que Gary était absent, elle le fit sur un ton de colère rentrée. Elle n'aimait pas mentir et m'en voulait de l'y avoir obligée.

Je lui demandai quand elle attendait le retour de son patron.

– Ça, j'en sais rien ! me renvoya-t-elle d'une voix encore plus irritée.

Je repris tout du début, lui donnai mon numéro alors qu'elle ne me l'avait même pas réclamé et la priai de dire à Gary de me rappeler dès que possible. Je ne pensais pas qu'il le ferait et cessai d'attendre un peu avant midi.

A la Chase Manhattan, Nancy Chang s'était demandé s'il faudrait que je descende à Arlington ou si j'allais me servir de l'annuaire du téléphone. Mes petits doigts ne me semblaient pas à la hauteur de la tâche, mais cela ne voulait pas forcément dire que j'allais devoir prendre un avion.

J'appelai Wally Donn à la Reliable. Nous avions parlé

brièvement après que la presse avait révélé l'identité de Will, et il me répéta qu'il avait toujours du mal à s'en remettre.

– Quel enfant de salaud ! me lança-t-il. Tu sais ce qu'il a fait ? Il nous a embauchés pour se protéger de lui-même ! Et c'est nous qui avons eu l'air cons quand nous n'y sommes pas arrivés. Et maintenant, c'est encore pire parce que nous étions juste à côté de lui et que nous n'avions absolument aucune idée de ce qui se passait.

– Prends les choses du bon côté, lui renvoyai-je. Plus rien ne s'oppose à ce que tu envoies la facture aux héritiers.

– C'est déjà fait. Et ne va surtout pas croire que je ne l'aurais pas gonflée un peu pour tenir compte du facteur nuisance. Maintenant, tout le problème est de savoir s'ils paieront et franchement, je n'en mettrais pas ma tête à couper.

Je lui demandai de me recommander un détective privé dans la région d'Arlington, il me suggéra un dénommé Guy Fordyce. Celui-ci travaillait à Fort Worth et avait un bureau à Hemphill, savoir « Dieu sait où », d'après lui.

Je joignis Fordyce. Il me parut bougon et compétent et me dit qu'il avait un moment de libre le lendemain matin.

– Je pourrais essayer d'appeler Gary cet après-midi, ajouta-t-il, mais je ne vois pas pourquoi j'aurais plus de chance que vous. Il serait sans doute plus efficace de se pointer sur les lieux sans prévenir.

Il me rappela le lendemain, aux environs de midi. J'étais sorti et trouvai son message en rentrant. Je lui téléphonai à son bureau, quelqu'un m'informa qu'on allait le biper tout de suite. J'attendis, quelques minutes plus tard le téléphone sonna, c'était lui.

– Un sale petit merdeux, ce mec, me lança-t-il. Et fuyant, avec ça. Hier, j'ai passé quelques coups de fil pour savoir un peu à qui j'avais affaire et ce que j'ai appris sur M. Gary Garrison ne m'a guère donné envie d'aller pêcher la truite avec lui. De l'avis général, ce qu'il fabrique avec ses transferts de viatiques est légal, mais ses affaires ont quelque chose de trouble et donnent envie de dégueuler.

– Je sais.

– Sans parler de son passé. Il a commencé par vendre des actions pourries pendant un temps, s'est retrouvé plusieurs fois devant les tribunaux et a dû répondre de deux accusations de tentative de fraude. Les charges ont été abandonnées dans les deux cas, mais ça n'en fait quand même pas un monsieur qui serait blanc comme neige.

– Non.

– Sous la pression locale, on a déjà essayé d'interdire ces transferts de viatiques, à tout le moins de les réguler comme il faut. En attendant, Garrison fait des affaires du tonnerre de Dieu et se retrouve à la tête de bénéfices nettement plus élevés que ceux d'un intermédiaire ordinaire. Et c'est justement ça qu'on aimerait réguler.

– Je m'étais déjà convaincu qu'il se démerdait plutôt bien.

– C'est peu de le dire. Et ça le fout dans une drôle de position : d'un côté, il aimerait plus de publicité parce que ça lui permettrait de vendre plus de polices, mais d'un autre, il cherche à garder un profil bas de peur que certains régulateurs lui régulent tellement les abattis qu'il se retrouve sur le pavé. Bref, même si l'opération qui nous occupe est tout ce qu'il y a de plus réglo, ce monsieur est un ancien escroc et tend tout naturellement à éviter de répondre aux questions directes.

– Un homme qui ne manque pas de noblesse, en somme.

– Un prince, oui ! J'ai commencé par lui laisser croire que je voulais investir et dès qu'il a eu l'impression que je travaillais pour une boîte de l'État dont j'ai réussi à lui taire le nom, il s'est montré très coopératif. Il a déjà fait trois fois affaire avec votre William Havemeyer. Les transactions portaient sur des polices souscrites auprès de trois compagnies différentes.

Il m'en donna les noms et adresses avec les dates et le montant des sommes transférées. En plus de Leopold Byron, ces hommes dont l'espérance de vie avait fasciné Havemeyer étaient un certain Harlan Phillips qui habitait

San Francisco et un dénommé John Wilbur Settle qui, lui, vivait à Eugene, dans l'Oregon. Phillips était assuré par la Massachusetts Mutual et Settle par l'Integrity Life and Casualty.

– Intégrité, vie et accidents, répétai-je.

– Ouais, dit-il, ça m'a l'air de bien marcher ensemble, vous ne trouvez pas ? Et je suis d'ailleurs au regret de vous annoncer que j'ignore ce qu'il est advenu de ces deux individus. Garrison est incapable de me dire s'ils sont vivants ou morts. Monsieur n'assure pas le suivi. Une fois que la police a changé de propriétaire et que la transaction est effective, ça n'est plus de son ressort.

– Ça ne devrait pas être difficile de savoir le reste.

– Quelques coups de fil...

– Oui.

Il me dit tout ce que son travail allait me coûter et ajouta qu'il me mettait la facture au courrier. Le montant me parut raisonnable et assurément bien inférieur à ce que j'aurais déboursé si j'avais dû prendre l'avion pour faire le boulot moi-même. Je le lui fis savoir et le remerciai de ses efforts.

– A votre service, me dit-il. Je peux vous demander ce que vous pensez trouver ? Notre bonhomme Havemeyer séduirait-il ses clients pour pouvoir les liquider ensuite ?

– Ça y ressemble beaucoup, lui répondis-je. Mais tout ça dépendra de ce que me raconteront les compagnies d'assurances.

– C'est juste. Si Phillips et Settle sont toujours assez vivants pour profiter de l'arrangement, votre hypothèse en prendra un sérieux coup, n'est-ce pas ?

Mais ils avaient bien péri tous les deux.

Au début, j'en fus tout excité : j'avais débusqué un tueur en série dont je connaissais le nom et l'adresse alors que personne ne se doutait même de son existence. Mon ego en fut sacrément ragaillardi. Il suffirait que je le retrouve pour que les médias se jettent à nouveau sur moi et que l'affaire prenne un tour national, et pas seulement local. Peut-être, me dis-je, vaudrait-il alors mieux affronter le cirque des médias bille en tête plutôt que de filer par la porte de service. Peut-être, oui, vaudrait-il alors mieux que je profite au maximum de l'attention qu'on allait me prêter.

Étonnant, non, comme l'esprit peut s'échauffer dès qu'on lui en donne l'occasion ! En moins de temps qu'il n'en faut pour le dire, je m'imaginai en train de passer chez David Letterman et de faire mon petit numéro à l'émission « Le maintien de l'ordre ». Charlie Rose me faisait asseoir en face de lui et je lui expliquais la façon dont raisonne un criminel. J'en étais à me voir signer mon dernier livre à travers tout le pays lorsque je m'avisai que la mort de Harlan Phillips et de John W. Settle ne suffirait peut-être pas à garantir l'inculpation de William Havemeyer.

Parce que mourir était bel et bien ce qui était censé leur arriver. L'un comme l'autre, ils avaient eu le sida, et assez gravement pour remplir les conditions médicales imposées par les courtiers en transferts de viatiques. Leur décès ne signifiait pas nécessairement que Havemeyer les avait liquidés. Les rigueurs de la nature pouvaient très bien l'avoir coiffé au poteau.

Je donnai donc encore quelques coups de fil, ce que j'appris m'évitant aussitôt d'avoir à choisir, et Dieu sait si c'est difficile, entre les émissions « Inside Edition » et « Hard Copy [1] ». Harlan Phillips était mort à San Francisco, dans une maison de repos du quartier de la Mission, deux ans et huit mois après avoir été déclaré sidéen et un peu moins d'un an après avoir transféré sur William Havemeyer l'assurance vie qu'il avait souscrite auprès de la Massachusetts Mutual. John Wilbur Settle, lui, s'était payé un voyage à l'étranger – sans aucun doute avec la manne qui lui était tombée du ciel lorsque le même Havemeyer lui avait racheté sa police – et s'était noyé avec quatre-vingt-quatre autres passagers lorsque le ferry norvégien sur lequel il avait embarqué avait pris feu, brûlé entièrement et sombré corps et âme dans la mer Baltique.

1. Soit, en gros, « Le dessous des cartes » et « Information brute ».

Je me rappelai l'affaire, à laquelle je n'avais pas prêté grande attention sur le moment. Je me rendis à la bibliothèque et découvris que l'incendie s'était déclaré suite à une panne générale du circuit électrique, que le navire transportait légèrement plus de passagers qu'il n'était légalement autorisé à le faire et que bon nombre d'entre eux étaient de « joyeux vacanciers », expression qui sert souvent à dire que des gens sont ronds comme des billes sans pour autant devoir les juger sévèrement. Retardées par des cafouillages dans les communications, les opérations de sauvetage ne s'en étaient pas moins soldées par des résultats raisonnables, plus de neuf cents passagers et membres de l'équipage ayant réussi à s'en sortir indemnes. Sur les douze Américains qui se trouvaient à bord, trois avaient péri, leurs noms étant répertoriés dans la liste des passagers. Il s'agissait de M. et Mme D. Carpenter, originaires de Lafayette, État de Louisiane, et de M. J. Settle, d'Eugene, État de l'Oregon.

Dieu sait pourquoi, je ne voyais pas trop notre vilain Billy Havemeyer prendre l'avion pour Oslo, se glisser à bord du vapeur *Magnar Syversen* et descendre court-circuiter deux ou trois câbles électriques dans la salle des machines. Et je ne le voyais pas davantage se rendre à San Francisco pour s'asseoir au chevet de Phillips et disons… lui arracher sa perfusion ou l'asphyxier en lui collant un oreiller sur la figure.

En sortant de la bibliothèque, je me promenai un peu, sans vraiment me soucier de l'endroit où j'allais. Il faisait froid, le vent avait quelque chose de salement coupant, mais l'air était propre et frais, comme il l'est souvent lorsque la bise souffle du nord.

En arrivant chez moi, je trouvai un message sur mon répondeur. Marty McGraw m'avait appelé et laissé un numéro où le joindre. Je le rappelai, il me dit seulement qu'il ne voulait pas perdre le contact. Et sur quoi donc m'échinais-je ces derniers temps ?

Je lui répondis que je tournais beaucoup en rond et n'arrêtais pas de me retrouver à la case départ.

– Joli nom pour un restaurant, me fit-il remarquer.

– Comment ça ?

– « La Case Départ ». Un restaurant, quoi ! Un café, un endroit qui aurait la classe de l'ancien Toots Shor's. Le genre de truc où on peut s'en descendre quelques-uns et commander un bon steak sans se soucier du vin qui ira avec. Et on appellerait ça « La Case Départ » parce que, ben vous savez… c'est toujours là qu'on revient. Et Will ? Ça avance ?

– Will nº 2, vous voulez dire ?

– L'espèce de fumier qui m'a écrit une lettre pour menacer trois New-Yorkais de premier plan sans que quiconque s'y intéresse. Vous ne cherchez pas trop de ce côté-là, j'imagine.

– Je ne vois pas en quoi ça me concernerait.

– Comme si ça vous avait jamais empêché d'enquêter !

Je gardai le silence, il ajouta :

– Ce n'est pas ce que je voulais dire. Surtout, ne le prenez pas en mauvaise part.

– Ne vous inquiétez pas.

– Vous avez lu la merde qu'ils ont publiée chez l'adversaire ce matin ?

– L'adversaire ? Quel adversaire ?

– Le *New York* Fucking *Post* ! Même qu'en fait, c'est pas loin du titre original. Le *New York* Evening *Post* que ça s'appelait, au début.

– Comme le *Saturday Evening Post* ?

– Pour l'amour du ciel, Matt, le *Saturday Evening Post* était un magazine !

– Je sais, mais…

– Y a quand même une petite différence ! Le *New York Post* est un journal !

Il avait bu et je l'entendais enfin. Il devait parler comme ça depuis le début, mais je ne l'avais pas remarqué.

– Que je vous raconte une histoire sur le *Post*, reprit-il. Il y a des années de ça, c'était bien avant votre naissance, voire celle de votre père, le *Post* se battait bec et ongles avec le vieux *New York World* pour le supplanter. Et voilà qu'un jour le *Post* se fout en rogne et traite le *World* de

« *yellow dog*[1] ». A cette époque-là, le terme était très insultant. Vous savez bien… la presse pourrie ? Vous avez entendu parler ?

– Pas autant que vous.

– Comment ? Ah ! Très finaud, ça ! Dites, vous voulez l'écouter mon histoire, ou vous voulez pas ?

– Je serais ravi de l'entendre.

– Et donc, tout le monde attend de voir ce que le *World* va bien pouvoir répondre. Et le lendemain, éditorial : « Le *New York Evening Post* nous traite de "*yellow dog*". Notre réponse sera donc celle de tout chien qui trouve un "*post*[2]" sur son chemin. » Vous pigez les subtilités de cet âge révolu ou bien elles vous échappent ?

– Je les pige.

– En d'autres termes, je vous pisse au cul.

– Et ça remonte à…

– Je sais pas. Environ quatre-vingts ans ? Au jour d'aujourd'hui, bien sûr, n'importe quel journal pourrait sortir « Je vous pisse au cul » sans que ça défrise quiconque. Vu la façon dont notre putain de morale tombe en couilles… Euh… Où en étais-je ?

– Au *Post.*

– Ah, oui, au *New York* Fucking *Post.* Quelqu'un y analyse la dernière lettre de Will et, d'après le journal, tout prouverait qu'on a affaire à un imposteur, à un pauvre type qui cause au lieu d'agir. Tu parles d'un expert ! A tous les coups, c'est un prof de fac ! Une espèce de nullard qui doit lire le mode d'emploi sur son papier-cul avant de se torcher ! Qu'est-ce que vous en pensez ?

– De quoi ?

– Ça ne vous semble pas irresponsable ? Oser traiter Will de menteur !

– Et s'il ne lisait pas le *Post* ?

Il rit.

1. Soit « chien jaune », expression argotique désignant un « dégonflé ». Dans le langage de la presse, l'adjectif « *yellow* » s'applique aussi aux journaux à sensations.

2. Le mot *post* signifie aussi poteau.

– C'est vrai que s'il leur pisse au cul... ! Mais non, bon... vous voyez ce que je veux dire. « Allez, ose ! » qu'ils lui crient. « Vas-y ! Tue donc quelqu'un, qu'on se marre un peu ! » Eh bien, moi, je trouve ça irresponsable.

– Si vous le dites...

– Mais écoutez-moi ce paternaliste ! Serait-on devenu trop célèbre pour parler avec un petit monsieur comme moi ?

Je résistai à la tentation de raccrocher.

– Bien sûr que non, lui répondis-je d'un ton apaisant. Je crois que vous n'avez pas tort de dire ça, mais ce n'est plus une affaire qui me concerne, même de loin. Je n'ai pas besoin de ça pour devenir fou.

– Ah bon ? Et qu'est-ce qui vous rend fou ?

– Une autre histoire qui ne me concerne pas, mais que j'ai bien l'impression d'avoir quand même pris sur moi de résoudre. J'ai un type dont je suis à peu près sûr qu'il a commis des meurtres, mais du diable si je sais pourquoi.

– C'est forcément par amour ou pour du fric, me renvoya-t-il. A moins que, comme mon Will, ce soit un citoyen qui se soucie du bien de la société.

– C'est pour du fric, mais ça n'a aucun sens. Disons que vous avez une assurance vie et que c'est moi le bénéficiaire. J'y gagne si vous mourez, non ?

– Et si on reprenait ça à l'envers ?

– Laissez-moi juste...

– Non, c'est vrai, quoi ! dit-il en élevant de plus en plus la voix au fur et à mesure qu'il réfléchissait. Je sais que ce n'est jamais qu'une hypothèse, mais pourquoi faudrait-il que j'y joue le rôle du couillon ? Disons que c'est moi qui y gagne si c'est vous qui crevez.

– Bon, d'accord. Vous y gagnez si je crève. Et donc, je saute par la fenêtre et vous...

– Mais c'est fou, ça ! Pourquoi feriez-vous un truc pareil ?

– ... et vous me flinguez pendant que je dégringole. Pourquoi ?

– Vous vous foutez par la fenêtre et je vous flingue pendant que vous dégringolez ?

– Voilà. Pourquoi ?

– Pour m'entraîner au tir ? C'est une blague ? Vous portez un parachute ? C'est une connerie de ce genre ?

– Putain, mais non ! m'écriai-je. C'est pas une blague. C'est une analogie.

– Oh, pââââârdon. Je vous flingue pendant que vous dégringolez de la fenêtre.

– Voilà.

– Et je vous tue.

– Tout à fait.

– Sauf que, de toute façon, vous seriez mort en arrivant en bas parce que c'est une analogie et pas une question piégée et donc… non, je vous en prie, ne me dites pas que vous sautez d'une fenêtre du rez-de-chaussée.

– Non, non. Je saute de très haut.

– Et sans parachute.

– Sans parachute.

– Ben, merde alors ! dit-il. Parce que je ne récolterais pas le fric s'il s'agissait d'un suicide ? Ça ne serait pas aussi simple que ça ?

– Non. Ça ne s'applique pas ici.

– Ça ne s'applique pas ? Et ça veut dire quoi, ça, au juste ?

– Que même si c'était un suicide, ça ne vous empêcherait pas de toucher l'argent. Sans compter que quand je saute d'une fenêtre, ce n'est pas un suicide.

– Bien sûr que non. C'est un acte de charité chrétienne, me renvoya-t-il. C'est enfin la bonne réponse à toutes les prières du peuple. Et pourquoi est-ce que ce n'est pas un suicide ? Vous n'êtes ni un oiseau ni un avion, que je sache ! Quant à Superman…

– L'analogie n'est pas parfaite, je le reconnais, lui répondis-je. Disons que je tombe d'une grande hauteur.

– Que vous est-il arrivé ? Vous avez perdu l'équilibre ?

– Ça ne serait pas la première fois.

– Ah ! Mais encore… Et donc, c'est un accident. C'est bien ce que vous êtes en train de me dire ?… Mais… ? Où êtes-vous passé ? Allô, Matt ? Ici la Terre… Vous…

– Je ne suis pas parti.

– Je commençais à me poser des questions. Et donc, c'est bien un accident ?

– Voilà, lui dis-je. C'est bien un accident.

21

Je me reposai pendant tout le week-end. J'allai à deux réunions des Alcooliques anonymes et, le samedi après-midi, Elaine et moi prîmes le métro de la ligne 7 pour nous rendre à Flushing et nous promener dans la nouvelle Chinatown. Elaine se plaignit que ça ne ressemblait guère à la ville chinoise de Manhattan : ce n'était ni vieillot ni sinistre, seulement et tout bêtement banlieusard. Enfin, nous atterrîmes dans un restaurant taïwanais végétarien où, après avoir avalé deux bouchées de sa nourriture, elle reposa ses baguettes et me lança :

– Je retire tout ce que j'ai dit.

– Pas dégueu, hein ?

– Le paradis, tu veux dire !

Le dimanche soir, pour la première fois depuis plusieurs semaines, je dînai avec Jim Faber, ce qui me fit un second repas chinois, mais dans nos quartiers à nous, et pas au diable dans le Queens. Nous parlâmes d'un tas de choses, dont l'article que Marty McGraw venait de publier dans le *News* et où il accusait Will n° 2 de se payer la tête des gens.

– Je ne comprends pas, lui dis-je. Je lui ai parlé il y a deux ou trois jours et il était fou furieux après le *Post* qui avait osé sortir un article où on laissait entendre qu'avec Will n° 2 c'était tout dans le chapeau et rien dans le bestiau.

– « Tout dans le chapeau et rien dans le bestiau » ?

– On cause, on cause, mais on ne fait rien.

– Oui, je sais ce que ça veut dire. C'est simplement que

ça m'étonne d'entendre cette expression dans ta bouche de New-Yorkais cent pour cent.

– Je converse beaucoup avec des gens du Texas, ces derniers temps. Ça a peut-être déteint. Toujours est-il qu'à son avis il était irresponsable de prendre Will pour un minable et voilà que, tout d'un coup, c'est lui qui le ridiculise et l'invite à couler son bronze ou à dégager du pot de chambre.

– Une manœuvre des flics ?

– Peut-être.

– Mais tu n'y crois pas.

– Je les crois plus enclins à ne pas réveiller l'eau qui dort. C'est plus dans leur style que de faire jouer à Marty le rôle de l'huile sur le feu.

– L'eau qui dort, l'huile sur le feu, qu'est-ce qui se passe ? Il va pleuvoir ? McGraw est alcoolique, non ? Tu me l'as bien dit, n'est-ce pas ?

– Je n'ai pas envie de lui faire son inventaire[1].

– Ne te gêne pas pour ça. « Nous ne sommes pas des saints », au cas où tu l'aurais oublié.

– Oui, bon. Je crois qu'il est alcoolique.

– Et ça t'étonne qu'il ait changé d'avis ? Qui sait s'il se souvient seulement d'avoir trouvé à redire à l'article du *Post* ! Qui sait même s'il se souvient de l'avoir lu !

Le lundi matin, je décrochai mon téléphone dès après le petit déjeuner et passai une demi-douzaine de coups de fil, dont certains passablement longs. J'appelai de l'appartement plutôt que de ma chambre d'hôtel, ce qui voulait dire que c'était moi qui devrais payer la note. Cela me permit de me sentir con et vertueux au lieu de louche et astucieux.

Le mardi matin, Marty McGraw fit paraître une nouvelle lettre de Will dans sa rubrique. Un titre en première page y renvoyait – l'article de la une étant consacré à un massacre qui, lié à la drogue, s'était déroulé dans la partie

1. Dans l'argot des Alcooliques anonymes, dire du mal de quelqu'un en oubliant qu'on est soi-même alcoolique.

Bushwick de Brooklyn. Avant même que j'aie vu le journal, le portier m'avait appelé pendant le petit déjeuner pour m'annoncer qu'un pli de Federal Express m'attendait en bas. Je lui dis que je descendais et me trouvai si pressé de partir que je renonçai à ma deuxième tasse de café.

L'envoi, que j'attendais, m'avait été expédié la veille et contenait trois photographies. Tirages en couleurs de format 9 × 12, elles représentaient le même individu : un Blanc d'une cinquantaine d'années, petit gabarit, imberbe, avec des traits réguliers et des yeux qu'on ne distinguait pas derrière ses lunettes à fine monture métallique.

Je bipai TJ et le retrouvai dans une cafète de la gare routière de Port Authority. L'endroit était plein de gens inquiets qui ne cessaient de regarder furtivement autour d'eux. Ils devaient avoir leurs raisons, mais on avait du mal à deviner ce qu'ils craignaient le plus, de l'arrestation ou de l'attaque à main armée.

TJ porta aux nues les *doughnuts* enrobés de sucre glace et s'en descendit deux ou trois. J'acceptai qu'on me mette un bagel à griller et en mangeai la moitié. Je ne fus pas assez fou pour boire le café.

TJ scruta les photos en fronçant les sourcils et m'annonça que notre homme ressemblait à Clark Kent.

– Sauf qu'il y faudrait un peu plus qu'un aut' costume pour avoir l'allure de Superman, précisa-t-il. Et c'est ce mec-là qu'a refroidi Myron ?

– Byron.

– C'est bien c'que j'disais, non ? Alors, c'est lui ?

– Je crois.

– M'a pas l'air d'un type qui refroidit énormément. On dirait plutôt un gus qu'appelle des renforts avant d'écraser un cafard.

– Ce témoin que tu aurais trouvé, lui dis-je, je me demandais si tu ne pourrais pas me le retrouver.

– Le mec qui dealait ?

– C'est ça.

– Ça se pourrait. Quand on vend d'la camelote, on n'a pas trop intérêt à pas se montrer. A moins qu'on préfère que ça soye un autre qui fasse les bonnes affaires.

Il tapota la photo et dit encore :

– Il a vu le tueur de dos, Léo.

– Il n'a pas vu son visage après la fusillade ?

TJ renversa la tête en arrière pour mieux se rappeler.

– Il a dit que c'était un Blanc. Plutôt ordinaire. Il a pas dû le voir beaucoup, mais y a sûrement eu des tas d'autres témoins, non ?

– Plusieurs, oui, lui répondis-je.

– Alors, on rameute tout le monde ?

Je secouai la tête.

– Les autres pourraient être obligés de témoigner à la barre. Ce qui veut dire qu'ils ne doivent reconnaître Havemeyer que parmi d'autres suspects que leur présentent les flics. Si jamais l'avocat de Havemeyer venait à apprendre qu'un privé leur a montré une photo avant, leur témoignage serait invalidé et le juge refuserait de le prendre en compte.

– Le mec que j'ai trouvé est pas près de témoigner ! me lança-t-il. C'est pas demain qu'il va se faire invalider !

– Parfait.

– « Invalider », répéta-t-il, gourmand. L'ennui là-dedans, c'est que j'dois bosser pour Elaine, aujourd'hui. Il faut que j'y garde le magasin pendant qu'elle ira voir un dépôt de l'Armée du Salut dont on y a causé.

– Je te remplace.

– Je sais pas, moi, dit-il. Y a quand même des trucs à savoir, Edouard. Enregistrer la vente, rédiger la facture, marchander avec le client... C'est pas des machins qu'on apprend comme ça.

Je lui balançai un crochet qu'il évita en riant.

– T'as donc tout oublié ? s'écria-t-il. Faut bien installer son jab !

Et dans l'instant il s'empara des photos et gagna la sortie.

Les clichés avaient été pris par un étudiant de troisième année de l'université Western Reserve, à Cleveland. J'avais commencé à chercher quelqu'un dont Wally Donn m'avait donné le nom et le numéro de téléphone, mais étais tombé sur un bonhomme tellement écrasé de boulot qu'il ne voyait pas très bien quand il pourrait s'y mettre. Il m'avait donc communiqué deux autres numéros, mais l'un et l'autre ne m'ayant pas conduit plus loin qu'un répondeur, j'avais fini par consulter mon propre répertoire et appeler une connaissance à Massillon, État de l'Ohio. Massillon ne se trouve pas vraiment à deux pas de Cleveland, mais je ne connaissais personne qui fût plus près.

J'avais rencontré Tom Havlicek six ou sept ans plus tôt, à l'époque où un type que j'avais mis en taule un jour venait de tuer une vieille copine d'Elaine, son mari et leurs enfants. Havlicek avait alors le grade de lieutenant et, bon dans son travail qu'il aimait beaucoup, avait été chargé de l'enquête. Nous nous étions tout de suite bien entendus et n'avions jamais perdu le contact. J'avais réussi à refuser ses invitations périodiques à aller chasser le cerf dans l'Ohio, mais l'avais vu à New York à deux reprises. La première fois, il était venu seul afin de visiter une exposition-vente d'armes destinée à la police qui se tenait au Javits Center. Je l'avais retrouvé pour le déjeuner et lui avais montré un peu la ville. Ce qu'il avait découvert lui avait assez plu pour qu'un ou deux ans plus tard il y revienne avec son épouse. En plus de leur offrir à dîner, Elaine et moi leur avions dégoté des places de théâtre. Nous les avions accompagnés à une reprise de *Carousel* qui se donnait au Lincoln Center, mais les avions laissés seuls lorsqu'ils avaient voulu voir *Cats*. L'amitié, c'est bien, m'avait expliqué Elaine, mais ça n'allait pas jusque-là.

Par un collègue de la police métropolitaine de Cleveland, Havlicek n'avait pas mis longtemps à découvrir que, jusqu'à présent au moins, William Havemeyer avait survécu sans trop de problèmes.

« Il n'a pas de casier judiciaire, m'avait-il confié, et donc il n'a pas été arrêté, enfin… pas dans le comté de Cuyahoga. Ou pas sous ce nom. »

Je l'avais remercié, puis avais noté le nom et le numéro de téléphone de son collègue de Cleveland.

« Et comme il ne s'est pas fait arrêter, avait-il repris,

ils n'ont sûrement pas sa photo, et Garvin (son ami de Cleveland) m'a filé le numéro d'un type qu'il connaissait, un retraité qui est malheureusement parti passer l'hiver en Floride. C'est là que j'ai pensé au gamin de ma sœur.

– Il est dans la police ?

– Non, il est en fac. Il veut être avocat. Comme si on n'en avait pas déjà assez !

– On n'en aura jamais trop, lui avais-je répliqué.

– C'est ce que Dieu a l'air de penser Lui aussi, m'avait-il dit. Au rythme où Il en fabrique, en ce moment ! Tu vas voir que, dans pas longtemps, il y en aura tellement qu'il leur restera plus qu'à s'assigner eux-mêmes en justice ! Mais bon… C'est un gamin astucieux, pas comme son oncle, et il est passionné de photo.

– Est-ce qu'il sait planquer ?

– Planquer ? Ah, oui ! Pour prendre les photos ? Ouais, ouais, il est assez retors. Même que ça devrait lui servir dans son futur métier. Tu veux que je l'appelle ? »

Je lui avais répondu que oui.

« Et notre cerf ? Quand est-ce qu'on se le fait ?

– Sans doute jamais.

– J'arriverai donc pas à faire de toi un chasseur, c'est ça ? Tu veux que je te dise ? Et si tu venais après la fermeture ? Juste qu'on se promène dans les bois, ce qui est d'ailleurs ce qu'il y a de mieux dans la chasse. Pas de fusil à trimballer et aucun risque de se faire prendre pour un cerf de douze cors par un type qu'a descendu sa topette de whisky au petit déjeuner. Évidemment, c'est pas comme ça qu'on rapporte du gros gibier à la maison…

– Ce qui m'évitera de faire semblant d'aimer ça…

– C'est pas ton truc préféré ? Que je te dise la vérité : moi non plus, mais il y a quand même quelque chose de chouette à aller le traquer. Satisfaisant, que c'est. »

Je l'appelai du magasin d'Elaine pour l'informer que les photos étaient arrivées et que son neveu avait fait du bon boulot.

– Content de l'apprendre, me dit-il, mais ça ne me surprend pas. Il a toujours fait de bonnes photos, même quand il était petit. Je lui ai parlé hier soir et moi, ce que j'apprécie là-dedans, c'est le plaisir qu'il a pris à ce travail. On en fera peut-être un bon officier de police.

– C'est ta sœur qui serait contente de l'apprendre !

– Elle et ma belle-mère, Matt, et bon… je les comprends un peu. C'est vrai que les avocats se font nettement plus que les flics. J'ai jamais entendu dire que la vie serait juste.

– Si tu l'as entendu, c'était sûrement pas moi qui le disais, lui renvoyai-je.

Je restai encore quelques heures à garder le magasin et c'est une bonne chose que je n'aie pas à le faire trop souvent. Quelqu'un – Pascal, je crois – a écrit que tous les problèmes qu'on a viendraient de ce que personne n'est capable de rester seul dans sa chambre. Je m'y entends assez bien en général, avec ou sans télé, mais, ce jour-là, je trouvai la chose éprouvante. Et d'un, j'avais envie d'être dehors à faire des trucs, et de deux, on n'arrêtait pas de m'interrompre – pour rien. On téléphonait pour me demander si Elaine était là, on voulait savoir quand elle serait de retour, et on raccrochait sans me laisser son nom. Ou bien on se pointait à la porte, jetait un coup d'œil à l'intérieur, se montrait fort ébranlé de me voir, moi, au lieu de la maîtresse des lieux, et s'empressait de filer.

Il y eut bien deux personnes pour entrer vraiment dans le magasin et fouiner un peu, mais je n'eus pas à marchander avec elles, et pas davantage à leur rédiger de facture, aucune n'ayant même seulement essayé de m'acheter quoi que ce soit. L'une d'elles voulut savoir le prix de plusieurs tableaux – alors qu'il était très clairement affiché –, puis m'informa qu'elle repasserait. Autant dire « On se téléphone » à une femme après qu'on est allé voir un film avec elle. « Les employées de magasin sont plus réalistes au boulot que dans un rendez-vous galant, m'avait dit Elaine. Elles savent bien que le client ne reviendra pas. »

Mais j'eus le temps de lire le journal. La dernière lettre de Will était effectivement passée dans la rubrique de Marty McGraw. Sans donner de noms, le courageux anonyme laissait clairement entendre que les trois hommes qu'il avait mis sur sa liste ne constituaient qu'un début. Bon nombre d'entre nous risquions fort de nous y retrouver si nous refusions de comprendre et de nous améliorer. Cela me parut peu convaincant et passablement éculé. J'eus le sentiment que Will n° 2 n'y croyait pas lui-même.

TJ fit une apparition vers le milieu de l'après-midi. Il portait un pantalon ample et un gilet sans manches en duvet orange façon camouflage par-dessus une veste beige. La tenue du mec qui fait tout pour réussir… quand ledit mec travaille dans l'arrachage de sacs.

– Faut que j'me change, me lança-t-il en filant dans l'arrière-salle.

Il revint habillé d'un pantalon kaki et d'une chemise avec un col à petits boutons et me dit :

– Inutile de terroriser le client, mais si j'étais allé voir mon bonhomme dans cette tenue, j'y aurais foutu les jetons.

– Tu l'as retrouvé ?

Il acquiesça d'un hochement de tête.

– Il dit que c'est bien lui qu'il a vu.

– Il en est sûr ?

– Assez sûr pour en jurer, sauf qu'c'est pas demain la veille qu'y va jurer quoi que ce soit. J'y ai dit qu'c'était pas la peine. J'ai bien fait ?

– Probablement. Tu peux me remplacer jusqu'au retour d'Elaine ?

– Pas de problème. Où que tu vas, Léa ?

– Tu n'as pas deviné ?

– Je devine pas, moi, me renvoya-t-il, je détecte. Et ce que j'détecte, c'est que tu t'en vas à Cleveland.

Je lui dis qu'il faisait un bon détective.

J'avais téléphoné du magasin pour réserver mon billet d'avion, je gagnai le bureau de Phyllis Bingham pour le prendre, puis revins à l'appartement afin de préparer un sac avec une chemise propre, des chaussettes de rechange et des sous-vêtements. Je ne savais pas pour combien de temps je partais, mais me dis que je ne pourrais sans doute pas rentrer avant le lendemain.

Phyllis m'avait trouvé une place à bord d'un appareil de la Continental décollant de Newark. J'avais réussi à arriver à l'aéroport avant les embouteillages, et lorsque j'atterris à Cleveland, la plupart des banlieusards s'apprêtaient à dîner. A la sortie, un petit groupe de gens attendait en brandissant des pancartes écrites à la main, et j'en vis une qui portait mon nom. Le gamin qui la tenait était grand et maigre, avec un visage étroit et des cheveux blond-roux coupés court.

– Matthew Scudder, lui dis-je. Vous êtes Jason Griffin ? Votre oncle Tom m'a dit qu'il essaierait de vous joindre et que vous viendriez me chercher si vous en aviez le temps.

– Le temps, dit-il en souriant. En fait, il m'a plutôt ordonné de le trouver. « Tu l'attends à l'avion, tu l'emmènes à Lakewood et tu le balades où il veut. » C'est à Lakewood que vous voulez aller en premier ? Là où il habite ?

Je lui répondis que oui et gagnai sa voiture, un modèle japonais vieux de deux ou trois ans. Elle brillait fort, je me dis qu'il avait dû la faire laver en venant à l'aéroport.

Chemin faisant, je lui demandai ce qu'il savait de mon enquête.

– Rien, me répondit-il.

– Tom ne vous a pas mis au courant ?

– Mon oncle n'est pas quelqu'un d'ordinaire. Il m'a donné un nom et une adresse, et m'a dit de prendre mes photos sans me faire voir. Je lui ai fait remarquer que j'aurais peut-être besoin d'un téléobjectif.

– Je vous rembourserai.

Il sourit à nouveau.

– J'en ai emprunté un, dit-il. Et voilà ce que j'ai fait... Je me suis garé en face de sa maison et j'ai attendu qu'il revienne chez lui. Quand enfin il l'a fait, il est entré tout droit dans son garage. Celui-ci est accolé à la maison, ce qui est assez rare dans ce quartier. Les maisons sont plutôt anciennes, mais la sienne est plus récente et son garage est du type appentis. Bref, je n'ai pas pu le voir et encore moins le prendre au télé.

– Qu'avez-vous fait ? Vous avez attendu qu'il ressorte ?

– Non, parce qu'il aurait sans doute refait la même chose en sens inverse. Mon oncle ne m'avait pas dit comment procéder dans ce genre de situation. Le seul conseil qu'il m'avait donné... je vous le donne en mille.

– Il vous a dit d'apporter une bouteille de lait.

– Non, un bocal avec une grosse ouverture, mais bon... c'est la même chose. Je lui ai demandé ce que j'étais censé en faire, il m'a répondu que la réponse me viendrait toute seule au bout de quelques heures. J'ai compris. Et vous ne devinerez jamais ce qu'il m'a dit après.

– Non. Qu'est-ce qu'il vous a dit ?

– « Quand le bocal est plein, tu le vides dans le caniveau. » Je lui ai dit : « Comme ça ? Dans le caniveau ? » Il m'a répondu que personne ne le verrait et que ça serait vite emporté par les eaux usées... Je l'ai remercié pour ses sages conseils, mais ai ajouté que j'aurais probablement trouvé la manière de vider mon bocal tout seul. Il m'a rétorqué qu'après toutes les années qu'il avait passées à former des jeunes, il préférait ne rien laisser au hasard.

– Il s'y connaît, lui dis-je, mais je vous comprends. J'ai effectivement l'impression que vous auriez trouvé la solution sans lui.

– Peut-être. D'un autre côté, je dois reconnaître que je n'aurais jamais pensé à emporter un bocal. Au cinéma, je n'ai jamais vu des flics en planque pisser dans des bouteilles.

On n'en voyait effectivement pas, j'en tombai d'accord avec lui, puis je lui demandai :

– Comment avez-vous réussi à prendre vos photos ?

– Il y avait un gamin qui s'entraînait au basket un peu plus bas dans la rue. Je lui ai promis 5 dollars s'il allait sonner à la porte et se débrouillait pour faire sortir le propriétaire de la baraque. Il y est allé, il a sonné, a filé à toute allure et M. Havemeyer a entrouvert sa porte, mais l'a refermée aussitôt. J'ai pris un instantané, mais ce n'est pas un de ceux que je vous ai envoyés parce qu'on n'y voyait rien. Pour finir, j'ai dit au gamin que ça n'était pas suffisant, mais que s'il recommençait et réussissait à le faire ressortir comme il fallait, je lui donnerais les 5 dollars promis, plus 5 de mieux.

– Et ça a marché.

– Oui, il y est arrivé. Il est rentré chez lui, a pris un sac en papier de cette taille-là, environ, et l'a rempli de journaux froissés. Puis il est allé le poser sur les marches de la baraque de Havemeyer, y a mis le feu, a sonné une deuxième fois et s'est sauvé comme un voleur. Havemeyer a entrouvert à nouveau sa porte et s'est rué dehors pour piétiner le sac qui brûlait.

Il sourit et ajouta :

– Il m'a fallu une minute pour faire le point tellement je riais et avais du mal à tenir mon appareil d'aplomb. Qu'est-ce que c'était drôle !

– J'imagine.

– En fait, c'est une vieille astuce d'Halloween [1].

– Et si je me souviens bien, il y a toujours une petite surprise dans le sac.

– Ben… oui. Une crotte de chien, en général, ce qui fait que quand on veut éteindre le feu en tapant du pied sur le sac, on marche dedans. Mais mon gamin n'est pas allé jusque-là.

– Ce n'est pas plus mal.

– Les photos ne montrent pas ce que Havemeyer était en train de fabriquer parce que, avec l'objectif que j'avais mis, j'avais toute sa tête dans le viseur, mais ça me fait rire de les regarder parce que ses expressions m'y font repenser.

– Je me disais bien qu'il avait l'air de souffrir le martyre.

– Maintenant, vous savez pourquoi.

L'aéroport de Cleveland est situé au sud-ouest de la ville. Lakewood se trouvant, comme il se doit, au bord du

1. Fête de la Toussaint où les jeunes Américains vont de porte en porte pour demander des bonbons « sous peine de sale blague ».

lac et un peu à l'ouest de l'agglomération urbaine, nous pûmes nous y rendre sans nous taper les encombrements. Jason ayant pris le volant et me donnant la réplique, je ne pus m'empêcher de le comparer à TJ. Il devait avoir un ou deux ans de plus que mon apprenti détective et, au premier abord, semblait s'en sortir plus facilement. Il avait aussi l'avantage d'être blanc et d'avoir reçu une éducation bourgeoise. Côté instruction dans les formes, il avait eu droit à beaucoup mieux que TJ, même si l'on peut soutenir que bien comprendre la rue n'est pas facile et que le prix à payer est tout aussi élevé. En arrivant à Lakewood, je conclus qu'ils n'étaient pas si différents qu'il y paraissait. L'un et l'autre étaient de chouettes gamins.

Lakewood, j'en fis la découverte, était une banlieue ancienne, avec de grands arbres et des maisons d'avant guerre. Ici et là, des terrains avaient été oubliés par les promoteurs d'origine, puis bâtis après coup : de maigres baraques de style ranch s'y montraient maintenant, faisant figure de petites nouvelles dans le quartier. Ce fut devant l'une de ces constructions que nous nous garâmes, Jason arrêtant aussitôt son moteur.

– On ne voit plus où ça brûlait, me dit-il. Quand je suis parti, Havemeyer éteignait le feu à grands coups de balai. Faut croire qu'il a bien nettoyé.

– Et s'il avait embauché le même enfant pour le faire ?

– Ça serait pas mal, vous trouvez pas ? Je ne sais pas si Havemeyer est chez lui. Il a fermé la porte de son garage et on peut pas dire si sa voiture y est ou pas.

– Je ne pense pas que j'aurai à allumer un incendie pour le savoir, lui renvoyai-je. Je vais juste aller sonner chez lui.

– Vous voulez que je vous accompagne ?

Je réfléchis à la question.

– Non, lui répondis-je enfin, je ne crois pas.

– Je vous attends ici.

– Ça serait bien. Je ne sais pas combien de temps ça prendra. Ça pourrait être long.

– Pas de problème, me dit-il. J'ai toujours mon bocal.

Je n'eus qu'à sonner une fois. Les huit notes de son carillon résonnaient encore lorsque j'entendis des pas qui se rapprochaient. Havemeyer entrouvrit sa porte, me vit, et l'ouvrit en grand.

Les photos le montraient bien tel qu'il était. Petit, frêle, l'âge commençant à se marquer sur son visage rose. Du gris éclaircissait par endroits ses cheveux méticuleusement peignés. De près, je vis enfin ses yeux d'un bleu aqueux derrière ses lunettes à double foyer.

Il portait un pantalon en gabardine de couleur sombre et une chemise sport à carreaux, avec une poche ornée de plusieurs stylos. Ses chaussures – des oxford marron – étaient brossées de frais.

Cette fois, aucun incendie ne faisait rage sur la dernière marche de son escalier. Seul s'y tenait un type d'âge moyen, comme tant d'autres. Havemeyer ne m'en gratifia pas moins de son air de martyr, comme si la vie était un peu trop dure à supporter. Je connaissais.

– Monsieur Havemeyer ? lui lançai-je.

– Oui ?

– Me permettez-vous d'entrer ? J'aimerais vous parler.

– Vous êtes de la police ?

Il est souvent tentant de répondre oui à cette question, ou de la laisser assez habilement sans réponse. Ce jour-là, néanmoins, je n'en éprouvai pas le besoin.

– Non, monsieur Havemeyer, lui répondis-je. Je m'appelle Matt Scudder et je suis détective privé à New York.

– A New York ?

– Oui.

– Comment êtes-vous arrivé ici ?

– Comment je suis…

– Vous avez pris l'avion ?

– Oui.

– Bah, dit-il en baissant les épaules, vous feriez peut-être mieux d'entrer, n'est-ce pas ?

22

A croire que j'étais venu lui rendre une visite amicale ! Il me conduisit au salon de devant, me recommanda un fauteuil et m'annonça qu'il prendrait bien une tasse de thé. En désirais-je une ? Je lui répondis que oui, et pas seulement pour me montrer aimable. Cela me paraissait une bonne idée.

Je restai seul pendant qu'il s'affairait à la cuisine et songeai soudain qu'il pourrait très bien en revenir en brandissant un couteau à découper ou en tenant dans sa main le revolver même avec lequel il avait abattu Byron Leopold. Si tel était le cas, je n'avais aucune chance d'en sortir vivant. Je n'avais pas mis de gilet pare-balles et pour toute arme ne disposais guère que d'une pince à ongles fixée à mon porte-clés.

Dieu sait pourquoi néanmoins, je ne me sentais pas en danger. Le risque était plus grand de le voir retourner son couteau ou son revolver contre lui-même, ce dont il avait le droit. A ceci près qu'il ne me paraissait pas vraiment suicidaire non plus.

Il revint avec un plateau en noyer orné de poignées en argent, sur lequel il avait placé une théière en porcelaine flanquée d'un sucrier et d'un petit pot à lait. Il s'y trouvait aussi des petites cuillères et des soucoupes. Il posa le tout sur la table basse. Je pris mon thé nature, il mit du sucre et du lait dans le sien. C'était du Lapsong Souchong. D'habitude, je suis incapable de distinguer un thé d'un autre, mais cette fois j'en reconnus l'odeur de fumée avant même d'y avoir goûté.

– Rien de tel qu'une tasse de thé, me lança-t-il.

J'avais emporté un petit magnétophone, je le sortis de ma poche et l'installai sur la table.

– J'aimerais enregistrer cette conversation, lui dis-je. Si vous n'y voyez pas d'inconvénient…

– Après tout, pourquoi pas ? Pour ce que ça changera.

J'allumai le magnétophone.

– Ceci est une conversation entre William Havemeyer et Matthew Scudder, dis-je avant de préciser la date et l'heure de l'enregistrement.

Puis je me rassis et laissai parler Havemeyer.

– Et donc, vous savez tout, commença-t-il.

– L'essentiel, oui.

– Je savais que vous viendriez, enfin… pas nécessairement vous, mais quelqu'un. Je ne sais pas ce qui m'a pris de penser que je pourrais l'emporter au paradis.

Il leva les yeux sur moi et ajouta :

– Un coup de folie, sans doute.

– Comment cela s'est-il passé ?

– Le bateau, dit-il. Cet horrible, horrible bateau…

– Le ferry.

– Le *Magnar Syversen*, c'est ça. Ils n'auraient jamais dû le laisser en service, vous savez ? Il ne pouvait manifestement plus prendre la mer. Vous ne croiriez jamais la quantité d'infractions à la sécurité qu'on y a dénombrées. Et vous savez combien de gens ont péri pour rien ?

– Quatre-vingt-quatre.

– Exactement.

– Dont John Wilbur Settle.

– C'est vrai.

– John Wilbur Settle qui avait une assurance vie dont vous étiez devenu le propriétaire après rachat par l'intermédiaire d'un courtier du Texas spécialisé dans les transferts de viatiques. Vous aviez d'ailleurs déjà conclu un autre accord de ce type sur l'assurance d'un certain Phillips.

– Harlan Phillips.

– Et c'est l'argent que vous avait rapporté sa mort que vous aviez réinvesti sur Settle.

– C'étaient de bons placements.

– C'est ce que je crois comprendre.

– Et pour tout le monde, précisa-t-il. Pour ces pauvres gens qui étaient horriblement malades et n'avaient pas un sou vaillant et pour ceux d'entre nous qui cherchaient un truc sûr mais qui rapporte gros. Je m'excuse… vous m'avez dit votre nom, mais je ne m'en souviens plus…

– Matt Scudder.

– Oui, bien sûr. Je suis veuf, monsieur Scudder. Ma femme était atteinte de sclérose en plaques et a passé l'essentiel de nos années de mariage à souffrir de cette maladie. Elle en est morte il y a sept ans.

– Ça n'a pas dû être facile.

– Non, sans doute. Mais on s'y habitue, comme on s'habitue à être seul. J'ai travaillé vingt ans pour la même société. Il y a cinq ans de ça, ils m'ont offert la possibilité de prendre ma retraite anticipée. « Vous nous servez si bien et depuis si longtemps que nous sommes prêts à vous payer pour que vous vous arrêtiez. » Ce ne sont évidemment pas ces mots-là qu'ils ont employés, mais c'est à ça que ça revenait. Je n'avais pas vraiment le choix.

– Et ça vous donnait de l'argent à placer.

– Ça me donnait de l'argent que j'allais être obligé de placer si je voulais avoir des revenus convenables. Les banques ne me garantissaient pas des intérêts suffisants et je n'ai jamais aimé prendre des risques. Vous êtes bien venu en avion, n'est-ce pas ? Je n'ai jamais pris l'avion de ma vie. J'ai toujours eu peur de voler. Si c'est pas ridicule ! J'ai abattu un type en pleine rue, je l'ai assassiné de sang-froid, mais j'ai peur de monter dans un avion ! Avez-vous jamais entendu parler d'un truc aussi idiot ?

J'essayai de ne pas trop regarder le magnétophone. J'espérai seulement que tout tiendrait sur la bande.

– Et quand le bateau a coulé…

– Le *Magnar Syversen*… Un vrai cercueil flottant. On aurait pu s'attendre à mieux de la part d'une compagnie scandinave, vous ne trouvez pas ?

– Les accidents, vous savez…

– C'est vrai que c'était un accident.

– Et ce n'est pas sans importance, n'est-ce pas ? L'assurance de John Wilbur Settle vous garantissait 50 000 dollars et c'est ce que vous auriez touché s'il était resté bien tranquillement chez lui à mourir du sida.

– Oui.

– Mais sa mort étant due à un accident…

– J'ai touché le double.

– Soit 100 000 dollars.

– Oui.

– Parce que le contrat contenait une clause de doublement des indemnités…

– Que j'ignorais, dit-il, et totalement. Quand le chèque est arrivé, j'ai cru qu'ils s'étaient trompés. Je les ai même appelés en me disant que si je ne le faisais pas, ils finiraient par me le redemander, avec des intérêts. C'est là qu'ils m'ont parlé du doublement des indemnités et m'ont expliqué pourquoi j'avais obtenu deux fois plus que le montant prévu.

– Une manne !

– Je n'arrivais pas à y croire. J'avais racheté la police pour 38 000 dollars, ce qui m'assurait déjà un très bon rendement, mais là, c'était tout simplement remarquable ! J'avais presque triplé mon placement ! De 38 000 dollars, j'étais passé à 100 000.

– D'un seul coup d'un seul.

– Oui.

– Et c'est là que vous avez mis en route une deuxième transaction.

– Oui. Je croyais beaucoup à ce type d'investissement.

– On comprend pourquoi.

– J'ai déposé une partie du chèque à la banque et j'ai placé le reste dans un transfert de viatique. Cette fois-là, j'ai acheté plus gros. 75 000 dollars.

– Vous êtes-vous d'abord assuré que la police contenait une clause de doublement ?

– Non ! Je vous jure que non.

– Je vois.

– Je n'ai jamais cherché à savoir. Mais quand j'ai reçu la police…

– Vous l'avez lue.

– Oui. Juste… vous savez bien, pour voir si la clause y figurait.

– Et, coup de chance, elle y était.

– Oui.

Je laissai durer le silence en buvant un peu de thé. Le témoin rouge brillait sur le côté de mon petit magnétophone. La bande avançait, et enregistra notre silence.

– Certains commentateurs se montrent très critiques à l'égard de ces transactions, reprit-il enfin. Pas sous l'angle investissement, là, tout le monde est d'accord pour dire que ce sont de bons placements, mais l'idée d'attendre la mort de quelqu'un pour pouvoir en bénéficier… Un jour, je suis tombé sur un dessin humoristique où on voyait un type marcher dans le désert avec des vautours en train de décrire des cercles au-dessus de sa tête, mais ce n'est pas du tout ça.

– En quoi est-ce différent ?

– Tout simplement en ce qu'on ne pense pas plus que ça au bonhomme. Et que, quand on y pense, c'est pour lui souhaiter bonne chance. Je préférerais certainement voir un type vivre un mois de plus plutôt que de rentrer dans mes fonds un mois avant. De toute façon, et c'est un fait avéré par les médecins, je sais très bien que le type ne va pas s'éterniser ici-bas et que, intérêt et principal, tout m'est garanti par la progression inéluctable de sa maladie. Aussi bien avec Harlan Phillips qu'avec John Settle, tenez… je savais à peu de choses près quand ils allaient y passer. Cela étant, je ne m'y attardais pas et n'avais aucune envie que ça leur arrive avant la date prévue.

– Mais tout a changé avec Byron Leopold.

Il me regarda droit dans les yeux.

– Vous savez ce que c'est que d'être obsédé par quelque chose ? me demanda-t-il.

– Plutôt, oui.

– Si la maladie suivait son cours et qu'il en mourait, je touchais 75 000 dollars. Mais si le hasard voulait qu'il se fasse renverser par une voiture, qu'il dérape dans sa baignoire ou périsse dans un incendie, j'empochais le double.

Il ôta ses lunettes, les tint à deux mains et, soudain sans défense, me regarda.

– Je n'arrivais plus à penser à autre chose, reprit-il. J'étais incapable de chasser cette donnée de mon esprit.

– Je vois.

– Vraiment ? Que je vous dise autre chose qui m'est aussi arrivé. J'en suis venu à considérer que cet argent m'appartenait. Tout. Les 150 000 dollars. J'ai commencé à croire que j'y avais droit.

J'ai déjà entendu certains voleurs tenir ce genre de propos. Imaginons que vous possédez quelque chose que désire le voleur X. Dans sa tête, il s'opère un tel transfert de propriété que, pour lui, ce qui vous appartient lui revient de droit. Argent, montre, voiture, tout est à lui. A tel point que lorsqu'il s'aperçoit que, de fait, vous êtes encore détenteur de tel ou tel objet de sa liste, il en est quasiment outré. Lorsqu'il vous en soulage, à ses yeux, il ne s'agit pas de vol, mais de réappropriation.

– Si Leopold mourait du sida, était en train de me dire Havemeyer, la moitié de mon argent y passait et je ne supportais pas le gâchis colossal que ça risquait de faire. Et ce n'était même pas comme si lui, ses héritiers ou autres allaient toucher la somme. Par contre, en trouvant la mort dans un accident ou un…

– Tout vous revenait.

– Voilà, et sans que ça coûte rien à personne. Ça n'était plus son argent ou celui d'un autre, c'était… un pur don du ciel.

– Et la compagnie d'assurances ?

– Elle en avait assumé le risque ! s'écria-t-il en haussant la voix. C'est elle qui lui avait vendu une police avec doublement des indemnités. Je suis même sûr que c'est le démarcheur qui le lui avait suggéré. Personne n'exige délibérément ce genre de clause. Sans compter que les primes annuelles devaient être légèrement plus fortes. Bref, le fric était déjà là. Si ce n'était pas le pactole pour moi, ça l'était pour la compagnie d'assurances qui gardait le tout.

J'en étais encore à digérer son raisonnement lorsqu'il baissa la voix et me dit :

– Évidemment, cet argent n'allait pas vraiment tomber du ciel. C'était celui de l'assurance et je n'y avais absolument pas droit. Mais j'ai commencé à voir les choses autrement. Il suffisait que Leopold ait un accident pour que tout me revienne. Si par contre il mourait de sa maladie, je m'en faisais piquer la moitié.

– Vous vous en faisiez piquer la moitié.

– Voilà. C'est comme ça que je commençais à voir les choses.

Il prit la théière et remplit nos deux tasses.

– Je me suis mis à imaginer des accidents.

– A imaginer des accidents ?

– Oui, des trucs qui pourraient lui arriver. Par chez nous, les gens meurent plutôt dans des accidents de voiture qui sont d'une fréquence effroyable. Mais à New York, c'est plus rare.

– Ça arrive, lui dis-je, mais sans doute pas aussi souvent qu'ici.

– Non. Quand on pense à New York, on voit des gens qui se font tuer. Même si, en réalité, comparé au reste du pays, le taux des assassinats n'y est pas particulièrement élevé.

– Pas particulièrement, en effet.

– Il l'est nettement plus à La Nouvelle-Orléans, reprit-il avant de me citer trois ou quatre autres villes encore. Mais, dans l'esprit des gens, les rues de New York comptent parmi les plus dangereuses des États-Unis. Voire du monde entier.

– C'est bien la réputation que nous avons.

– Et donc, je me suis dit que c'était ça qui allait lui arriver. Et vous savez ce que j'ai pensé ?

– Non, qu'est-ce que vous avez pensé ?

– J'ai pensé que ça serait une vraie bénédiction. Pour nous deux.

– Pour vous deux. Pour Leopold et pour vous.

– Voilà.

– Mort rapide.

– Quasiment une faveur.

– J'entends de l'ironie dans votre voix, dit-il, mais la maladie serait-elle plus tendre ? Vous grignoter la vie comme ça ? Vous laisser de moins en moins de choses et finir par vous ôter l'envie de vivre avant même de vous tuer… Savez-vous ce que c'est que de voir ça arriver à quelqu'un qu'on aime ?

– Non.

– Vous pouvez en remercier le ciel.

– Je l'en remercie.

Il enleva de nouveau ses lunettes, puis s'essuya les yeux du revers de la main.

– Elle est morte un petit bout après l'autre.

Je ne dis rien.

– Ma femme… elle a mis des années à mourir. La maladie a commencé par lui coller des béquilles, puis elle l'a clouée sur un fauteuil roulant. Elle lui avalait une bouchée de vie, on finissait par faire avec ce qui restait, à s'y habituer même, mais ça recommençait : la maladie lui bouffait un autre morceau de vie. Et ça ne s'améliorait jamais. Ça ne faisait qu'empirer, encore et encore.

– Ça devait être très dur pour vous.

– J'imagine, me répondit-il comme si cette pensée ne lui était jamais venue à l'esprit. Pour elle, c'était l'horreur. Je priais qu'elle meure et ça me foutait tout en l'air dans la tête. Comment peut-on désirer la mort de quelqu'un qu'on aime ? On peut supplier le ciel que ça aille mieux, mais vouloir sa mort… « Mon Dieu, apaisez ses douleurs, disais-je. Donnez-lui la force de supporter son fardeau. » Et juste après, je me retrouvais à ajouter : « Mon Dieu, je vous en prie, faites que ça finisse. »

Il soupira, puis se redressa.

– Pas que ça aurait changé quoi que ce soit, reprit-il. La maladie suivait son petit parcours et marchait à son rythme. Ce n'étaient pas mes prières qui allaient ralentir ou accélérer sa progression. Elle l'a torturée aussi longtemps qu'elle a voulu, puis elle l'a tuée. Et tout a pris fin.

Mon magnétophone devait avoir le sens des effets, car ce fut à ce moment précis que la bande arriva au bout de la première face. L'ouvrir, retourner la cassette et réenclencher l'enregistrement en dérangeant aussi peu que possible afin de ne pas détruire l'ambiance… Ce fut le plus naturellement du monde que mes doigts sabotèrent toutes ces opérations, s'accrochant aux boutons, dérapant sur la cassette…

Ce n'était peut-être pas plus mal. L'ambiance avait peut-être besoin de changer.

Havemeyer se remit à parler et revint à Byron Leopold.

– Au début, je me disais seulement qu'il pourrait se faire tuer. Un cambrioleur qui entre chez lui, un type qui le braque dans la rue. N'importe quoi. Une balle perdue dans un règlement de comptes entre dealers, tout ce qu'on lit dans la presse ou qu'on voit à la télé. Je me repassais la scène dans ma tête et j'imaginais que c'était à lui que ça arrivait. J'avais vu une émission, je crois que c'était fondé sur des faits réels, où on parlait d'un infirmier qui étouffait ses malades. Et comme ils n'étaient pas tous en phase terminale, ce n'était pas vraiment une faveur qu'il leur faisait. Je me disais que ça pourrait lui arriver et, un jour, j'ai compris qu'on se tromperait probablement sur l'origine de sa mort. On l'attribuerait à des causes naturelles.

– Et pour vous, ça serait du vol.

– Oui, et je ne le saurais même pas. Et pour ce que j'en savais, il n'était même pas impossible que, pris de pitié, un infirmier ait étouffé Harlan Phillips sur son lit de mort. En plus, sa police d'assurance contenait bien la clause de doublement des indemnités. Ce qui fait que, pour ce que j'en savais…

– Oui.

– Et donc, s'il était dit que Byron Leopold doive finir assassiné, il était hors de question qu'il donne l'impression d'avoir péri dans son sommeil ou succombé à sa maladie. Il ne fallait pas que ça passe pour un accident. Je me suis un peu renseigné et me suis aperçu que, pour les assurances, l'homicide fait partie des accidents. C'est qu'à ce moment-là, voyez-vous, je songeais déjà à faire le coup moi-même. Je ne me souviens plus de l'instant où l'idée m'en est venue, où elle m'est entrée dans la tête, mais il a suffi qu'elle s'y trouve pour ne plus jamais en sortir. Je n'arrivais plus à penser à autre chose.

Il n'avait jamais songé à hâter la mort de sa femme. Même lorsqu'il souhaitait la voir mourir et priait pour que ça se produise, jamais il ne lui était venu à l'esprit de faire quoi que ce soit pour accélérer les choses. Jusqu'au jour où il s'était enfin mis à envisager divers moyens de tuer Byron Leopold, jamais il ne s'était dit que la balle ou le couteau auraient pu épargner de grandes souffrances à son épouse.

– Je n'aurais jamais pu faire un truc pareil, reprit-il.

– Mais vous vous êtes dit qu'avec Leopold, ça devenait possible.

– Je ne savais pas. Je ne me voyais pas le faire autrement qu'avec une arme à feu. Le frapper ou le poignarder, non, je m'en sentais incapable. Mais braquer une arme sur lui et appuyer sur la détente, oui, peut-être. Ou peut-être pas. Je n'en étais pas du tout certain.

– Où avez-vous trouvé le revolver ?

– Je l'avais depuis des années. Il appartenait à un de mes oncles et, quand il est mort, ma tante a refusé de le garder chez elle. Je l'ai rangé dans une malle au grenier, avec la boîte de balles, et je n'y ai plus jamais repensé. Jusqu'au jour où j'y ai repensé, et où je l'ai retrouvé à l'endroit où je l'avais rangé. Je ne savais même pas s'il marchait encore. J'avais peur qu'il m'explose dans la main quand je tirerais.

– Mais vous vous en êtes quand même servi.

– Je suis allé à la campagne et je l'ai essayé. J'ai tiré deux ou trois balles dans un tronc d'arbre, pas plus. Ça avait l'air de fonctionner. Je suis rentré à la maison et j'ai réfléchi. Je n'arrivais plus à dormir et à manger, et je savais qu'il fallait faire quelque chose. Un jour, je suis allé à New York.

– Comment avez-vous réussi à faire passer votre revolver sous le portique de détection à l'aéroport ?

– Comment ai-je… Je ne suis pas allé à l'aéroport. Je n'ai pas pris l'avion. Je ne le prends jamais.

– Ah, c'est vrai, vous me l'avez dit. J'avais oublié.

– J'ai pris le train et là, il n'y a ni fouille des bagages ni portique de sécurité. Il faut croire que les chemins de fer ne craignent guère les hold-up.

– Depuis Jesse James, vous savez…

– Et donc, je suis allé à New York, j'ai trouvé l'immeuble où il habitait et j'ai découvert qu'il y avait un *bed and breakfast* à une rue de là. Je ne savais pas combien de temps je resterais, mais, à mon avis, ça ne pouvait pas me prendre plus d'une semaine. A condition que je tienne le coup.

De fait, il aurait pu régler l'affaire dans la matinée qui avait suivi sa première nuit au *bed and breakfast*. Il avait gagné le petit jardin public pour surveiller l'entrée de l'immeuble de Leopold et, en voyant ce dernier en sortir sur ses béquilles et son journal sous le bras, avait aussitôt compris que c'était bien lui qu'il cherchait. Le sida marquait son visage ; Leopold, c'était clair, se trouvait déjà au dernier stade de la maladie.

Mais Havemeyer n'avait pas emporté son revolver. Celui-ci était resté dans sa chambre, enveloppé dans un torchon rangé dans sa valise fermée à clé.

Le lendemain matin, il l'avait emporté et, en arrivant au jardin public, avait trouvé Byron Leopold assis sur son banc. Le quartier lui semblant présenter une forte concentration d'homosexuels, il lui était brusquement venu à l'esprit qu'il y avait peut-être plus d'un malade du sida dans l'immeuble. Qu'une mort aussi rapide soit sans aucun doute une manière de délivrance inespérée pour Leopold Byron n'empêchait pas qu'il faille peut-être se montrer prudent et vérifier l'identité du client. Aussi fort qu'il rationalisât l'affaire, il s'agissait quand même d'un meurtre pour le fric et il risquait de tout perdre en se trompant de cible.

– Alors, je suis allé jusqu'à lui, reprit-il, et je l'ai appelé par son nom. Il a hoché la tête et m'a dit que oui, Byron Leopold, c'était bien lui, enfin… quelque chose comme ça, je ne me souviens plus très bien. Mais moi, voyez-vous, je n'étais toujours pas certain d'aller jusqu'au bout parce qu'au fond, je ne m'étais pas encore engagé. Même après l'avoir formellement identifié, je pouvais m'éloigner et décider de remettre ça à plus tard. Je pouvais même rentrer ici et tout laisser tomber. « Monsieur Leopold ? – Oui. – Byron Leopold ? – Oui, qu'est-ce qu'il y a ? » Enfin... quelque chose comme ça. Et tout d'un coup, j'avais déjà sorti mon arme et je lui tirais dessus.

A partir de là, il se montra nettement moins précis. Il s'était mis à courir en pensant qu'on allait le poursuivre et le capturer. Mais personne ne s'était lancé à ses trousses et personne ne l'avait attrapé. En début de soirée, il avait repris son train pour Cleveland.

– Je pensais qu'on allait me cueillir, reprit-il.

– Mais personne ne l'a fait.

– Non. Il y avait des gens dans le jardin public. Ils avaient assisté à la scène et je me disais qu'ils donneraient mon signalement et qu'il y aurait vite un portrait-robot de moi dans tous les journaux. Je pensais aussi que quelqu'un finirait bien par faire le lien avec la police d'assurance. Mais il n'y avait toujours rien dans les journaux, enfin... pour autant que je le savais. Tous les jours j'attendais qu'on frappe à la porte, mais rien ne se passait.

– A vous entendre, on croirait presque que vous l'espériez.

Il hocha lentement la tête.

– Je ne cesse d'y penser, dit-il, et je suis toujours incapable d'expliquer... à moi, et encore moins aux autres. Je pensais pouvoir aller tuer cet homme à New York et qu'après... Après, je rentrerais ici et la seule différence dans ma vie serait que j'aurais plus d'argent.

– Mais ce n'est pas comme ça que ça s'est passé.

– Dès que j'ai appuyé sur la détente, mes illusions se sont dissipées comme visage de fumée dispersé par le vent. On ne voyait même plus où il était passé. Et c'était fini : le bonhomme était mort et il n'y avait aucun moyen d'inverser le cours des choses.

– Il n'y en a jamais eu.

– Non, il n'y en a jamais eu, on ne peut pas revenir sur le passé. Il est gravé dans la pierre. On ne peut en effacer un seul mot, pas même une syllabe.

Il soupira lourdement et dit encore :

– Je croyais… bah, c'est inutile.

– Dites.

– Je croyais que ça n'avait aucune importance. Je pensais qu'il allait mourir, de toute façon. Et c'était vrai, en plus !

– Oui.

– Comme nous tous, jusqu'au dernier. Nous sommes tous mortels. Cela signifie-t-il pour autant que ce ne soit pas un crime de tuer l'un d'entre nous ?

Pas pour Dieu, pensai-je. Il fait ça tout le temps.

– Je me disais que je lui faisais une fleur, reprit-il avec amertume. Que je lui offrais une issue commode. Qu'est-ce qui a pu me faire penser un truc pareil ? S'il avait été prêt à mourir, il aurait pu avaler des cachets ou se mettre la tête dans un sac en plastique. Ce ne sont pas les moyens qui manquent. Il habitait un appartement en haut de l'immeuble, nom de Dieu ! Il aurait pu se jeter par la fenêtre ! Si ç'avait été ce qu'il voulait…

Il plissa le front et ajouta :

– Il n'était manifestement pas pressé de mourir. Il n'avait vendu sa police d'assurance que pour une seule raison : se faire du fric pour vivre encore. Il voulait vivre aussi agréablement que possible et que ça dure ce que ça durerait. Je lui ai bien fourni l'argent, conclut-il, mais, tout de suite après, je lui ôté la vie.

Il avait enlevé ses lunettes pendant qu'il parlait ainsi, il les remit et me regarda.

– Bien, dit-il, et maintenant, qu'est-ce qui se passe ?

Toujours la belle question.

– Vous avez plusieurs possibilités, lui dis-je. J'ai un ami, un policier de Cleveland, qui est au courant de l'affaire. Nous pourrions aller à son commissariat où vous serez mis en état d'arrestation et officiellement informé de vos droits constitutionnels.

– La procédure Miranda.

– Oui, c'est comme ça que ça s'appelle. Après, bien sûr, vous pourrez exiger la présence de votre avocat pour qu'il vous explique les diverses options qui s'offrent à vous. Il vous recommandera probablement d'accepter l'extradition[1], auquel cas on vous ramènera à New York pour la mise en examen.

– Je vois.

– Vous pouvez aussi y retourner volontairement avec moi.

– A New York, vous voulez dire.

– C'est ça. Pour vous, cela présenterait surtout l'avantage de vous éviter pas mal d'attente et de formalités. Et il y a autre chose de plus personnel.

– Oui ? Quoi ?

– Je... je ne vous passerais pas les menottes, lui répondis-je. Si on vous met officiellement en taule, vous devrez porter des menottes tout le temps et cela risque d'être gênant et assez inconfortable pendant le trajet en avion. Alors que moi, je n'ai pas de statut officiel dans l'affaire et ne suis donc pas tenu de respecter ce genre de règles. La seule exigence serait que nous trouvions deux places côte à côte.

– Dans l'avion, dit-il.

– Ah, c'est vrai. Vous ne prenez jamais l'avion.

– Ça doit vous paraître assez bête. Surtout maintenant.

– S'il s'agit de phobie, la logique n'a rien à faire là-dedans. Monsieur Havemeyer... Je ne veux pas vous pousser à faire ceci plutôt que cela, mais que je vous dise... Si vous êtes officiellement incarcéré, puis transféré à New York, vous serez obligé de faire le trajet en avion.

– Alors que si je partais avec vous...

– Combien de temps cela prend-il en train ?

– Un peu moins de douze heures.

1. Selon la législation fédérale, tout suspect d'un crime de sang doit être jugé dans l'État où le crime a été commis.

– Vraiment ?

– Par le *Lake Shore Limited.* Le convoi quitte Cleveland à trois heures du matin et arrive à New York à deux heures moins dix de l'après-midi.

– C'est comme ça que vous y êtes allé ?

– Ce n'est pas si terrible que ça, dit-il. Les sièges ont un dossier inclinable. On peut dormir et il y a un wagon-restaurant.

En avion, le trajet s'effectue en un peu plus d'une heure, mais même à le laisser dans une cellule à Cleveland, je n'aurais jamais pu trouver un vol pour New York avant le lendemain matin.

– Si vous voulez, lui suggérai-je, je vous accompagne en train.

Il hocha la tête.

– C'est sans doute ce qu'il y a de mieux, dit-il.

23

Le voyage fut long.

Je le laissai seul quelques instants et en profitai pour aller mettre Jason au courant de la situation. Il avait pris des dispositions pour sa soirée, mais m'assura que tout décommander ne lui posait absolument aucun problème et qu'il serait très heureux de nous conduire à la gare. Je lui répondis qu'il ferait aussi bien de nous retrouver chez mon prisonnier, il convint que ce serait effectivement plus commode que de rester assis dans la bagnole avec le bocal à grande ouverture que lui avait recommandé son oncle.

Pendant qu'il fermait sa voiture à clé, je me dépêchai de retourner à la maison. J'y avais laissé Havemeyer seul et cela m'inquiétait. J'avais peur de le retrouver mort, ou en train de converser au téléphone avec son avocat. Je ne savais pas ce qui m'aurait troublé le plus, mais il s'avéra que mes craintes étaient sans fondement. Je trouvai Havemeyer à la cuisine, où il finissait de rincer nos tasses à thé.

Je l'informai que j'avais invité Jason à se joindre à nous. Quelques instants plus tard, on frappa à la porte et j'allai ouvrir. Je n'avais aucune idée de ce que nous pourrions bien nous raconter, mais la question fut résolue dès que Havemeyer eut découvert que Jason faisait ses études à Western Reserve. La conversation roulant bientôt sur l'équipe de football de l'université, on en vint sans trop de mal à reprendre, et avec passion, la question des Browns, équipe que son propriétaire avait fort perfidement décidé de vendre à Baltimore.

– Moi, lança Havemeyer, le seul mot gentil que je pourrais avoir pour cet individu est que c'est un vrai fils de pute.

Inévitablement, on en vint ensuite à analyser le caractère et les ancêtres probables du sieur Walter O'Malley, ce qui enclencha une deuxième discussion, plus théorique celle-là, sur ce qu'est vraiment une équipe et sur la question de savoir si les athlètes qui la composent lui appartiennent ou si, au contraire, l'équipe appartient à ses supporters. Tout cela aurait été fascinant en soi, mais les circonstances donnaient à l'affaire un tour très particulier. De fait, c'étaient deux conversations qui résonnaient dans la pièce, celle qu'on avait vraiment et celle qu'on avait décidé de ne pas avoir. La première traitait du sport et de ses illusions, la seconde du crime et de ses conséquences.

Jason passa quelques coups de fil pour annuler ses engagements. J'appelai la compagnie Amtrak pour réserver deux places Cleveland-New York à bord du *Lake Shore Limited*, puis je téléphonai à Elaine, tombai sur ma propre voix au répondeur et avertis mon épouse que je serais de retour à New York dans l'après-midi du lendemain. Je retournai ensuite dans la salle de séjour, où je trouvai Jason et Havemeyer en train d'étudier le menu du dîner. Jason suggéra d'aller acheter une pizza, Havemeyer lui fit remarquer qu'il serait plus rapide et plus simple de la faire livrer. Ce fut lui qui appela la pizzeria, le gamin de chez Domino frappant à la porte bien avant la fin du délai de vingt minutes réglementaire. Havemeyer but une canette d'Amstel light avec sa pizza, Jason et moi nous en tenant à du Coca. J'eus l'impression que Jason aurait préféré de la bière et me demandai ce qui l'avait décidé à y renoncer. Pensait-il qu'on ne devait pas boire pendant le service ? Son oncle lui avait-il dit que j'étais un alcoolique repenti – ce qui l'aurait amené à penser que boire devant moi aurait quelque chose d'inconvenant ?

Lorsque nous eûmes fini de manger, Havemeyer se rappela qu'il avait à préparer ses affaires pour le voyage. Je l'accompagnai jusqu'à sa chambre et m'adossai au mur pendant qu'il choisissait son linge et le disposait dans sa valise. Tout étant prêt, il ferma son bagage, le souleva et fit la grimace. Il y avait, me dit-il alors, très longtemps qu'il songeait à s'acheter une de ces valises à roulettes qu'on voit partout de nos jours, mais il n'y était jamais arrivé.

– C'est vrai que je ne risque plus de voyager beaucoup, ajouta-t-il.

Je lui demandai si sa valise pesait lourd.

– Pas trop, me répondit-il. J'ai plus de linge que la dernière fois, mais je n'ai pas mon arme et, croyez-moi, c'est beaucoup plus lourd qu'on croit. A ce propos... Qu'est-ce qu'il faut en faire ?

– Vous l'avez toujours ?

– C'est bête, non ? J'avais l'intention de m'en débarrasser. Je l'aurais bien jetée dans le lac, ou dans une bouche d'égout, mais je l'ai gardée. Je me disais que... j'en aurais peut-être besoin.

– Où est-elle ?

– Au grenier. Vous voulez que j'aille la chercher ? Il ne vaudrait pas mieux la laisser là où elle est ?

Je réfléchis à la question. Il fut un temps où la réponse se serait imposée, mais bon nombre de décisions judiciaires ont changé les conditions de recevabilité des pièces à conviction. Ne valait-il pas mieux en effet laisser le revolver où il était de façon qu'on puisse le trouver en temps utile après avoir obtenu un mandat de perquisition ?

C'était probable, mais il ne fallait pas oublier que, pendant ce temps-là, un inconnu pouvait s'introduire dans la maison et le voler. J'arrêtai que je ferais mieux de le garder en ma possession. Même si un juge le déclarait aussi irrecevable que sa confession enregistrée sur bande magnétique, il me parut qu'il devait y avoir assez de preuves à charge pour accabler Havemeyer.

Ce dernier se glissa sous le toit et ressortit avec son arme enveloppée dans du tissu à carreaux rouges et blancs. Il s'agissait sans doute du torchon susmentionné. Il me la tendit comme ça, et je n'eus pas besoin de la déballer pour en sentir l'odeur. Il ne l'avait pas nettoyée après avoir tiré, elle puait encore les coups de feu qui avaient tué Byron Leopold.

Je gagnai la voiture de Jason et cachai le revolver dans le coffre.

Nous tuâmes le temps en jouant au barbu, Havemeyer refit du thé. Jason nous conduisit tôt à la gare, nous y arrivâmes presque une heure avant le départ du train. Je donnai un peu d'argent à Jason, il m'affirma que c'était plutôt à lui de me payer pour l'expérience que je lui avais fait vivre. Je lui conseillai de ne pas être bête, il empocha mon fric.

Comme il l'avait fait pour les pizzas, Havemeyer tint absolument à régler les deux billets de train.

– Deux allers simples, lança-t-il. Vous ne reviendrez pas à Cleveland, et moi non plus.

Le train était tellement bondé que nous ne trouvâmes pas deux places côte à côte. J'entrepris le contrôleur et l'informai que, détective privé de mon état, je ramenais un témoin à New York. Il obligea un voyageur à changer de place, je laissai Havemeyer s'installer près de la fenêtre et m'assis à côté de lui.

Nous parlâmes environ une heure. Il voulait savoir à quoi il devait s'attendre et je lui dis tout ce que je savais. Je lui conseillai surtout de prendre un avocat, même s'il ne lui restait plus guère qu'à plaider coupable et à coopérer avec la police. Il m'informa qu'il avait déjà eu recours aux services d'un homme de loi des environs, mais que celui-ci ne prenait pas d'affaires au criminel et ne travaillait, de toute façon, que sur la région de Cleveland.

– Mais peut-être pourrait-il me recommander quelqu'un, ajouta-t-il.

Je lui répondis que c'était vraisemblable et que je pouvais, moi aussi, lui indiquer quelques personnes à New York.

Il me dit qu'il avait toutes les chances de passer le reste de sa vie en prison, je lui renvoyai que ce n'était pas forcé, qu'il arriverait très probablement à éviter l'accusation de meurtre avec préméditation, que son avocat pourrait faire passer l'agonie de son épouse pour des circonstances atténuantes et que l'absence de casier judiciaire – pas même une infraction au code de la route, tout juste quelques amendes pour stationnement interdit – jouerait certainement en sa faveur.

– Vous n'échapperez pas à la prison, lui dis-je, mais vous avez de fortes chances de purger votre peine dans un établissement de basse sécurité, où la plupart des détenus seront des criminels en col blanc et pas du tout des violeurs d'enfants et autres brutes épaisses. Je ne dis pas que ça vous plaira, mais ça n'aura rien à voir avec un quelconque enfer à la Shawshank Redemption[1]. Et ça m'étonnerait beaucoup que vous y fassiez plus de cinq ans.

– Ça ne me paraît pas énorme, constata-t-il. Pour avoir tué un innocent…

Je me dis que la peine lui paraîtrait nettement plus longue lorsqu'il lui faudrait la purger. Sans compter que si elle ne lui suffisait pas, il pouvait toujours récidiver.

Trois quarts d'heure après avoir quitté Cleveland, il prit un Valium, ce qu'il avait manifestement l'habitude de faire pendant ses longs voyages en train. Il m'en tendit un, mais je déclinai son offre. Ça ne m'aurait pas déplu, mais, pour ce qui était de ça, je n'aurais pas détesté une bonne pinte d'Early Times non plus. Il avala son Valium, inclina son dossier en arrière, ferma les yeux et je n'entendis plus parler de lui pendant les cinq ou six heures qui suivirent.

J'avais acheté un livre de poche à l'aéroport de Newark avant qu'on appelle les passagers de mon vol et ne l'avais même pas ouvert à l'aller. Je le sortis de mon sac et en lus un bout en le reposant de temps en temps sur mes genoux afin de regarder au loin en pensant des pensées profondes. Les trajets en train se prêtent bien à ce genre de choses.

Un peu avant l'aube, je fermai les yeux et, lorsque je les rouvris, il faisait déjà jour et nous arrivions en gare de Rochester. Je filai boire un café au wagon-bar. Havemeyer dormait encore lorsque je revins m'asseoir à côté de lui.

1. Nouvelle de Stephen King, « Rita Hayworth et la Shawshank Redemption », in *Différentes Saisons.*

Il se réveilla un peu plus tard, nous prîmes un petit déjeuner et regagnâmes nos places. Il ne se rendormit pas pendant le reste du trajet, mais me parut légèrement sonné et ne parla guère. Il lut le magazine d'Amtrak et lorsqu'il en eut épuisé toutes les possibilités, je lui passai le poche qui m'était tombé des mains.

Aux environs de midi – nous venions de quitter Albany –, je donnai un coup de fil. On pouvait le faire du compartiment, il suffisait de glisser sa carte de crédit dans une fente et de décrocher un appareil. J'appelai le commissariat du sixième secteur et réussis à avoir Harris Conley. Je lui dis que je revenais de Cleveland avec un suspect dans l'affaire Byron Leopold. Je ne fus même pas obligé de lui rafraîchir la mémoire. C'est vrai que Byron Leopold est un nom qui ne s'oublie pas facilement.

– Qu'est-ce que t'as fait ? me demanda-t-il. Tu l'as arrêté ? Je suis pas très sûr que du point de vue juridique…

– Non, il vient de sa propre volonté. J'ai ses aveux complets sur bande. Là non plus, je ne sais pas trop si c'est légal, mais je les ai, et j'ai aussi son arme.

– C'est assez stupéfiant, tout ça, me renvoya-t-il.

Puis il proposa de m'envoyer une escouade à la gare, mais je ne pensais pas que ce fût nécessaire. Havemeyer avait accepté de faire le voyage et je me disais qu'il lui serait plus facile de se rendre lui-même aux autorités. En plus, je lui avais promis de lui éviter les menottes aussi longtemps que possible.

J'aurais bien aimé savoir ce que je cherchais lorsque nous arrivâmes à Grand Central. Il bruinait un peu, ce qui, comme d'habitude, avait fait fuir tous les taxis. Avant longtemps néanmoins, l'un d'eux s'arrêta pour décharger un client. Nous le prîmes aussitôt et nous dirigeâmes vers le bas de Manhattan.

On ne me fit pas trop attendre au commissariat. Je tendis le revolver à Conley (une fois déplié le torchon dans lequel il était emballé, je m'aperçus qu'il s'agissait effectivement d'un calibre 38 avec trois balles dans le barillet) et lui confiai aussi la cassette. Je répondis à toute une série de questions, puis je dictai une déposition.

– Je suis content que tu sois tombé sur moi quand tu as appelé, me confia Conley. Et je suis encore plus content d'avoir compris de quoi tu me parlais. Inutile de te dire que ce n'était pas un dossier qu'on poussait beaucoup.

– Ça ne m'étonne pas.

– Il faut bien trier, me renvoya-t-il. On bosse sur les affaires qu'on a une chance de résoudre. Et sur celles qui excitent la hiérarchie.

– Rien n'a changé.

– Et rien ne changera, d'après moi. Ce qu'il faut voir là-dedans, c'est que ça n'a jamais été une affaire prioritaire, surtout une fois écoulées les premières soixante-douze heures. Sans compter que la ville est tellement cinglée ces derniers temps, surtout les flics, que ça m'étonne même de ne pas oublier mon nom. Quant au tien et à celui de Byron Leopold…

– La ville est cinglée ? Mais pourquoi ?

– Tu ne sais donc pas ? Mais où as-tu passé les dernières douze heures, bordel de Dieu ?

– Dans un train.

– Ah, oui, c'est vrai. Mais quand même… Tu n'as pas vu les journaux ? Tu n'as pas écouté la radio ? Tu as bien traversé la gare, non ? Et tu n'es pas passé devant un seul kiosque dans tout Grand Central ?

– J'avais des bagages à porter et un assassin à escorter, lui rappelai-je. Je n'avais guère le temps de m'intéresser aux événements de Bosnie.

– Laisse tomber la Bosnie, tu veux ? Ce n'est pas la Bosnie qui a fait la une aujourd'hui. Non, ce matin, il n'y en a que pour Will.

– Will ?

Il acquiesça d'un hochement de tête.

– Ou bien c'est le n° 1 qui nous revient du royaume des morts ou alors, Will n° 2 est autrement plus dangereux qu'on croyait. Tu connais le critique de théâtre…

– Regis Kilbourne ?

– C'est ça même. Will se l'est fait hier soir.

24

A croire, ou presque, qu'il l'avait cherché.

Va savoir comment, j'avais loupé son article dans le *New York Times.* Il l'y avait fait passer à la fin de la semaine précédente, mais à la page « Courrier et libres opinions » alors qu'il publiait toujours ses comptes rendus dans le cahier « Arts ». J'ai consulté ce numéro depuis lors, et il me semble bien y avoir lu à ce moment-là un article où William Safire faisait découvrir aux lecteurs les réflexions intimes de divers candidats à la présidence. Il est donc assez vraisemblable que j'aie jeté un coup d'œil à ce que Regis Kilbourne avait à dire, mais que j'aie laissé tomber avant d'arriver aux lignes fatidiques.

Ç'aurait été bien naturel dans la mesure où son bref essai s'ouvrait sur un vibrant appel à défendre la liberté de la presse. Il nous avait déjà fait le coup lorsque Will l'avait inscrit sur sa liste et s'était longuement répandu sur les responsabilités ô combien profondes du critique face à sa conscience et à son public. Il est tout à fait possible que j'aie décidé de ne pas me retaper ça.

Les 850 mots qui lui étaient alloués lui avaient à peine suffi pour en venir au fait, le reste de son article étant consacré à la critique d'une production théâtrale. Cela dit, le grand spectacle auquel on avait droit était bien particulier puisque c'était dans tout New York qu'il se jouait : Regis Kilbourne avait pris Will dans sa ligne de mire, et sa critique était mauvaise.

> Il est habituel – écrivait-il –, mais en aucune manière impératif, d'aller revoir une pièce qui se joue depuis longtemps

lorsque la distribution y a beaucoup changé. Quand la production d'origine était essentiellement de première qualité, ce genre d'exercice est presque toujours décevant. C'est assurément le cas pour ce que, s'il en faisait une comédie musicale à Broadway, un producteur intitulerait certainement *Will !* – surtout ne pas oublier le point d'exclamation de rigueur de nos jours.

Dans sa première incarnation, *Will !* était, sans qu'on puisse en douter, du bon théâtre. Avec l'élégance de feu Adrian Whitfield dans le premier rôle, cette production exerçait une véritable fascination sur les quelque huit millions de New-Yorkais que nous sommes. Mais ce qui, au début, avait donné naissance à de la belle tragédie (parfois relevée par des moments fort comiques) nous revient aujourd'hui comme une farce, et aussi vive et cinglante qu'un soufflé qui retombe.

Whitfield mort et démasqué, c'est hélas son remplaçant qui surgit des coulisses – et prend une pelle. Will n° 2, puisque c'est ainsi que, semble-t-il, on l'appelle, est un monsieur qui pérore et crie des rages stériles. Pâle imitation de ce que fut l'autre, nous ne le prenons au sérieux qu'en nous souvenant de son maître.

Mais il suffit. « Vous n'êtes que des cartes ! » dit Alice en dispersant ses adversaires aux quatre coins du Pays des Merveilles. J'en ai autant à l'adresse de ce poltron qui se drape dans les vêtements du défunt Whitfield. Dès maintenant, je cesse de me promener sous bonne garde et de vivre comme en état de siège. Dès maintenant, oui, la deuxième place qui m'est toujours réservée au théâtre ne sera plus occupée par un petit gros qui préférerait rester chez lui à regarder « NYPD Blue ». Je reprends ma vie et ne puis que recommander au Will du moment d'en faire autant. Rideau, on démonte les tréteaux et... trouve autre chose à faire !

Kilbourne avait pris sa décision tout seul, mais en avait averti les flics avant que sa « libre opinion » en informe tout un chacun. On l'avait certes mis en garde, mais personne n'avait vraiment essayé de l'en dissuader. Aussi bien était-on arrivé à la même conclusion que lui. Les copieurs sont parfois aussi dangereux que ceux qu'ils imitent, mais tout semblait indiquer que Will n° 2 n'avait rien d'un copieur de meurtres : en fait de copie, il ne copiait jamais que des lettres. Il serait poursuivi, et pris un jour, mais le problème avait perdu de son urgence.

Et donc, ce mardi soir-là, pendant que dans la cuisine d'une maison de style ranch sise à Lakewood, État de l'Ohio, je jouais au barbu avec un étudiant en fac et un assassin qui avait avoué son crime, Regis Kilbourne assistait à l'avant-première d'une nouvelle pièce de P. J. Barry, *Poor Little Rhode Island.* Il s'était fait accompagner par une demoiselle Melba Rogin qui ressemblait à un mannequin, mais était en fait photographe de mode. Après le spectacle, le couple s'était rendu chez Joe Allen pour y boire un verre avant de souper légèrement, puis avait sauté dans un taxi qui l'avait ramené à Chelsea où le critique possédait tout le rez-de-chaussée d'une maison en pierre de taille.

Aux environs d'une heure et quart du matin, Kilbourne avait proposé à la demoiselle de passer la nuit chez lui, mais celle-ci avait une séance de photos tôt le lendemain matin et tenait à rentrer chez elle. (Un journal à sensation lui avait demandé ce qui serait arrivé si elle n'avait pas décliné l'offre de son hôte. Kilbourne en aurait-il réchappé ? Aurait-elle trouvé la mort avec lui ?) Toujours est-il que le critique avait raccompagné Melba jusqu'à la Septième Avenue et l'avait mise dans un taxi qui était parti vers le bas de Manhattan où elle avait un loft dans Crosby Street. Kilbourne regagnait déjà son domicile lorsque Melba l'avait vu pour la dernière fois.

Il était de toute évidence rentré directement chez lui et, à un moment donné, dans les deux heures qui avaient suivi, avait reçu de la visite. Apparemment, ou bien Will s'était débrouillé pour avoir une clé, ou bien c'était Kilbourne qui l'avait laissé entrer – il n'y avait en effet aucune trace d'effraction. Il ne semblait pas non plus que le critique ait opposé de résistance à son agresseur. Celui-ci l'avait frappé à la tête avec un objet lourd, le coup étant porté avec assez de force pour faire perdre connaissance à la victime qui était tombée par terre, ou y avait été étendue, face contre le sol. Will avait alors poignardé

Kilbourne dans le dos avec un couteau de cuisine Sabatier à lame en acier-carbone, arme qu'il avait ensuite retirée du corps, passée sous le robinet de l'évier et mise à sécher dans l'égouttoir à vaisselle.

(« Will n'est probablement pas chef cuisinier, en avait conclu Elaine. Les couteaux de ce genre s'essuient à la main. Comme ils ne sont pas en acier inoxydable, ils risquent de rouiller et ça, un grand cuisinier l'aurait su. » « Peut-être le savait-il, lui avais-je renvoyé, mais avait-il préféré s'en foutre. » « Un grand cuisinier ne s'en serait jamais foutu », avait-elle insisté.)

J'ignore si le couteau avait eu le temps de rouiller, mais je sais qu'il y avait encore des traces de sang sur la lame – ce qui en avait aussitôt fait l'arme du crime. On n'y avait décelé aucune empreinte et, hormis celles de Kilbourne et de Melba Rogin, on n'en avait pas davantage découvert dans le reste de l'appartement.

Kilbourne avait été retrouvé entièrement habillé. Il était toujours vêtu du pantalon en toile et du pull-over qu'il avait passés pour raccompagner Melba jusqu'au taxi. (La jeune femme avait déclaré qu'il portait aussi une veste de base-ball en suédine marron, vêtement qu'on avait effectivement retrouvé posé sur le dossier d'une chaise.) Will était arrivé à l'appartement avant que Kilbourne se mette au lit, ou alors ce dernier avait renfilé les mêmes habits pour aller lui ouvrir. D'après Melba, Kilbourne était parfaitement réveillé lorsqu'elle l'avait quitté. Il aurait donc très bien pu rester debout pour regarder la télévision, voire écrire un article.

Mais s'il avait écrit quoi que ce soit, on n'en avait rien retrouvé. Kilbourne se servait encore d'une machine à écrire, une vieille Royal portative qui, de toute évidence, avait quelque chose de totémique à ses yeux. Il n'y avait pas de chef-d'œuvre en cours dans le chariot, pas même quelques notes posées à côté. Un journaliste avait demandé à Melba Rogin si la pièce qu'ils avaient vue lui avait plu (il aurait sans doute posé la même question à l'épouse de Lincoln), elle avait prétendu n'en rien savoir. Selon elle, Kilbourne ne disait jamais ce qu'il pensait d'une pièce avant d'avoir terminé son article. « Mais je ne crois pas qu'il ait adoré », avait-elle reconnu.

Ce commentaire avait aussitôt donné naissance à de nouvelles théories. Un bel esprit avait même réussi à se faire citer dans la rubrique de Liz Smith en affirmant que, Kilbourne ayant détesté la pièce et l'ayant éreintée, c'était l'auteur, P. J. Barry en personne, qui lui avait rendu visite et l'avait frappé avant d'emporter l'article assassin pour le jeter au feu. « Mais je connais P. J. Barry, lui rétorquait Smith, et j'ai, moi aussi, vu *Poor Little Rhode Island* et non, je ne puis pas plus imaginer P. J. en train de faire une chose pareille que croire quiconque capable de dénigrer cette pièce. »

Aucun appel n'avait été passé ou reçu à l'appartement à l'heure du crime et l'on n'avait remarqué aucun individu en train de rôder autour de l'immeuble, encore moins d'y entrer. Tôt ou tard néanmoins, on retrouverait un témoin, quelqu'un qui aurait noté des allées et venues suspectes, quelqu'un qui aurait entendu des cris ou des pleurs, quelqu'un qui saurait quelque chose.

Ce n'était qu'une question de temps.

Vers la fin de la semaine, Ray Gruliow me téléphona. Il figurait parmi les avocats dont j'avais donné les noms à William Havemeyer et oui, Ray le Coriace avait accepté de le défendre.

– Le pauvre mec ! me lança-t-il. C'est vraiment le dernier type auquel on penserait pour un meurtre. Ce n'est pas du tout le genre de dossier que je plaide d'habitude, tu sais ? Havemeyer n'est ni pauvre ni noir, et il n'a même pas essayé de faire sauter l'Empire State Building.

– Cela risque de beaucoup ternir ton image.

– Ben, tiens ! Cela risque même de la rendre un peu moins sale. Tu sais, si ce n'était pas aller aussi clairement à l'encontre de ses désirs, j'aimerais bien plaider son dossier à fond devant le tribunal. Je crois que je pourrais le faire libérer.

– Comment ça, nom de Dieu ?

– Oh… qui sait ? On pourrait commencer par attaquer

la société en général. Voilà un pauvre type qui a travaillé dur toute sa vie durant et n'a jamais réussi à économiser dix *cents*. Et que fait la boîte pour laquelle il s'est crevé ainsi ? Elle lui montre sa gratitude en l'éjectant. Après, bien sûr, il y a la fin de sa pauvre épouse, ses années de souffrance, son agonie, toutes choses qui, d'un point de vue émotionnel, ont forcément contribué à déstabiliser mon client. Et, bien sûr, la première chose que je ferais serait d'obtenir l'irrecevabilité de ses aveux.

– Lesquels ? Après que je l'ai enregistré, Havemeyer s'est rendu au commissariat du sixième secteur et leur a redit exactement la même chose. Après qu'on lui a lu ses droits constitutionnels, Ray, après. Et ils ont tout vidéoté, y compris la procédure Miranda.

– Les fruits de l'arbre empoisonné, tu sais ! Les premiers aveux ayant été obtenus de manière impropre…

– Mon cul, oui !

– … tous ceux qui suivent en deviennent suspects.

– Ça ne tient pas debout.

– Non, sans doute que non, mais je suis sûr que je trouverais quelque chose. L'ennui, c'est qu'il ne veut rien entendre. Cela dit, je pense pouvoir faire assez pleurer le type du bureau du procureur pour lui obtenir quelque chose de potable.

Il réfléchit encore un peu, puis me dit :

– Et l'argent dans tout ça, hein ? Je me demande bien ce qu'on en fait.

– Quel argent ?

– Mais… les 150 000 dollars, pardi ! L'Integrity Life a payé l'indemnité, et double même, et tout cet argent reste à dormir sur un compte d'épargne quelque part à Lakewood. Havemeyer n'en a pas dépensé un sou.

– Je n'ai pas l'impression qu'il aurait le droit de s'en servir pour payer son avocat.

– Il ne peut même rien en faire du tout. Il est interdit de profiter de toute somme d'argent obtenue suite à un crime. A supposer qu'on me reconnaisse coupable de t'avoir assassiné, je ne pourrais en aucun cas prétendre hériter de tes biens ou bénéficier de ton assurance vie. C'est un des principes fondamentaux du droit criminel.

– Et raisonnable avec ça, enfin… à mon avis.

– Je ne crois pas qu'on te reprenne jamais là-dessus, me renvoya-t-il, même si ledit principe est à l'origine de certains effets bien pervers. Je me souviens d'une femme qui avait tué son diététicien, ça remonte à quelques années de ça, et… son avocat aurait pu l'aider à plaider coupable avec circonstances atténuantes et presque, je dis presque, la faire libérer vu les années de prison qu'elle avait déjà purgées, mais elle n'avait pas d'argent. Or, aux termes du testament qu'il avait rédigé, elle devait justement hériter du bon docteur. Cela étant, pour que ça marche, il aurait fallu qu'on ne l'ait pas déclarée coupable. L'avocat a fait un pari, l'a perdu, et sa cliente s'est retrouvée condamnée à une lourde peine. La décision de l'avocat a-t-elle été influencée par le fait qu'il fallait d'abord qu'elle hérite pour qu'il rentre dans ses frais ? Non, absolument pas : nous autres, avocats, ne nous laissons jamais influencer par de telles considérations.

– Dieu soit loué.

– Havemeyer a décidé de plaider l'affaire, reprit-il, ce qui le privera de tout son argent. Qui va aller où, tu veux me le dire ?

– A l'assurance.

– Mon cul, oui ! La compagnie a collecté les primes pendant des années, elle a accepté de courir le risque, cet argent-là, elle le doit. Et dans sa totalité, en plus, pour la simple et bonne raison que l'assassinat correspond tout à fait à la définition de la mort accidentelle. Elle est obligée de payer, mais à qui ?

– Aux héritiers de Byron Leopold, j'imagine. Soit deux ou trois organismes d'entraide aux malades du sida.

– Tout cela serait vrai si Leopold était toujours propriétaire de la police. Dans ce cas-là, Havemeyer serait effectivement exclu en tant que bénéficiaire et ce seraient bien les héritiers de Leopold qui toucheraient l'argent. Mais M. Leopold a transféré la propriété de sa police moyennant finance. Exit M. Leopold.

– Et les héritiers de Havemeyer ?

– Non, non. Havemeyer n'a jamais été le propriétaire attitré de cet argent. Il ne peut donc pas léguer quelque chose qu'il n'a jamais possédé. Sans parler du fait qu'on ne saurait hériter quoi que ce soit de cet homme vu qu'il est encore en vie. Ce qui pose quand même une question intéressante. Havemeyer possédait la police et s'en est désigné comme le bénéficiaire, mais… a-t-il désigné un deuxième bénéficiaire au cas où il serait venu à précéder Leopold dans la mort ? Il est possible qu'il ne s'en soit pas donné la peine en se disant que s'il mourait avant lui, l'argent qui aurait dû lui revenir à la mort de Leopold serait tout simplement versé à ses héritiers.

– Les héritiers de Havemeyer, tu veux dire ?

– Voilà. En d'autres termes, pourquoi se donner la peine de désigner un deuxième bénéficiaire si l'argent devait lui revenir de toute façon ? Et justement, il y a des raisons à cela. L'argent n'a pas à être bloqué jusqu'à ce que la succession soit réglée. Sauf qu'on ne l'en a peut-être pas averti, ou que, averti, il n'a pas voulu se casser la tête pour ça. Cela dit, s'il l'a effectivement fait, le deuxième bénéficiaire peut-il, lui, en bénéficier ?

– Je ne vois pas pourquoi il n'y aurait pas droit. Comment pourrait-il être exclu alors qu'il n'a pas pris part au crime ?

– Certes, mais Havemeyer a-t-il entamé son transfert de viatique en ayant décidé de tuer Leopold ?

– Il affirme que non.

– Un bon point pour lui, mais comment savoir s'il dit vrai ou pas ? Et s'il ment, ne pourrait-on pas alléguer que, de fait, ses intentions criminelles annulent la transaction et, du coup, rendent à Byron Leopold l'entière propriété de la police ?

– Auquel cas, ce seraient les organismes de charité qui recevraient la manne.

– Vraiment ? Les avait-il expressément désignés comme bénéficiaires avant de procéder au transfert ?

– Putain de Dieu ! m'écriai-je.

– Nous dirons que ce « putain de Dieu » est un juron, et non point le bénéficiaire de la transaction.

– Mais je la connais, moi, la bénéficiaire ! Elle a dû reconnaître qu'on l'avait effectivement informée de ce qu'elle n'était plus bénéficiaire de la police avant que le transfert de viatique puisse être effectué.

– La démarche est commune. D'où connais-tu cette dame ?

– C'est une de mes amies. Elle est aux AA. C'est elle qui m'a demandé de chercher à savoir ce qui était arrivé à Leopold.

Il éclata de rire.

– Elle est pas mal, celle-là ! Elle ne savait même pas qu'elle agissait dans son propre intérêt !

– Tu veux dire que… c'est elle qui va récolter l'argent ?

– Elle pourrait faire valoir ses droits, et très sérieusement encore. Si Havemeyer avait effectivement l'intention de commettre un meurtre, comme la suite de ses actes le suggère assez fortement, le transfert de viatique pourrait être déclaré nul et non avenu. Et si cela se faisait et que la propriété de la police revienne à Leopold, et si, encore, ton amie était sa bénéficiaire jusqu'à ce que celui-ci la révoque afin de mener à bien sa transaction, je suis prêt à parier qu'elle pourrait retrouver ses droits suite à l'annulation du transfert. Et je serais plus qu'heureux de plaider le dossier. A moins que les organismes de charité nommés dans le testament de Leopold ne me pressentent pour les défendre, auquel cas je serais tout aussi heureux de plaider que le fait qu'il n'ait pas fait son héritière de cette femme constitue la preuve de ce qu'il avait l'intention de les en faire bénéficier, eux, et pas du tout…

Le reste était un peu trop jargonneux et compliqué pour moi, mais je compris que Ginnie avait des chances de se retrouver à la tête de 150 000 dollars.

– Dis-lui de m'appeler, me lança Ray. Je n'ai pas le droit de la représenter, mais je trouverai sûrement quelqu'un pour le faire.

Ginnie n'en revint pas, naturellement, sa première réaction étant d'affirmer qu'elle n'avait pas droit à cet argent. Et si elle se contentait de le remettre aux organismes de charité ? Je lui fis remarquer que les intentions de Byron me semblaient claires sur ce point et qu'elle pourrait toujours apaiser sa conscience en leur reversant une partie de la somme.

– Quoi qu'il en soit, ajoutai-je, tu l'as bien gagné. Si tu ne m'avais pas incité à retrouver l'assassin de Byron, cet argent n'aurait jamais eu la moindre chance de quitter Lakewood. Tout ce qu'il n'aurait pas dépensé en pizzas et en sachets de thé, Havemeyer l'aurait laissé à sa famille.

– Non, si quelqu'un mérite cet argent, c'est toi, me renvoya-t-elle. Et si on partageait ?

– Quoi ? Toi et moi ?

– Toi, moi et les organismes de charité. On partage en trois.

– Ça fait trop pour moi, lui dis-je. Et trop pour ces organismes aussi, sans doute, mais bon… on peut toujours voir ça plus tard. En attendant, appelle l'avocat.

J'ignore si c'était lié, mais le lendemain de cette conversation avec Ginnie j'allai faire mes achats de Noël. Je ne savais pas si elle toucherait l'argent de l'assurance et ne pouvais pas non plus trop compter sur l'impulsion qui l'avait amenée à parler de partage. Mais, même réduite et lointaine, l'idée de cette manne parvint manifestement à me faire entrer dans « l'esprit de Noël ». Si je ne vidai pas le contenu de mes poches dans les marmites à offrandes de l'Armée du Salut et ne sifflotai pas davantage « Là-bas, dans sa crèche… » en marchant, je réussis quand même à braver les foules qui se ruaient dans les magasins du centre-ville et à acheter suffisamment de cadeaux pour couvrir tous mes arrières.

Une boutique de Madison Avenue m'ayant permis de trouver des présents pour mes fils, Mike et Andy, et pour June, l'épouse de Mike, je me débrouillai aussi pour tout leur faire expédier : l'attaché-case et le sac à main en cuir tissé pour Michael et June à San José, les jumelles pour

Andy à Missoula, État du Montana, où il venait d'atterrir après avoir passé quelque temps à Vancouver et Calgary.

Je craignais d'avoir plus de mal pour le cadeau d'Elaine (ça ne se passe jamais bien), mais je tombai sur une paire de boucles d'oreilles dans une vitrine et sus tout de suite qu'elles lui iraient à merveille. Il s'agissait de petits cœurs rondouillards en verre dépoli que relevaient des pierres d'un bleu profond. La vendeuse m'ayant informé que c'était du Lalique, je hochai gravement la tête comme si je savais ce que ça signifiait – je m'étais quand même dit que ça ne devait pas être mal.

Le lendemain matin – ou était-ce le surlendemain ? –, je sortis après le petit déjeuner et lus le journal au café d'en face, le Morning Star. Puis je descendis à pied jusqu'à la Bibliothèque centrale, au croisement de la Cinquième Avenue et de la 42e Ouest. J'y restai jusqu'à tant que j'aie faim et déjeunai sur un banc de Bryant Park, en mangeant vite parce qu'il faisait un peu trop froid pour que ce soit vraiment confortable. Lorsque j'eus fini, je retournai à la bibliothèque et y passai encore une partie de l'après-midi à rechercher des trucs et à prendre des notes.

En rentrant à la maison, je m'arrêtai dans un *diner* tout scintillant au croisement de la Sixième Avenue et de la 56e Ouest, et y avalai une part de gâteau et un café. Je réfléchis à ce que je savais – ou croyais savoir –, et m'interrogeai sur la suite à donner aux événements.

On ne parla pas de Will aux journaux télévisés du soir, et pas davantage dans la presse du lendemain matin. Marty McGraw avait préféré nous livrer ses pensées sur la dernière petite guerre entre le maire et le jeune sénateur de l'État de New York. Si républicains et d'ascendance italienne qu'ils fussent tous les deux, ils n'auraient pas pu se mépriser plus si l'un avait été croate et l'autre serbe.

Je décrochai mon téléphone et appelai quelques flics, dont Harris Conley et Joe Durkin. Puis j'essayai d'avoir McGraw, mais ne pus le joindre, personne ne semblant savoir où il était passé.

Mais j'avais ma petite idée là-dessus.

25

– Regardez-moi un peu qui s'amène ! s'exclama-t-il. Moi, ça me flatte jusqu'aux tréfonds et retour parce que, à moins que vous ne vous soyez transformé en pervers ou que vous ayez décidé d'aimer la mauvaise compagnie, il faut croire que vous êtes venu ici pour le seul plaisir de me voir.

– Je me suis dit que j'avais une chance de vous y trouver.

Il renversa la tête en arrière et me regarda en fermant les paupières à demi. Il avait un verre à alcool vide et une bière devant lui, et je me dis que ce n'étaient pas les premiers qu'il avalait depuis le matin. Pour autant il n'avait pas l'air saoul et parlait distinctement.

– Vous vous êtes dit que vous aviez une chance de me trouver ici, répéta-t-il. Bah… j'ai toujours pensé que vous étiez un grand détective, Matt. Demain, qui sait si vous n'allez pas ressusciter le juge Crater[1], et après-demain révéler au monde entier qui a vraiment enlevé le bébé Lindbergh. Vous ne verriez pas un lien entre les deux, par hasard ?

– Tout est possible.

– Ben voyons. Même ceux-là pourraient être vrais !

Je regardai dans la direction qu'il m'indiquait et découvris une serveuse dans la tenue standard du « Seins nus » : chaussures à talons hauts, collants résille avec petite queue de lapin sur le derrière – et rien au-dessus de la taille

1. Joseph Force Crater, 1889-1930. Juge de la Cour suprême de l'État de New York, mystérieusement disparu le 6 août 1930.

hormis les oreilles de lapin et trop de fard à paupières. Malgré tout, elle avait le visage invraisemblablement jeune et des seins qui se moquaient aussi fort de l'attraction terrestre que des boules de silicones.

– Tu veux bien éclairer ma lanterne ? demanda-t-il à la demoiselle lorsqu'elle vint prendre nos commandes. A quel ordre obéis-tu ?

– Mais aux vôtres, lui rétorqua-t-elle.

– Non, non. A quel ordre religieux ? carmélites ? petites sœurs des pauvres ?

Comme elle paraissait ne pas comprendre, il ajouta :

– Je plaisantais, chérie. Ne t'inquiète pas pour moi. Je sais que tu débarques, mais on t'a sûrement dit que j'étais inoffensif.

– Oh, je ne sais pas, moi, lui renvoya-t-elle. Je parie que vous avez l'artillerie qu'il faut.

Il sourit de plaisir.

– Hé, hé ! s'exclama-t-il, et en plus on se débrouille bien ! Ça, on en a pour son argent, mais que j'te dise… Tu me remets la même chose, une bière et un whisky. Non, tiens… tu m'en mets deux de chaque : deux bières et deux whiskies.

Mon visage avait dû trahir quelque chose, car il précisa aussitôt :

– Du calme, Matt. Je sais très bien que vous ne toucheriez pas à une goutte d'alcool pour tout l'or du monde, espèce de connard moralisateur. Et toi, ma douce, reprit-il en se tournant vers elle, quoi que tu fasses, tu ne répètes rien de ce que je viens de dire à la mère supérieure. Et tu nous apportes ça tout de suite de façon que nous n'ayons pas à te déranger plus tard. Et tu apportes aussi à mon père ici présent tout ce dont il a envie.

– Un club soda m'ira parfaitement, lui dis-je.

– Tu lui en apportes deux, me corrigea-t-il, et que le diable te prenne par la queue !

Elle s'éloigna en faisant remuer sa queue de lapin.

– Je sais pas trop quoi penser des seins aux silicones, reprit-il. Ils ont l'air parfaits comme ça, mais irréels. Et l'effet sur la génération d'après, hein ? Vous croyez que les ados de demain vont grandir en s'attendant à trouver des nichons impeccables ?

– Quand on est ado, lui renvoyai-je, tous les nichons sont parfaits.

– Pas si on n'en voit qu'aux silicones. Autrefois, c'étaient les filles qui se les faisaient refaire pour attraper les garçons. Aujourd'hui, ce sont les hommes mariés qui demandent à leurs épouses de prendre un rendez-vous avec le chirurgien du coin. « Qu'est-ce que je veux pour Noël, Mona ? Voyons voir… Ben, tiens, puisque t'en parles, oui, des gros nénés me plairaient assez. » Vous trouvez que ça a un sens ?

– Pas plus que le reste.

– Ainsi soit-il, mon frère.

– Et pourtant, vous venez ici.

– J'aime le cracra, me répondit-il. J'aime le vulgaire et j'ai une passion pour le paradoxe. Et même si je regarde à peine ces nichons, il me plaît de savoir qu'ils sont là au cas j'aurais envie de les admirer. Sans même parler du fait que ce bar est à trois rues de mon putain de bureau et qu'ici j'ai une paix royale : mes collègues préféreraient mourir mille morts plutôt que de se faire repérer dans cet établissement. Telle est donc mon histoire, *monsieur Poirot*[1]. Et maintenant la vôtre. C'est quoi, votre excuse ?

– Je suis venu vous voir, vous.

La serveuse nous apporta nos consommations.

– Vous mettez ça sur ma note, lui dit-il, en lui donnant 5 dollars de pourboire. C'est que j'ai de la classe, moi. Vous avez remarqué que je me suis contenté de le lui donner, cet argent. Je n'ai pas essayé de le lui enfoncer dans le devant du collant comme je l'ai vu faire à certains. Oui, oui, je me disais bien, grosso modo, que vous étiez venu ici pour me voir, ô Grand Détective. Je me demandais seulement pourquoi.

– Pour écouter ce que vous pourriez me dire de Will.

– Je vois. Jamais deux sans trois.

– Comment ça ?

1. En français dans le texte.

– Vous avez démasqué un tueur et en avez ramené un autre qui, lui, était vivant. Comment c'est Lakewood, État de l'Ohio ? Les indigènes y connaissent-ils les chaussures ?

– Pour l'essentiel, oui.

– Heureux de l'apprendre. Vous avez découvert Adrian, vous avez retrouvé ce Havemeyer et maintenant vous voulez Will n° 2, le « remplaçant », pour rester dans la métaphore théâtrale à laquelle Regis a eu si joliment recours dans son édito.

Il ouvrit grands les yeux et ajouta :

– Mais… minute, minute. Havemeyer se prénomme bien William, n'est-ce pas ? C'est quoi, son petit nom ?

– Je ne l'ai jamais appelé autrement que monsieur Havemeyer.

– Ce qui fait que ça pourrait être Bill ou Willie. Voire Will.

– Ça pourrait être n'importe quoi, lui renvoyai-je. Je vous ai dit comment je l'ai appelé, moi.

– Je croyais que les flics appelaient toujours leurs suspects par leurs prénoms.

– Ça doit faire trop longtemps que j'ai quitté la police.

– C'est vrai que vous êtes devenu respectable. Encore heureux que vous ne portiez plus l'uniforme : vous risqueriez de le souiller. S'ils l'appellent Will – et qui dit qu'ils ne le font pas ? –, nous serions bien dans le « jamais deux sans trois ». Trois types qui se font appeler Will, et vous les coincez tous les trois.

– Je n'essaie pas de trouver Will n° 2.

– Vraiment ?

Je secouai la tête.

– Je ne suis rien de plus qu'un citoyen concerné, lui dis-je. Tout ce que je sais, je le tiens des journaux.

– Comme Will Rogers.

– Et je me demandais justement si vous ne sauriez pas des choses dont la presse ne parlerait pas. Si, par exemple, le bonhomme ne nous aurait pas envoyé une autre lettre.

– Non.

– Il en écrit toujours une après avoir tué. Comme les

terroristes qui se signalent aux autorités après avoir fait péter une bombe.

– Et donc ?

– Ça m'étonne qu'il ait rompu avec cette habitude.

Il leva les yeux au plafond.

– Ça, c'étaient les habitudes d'Adrian, et Adrian a cessé d'écrire depuis un petit bout de temps. Pourquoi faudrait-il que Will n° 2 en fasse autant ?

– Ce n'est pas faux.

– Et Adrian n'a jamais menacé trois types à la fois non plus. Will n° 1 et Will n° 2 sont assez différents, jusques et y compris dans le fatras psychologique dont tout le monde parle.

Il avait éclusé un verre, il but une petite gorgée du second et la fit descendre avec une autre gorgée, tout aussi petite, de bière.

– C'est pour ça que j'ai écrit ce que j'ai écrit, dit-il.

– L'article où vous le mettiez au défi.

– Ouais. Je ne sais pas. Il y avait des moments où ça m'agaçait d'entendre tout le monde le traiter de tigre de papier, et d'autres où je savais bien que j'essayais de l'exciter.

– Je me disais aussi.

– Pour finir, j'ai pensé qu'ils avaient raison, reprit-il, et j'ai compris que ce mec-là ne ferait jamais rien. Et l'idée, brillante, m'est venue de glisser quelque chose entre les barreaux de sa cage et d'asticoter l'animal. Peut-être aurait-il au moins la force de rugir et de donner quelque chose à faire aux flics. Et comme je savais très bien qu'on pouvait le provoquer parce que ce n'était pas demain la veille qu'il allait sortir de sa cage…

– Ce qu'il a quand même fait.

– Ouais. Mais de là à dire que ce soit de ma faute, après les provocations de ce connard de Kilbourne… Lui demander de démonter les tréteaux et de dégager de la scène ! Mais ce que je dis, c'est que moi, ça a cessé de m'intéresser.

– Ah.

– Je suis très heureux de n'avoir pas reçu une énième

lettre du genre « J'ai tué le shérif » de cette espèce d'enfoiré. Et je serais assez content, si jamais il le faisait, qu'il veuille bien l'envoyer à quelqu'un d'autre. Je ne crois pas qu'il le fasse et je ne crois pas non plus qu'il tuera encore, mais je n'en suis pas pour autant prêt à suggérer qu'on cesse de protéger Peter Tully et le juge Rome. Mais l'essentiel là-dedans, c'est que je n'aie plus à me mêler de tout ça. Je saurai bien trouver d'autres sujets d'articles.

– A New York, ce ne devrait pas être trop difficile.

– En effet.

Je bus une bonne partie de mon club soda. Du coin de l'œil, je regardai aussi notre serveuse prendre une commande à une table voisine où trois bonshommes d'une trentaine d'années venaient de s'installer. Ils portaient tous un veston et une cravate. L'un deux lui caressait le derrière, mais elle ne semblait même pas s'en apercevoir.

– Je ne devrais peut-être pas vous en parler, dis-je à Marty, puisque vous ne vous intéressez plus à l'affaire, mais... j'aurais quand même bien aimé avoir votre opinion sur un point.

– Allez-y.

Je sortis mon carnet de ma poche et en tournai les pages.

– « Je maudis la main flétrie de celui qui tient ma ville à la gorge. »

Son verre s'arrêtant soudain à mi-chemin de ses lèvres, Marty McGraw plissa le front.

– Qu'est-ce que c'est que ça, bordel ? me lança-t-il.

– Ça vous rappelle quelque chose ?

– Oui, mais je ne sais pas quoi. Aidez-moi donc un peu, Mattie.

– C'est un passage de la première lettre de Will n° 2, lui répondis-je. Celle où il nous révélait les trois noms de sa petite liste.

– Ah, oui ! Il parlait de Peter Tully. C'était juste après ses conneries sur « la clé à molette » qu'il aurait « balancée dans le tissu des transports urbains », enfin... un truc comme ça. Et alors ?

– Et alors, l'original était légèrement différent. « Maudite soit la main flétrie de celui qui tient son pays à la gorge. » « Maudite » au lieu de « Je maudis » et « ville » au lieu de « pays ».

– Et… ?

– Will paraphrasait.

– Qu'est-ce qu'il paraphrasait ?

Il plissa encore le front, puis releva la tête et me regarda.

– Attendez, attendez, dit-il.

– J'ai tout mon temps, Marty.

– Ah, mais… Que le diable m'encule en douceur ! s'écria-t-il. Vous savez qui il citait, ce salaud ?

– Vous allez me le dire…

– Moi ! s'écria-t-il en haussant les sourcils d'indignation. C'est moi qu'il citait ! Ou paraphrasait, comme vous voudrez.

– Sans blague !

– Vous ne pouvez pas le savoir parce que personne ne le sait, poursuivit-il, mais il y a très longtemps de ça, j'ai eu le mauvais goût et la malchance d'écrire une pièce.

– *Tumulte dans les nuages.*

– Mon Dieu, mais comment savez-vous ça ? C'est une citation d'un poème de Yeats intitulé : « Un pilote irlandais voit sa mort. » Dieu de Dieu ! Une horreur, que c'était.

– Je suis sûr que ça valait mieux que ça.

– Non, non, ça puait, et vous n'avez même pas besoin de me croire sur parole. Les critiques ont fait montre d'une rare unanimité à ce sujet. Personne n'a trouvé à redire au titre même si, de fait, mon œuvre n'avait rien à voir avec l'aviation, mais, côté tumulte, j'avais mis ce qu'il fallait. Assez peu de nuages, mais que de tumulte ! C'était tout ce qu'il y a de plus irlandais, genre autobiographie du fond du cœur, et rien ne fait mieux décoller un livre ou une pièce à caractère irlandais que de lui donner un titre tiré de Yeats. Heureusement que ce monsieur n'a pas lésiné sur l'écriture.

– Et la phrase sort de votre pièce.

– La phrase ?

– L'histoire de la main flétrie et de la gorge du pays.

– Oh, là, Will a tout chamboulé. Dans la pièce, la main

flétrie était celle de la reine Victoria, si je me souviens bien. La gorge, elle, et cela n'a rien de bien surprenant, était celle de la sainte Irlande. C'était une étameuse ambulante qui disait ce vers. Comme si je savais quoi que ce soit sur les étameuses ! Ou sur l'Irlande, d'ailleurs ! Je ne suis jamais allé dans ce pays de sauvages et n'ai aucune intention d'y mettre les pieds.

– Pas mal, tout ça, lui dis-je.

– Comment ça, Mattie ?

– De ne pas reconnaître la citation du premier coup. Et après, on comprend que je dois savoir d'où elle sort et hop, on décide de tout cracher sans se faire prier. Et, bien sûr, on fait aussi semblant de ne pas se douter que je sais d'où elle sort, sauf que… comment pourriez-vous ne pas vous en douter ? Comment voudriez-vous que je connaisse la citation exacte en ignorant tout de la pièce ?

– Hé, hé ! s'écria-t-il. Vous m'avez largué en route.

– Ah bon ?

Il leva son verre.

– Ah, vous autres, alcoolos repentis ! Vous ne comprenez donc pas jusqu'à quel point la bibine ralentit les processus de la pensée ! Vous ne voudriez pas me repasser le film ? Vous deviez savoir étant donné que moi, je devais savoir parce que vous saviez vu que j'avais dit que d'après vous… vous voyez de quoi je cause, Mattie ? C'est pas un peu déconcertant ?

– Si, je sais bien.

– Et donc, vous me redites tout ça dans l'ordre ?

– Non, je ne pense pas.

– Bon. Comme vous voudrez. C'est vous qui avez levé le lièvre et donc…

– Arrêtez ça, Marty.

– Quoi ?

– Je sais que c'est vous qui avez fait le coup. Vous avez écrit les lettres et vous avez tué Regis Kilbourne.

– Mais vous êtes cinglé !

– Je ne pense pas.

– Pourquoi aurais-je fait un truc pareil, vous voulez me le dire ?

– Vous avez écrit les lettres pour rester dans l'actualité.

– Moi ? Vous rigolez, j'espère !

– Will vous rendait très important, lui dis-je. Vous aviez une rubrique et poum, voilà que tout d'un coup un tueur se met à zigouiller des gens de premier plan aux quatre coins de la ville.

– Et Omaha, hein ? Il faudrait voir à ne pas l'oublier.

– Sauf que Will s'étant suicidé, il s'est avéré que le magicien d'Oz n'était rien de plus que le petit bonhomme caché derrière le rideau. Il s'appelait Adrian Whitfield et n'avait brusquement plus grande stature. Fini les articles et ça, ça voulait dire : fini les gros titres en première page. Ce que vous ne pouviez pas supporter.

– Ma rubrique passe trois fois par semaine, Matt. Vous avez une idée du nombre de gens qui lisent ce que j'y écris, Will ou pas Will ?

– Pas mal.

– On dit quelques millions ? Et vous savez combien on me paie pour écrire ce que j'écris ? Pas des millions, non, mais pas loin.

– Ce n'en était pas moins la première fois que vous teniez un sujet pareil.

– Des sujets d'article, j'en ai eu des tonnes au fil des ans. Les histoires saignantes, New York en déborde. Les histoires de ce genre, c'est comme les trous du cul : tout le monde en a un et, en général, il pue.

– Peut-être, mais ça, c'était tout autre chose. Vous me l'avez dit vous-même.

– Ces histoires sont toutes différentes quand on les écrit. Et mieux vaut croire qu'elles sont exceptionnelles au moment où on les écrit. Après, elles suivent leur cours et il faut passer à autre chose et se dire que ça aussi, c'est exceptionnel, voire deux fois plus que le truc d'avant.

– Will, c'est vous qui l'avez inventé. C'est vous qui lui avez donné l'idée de faire ce qu'il a fait. Et c'est à vous qu'il adressait toutes ses lettres. Chaque fois qu'il y avait du nouveau, vous étiez le premier à le savoir. Vous informiez les flics et vous étiez la première personne à laquelle ils se confiaient.

– Conclusion ?

– Conclusion, vous ne pouviez pas supporter que ça s'arrête. Regis Kilbourne était plus près de la vérité qu'il le pensait lorsqu'il comparait cette affaire à une pièce de théâtre pour Broadway. Quand la star a quitté la scène, vous n'avez pas supporté qu'on ait à baisser le rideau. Vous avez enfilé son costume et tenté de reprendre son rôle. Vous vous êtes écrit des lettres et avez fini par vous trahir parce que vous n'avez pas pu vous empêcher de vous citer.

Il me regarda sans rien dire.

– Réfléchissez un peu aux trois types que vous avez mis sur la liste de Will, repris-je. Un patron de syndicat qui menace de mettre la ville à genoux et un juge qui ne cesse d'ouvrir les portes des prisons. Soit deux individus qui peuvent se targuer de faire sacrément chier une bonne partie du populo.

– Et alors ?

– Et alors qui est le troisième de la liste ? Le critique de théâtre du *New York Times* ! Vous voulez me dire le genre de type qui peut flanquer un critique de théâtre sur une liste pareille !

– Vous savez que je me suis posé la question, moi aussi ?

– N'insultez pas mon intelligence, Marty.

– Et vous la mienne ! s'écria-t-il. Comme si on pouvait s'asseoir sur les faits et ne pas avoir le cul en compote ! Vous savez à quand remonte la première de *Tumulte dans les nuages* ? À quinze ans ! Et vous savez à quelle date Regis Kilbourne a commencé à publier ses articles ? Il se trouve que si moi, je le sais, c'est que c'était écrit dans toutes les rubriques nécrologiques. Il a commencé à pondre ses trucs il y a moins de douze ans. C'est un autre type qui a fait la critique de *Tumulte dans les nuages* et ce type est mort d'une crise cardiaque il y a cinq ou six ans de ça. Je peux même vous garantir que ce n'est pas parce que je suis sorti d'un placard pour lui foutre la trouille de sa vie !

– J'ai lu cet article.

– Et donc, vous le savez aussi bien que moi.

– Mais j'ai aussi lu le papier de Regis. Dans le *Gotham Magazine.*

– Putain, mais où est-ce que vous avez trouvé ça ? Je ne suis même pas sûr de l'avoir lu moi-même !

– Alors, comment se fait-il que vous le citiez ? Dans la lettre où vous parlez de la main flétrie avec laquelle Peter Tully aurait tenu la ville à la gorge, vous dites aussi ceci à propos du juge Rome-Je-renvoie-toujours-le-prévenu-chez-lui : « Vous vous moquez complètement des sentiments du public et ne vous souciez en rien de ses désirs. » C'est ça que vous avez écrit et voici ce que Kilbourne dit sur vous : « En sa qualité de journaliste, M. McGraw se présente sous les traits de quelqu'un qui préfère vibrer avec le commun plutôt que de sympathiser avec les rois. Dramaturge, il se moque complètement des sentiments du public et ne soucie en rien de ses désirs. »

– Je ne l'ai pas oublié.

– Sans blague !

– Maintenant que vous me le relisez, oui, je m'en souviens bien. Mais je vous jure que je n'ai pas reconnu cette citation dans la lettre de Will. Il avait déjà cité ma pièce, je ne vois pas pourquoi il n'aurait pas cité mes critiques ! Et si je l'obsédais, ce fils de pute ? Et s'il se disait que me jeter quelques citations à la figure, citations que je n'ai même pas reconnues, l'aiderait à obtenir mes faveurs ?

Il me regarda, puis haussa les épaules.

– Hé ! reprit-il, je n'ai jamais dit que tout cela avait un sens, mais quoi ? Ce type est cinglé. Comme si on pouvait comprendre des mecs pareils !

– Laissez tomber, vous voulez ?

– Et ça veut dire quoi : « Laissez tomber, vous voulez » ? On dirait un type de la télé. On vous l'a pas déjà dit ?

– La critique de Kilbourne dans *Gotham* était plutôt raide. Votre pièce s'est fait descendre absolument partout, mais Kilbourne s'est montré particulièrement vicieux. Il n'avait pas assez de venin pour l'œuvre et son auteur. C'était presque une attaque *ad hominem*, comme s'il ne supportait pas qu'un critique écrive une pièce et voulait s'assurer que vous ne recommenceriez pas.

– Et alors ? Ça remonte à quinze ans. Je me suis bien pinté la gueule, j'ai cassé une chaise, j'ai flanqué des coups de poing dans le mur, j'ai gueulé quelques trucs que je n'avais pas appris chez les sœurs et tout a été oublié. Pourquoi secouez-vous la tête comme ça ?

– Parce que vous avez cité la critique de Kilbourne.

– Ça ne serait pas plutôt Will ? Ce Will n° 2 que je ne connais pas, mais qui n'est certainement pas moi.

– Marty ! C'est dans tous vos éditos que vous avez cité sa critique.

Je rouvris mon carnet et, une ligne après l'autre, lui citai divers passages qu'il avait repris dans ses articles avant et après la mort d'Adrian Whitfield. Quand j'en eus fini, je refermai mon carnet et le regardai. Il avait baissé les yeux et une longue minute passa sans qu'aucun mot ne lui vienne.

Puis, toujours sans me regarder, il me dit :

– Oui, peut-être ai-je effectivement écrit ces lettres.

– Et… ?

– Quel mal cela pouvait-il faire ? On alimente une histoire et on fout la crainte de Dieu à trois bonshommes. Vous n'allez quand même pas me dire que c'est interdit par la loi !

Il soupira, puis ajouta :

– En plus, ça m'est égal de l'enfreindre quand j'ai de bonnes raisons de le faire. Et pour ce qui est de détruire l'équilibre affectif de trois crétins qui ne se sont jamais souciés des innombrables équilibres affectifs qu'ils ont brisés ici et là ! En latin, c'est quoi, « équilibres » ? *Equilibria* ? Vous êtes fort en latin, Mattie ?

– Depuis le lycée, vous savez…

– On ne fait plus de latin de nos jours. Ou alors peut-être que c'est revenu à la mode… Pour ce que j'en sais ! *Amo, amas, amat, amamus, amatis, amant*. Vous vous rappelez ?

– Vaguement.

– *Vox populi, vox dei.* La voix du peuple est la voix de

Dieu. D'où sans doute : la volonté du peuple est la volonté de Dieu, vous ne pensez pas ?

– Je ne suis pas expert en la matière.

– Vous n'êtes pas expert en latin ?

– Ni en latin ni en volonté de Dieu.

– Oui, bon. Que je vous dise un truc, monsieur l'Expert. Le premier article que j'ai écrit ? Celui où j'ai plus ou moins suggéré à Richie Vollmer de se suicider pour faire plaisir à tout le monde ?

– Eh bien ?

– J'étais sincère. Je n'ai jamais pensé que ça pourrait pousser quiconque à le tuer, mais si cette idée m'avait traversé l'esprit, je crois que j'aurais quand même pu écrire ce que j'ai écrit.

Il se pencha en avant et me regarda droit dans les yeux.

– Cela dit, si j'avais cru qu'écrire encore des lettres de Will conduirait aux meurtres de Tully, Rome ou Kilbourne, non, ça non : je ne les aurais jamais écrites.

– C'est pourtant bien ce qui s'est passé. Vous avez mis cette idée dans la tête de quelqu'un.

Il acquiesça.

– Involontairement, je le jure. C'est moi qui ai donné cette idée à Adrian, et c'est encore moi qui l'ai donnée à ce crétin.

– Vous savez que les flics finiront par vous avoir ? lui dis-je. Vous n'aurez pas d'alibi pour la nuit où Kilbourne s'est fait assassiner, ou, si vous en avez un, il ne tiendra pas la route. Et on trouvera des témoins pour certifier que vous étiez chez lui, ou alors ce sera des fibres de tapis, des taches de sang ou autre qu'on découvrira et… les flics n'auront même pas besoin de toutes ces preuves parce que vous aurez déjà craqué et tout avoué.

– Vous croyez ça ?

– J'en suis sûr et certain.

– Bref, qu'est-ce que je fais ?

– Vous laissez tomber le baratin tout de suite, lui répondis-je.

– Pourquoi donc ? Pour que vous remportiez votre petite partie de jamais deux sans trois ?

– J'ai déjà eu assez de publicité comme ça. Je préférerais me tenir à l'écart de tout ça.

– A quoi cela vous servirait-il ?

– Je représente un client, Marty.

– Qui ça ? Whitfield ?

– Je crois qu'il aurait bien aimé me voir aller jusqu'au bout de cette affaire.

– Et moi, Mattie, qu'est-ce que j'y gagne ? Ça vous embêterait de me le dire ?

– Vous vous sentirez beaucoup mieux.

– Je me sentirai beaucoup mieux ?

– C'est ce qui est arrivé à Havemeyer. Il croyait pouvoir commettre un meurtre et se remettre à vivre comme si de rien n'était, mais il a découvert que c'était impossible. Ça le rongeait de l'intérieur et il ne savait plus quoi faire. Il était prêt à lâcher le morceau dès que j'ai franchi le seuil de sa maison et il m'a dit que ça l'avait soulagé.

– Vous savez qu'il s'en est plutôt bien sorti, de son assassinat ? Havemeyer, s'entend. Il l'abat, il descend la rue en courant et l'emporte au paradis.

– Personne ne l'emporte jamais au paradis.

Il ferma les yeux un instant. Puis il les rouvrit et me dit qu'une autre tournée ne lui ferait certainement pas de mal. Il attira l'attention de la serveuse, leva deux doigts en l'air et décrivit plusieurs cercles avec. Ni l'un ni l'autre nous ne soufflâmes mot jusqu'à ce qu'elle nous apporte nos consommations, deux petits verres de whisky et deux bières pour lui, deux clubs sodas pour moi. J'avais toujours un verre et demi de la dernière tournée, mais la serveuse me les prit et remporta aussi les verres de Marty.

– Oh, et puis merde ! dit-il lorsqu'elle fut hors de portée de voix. Vous avez raison sur un point, vous savez ? Personne n'emporte jamais quoi que ce soit au paradis. Que voulez-vous que je vous dise ? J'ai écrit les lettres et oui, j'ai tué cet enfoiré. Vous êtes content maintenant ? Et mais... c'est quoi, ce bordel ?

Je posai mon magnétophone sur la table.

– J'aimerais enregistrer vos aveux, lui dis-je.

– Et si je vous dis non, vous m'apprenez que vous aviez un micro caché ? C'est ça ? J'ai déjà vu le film.

– Je ne porte pas de micro caché. Si vous me dites non, je n'allumerai pas mon magnéto.

– Mais vous préféreriez m'enregistrer.

– Si vous n'y voyez pas d'inconvénient.

– Et merde, tiens ! répéta-t-il. Qu'est-ce que j'en ai à foutre, de toute façon ?

26

SCUDDER : Veuillez décliner vos nom et prénoms, s'il vous plaît.

MCGRAW : Qu'est-ce que c'est que ces conneries !... Je m'appelle Martin Joseph McGraw.

SCUDDER : Voulez-vous me dire ce qui s'est passé ?

MCGRAW : Vous le savez très bien. C'est vous-même qui me l'avez raconté !... Bon, bon, d'accord. Après la mort d'Adrian Whitfield, le journaliste que je suis a voulu maintenir le rythme. J'ai cherché à le faire en écrivant des lettres supplémentaires.

SCUDDER : Signées d'un certain Will.

MCGRAW : Oui.

SCUDDER : La dernière lettre de Whitfield est bien arrivée dans les délais, n'est-ce pas ?

MCGRAW : Whitfield s'était trompé de code postal. Cela arrive souvent, mais ne retarde pas le courrier. C'est quand même au *Daily News* que je travaille, pour l'amour du ciel ! Jusqu'aux génies de la Poste qui arrivent à nous trouver !

SCUDDER : Et donc cette lettre est arrivée...

MCGRAW : Au premier courrier du vendredi matin. Le corps de Whitfield est à peine froid et voilà que sur mon bureau il y a une lettre où quelqu'un revendique le crime. J'ai bien regardé le tampon parce que je voulais savoir d'où et quand la lettre avait été postée, et c'est alors que j'ai remarqué le code postal.

SCUDDER : Et... ?

MCGRAW : La première chose qui m'est venue à l'esprit est que ce n'était pas une lettre de Will parce qu'il n'avait jamais commis cette erreur-là. Puis j'ai lu la lettre, et j'ai tout de suite su qu'il en était bien l'auteur. Elle ne pouvait être de personne d'autre. Il n'y en aurait plus, et il n'y aurait plus de victimes non plus. Il en avait terminé.

SCUDDER : Vous êtes-vous douté que c'était Whitfield qui l'avait écrite ?

MCGRAW : Pas sur le moment. Il ne faut pas oublier que je l'ai lue avant qu'on commence à parler de suicide. Je ne savais pas que l'autopsie allait révéler qu'il souffrait d'un cancer. Je me suis juste dit qu'il valait mieux s'accrocher à la lettre, histoire de voir ce qui allait se passer ensuite. Après tout, vu la façon dont elle m'avait été adressée, elle aurait pu m'être distribuée plus tard et donc... pourquoi ne pas se donner le temps de réfléchir ?

SCUDDER : Mais vous avez fini par la confier à la police...

MCGRAW : Pour réduire à néant la théorie du suicide. Elle prouvait que Will était l'assassin. J'ai songé à rédiger une autre enveloppe et à me la poster à moi-même, mais cela aurait pu saboter l'enquête.

SCUDDER : Ne l'aviez-vous pourtant pas déjà fait ?

MCGRAW : Je m'étais contenté de retarder légèrement une lettre, mais écrire une autre enveloppe aurait clairement établi que la lettre avait été postée après son envoi réel. Et si on avait fini par coincer Will et qu'il ait, lui, réussi à prouver qu'il se trouvait en Arabie Saoudite à la date où la lettre avait été affranchie ? Je voulais couvrir mes arrières sans pour autant faire disparaître des indices. C'est alors que je me suis rappelé l'histoire du code postal et que j'ai décidé d'en profiter. J'ai pris l'enveloppe et j'ai encerclé le code en rouge avant d'écrire la mention : « Distribution retardée – erreur de code postal. » Je me suis débrouillé pour que ce soit assez illisible pour qu'on croie que c'était un employé des postes qui l'avait écrite. Quiconque aurait examiné l'enveloppe aurait pu voir à quelle date la lettre avait été vraiment expédiée et en aurait tout simplement conclu que ce courrier avait été retardé quelque part dans le circuit.

SCUDDER : C'était astucieux.

MCGRAW : Astucieux et idiot à la fois parce que c'était mon premier tripatouillage.

SCUDDER : Le deuxième étant d'écrire une lettre vous-même.

MCGRAW : Je ne voulais pas que ça meure comme ça.

SCUDDER : « Ça » étant l'histoire de Will.

MCGRAW : Oui. Même si Whitfield avait attenté à ses jours, ce que je ne croyais pas, ça nous laissait toujours Will, et Will avait déjà plusieurs assassinats à son crédit. Il avait adopté un profil bas, mais comment allait-il réagir en découvrant que quelqu'un d'autre se faisait passer pour lui ? Il était bien obligé de répondre, n'est-ce pas ? Et même s'il n'en faisait rien, ça ne l'empêchait pas d'alimenter la chronique.

SCUDDER : Bref, vous avez écrit votre lettre.

MCGRAW : Bref, j'ai écrit ma lettre et, juste après, vous avez fait la lumière sur cette affaire et montré qu'Adrian Whitfield et Will ne faisaient qu'un. Et moi, je me suis retrouvé le cul entre deux chaises, avec un faux émanant d'un petit copieur pendant que tout le monde se dépêchait de démontrer que seul un petit minable avec rien là où il faudrait aurait pu écrire un truc aussi lamentable. Alors que moi, je la trouvais plutôt bien, ma lettre. Ne pas oublier qu'elle n'était pas censée émaner de Will n° 1. Elle avait plutôt pour but de faire sortir Will au grand jour.

SCUDDER : Sauf que c'était impossible.

MCGRAW : Parce que Adrian n'était autre que Will et que ce pauvre con était mort. Et donc l'histoire est en train de mourir à petit feu, et moi j'essaie d'attiser les flammes, mais c'est juste à ce moment-là que, non content d'empuantir le cahier « Arts » du *New York Times*, ce crétin de Regis Kilbourne se croit obligé de pisser ses trucs tout partout dans la rubrique « Courrier et libres opinions ». Il aurait pu se contenter de dire : « Hé, les mecs, regardez-moi un peu, je suis plus courageux que les personnages qu'Errol Flynn incarnait jadis. » Mais non. Il faut encore que ce suce-merde ait le culot de critiquer mon œuvre.

SCUDDER : Il vous a donc éreinté encore un coup.

MCGRAW : C'est lui qui avait assassiné *Tumulte*. Même

si ce n'était pas ça qui allait faire vendre beaucoup de places, la plupart des autres critiques étaient assez aimables. Lui s'est montré particulièrement vicieux : il a même écrit un truc à la fin comme quoi il faisait ça dans l'espoir de me dissuader à jamais d'écrire une autre pièce. Non mais, vous vous rendez compte ? Éreinter pareillement la première pièce d'un jeune auteur !

SCUDDER : Ça a dû faire mal.

MCGRAW : Ça ! Et je dois dire que ça a marché. Je n'ai jamais plus écrit de pièce de théâtre. Oh, j'ai essayé, je mourais d'envie de prouver à cette ordure qu'il s'était trompé, mais je n'y suis jamais arrivé. J'écrivais « PREMIER ACTE, SCÈNE I » et ça y était : j'étais paralysé. Il m'avait coupé les couilles, ce fumier. Il m'avait poignardé dans le dos.

SCUDDER : Et vous lui avez rendu la monnaie de sa pièce.

MCGRAW : Drôle, non ? Ce n'était pas prévu au programme. Sauf qu'il n'est pas facile de dire ce qui l'était et ce qui ne l'était pas.

SCUDDER : Que s'est-il passé ?

MCGRAW : Il a remis ça en m'ordonnant de démonter les tréteaux et de trouver mieux à faire. Alors je me suis dit : « Il l'aura voulu, ce salopard ! » J'ai trouvé la pièce où il se rendait ce soir-là et quand le rideau est tombé, je l'attendais dehors. Je l'ai suivi jusque chez Joe Allen. Et j'ai regardé l'affiche.

SCUDDER : L'affiche ?

MCGRAW : L'affiche de *Tumulte*. Toutes les affiches de chez Joe Allen sont celles de spectacles qui n'ont pas dépassé la première. *Kelly*, *Christine*, etc., etc. Quand on ferme dans les trois jours après la générale, on a droit à une place d'honneur chez Joe Allen.

SCUDDER : Je le savais, mais je n'y ai jamais remarqué votre affiche.

MCGRAW : Oh, elle y est ! Juste à côté de la porte des toilettes pour hommes. *Tumulte dans les nuages*, pièce de Martin Joseph McGraw. Et là, sous mes yeux, j'ai le type même qui m'a tué mon bébé et qui vient bouffer chez Joe Allen avec une nana super bandante en attendant de chier sur le travail d'un énième dramaturge ! Je me suis tapé quelques petits verres au comptoir pendant que Kilbourne et sa photographe s'en foutaient plein la lampe, puis je les ai suivis dehors. Je n'ai même pas eu à me farcir le coup du « suivez ce taxi ». J'étais assez près de Kilbourne pour l'entendre donner son adresse au chauffeur. J'ai donc pris un taxi à mon tour et me suis retrouvé en face de sa maison. J'ai même failli entrer pendant que sa nana était encore là.

SCUDDER : Ah bon ?

MCGRAW : Je me disais qu'il était peut-être seul. Peut-être l'avait-elle déposé pour garder la voiture et rentrer chez elle. Si j'étais entré et qu'elle s'était trouvée là…

SCUDDER : Vous les auriez tués tous les deux ?

MCGRAW : Non, jamais. Et d'un, il ne m'aurait jamais laissé entrer. « Allez-vous-en, j'ai de la visite. » Vous savez quoi ? Je serais rentré chez moi, j'aurais dormi un bon coup et il ne se serait rien passé.

SCUDDER : Au lieu de quoi…

MCGRAW : Au lieu de quoi, je suis resté planté devant chez lui. J'avais un flacon de whisky dans ma poche et je me réchauffais en en buvant de petites goulées. Jusqu'au moment où ils sont ressortis et ont marché jusqu'au coin de la rue. Je me suis dit : « Putain de Dieu, il va falloir que je les suive jusque chez elle ! Ou bien alors… ils sont en train de filer à une fête qui se terminera Dieu sait quand ! » Tant pis. Ils pouvaient y aller sans moi. Mais non, au lieu de ça, il l'a mise dans un taxi et il est retourné chez lui.

SCUDDER : Et… ?

MCGRAW : Et il est entré dans sa putain de baraque.

SCUDDER : Qu'avez-vous fait ?

MCGRAW : J'ai fini mon flacon. Je suis resté debout à me les rouler un peu. Puis je suis allé à la porte et j'ai sonné. Il m'a ouvert à l'interphone, mais m'a laissé poireauter dans l'entrée. Je lui ai dit qui j'étais en lui précisant qu'il y avait du nouveau dans l'histoire de Will. Même avec ça, il n'était pas très chaud pour me laisser entrer, mais il a fini par le faire. Je suis entré, j'ai commencé à lui raconter mes salades, les flics ceci, Will cela, je ne savais même pas ce que je disais et lui, il ne devait pas très bien comprendre ce que je foutais non plus. Mais abrégeons… A un moment donné, je me suis débrouillé pour passer derrière lui et je l'ai assommé avec un presse-papiers en verre taillé. Un truc très chic et qui pesait une tonne. On avait dû le lui offrir pour le remercier d'une causerie ou autre. Toujours est-il que j'y ai mis tout ce que j'avais et qu'il a sombré comme le *Titanic*.

SCUDDER : Et après, vous êtes passé à la cuisine…

MCGRAW : Oui.

SCUDDER : Et vous y avez pris le couteau ?

MCGRAW : Et j'y ai pris le couteau, oui. Et je l'ai poignardé dans le dos. Je n'arrêtais pas de me dire : « Regarde-moi, petit con. Je vais t'apprendre à me tourner le dos, moi ! » Je n'arrêtais pas de me dire : « Tu m'as poignardé dans le dos, maintenant on est quittes. » Qui saura jamais ce que je pensais ! J'étais bien trop saoul pour que mes idées aient un sens.

SCUDDER : Et vous avez lavé le couteau.

MCGRAW : J'ai lavé le couteau et, je vous en prie, faites-moi une fleur : ne me demandez pas pourquoi. Si c'étaient les empreintes qui m'avaient inquiété, je n'aurais eu qu'à les effacer, n'est-ce pas ? Mais non, j'ai lavé le couteau. Et après, j'ai empoché le presse-papiers et je l'ai rapporté chez moi. Et je suis allé me coucher.

SCUDDER : Et vous vous êtes tout rappelé au réveil ?

MCGRAW : Tout. Dites, vous n'aviez pas des trous noirs, vous ?

SCUDDER : Si, beaucoup.

MCGRAW : Moi, je n'ai jamais connu ça. Je me souvenais de tout, bordel. Le seul truc… j'essayais de me dire que j'avais rêvé, peut-être. Mais comme j'avais son presse-papiers qui me regardait sur ma table, non, ce n'était pas un rêve. Je l'avais tué. Pas croyable, non ?

SCUDDER : Faut croire que si.

MCGRAW : Oui. Et j'y crois. Oui, je crois que j'ai tué un être humain parce qu'il m'a descendu ma pièce il y a quinze ans de ça. Je n'arrive pas à y croire, bordel. Mais quand même, si : j'y crois.

27

La semaine qui précéda Noël fut aussi sortie-sortie qu'Elaine et moi le pouvions : nous ne fûmes pratiquement jamais à la maison. Un soir, nous dînâmes avec Jim et Beverly Faber, et un autre avec Monica, une amie d'Elaine, et son petit copain marié. (D'après Elaine, Monica pense que si un mec n'est pas marié, c'est forcément qu'il n'est pas clair.)

Un après-midi, nous fîmes une apparition à une réception donnée à la galerie d'art de Chance Coulter, dans le haut de Madison Avenue. Après quoi, nous allâmes souper chez Ray Gruliow et son épouse. Nous finîmes la soirée à la table personnelle de Danny Boy Bell, dans une cave de jazz qui vient de s'ouvrir du côté de la 90e Ouest. Nous y entendîmes un jeune homme qui avait dû écouter beaucoup de Coltrane quand il n'écoutait pas du Sonny Rollins. Le lendemain après-midi, Mick m'appela pour me dire qu'on lui avait donné deux places pour un match des Knicks et me demander si Elaine et moi ne pourrions pas en faire bon usage. Elaine, que le basket passionne à peu près autant que le ballet classique fascine Mick, tint absolument à ce que j'y aille avec lui. Nous regardâmes les Knicks se faire battre par les Hornets en prolongation, puis Elaine vint nous retrouver pour nous emmener dîner au Paris Green.

Nous passâmes la soirée du réveillon à la maison. Elaine me prépara un plat de pâtes et une salade. Nous songeâmes bien à faire du feu dans la cheminée, puis arrêtâmes que ça ne valait pas vraiment la peine de se donner tout ce mal. En plus, me fit-elle remarquer, le Père Noël pourrait avoir l'idée de nous assigner en justice. Pendant la soirée, le téléphone sonna plusieurs fois : la tournée habituelle des « Joyeux Noël ». Une des personnes qui nous appelèrent ne fut autre que Tom Havlicek : encore une fois, je m'étais débrouillé pour rater l'ouverture de la chasse au cerf. « Ah ben, zut ! lui lançai-je. Et dire que j'avais coché la date sur mon agenda ! » Il me demanda de le mettre au courant des derniers développements de l'affaire Havemeyer. Je m'exécutai et l'informai que son compatriote de l'Ohio avait un bon avocat et s'en tirerait probablement avec une condamnation légère.

Voilà qui intéresserait beaucoup Jason, me fit-il savoir. Celui-ci n'arrêtait pas d'acheter la presse new-yorkaise et d'y découper les articles consacrés à l'affaire. Il avait aussi passé un grand après-midi avec lui à Massillon pour se faire tuyauter sur la carrière de flic. Il parlait maintenant de suivre quelques cours de licence en sciences de la police, puis de décrocher une capacité en droit et l'examen du barreau. Après quoi, il se lancerait.

– J'ai dans l'idée qu'il va finir au bureau du procureur, reprit-il, mais si tu l'entendais parler maintenant, tout ce qu'il veut faire, c'est porter l'uniforme. Un flic de base avec une capacité en droit... t'as déjà entendu causer de ça, toi ?

Je lui répondis qu'il finirait probablement comme chef de la police de Massillon. Tom y alla aussitôt d'un bruit malséant.

– Pour ça, me reprit-il, il faut avoir deux choses que, je l'espère bien, il n'aura jamais : un gros cul et un caractère de cochon. Et bien sûr, je n'ai jamais dit une chose pareille.

Un peu avant minuit, Elaine et moi nous rendîmes à Saint-Paul à pied. La nuit était claire et pas trop glaciale. J'eus l'impression qu'il y avait du monde à l'église. Cela dit, notre destination n'était pas ce sanctuaire, mais sa cave, où mon groupe des AA tenait sa messe de minuit annuelle. L'affaire étant ouverte à tous, et pas uniquement aux alcooliques, Elaine y fut bien accueillie. Pour l'occasion, la salle était éclairée aux chandelles et l'on s'était un peu surpassé dans le choix des petits gâteaux. En dehors de cela, le service fut des plus classiques, l'orateur nous débitant son histoire d'alcoolique pendant les premières vingt minutes et le reste de la séance étant dédié à la discussion.

A une heure du matin, nous récitâmes la prière de la sérénité, rangeâmes les chaises et rentrâmes à la maison. Enfin arrivés, nous décidâmes de ne pas attendre jusqu'au lendemain matin pour ouvrir nos cadeaux. Elaine m'avait offert un cardigan en laine de chez Barney et une chemise en soie de chez Bergdorf – avec pour fermes instructions d'aller tout échanger si je pensais ne jamais les porter. J'eus aussi droit à un chapeau de chez Worth & Worth.

– C'est pour nous avoir fait le coup du jamais deux sans trois, me dit-elle. Chapeau, monsieur. Vous l'avez bien mérité.

– Le style est particulier.

– C'est un feutre. Il te va ? Il devrait. J'ai pris la même taille que ton chapeau mou. Essaie-le. Qu'est-ce que t'en penses ?

– Ben, il est effectivement à ma taille. C'est plus chic que le chapeau mou, non ?

– Un peu. Voyons voir. Oh... ça me plaît beaucoup, moi.

– C'est moi tout craché, n'est-ce pas ?

– Et c'est pas tout le monde qui peut porter un chapeau pareil.

– Mais moi, si.

– Ils devraient te prendre pour leurs pubs, espèce de gros ours.

Ses cadeaux parurent lui plaire. Je lui fis ouvrir l'écrin des boucles d'oreilles en dernier et le feu qui s'alluma soudain dans ses yeux me dit que je ne m'étais pas trompé dans mon choix.

– Tu m'attends ici, dit-elle alors. Je veux les essayer. Donne-moi ton chapeau.

– Pour quoi faire ?

– Tu verras.

Elle passa dans la salle de bains et en ressortit quelques

instants plus tard avec mon chapeau, ses boucles d'oreilles et rien d'autre.

– Alors ? me demanda-t-elle. Qu'est-ce que tu en dis ?

– J'en dis que ces boucles d'oreilles changent tout.

– Tiens donc. Et c'est tout ce que t'en dis ?

– Non, non. Viens un peu ici, lui renvoyai-je. Que je te le dise à l'oreille.

Le jour de Noël, nous fîmes la grasse matinée. Nous étions au milieu du petit déjeuner lorsque le portier nous appela à l'interphone pour nous dire que nous avions de la visite. Un certain « TJ ». « Vous le faites monter », lui dis-je.

– J'y ai dit que j'm'appelais TJ parce que c'est mon nom, Léon.

Il nous avait apporté des cadeaux emballés dans du beau papier et entourés de rubans. Elaine eut droit à un nécessaire de toilette ancien avec ciseaux, brosse, peigne et miroir à main à manches et dos en nacre.

– Mais c'est magnifique ! s'écria-t-elle. Qu'est-ce qui t'en a donné l'idée ?

– J't'ai vu en regarder un au marché aux puces de la 26e Ouest. Mais t'as laissé tomber parce qu'il était tout nazebroque. Alors, je m'suis dit que si j'pouvais en trouver un en meilleur état…

– Tu m'étonneras toujours ! dit-elle.

– Ouais, bon, ben… Joyeux Noël, pas ?

– Joyeux Noël, TJ.

Puis il me dit :

– Ben, qu'est-ce que t'attends ? T'ouvres pas le tien ?

C'était un petit coffret à cartes de visite en peau d'autruche. C'était très élégant et je le lui dis.

– Je m'suis dit que ça pourrait te servir, tu vois ? Ouvre-le… Là, tu vois ? C'est ce qu'il y a de mieux. Y a deux compartiments. A ce qu'on dit, y en aurait un pour tes cartes et l'autre pour celles qu'on te file. Mais moi, j'crois que le premier, c'est pour tes cartes et l'autre pour toutes celles que tu te fabriques quand tu veux te faire passer pour quelqu'un d'autre.

– Bref, il n'y a rien de mieux pour un monsieur qu'a tout ce qu'il faut sauf d'être intègre.

Il ouvrit ses cadeaux à son tour. Parmi eux, un pull-over qu'Elaine lui avait choisi, et un portefeuille.

– Vu que l'tien valait plus rien, Adrien ! lui lança-t-elle.

Il leva les yeux au plafond. Elle lui demanda de regarder à l'intérieur, il y trouva un bon d'achat.

– Ça porte la poisse de filer un portefeuille avec rien dedans, lui expliqua-t-elle.

– Brooks Brothers ! dit-il. Tu veux que j'm'achète un chouette costard pour frimer dans le Deuce ?

– Dieu bénisse le Deuce, ajoutai-je, en me levant pour m'étirer. Bon, ben voilà. C'est terminé pour Noël.

– Déjà ?

– A peu près. J'ai un truc urgent à faire et j'aimerais bien que tu m'aides. On va en face.

– Quoi, à ton hôtel ? Tu vas pas me dire qu'il faut déménager des meubles, si ? Mais non, t'en as pas, de toute façon.

– Rien de lourd à soulever, je te le promets.

Le visage de TJ est expressif, mais seulement quand son propriétaire le veut bien. Sans doute parce qu'il faut apprendre à cacher ses émotions quand on vit dans la rue. J'ai vu TJ accueillir des nouvelles qui le laissaient tout pantois sans montrer la moindre surprise.

Mais quand j'ouvris la porte de ma chambre d'hôtel, je réussis à bien le regarder, et découvris que le masque ne tenait pas. TJ avait ouvert grands les yeux et en était bouche bée.

– Ça y est ? s'écria-t-il. T'en as acheté un ? J'y croyais plus. J'arrêtais pas de te le dire, mais j'y croyais plus. C'est Elaine qui te l'a payé ?

Je secouai la tête.

– Non, non, lui répondis-je. C'est moi qui l'ai choisi, tout seul.

– Un Mac ! reprit-il. Ils sont plus faciles à comprendre, enfin… c'est ce qu'on dit. Tu sais, la fille qui m'a appris tous ces trucs sur le cyanure… ben, elle en a un. Même qu'elle m'apprendra peut-être. Pas à faire des machins comme les Kong, non, juste les trucs ordinaires. Et y a des cours que j'pourrais suivre, en plus des autres mecs qui pourraient m'apprendre des bazars. Putain, mais t'as tous les accessoires, en plus ! L'imprimante, le modem… Tu vas quand même pas me dire que t'as monté tout ça tout seul !

– Le type qui me l'a vendu m'a aidé un peu. Il m'a aussi installé tous les logiciels dont, d'après lui, je ne saurais me passer. Les disquettes et les boîtes sont dans la penderie, et il y a une pile de manuels sur le fauteuil.

– C'est que ça prend de la place, ces machins-là, dit-il. C'est pour ça que tu l'as installé ici au lieu d'en face ?

Il prit un gros manuel, en feuilleta rapidement les pages et le remit sur la pile.

– Y a de quoi lire pendant un bon bout de temps, dit-il. Ah, *man* ! T'as fini par te décider ! T'as fini par t'acheter un vrai cadeau !

– Non.

– Non ?

– C'est pour toi, lui dis-je. Joyeux Noël.

– C'est pour moi ?

– Tu l'as dit.

– Mais non, c'est pas pour moi, ça. C'est vrai qu'y a des chances pour que ça soye moi qui m'en serve le plus, mais de là à ce que ce soye à moi !

– C'est pour toi que je l'ai acheté, lui dis-je, et c'est à toi que je le donne. C'est même pour ça qu'il est à toi.

– T'es sérieux ?

– Bien sûr que je suis sérieux. Joyeux Noël.

Il lui fallut un petit moment pour enregistrer.

– C'est peut-être pour ça que c'est ici, dit-il enfin. Pour que j'puisse bidouiller avec sans que ça vous dérange. Tu… tu peux arranger le coup avec le portier pour que j'puisse monter quand j'en aurai envie ?

– Je ne vois pas comment on pourrait t'en empêcher.

– Qu'est-ce que tu veux dire par là ? Il est à eux, cet hôtel. Ils peuvent fermer la porte à tous ceux qu'ils veulent.

– Pas si cette chambre est à toi.

– Quoi, qu'est-ce... ?

Je lui jetai les clés, il les attrapa au vol, j'ajoutai :

– Ça fait vingt ans que je l'ai et le loyer est si bas qu'il faudrait être fou pour la lâcher. Mais je ne m'en sers jamais. J'y viens disons... une fois par mois pour faire la gueule et passer quelques coups de fil gratis. A quoi ça me sert, tu veux me le dire ?

– Alors... tu me la donnes ?

– Je continue à payer le loyer, lui dis-je. Ce sera donc toujours moi le locataire en titre. Je ne veux pas qu'elle passe sur le marché libre. Mais en bas, tous les portiers sauront que je t'en laisse l'usage. Et comme Papa Noël a été assez gentil avec eux pour qu'ils te fichent la paix...

Je haussai les épaules et lui dis encore :

– Il se peut que je passe de temps en temps. Pour donner des coups de fil longue distance. Ou te regarder faire monts et merveilles sur ta bécane. Mais je te promets que je ne monterai jamais sans t'avertir. Parce que, sache-le donc, à partir de tout de suite, cette chambre est à toi.

Il se tourna vers l'ordinateur et posa les doigts sur le clavier.

– Tu te dis sans doute que j'ai pas de piaule à moi.

– En fait, je suis plutôt certain que tu en as au moins six ou sept, y compris un appartement en terrasse à Sutton Place et un cottage en bord de mer aux Barbades. Mais comme je suis un sale égoïste, je me suis démerdé pour t'obliger à vivre juste en face de chez nous.

– Je me disais bien que t'avais une raison.

Il contemplait toujours l'ordinateur. Il garda le silence un instant, puis me dit :

– Tu sais que ça fait des années que je pleure plus ? La dernière fois que j'ai chialé, c'est quand ma grand-mère est rentrée du docteur et m'a dit qu'elle allait mourir. Après, quand elle est morte, j'ai été très triste, tu vois, mais cool, le mec. Je l'ai quittée les yeux secs. Et j'ai plus jamais pleuré après.

Je me tus.

– Hé merde, tiens ! J'ai pas envie de chialer maintenant ! s'écria-t-il. Y aurait bien des trucs que j'voudrais dire sur toi et Elaine et tout et tout, tu sais, comment que ça m'fait, mais… Mais j'vais pas les dire.

– Je comprends.

– Non, parce que si que j'essayais de les dire…

– Je comprends.

– Mais ça veut pas dire que ça soye pas vrai. Non, non, ça l'est…

– Ça aussi, je comprends.

– Ben dis donc, Arthur, t'en comprends des trucs, toi !

Enfin remis de ses émotions, il se tourna vers moi et me dit :

– Joyeux Noël, Matt.

– Joyeux Noël, lui répondis-je.

DU MÊME AUTEUR

Haute Voltige
Gallimard, 1968

Faites sauter la Reine!
Gallimard, 1969

Sacrés Lascars!
Gallimard, 1970

Le Monte-en-l'air dans le placard
Gallimard, 1979

Vol et Volupté
Gallimard, 1981

L'Aquarium aux sirènes
Gallimard, 1984

Meurtres à l'amiable
Gallimard, 1984

Le Voleur insomniaque
Gallimard, 1984

Des fois ça mord
Gallimard, 1985

Y'a qu'à se baisser
Gallimard, 1985

Beau Doublé pour Tanner
Gallimard, 1986

Le Blues des alcoolos
Gallimard, 1987

Huit Millions de façons de mourir
Gallimard, 1989

Drôles de coups de canif
Gallimard, 1990

Un ticket pour la morgue
Gallimard, 1992

Une danse aux abattoirs
Gallimard, 1993

Le voleur qui aimait Mondrian
Gallimard, 1995

Meurtre à cinq mains
en coll. avec Sarah Caudwell, Tony Hillerman, Jack Hitt, Peter Lovesey, Donald E. Westlake
Seuil, 1993
et « Points », n° P108

La Balade entre les tombes
Seuil, 1994
et « Points », n° P105

Le Diable t'attend
Seuil, 1995
et « Points », n° P282

Tous les hommes morts
Seuil, 1996
et « Points », n° P389

Tuons et créons c'est l'heure
Seuil, 1996
et « Points », n° P432

Le Blues du libraire
Seuil, 1997
et « Points », n° P533

La Spinoza Connection
Seuil, 1998

COMPOSITION : I.G.S. CHARENTE-PHOTOGRAVURE À L'ISLE-D'ESPAGNAC
BUSSIÈRE CAMEDAN IMPRIMERIES À SAINT-AMAND (CHER)
DÉPÔT LÉGAL : SEPTEMBRE 1998. N° 34963 (983887/1)

Collection Points

SÉRIE POLICIERS

P18. L'Héritage empoisonné, *par Paul Levine*
P19. Les Égouts de Los Angeles, *par Michael Connelly*
P29. Mort en hiver, *par L. R. Wright*
P81. Le Maître de Frazé, *par Herbert Lieberman*
P103. Cadavres incompatibles, *par Paul Levine*
P104. La Rose de fer, *par Brigitte Aubert*
P105. La Balade entre les tombes, *par Lawrence Block*
P106. La Villa des ombres, *par David Laing Dawson*
P107. La Traque, *par Herbert Lieberman*
P108. Meurtre à cinq mains, *par Jack Hitt*
P142. Trésors sanglants, *par Paul Levine*
P155. Pas de sang dans la clairière, *par L. R. Wright*
P165. Nécropolis, *par Herbert Lieberman*
P181. Red Fox, *par Anthony Hyde*
P182. Enquête sous la neige, *par Michael Malone*
P226. Une mort en rouge, *par Walter Mosley*
P233. Le Tueur et son ombre, *par Herbert Lieberman*
P234. La Nuit du solstice, *par Herbert Lieberman*
P244. Une enquête philosophique, *par Philip Kerr*
P245. Un homme peut en cacher un autre, *par Andreu Martín*
P248. Le Prochain sur la liste, *par Dan Greenburg*
P259. Minuit passé, *par David Laing Dawson*
P266. Sombre sentier, *par Dominique Manotti*
P267. Ténèbres sur Jacksonville, *par Brigitte Aubert*
P268. Blackburn, *par Bradley Denton*
P269. La Glace noire, *par Michael Connelly*
P272. Le Train vert, *par Herbert Lieberman*
P282. Le Diable t'attend, *par Lawrence Block*
P295. La Jurée, *par George Dawes Green*
P321. Tony et Susan, *par Austin Wright*
P341. Papillon blanc, *par Walter Mosley*
P356. L'Ange traqué, *par Robert Crais*
P388. La Fille aux yeux de Botticelli, *par Herbert Lieberman*
P389. Tous les hommes morts, *par Lawrence Block*
P390. La Blonde en béton, *par Michael Connelly*
P393. Félidés, *par Akif Pirinçci*
P394. Trois Heures du matin à New York, *par Herbert Lieberman*
P395. La Maison près du marais, *par Herbert Lieberman*
P422. Topkapi, *par Eric Ambler*
P430. Les Trafiquants d'armes, *par Eric Ambler*
P432. Tuons et créons, c'est l'heure, *par Lawrence Block*
P435. L'Héritage Schirmer, *par Eric Ambler*

P441. Le Masque de Dimitrios, *par Eric Ambler*
P442. La Croisière de l'angoisse, *par Eric Ambler*
P468. Casting pour l'enfer, *par Robert Crais*
P469. La Saint-Valentin de l'homme des cavernes *par George Dawes Green*
P483. La Dernière Manche, *par Emmett Grogan*
P492. N'envoyez plus de roses, *par Eric Ambler*
P513. Montana Avenue, *par April Smith*
P514. Mort à la Fenice, *par Donna Leon*
P530. Le Détroit de Formose, *par Anthony Hyde*
P531. Frontière des ténèbres, *par Eric Ambler*
P532. La Mort des bois, *par Brigitte Aubert*
P533. Le Blues du libraire, *par Lawrence Block*
P534. Le Poète, *par Michael Connelly*
P535. La Huitième Case, *par Herbert Lieberman*
P536. Bloody Waters, *par Carolina Garcia-Aguilera*
P537. Monsieur Tanaka aime les nymphéas *par David Ramus*
P538. Place de Sienne, côté ombre *par Carlo Fruttero et Franco Lucentini*
P539. Énergie du désespoir, *par Eric Ambler*
P540. Épitaphe pour un espion, *par Eric Ambler*
P554. Mercure rouge, *par Reggie Nadelson*
P555. Même les scélérats..., *par Lawrence Block*

Collection Points

DERNIERS TITRES PARUS

P360. L'Arbre d'amour et de sagesse, *par Henri Gougaud*
P361. L'Arbre aux trésors, *par Henri Gougaud*
P362. Le Vertige, *par Evguénia S. Guinzbourg*
P363. Le Ciel de la Kolyma (Le Vertige, II) *par Evguénia S. Guinzbourg*
P364. Les hommes cruels ne courent pas les rues *par Katherine Pancol*
P365. Le Pain nu, *par Mohamed Choukri*
P366. Les Lapins du commandant, *par Nedim Gürsel*
P367. Provence toujours, *par Peter Mayle*
P368. La Promeneuse d'oiseaux, *par Didier Decoin*
P369. Un hiver en Bretagne, *par Michel Le Bris*
P370. L'Héritage Windsmith, *par Thierry Gandillot*
P371. Dolly, *par Anita Brookner*
P372. Autobiographie d'un cheval, *par John Hawkes*
P373. Châteaux de la colère, *par Alessandro Baricco*
P374. L'Amant du volcan, *par Susan Sontag*
P375. Chroniques de la haine ordinaire, *par Pierre Desproges*
P376. La Prière de l'absent, *par Tahar Ben Jelloun*
P377. La Plus Haute des solitudes, *par Tahar Ben Jelloun*
P378. Scarlett, si possible, *par Katherine Pancol*
P379. Journal, *par Jean-René Huguenin*
P380. Le Polygone étoilé, *par Kateb Yacine*
P381. La Chasse au lézard, *par William Boyd*
P382. Texas (tome 1), *par James A. Michener*
P383. Texas (tome 2), *par James A. Michener*
P384. Vivons heureux en attendant la mort, *par Pierre Desproges*
P385. Le Fils de l'ogre, *par Henri Gougaud*
P386. La neige tombait sur les cèdres, *par David Guterson*
P387. Les Seigneurs du thé, *par Hella S. Haasse*
P388. La Fille aux yeux de Botticelli, *par Herbert Lieberman*
P389. Tous les hommes morts, *par Lawrence Block*
P390. La Blonde en béton, *par Michael Connelly*
P391. Palomar, *par Italo Calvino*
P392. Sous le soleil jaguar, *par Italo Calvino*
P393. Félidés, *par Akif Pirinçci*
P394. Trois Heures du matin à New York, *par Herbert Lieberman*
P395. La Maison près du marais, *par Herbert Lieberman*
P396. Le Médecin de Cordoue, *par Herbert Le Porrier*
P397. La Porte de Brandebourg, *par Anita Brookner*
P398. Hôtel du Lac, *par Anita Brookner*

P399. Replay, *par Ken Grimwood*
P400. Chesapeake, *par James A. Michener*
P401. Manuel de savoir-vivre à l'usage des rustres et des malpolis *par Pierre Desproges*
P402. Le Rêve de Lucy *par Pierre Pelot et Yves Coppens (dessins de Liberatore)*
P403. Dictionnaire superflu à l'usage de l'élite et des bien nantis *par Pierre Desproges*
P404. La Mamelouka, *par Robert Solé*
P405. Province, *par Jacques-Pierre Amette*
P406. L'Arbre de vies, *par Bernard Chambaz*
P407. La Vie privée du désert, *par Michel Chaillou*
P408. Trop sensibles, *par Marie Desplechin*
P409. Kennedy et moi, *par Jean-Paul Dubois*
P410. Le Cinquième Livre, *par François Rabelais*
P411. La Petite Amie imaginaire, *par John Irving*
P412. La Vie des insectes, *par Viktor Pelevine*
P413. La Décennie Mitterrand, 3. Les Défis *par Pierre Favier et Michel Martin-Roland*
P414. La Grimace, *par Heinrich Böll*
P415. La Famille de Pascal Duarte, *par Camilo José Cela*
P416. Cosmicomics, *par Italo Calvino*
P417. Le Chat et la Souris, *par Günter Grass*
P418. Le Turbot, *par Günter Grass*
P419. Les Années de chien, *par Günter Grass*
P420. L'Atelier du peintre, *par Patrick Grainville*
P421. L'Orgie, la Neige, *par Patrick Grainville*
P422. Topkapi, *par Eric Ambler*
P423. Le Nouveau Désordre amoureux *par Pascal Bruckner et Alain Finkielkraut*
P424. Un homme remarquable, *par Robertson Davies*
P425. Le Maître de chasse, *par Mohammed Dib*
P426. El Guanaco, *par Francisco Coloane*
P427. La Grande Bonace des Antilles, *par Italo Calvino*
P428. L'Écrivain public, *par Tahar Ben Jelloun*
P429. Indépendance, *par Richard Ford*
P430. Les Trafiquants d'armes, *par Eric Ambler*
P431. La Sentinelle du rêve, *par René de Ceccatty*
P432. Tuons et créons, c'est l'heure, *par Lawrence Block*
P433. Textes de scène, *par Pierre Desproges*
P434. François Mitterrand, *par Franz-Olivier Giesbert*
P435. L'Héritage Schirmer, *par Eric Ambler*
P436. Ewald Tragy et autres récits de jeunesse *par Rainer Maria Rilke*
P437. Histoires pragoises, *par Rainer Maria Rilke*
P438. L'Admiroir, *par Anny Duperey*
P439. Une trop bruyante solitude, *par Bohumil Hrabal*

P440. Temps zéro, *par Italo Calvino*
P441. Le Masque de Dimitrios, *par Eric Ambler*
P442. La Croisière de l'angoisse, *par Eric Ambler*
P443. Milena, *par Margarete Buber-Neumann*
P444. La Compagnie des loups et autres nouvelles *par Angela Carter*
P445. Tu vois, je n'ai pas oublié *par Hervé Hamon et Patrick Rotman*
P446. Week-end de chasse à la mère *par Geneviève Brisac*
P447. Un cercle de famille, *par Michèle Gazier*
P448. Étonne-moi, *par Guillaume Le Touze*
P449. Le Dimanche des réparations, *par Sophie Chérer*
P450. La Suisse, l'Or et les Morts, *par Jean Ziegler*
P451. L'Humanité perdue, *par Alain Finkielkraut*
P452. Abraham de Brooklyn, *par Didier Decoin*
P454. Les Immémoriaux, *par Victor Segalen*
P455. Moi d'abord, *par Katherine Pancol*
P456. Traité du zen et de l'entretien des motocyclettes *par Robert H. Pirsig*
P457. Un air de famille, *par Michael Ondaatje*
P458. Les Moyens d'en sortir, *par Michel Rocard*
P459. Le Mystère de la crypte ensorcelée, *par Eduardo Mendoza*
P460. Le Labyrinthe aux olives, *par Eduardo Mendoza*
P461. La Vérité sur l'affaire Savolta, *par Eduardo Mendoza*
P462. Les Pieds-bleus, *par Claude Ponti*
P463. Un paysage de cendres, *par Élisabeth Gille*
P464. Un été africain, *par Mohammed Dib*
P465. Un rocher sur l'Hudson, *par Henry Roth*
P466. La Misère du monde, *sous la direction de Pierre Bourdieu*
P467. Les Bourreaux volontaires de Hitler *par Daniel Jonah Goldhagen*
P468. Casting pour l'enfer, *par Robert Crais*
P469. La Saint-Valentin de l'homme des cavernes *par George Dawes Green*
P470. Loyola's blues, *par Erik Orsenna*
P472. Les Adieux, *par Dan Franck*
P473. La Séparation, *par Dan Franck*
P474. Ti Jean L'horizon, *par Simone Schwarz-Bart*
P475. Aventures, *par Italo Calvino*
P476. Le Château des destins croisés, *par Italo Calvino*
P477. Capitalisme contre capitalisme, *par Michel Albert*
P478. La Cause des élèves, *par Marguerite Gentzbittel*
P479. Des femmes qui tombent, *par Pierre Desproges*
P480 Le Destin de Nathalie X, *par William Boyd*
P481. Le Dernier Mousse, *par Francisco Coloane*
P482. Jack Frusciante a largué le groupe, *par Enrico Brizzi*

P483. La Dernière Manche, *par Emmett Grogan*
P484. Les Lauriers du lac de Constance, *par Marie Chaix*
P485. Les Fous de Bassan, *par Anne Hébert*
P486. Collection de sable, *par Italo Calvino*
P487. Les étrangers sont nuls, *par Pierre Desproges*
P488. Trainspotting, *par Irvine Welsh*
P489. Suttree, *par Cormac McCarthy*
P490. De si jolis chevaux, *par Cormac McCarthy*
P491. Traité des passions de l'âme, *par António Lobo Antunes*
P492. N'envoyez plus de roses, *par Eric Ambler*
P493. Le corps a ses raisons, *par Thérèse Bertherat*
P494. Le Neveu d'Amérique, *par Luis Sepúlveda*
P495. Mai 68, histoire des événements
par Laurent Joffrin
P496. Que reste-t-il de Mai 68 ?,
essai sur les interprétations des « événements »
par Henri Weber
P497. Génération
1. Les années de rêve
par Hervé Hamon et Patrick Rotman
P498. Génération
2. Les années de poudre
par Hervé Hamon et Patrick Rotman
P499. Eugène Oniéguine, *par Alexandre Pouchkine*
P500. Montaigne à cheval, *par Jean Lacouture*
P501. Le Mendiant de Jérusalem, *par Elie Wiesel*
P502. … Et la mer n'est pas remplie, *par Elie Wiesel*
P503. Le Sourire du chat, *par François Maspero*
P504. Merlin, *par Michel Rio*
P505. Le Semeur d'étincelles, *par Joseph Bialot*
P506. Hôtel Pastis, *par Peter Mayle*
P507. Les Éblouissements, *par Pierre Mertens*
P508. Aurélien, Clara, mademoiselle et le lieutenant anglais
par Anne Hébert
P509. Dans la plus stricte intimité
par Myriam Arissimov
P510. Éthique à l'usage de mon fils
par Fernando Savater
P511. Aventures dans le commerce des peaux en Alaska
par John Hawkes
P512. L'Incendie de Los Angeles
par Nathanaël West
P513. Montana Avenue, *par April Smith*
P514. Mort à la Fenice, *par Donna Leon*
P515. Jeunes Années, t. 1, *par Julien Green*
P516. Jeunes Années, t. 2, *par Julien Green*
P517. Deux Femmes, *par Frédéric Vitoux*

P518. La Peau du tambour, *par Arturo Perez-Reverte*
P519. L'Agonie de Proserpine, *par Javier Tomeo*
P520. Un jour je reviendrai, *par Juan Marsé*
P521. L'Étrangleur, *par Manuel Vázquez Montalbán*
P522. Gais-z-et-contents, *par Françoise Giroud*
P523. Teresa l'après-midi, *par Juan Marsé*
P524. L'Expédition, *par Henri Gougaud*
P525. Le Grand Partir, *par Henri Gougaud*
P526. Le Tueur des abattoirs et autres nouvelles *par Manuel Vázquez Montalbán*
P527. Le Pianiste, *par Manuel Vázquez Montalbán*
P528. Mes démons, *par Edgar Morin*
P529. Sarah et le Lieutenant français, *par John Fowles*
P530. Le Détroit de Formose, *par Anthony Hyde*
P531. Frontière des ténèbres, *par Eric Ambler*
P532. La Mort des bois, *par Brigitte Aubert*
P533. Le Blues du libraire, *par Lawrence Block*
P534. Le Poète, *par Michael Connelly*
P535. La Huitième Case, *par Herbert Lieberman*
P536. Bloody Waters, *par Carolina Garcia-Aguilera*
P537. Monsieur Tanaka aime les nymphéas *par David Ramus*
P538. Place de Sienne, côté ombre *par Carlo Fruttero et Franco Lucentini*
P539. Énergie du désespoir, *par Eric Ambler*
P540. Épitaphe pour un espion, *par Eric Ambler*
P541. La Nuit de l'erreur, *par Tahar Ben Jelloun*
P542. Compagnons de voyage, *par Hubert Reeves*
P543. Les amandiers sont morts de leurs blessures *par Tahar Ben Jelloun*
P544. La Remontée des cendres, *par Tahar Ben Jelloun*
P545. La Terre et le Sang, *par Mouloud Feraoun*
P546. L'Aurore des bien-aimés, *par Louis Gardel*
P547. L'Éducation féline, *par Bertrand Visage*
P548. Les Insulaires, *par Christian Giudicelli*
P549. Dans un miroir obscur, *par Jostein Gaarder*
P550. Le Jeu du roman, *par Louise L. Lambrichs*
P551. Vice-versa, *par Will Self*
P552. Je voudrais vous dire, *par Nicole Notat*
P553. François, *par Christina Forsne*
P554. Mercure rouge, *par Reggie Nadelson*
P555. Même les scélérats…, *par Lawrence Block*
P556. Monnè, Outrages et Défis, *par Ahmadou Kourouma*
P557. Les Grosses Rêveuses, *par Paul Fournel*
P558. Les Athlètes dans leur tête, *par Paul Fournel*
P559. Allez les filles !, *par Christian Baudelot et Roger Establet*
P560. Quand vient le souvenir, *par Saul Friedländer*